113718

ELFYN PRITCHARD

Pan ddaw'r dydd . . .?

CYSTADLEUAETH GWOBR GOFFA DANIEL OWEN
EISTEDDFOD GENEDLAETHOL CYMRU
MALDWYN A'R GORORAU, 2003

Argraffiad cyntaf – 2003

ISBN 1 84323 287 1

Mae Elfyn Pritchard wedi datgan ei hawl dan
Ddeddf Hawlfreintiau, Dyluniadau a Phatentau 1988
i gael ei gydnabod fel awdur y llyfr hwn.

Dymuna'r cyhoeddwyr gydnabod cymorth
Cyngor Llyfrau Cymru.

Argraffwyd yng Nghymru gan
Wasg Gomer, Llandysul, Ceredigion

1

'Mae Cissie'n hwyr!' Roedd Menna'n awchu am ei choffi a'i bisgedi.

'Falle na ddaw hi ddim. Mi a'th oddi yma mewn hyff fore Mawrth.'

'Do, roeddet ti ar fai, Myfanwy, yn deud pethe cas am athrawon. Sensitif, ysdi. Mi wyddost amdani.'

'Gwn, debyg. Croen fel papur sidan ganddi.'

'A dydi o ddim help bod ei gŵr hi'n athro sâl.'

'Paid â deud hynny wrthi, wir Dduw. Mae hi'n credu ei fod yn grêt.'

'Wyt ti'n meddwl? Dwi'n meddwl mai cymryd arni mae hi. Alle hi ddim credu bod cymaint o wimp ag ydi *o* yn gallu bod yn ddim byd da. Act fawr ydi'r cwbwl ar ei rhan hi.'

'Wel, mae o'n wimp golygus iawn,' ychwanegodd Jen, y drydedd o'r tair.

Trodd Menna ati. 'Dwi ddim yn dy ddeall di, Jen, yn llygadu pob dyn weli di ac eto heb yr un.'

'Mae siopa ffenest yn gallu bod yn beth pleserus iawn, a dydi o'n costio dim. Ac o weld be mae ambell un wedi'i gael, dwi'n meddwl mod i'n well fel rydw i. Ond ble mae Cissie'r bore 'ma tybed?'

'O wel, os na ddaw hi, ddaw hi ddim,' meddai Menna'n ddiamynedd. 'Ryden ni'n tair yma beth bynnag.'

Oedden, roedden nhw eu tair yno, wrth eu bwrdd arferol i fyny'r grisiau yng nghaffi Dolawel. Yn eistedd

5

yn eu cadeiriau *Lloyd Loom* yn gwylio rhan o'r byd yn mynd heibio yn y stryd islaw ac yn rhoi'r rhan na allen nhw ei weld yn ei le. Roedd deg o fyrddau crynion marmor yn y caffi, wedi eu gosod yn ddwy res, ac yr oedden nhw'n ddieithriad yn cael yr un bwrdd gan eu bod yno'r un amser ddydd Mawrth a dydd Gwener; roedd rhyw gytundeb anysgrifenedig rhyngddyn nhw a Magi, y brif weinyddes, eu bod yn cael y bwrdd hwn os gallen nhw sut yn y byd. Doedd bwrdd i ffwrdd oddi wrth y ffenest yn da i ddim. Byddai eistedd heb weld y stryd fel eistedd mewn tywyllwch.

Hwn oedd y caffi gorau a glanaf yn y dref, a'r cadeiriau'n llawer mwy esmwyth er pan benderfynodd y perchennog roi clustogau cyfforddus arnyn nhw.

'Gymrwch chi'ch coffi rŵan, neu aros nes bydd pawb yma?'

'Gymrwn ni o rŵan, Magi,' atebodd Menna, y dewaf a'r fwyaf blysig o'r tair. 'Ar Cissie mae'r bai ei bod yn hwyr.'

Yma hefyd yr oedd y coffi mwyaf persawrus, a'r croeso gorau, ac roedd ei leoliad strategol yn ystyriaeth bwysig yn ogystal.

'Trindod ydych chi bore 'ma,' meddai Magi pan ddaeth â'r coffi. 'Ble mae Cissie? Dech chi eisiau bisgedi rŵan?'

'Dim syniad,' atebodd Jen. 'Falle daw hi mewn munud. A na, dyden ni ddim eisiau bisgedi ar hyn o bryd, diolch.'

Bu tawelwch tra oedd y tair yn ychwanegu siwgwr a hufen at y coffi ac yn ei droi'n feddylgar ddistaw, gan geisio crynhoi eu meddyliau a chofio pa ddanteithion melys o wybodaeth oedd ganddyn nhw ar gyfer ei gilydd y bore hwnnw.

'Enw da arnon ni,' meddai Jen yn y man.

'Be ti'n feddwl, enw da?' holodd Myfanwy.

'Trindod.'

'Be mae o'n feddwl?' gofynnodd Menna.

'Rhywbeth i'w wneud efo tri mae'n amlwg.'

'Y Trindod. Ydi mae o'n enw da.'

'Y Trindod 'te y Drindod ydi o i fod tybed?'

'Be 'di o bwys!' Doedd dim hwyliau da iawn ar Menna. Fel hyn fyddai hi bob amser, nes y cytunai'r lleill iddi gael plataid o fisgedi i fynd efo'r coffi.

'Mi ofynnwn ni i Cissie pan ddaw hi. Gan fod 'i gŵr hi'n athro, mi ddylai hi wybod.'

'Falle base'r *ugly sisters* yn enw gwell arnon ni,' meddai Myfanwy.

'Siarada di drosot dy hun,' atebodd Jen.

Treuliwyd y munudau nesaf yn mwynhau'r coffi a'r awyrgylch glyd, foethus-gartrefol yn yr ystafell, ac edrych ar symudiadau'r stryd islaw. Roedd ffenest y caffi mewn lle da, yn union ar gyfer y ganolfan waith, tafarn yr Eryr, rhes o siopau a'r Eglwys Babyddol ar y gornel. Gwyddai'r merched i'r dim pwy oedd yn chwilio am waith, yn cymryd arnynt eu bod yn chwilio, yn mynd i'r dafarn i ddathlu ar ôl ei gael, yn siopa'n brysur fel gwenyn yn casglu mêl ac, yn bwysicach, pwy oedd yn mynd i'r eglwys i gyffesu eu pechodau, er nad oedd yr arferiad hwnnw mor boblogaidd ag y bu.

Ond fe dalodd eu gwyliadwriaeth ar ei ganfed unwaith, gan mai hwy oedd y rhai cyntaf i gasglu bod Leisa, merch y cynghorydd sir, yn disgwyl. Roedd hi'n babyddes selog a pham arall y byddai'n mynd i'r eglwys am un ar ddeg o'r gloch ar fore Mawrth pan nad oedd gwasanaeth yno? A phrofodd chwydd cynyddol ei bol dros y misoedd canlynol eu bod yn iawn.

'Sori mod i'n hwyr.' Torrodd llais Cissie ar draws yr yfed. Roedd hi wedi cyrraedd at y bwrdd heb i'r un o'r tair sylwi ei bod yno.

'O helô, Cissie,' meddai Jen gan feddwl eu bod yn lwcus nad oedden nhw'n siarad amdani hi neu ei gŵr pan gyrhaeddodd hi.

'Mi gofiais ei bod yn ben-blwydd Mrs Fletcher drws nesa heddiw ac roedd yn rhaid imi gael rhywbeth bach iddi. Biti na fase fo fory neu ddydd Sul, mi faswn i'n gallu cael rhywbeth o Gaer iddi. O, mi ges i drafferth, ond yn y diwedd mi benderfynais ar y *coasters* bach 'ma iddi. Del 'te.'

Tynnodd hwy allan o'r bag papur a'u dangos i'r tair. Golygfeydd gwahanol o Eryri oedd ar bob un o'r set o chwech.

'Meddwl y basen nhw'n ei hatgoffa o'r wlad mae hi wedi dod i fyw iddi. Mae Eirwyn bob amser yn deud y dylen ni genhadu ymhlith y Saeson 'ma.'

Digon i gyfarfod â syniad Eirwyn o genhadu,

meddyliodd y tair arall – prynu *coasters* efo lluniau Cymru arnyn nhw!

Rhoddodd Cissie yr anrheg yn ôl yn y bag, gwenu'n gyfeillgar ar y tair ac eistedd yn y bedwaredd gadair. Roedden nhw'n bedair ganol oed digon tebyg i'w gilydd, blas pres ar eu dillad a'u hoedran wedi ychwanegu sawl modfedd at eu maintioli ond nid at eu taldra. Jen oedd yr unig un oedd yn gweithio – yn gweithio rhan amser mewn swyddfa twrneiod – a hi oedd y fwyaf golygus, wedi cadw'i siâp yn well na'r lleill, a'r unig un ddi-briod o'r pedair.

Daeth Magi â'r coffi i Cissie. 'Gymrwch chi fisgedi rŵan?'

'Ie, pam lai,' atebodd Myfanwy. Fyddai fawr o hwyl ar Menna nes y câi ei blys am bethau melys ei ddigoni.

'Roedden ni'n siarad amdanat ti gynnau,' meddai Myfanwy.

'O,' atebodd Cissie. 'Dim byd drwg gobeithio.'

'Fydden ni'n gneud hynny, Cissie?' holodd Menna'n ddifrifol.

'O'ch nabod chi, byddech,' atebodd hithau'n sychlyd.

'Rŵan, rŵan, den ni'n ffrindiau, a rhaid i ffrindiau da sticio efo'i gilydd, a bod yn driw i'w gilydd.'

'A siarad am bawb arall,' ychwanegodd Myfanwy.

'Yn hollol. Ac mi den ni wedi gneud ein siâr o hynny dros y blynyddoedd.'

'Do wir, ond mae hi'n dawel iawn yn y dre 'ma'n

ddiweddar. Dim byd cynhyrfus yn digwydd, gwaetha'r modd. Pawb yn bihafio.'

'Hyd y gwyddon ni,' meddai Cissie. 'Hyd y gwyddon ni. Ond be oeddech chi'n ddeud amdana i 'te?'

'Eisiau gwybod pa un ai fo neu hi ydi trindod, y trindod hwn neu'r drindod hon?'

'Ond pam, be 'di'r diddordeb mawr yn y drindod?'

'Be ddwedest ti?' holodd Myfanwy.

'Pam y diddordeb mawr yn y drindod?'

'Y drindod ddwedest ti, ddim y trindod.'

'Ie, siŵr iawn. Sbïwch ar y bwrdd y tu allan i'r eglwys acw. Be mae o'n ddeud mewn sgwennu aur ar y top?'

Pwysodd y tair arall ymlaen i edrych.

'Eglwys y Drindod Sanctaidd,' darllenodd Jen yn araf.

'Yn hollol. Mae o wedi bod yna o flaen eich trwynau chi ers blynyddoedd.'

'A ninnau 'rioed wedi sylwi arno, ond dyna fo, tase gynno fo ddwy droed a cheg mi fasen ni.'

A chwarddodd y pedair.

'Ond pam y diddordeb mewn trindod?' holodd Cissie.

'Am mai tair ohonon ni oedd yma cyn i ti ddod,' atebodd Myfanwy.

'Ie, ond pedwarawd yden ni yntê, nid triawd? Mae hynny'n bwysig tydi? Mae pedwarawd yn air pwysicach na trindod yn ein hanes ni.'

'Ydi wrth gwrs. Ie, pedwarawd yden ni, pedwarawd Dolawel. Nefoedd! mae'r bisgedi 'ma'n hir yn dod. Ydyn nhw'n 'u gneud nhw yn y lle 'ma dwch?' Roedd Menna'n swnio'n ddiamynedd.

Ond fe ddaethon nhw yn y man ac fe ymestynnodd y pedair am y plât fel haid o adar sglyfaethus yn disgyn ar eu prae.

'Wel,' meddai Menna, wedi sionci drwyddi wrth i'r siwgwr gwrsio drwy'i gwythiennau, 'mae'r "hen ben-wythnos" wedi dod, chadel Jonsi.'

'Ydi mae o. Mae o wedi bod "rownd y gornel" ers canol wythnos, cofia.'

'Ydi, ac mi fydd o'n bell i ffwrdd eto ddydd Llun.'

'Peidiwch â gneud hwyl am ben Jonsi,' meddai Menna. 'Un da 'di o.'

'Ie, wyt ti wedi meddwl siarad efo fo rywdro, Menna?'

'Bobol bach naddo, Jen. Faswn i ddim yn gwybod be i'w ddeud wrtho fo.'

'Mae o'n wych am siarad efo pawb. Mi faset ti'n siŵr o ffeindio rhywbeth i'w ddeud.'

'Be amdanat ti, Cissie?'

'Y fi? Fase gen i ddim byd i'w ddeud wrtho fo chwaith, ac mi faswn i ofn iddo fo fy embarasio fi.'

Ochneidiodd Myfanwy. 'Base m'wn. Rwyt ti'n hawdd dy embarasio, Cissie. Ond faswn i ddim. Mi siaradwn i efo fo, mi ddwedwn i wrtho gymaint o hen gi ydi'r gŵr acw, dim llonydd i'w gael ganddo fo.'

'Sh, Myfanwy, mae pobol eraill yn clywed.' Ond

gan ei bod mewn hwyliau dweud mwy plygodd y tair arall ymlaen i ddal ar y danteithion a ddeuai o'i cheg.

Roedd hi'n ganol bore a'r caffi yn prysur lenwi, a Magi a'r ddwy arall oedd yn gweini yn gwibio fel gwenyn o fwrdd i fwrdd yn cymryd yr archebion ac yn gwneud y coffi.

'Wel, mae 'na lot i'w ddeud dros nos Wener,' meddai Myfanwy, 'y gwaith tŷ wedi'i neud a thrip bach i'r dre ar y gorwel.'

Dyna siom i'r tair arall nad aeth hi ymlaen i sôn am ei gŵr. Ond roedd y posibiliadau yno ar gyfer rhyw dro eto!

'Noson dda ydi nos Wener,' meddai Menna. 'Allan i gael pryd o fwyd a stwffio fy hun yn iawn.'

'I ble'r ewch chi?' holodd Jen.

'Does wybod. Mi fydd Edgar wedi meddwl yn ystod y dydd ac wedi bwcio rhywle cyn dod o'r swyddfa – mi arbedith hynny rai ceiniogau ar y bil ffôn – help i dalu am y cinio.' A chwarddodd Menna'n uchel.

'Nos Wener, hen noson iawn,' meddai Cissie dan ei gwynt.

'Be ddwedest ti, Cissie?'

'O . . . y . . . deud bod nos Wener yn hen noson iawn, neu bod hi'n arfer bod yn hen noson iawn.'

'O! Dweda fwy.'

Byddai Cissie'n dadlennu mwy wrth ei ffrindiau, ei hunig ffrindiau, nag wrth neb arall. Roedd yn rhaid i bawb gael rhywun neu rywrai y gallai ymddiried ynddynt, a chriw seiat Dolawel oedden nhw iddi hi. Gorffennodd ei choffi a sychu ei cheg â'r syrffét papur. Edrychodd y tair arall allan i'r stryd tra casglai ei meddyliau ynghyd. Ond doedd dim o ddiddordeb iddyn nhw'n digwydd yno, na neb o bwys yn mynd heibio. Roedd hi'n bythefnos ar ôl y Pasg, llanw'r gwyliau wedi cilio a llanw'r haf heb ddechrau, a'r trigolion lleol yn hynod o gartrefol y bore arbennig hwn.

'Hen noson iawn,' meddai yn y man; 'dyna enw Eirwyn a minnau ar nos Wener ers inni briodi.'

'O, pam felly?'

'Am y bydde'r penwythnos o'n blaenau ni siŵr iawn, ac mi fydde Bob ac Eiddwen, ein ffrindiau ni, yn dod i aros aton ni ar nos Wener, neu ni yn mynd i aros atyn nhw, pan oedden ni'n byw yn Betws-yn-Rhos.'

'Ac mi fyddech chi'n cael *high jinks*?' holodd Myfanwy'n obeithiol.

'*High jinks?* Be ti'n feddwl?'

'Wel, cyfnewid partneriaid a chwarae gêmau amheus a phethe felly.'

Cochodd Cissie at ei chlustiau.

'Myfanwy, be ti'n feddwl ydw i, dwed,' meddai'n ddicllon. 'Rhag dy gywilydd di'n awgrymu'r fath beth!'

'Dos ymlaen, Cissie, paid cymryd sylw ohoni,' meddai Jen yn gymodlon. 'Dweda fwy am y nos

Wener, mae o'n ddiddorol i mi hyd yn oed os nag ydi o i Myfanwy.'

'Ac i minnau, a dwyt ti 'rioed wedi sôn am y peth o'r blaen,' meddai Menna gan dasgu briwsion y fisgeden olaf dros y bwrdd wrth iddi ei stwffio i'w cheg.

'Sori, Cissie,' meddai Myfanwy. 'Dos ymlaen. Den ni eisiau gwybod, wir yr.'

'Does 'na fawr i'w ddeud wir. Mi fyddai Eirwen yn prynu pysgod gan y dyn pysgod fore Gwener, ac mi fydden ni'n mynd i'w tŷ nhw neu nhw'n dod acw i swper ac yn aros dros nos.'

Arglwydd, alla i ddim dal fawr rhagor, meddyliodd Myfanwy, mae'r cyffro'n fy lladd i.

'Roeddech chi'n ffrindiau mawr?' holodd Menna, oedd ar delerau da efo'r byd a phawb ynddo erbyn hyn gan iddi gael ei digoni dros dro gan y bisgedi.

'Oedden. Ac yn debyg iawn i'n gilydd. Mi roedd hen fodryb i Bob yn byw yn y pentre ac mi ddwedodd wrtho fo un diwrnod, fel tase hi wedi cael fflach o weledigaeth – "Mi wnest ti ac Eirwyn adael yr ysgol yr un diwrnod, priodi yr un amser, symud i dŷ arall yr un amser â'ch gilydd, mi gawsoch chi gar newydd bob un yr un amser, a rŵan mae Eiddwen yn disgwyl. Ydi Cissie'n disgwyl hefyd? Mi dech chi fel tasech chi'n gneud pob peth efo'ch gilydd." '

Chwarddodd y tair arall.

'Ydi, mae nos Wener yn swnio'n hen noson iawn wedi'r cyfan, Cissie,' meddai Jen. 'Ond dweda fwy. Does 'na neb ond ni yn clywed.'

Cochodd Cissie eilwaith, ac yna, gan dynnu anadl sydyn i mewn, dywedodd, gan swnio fel tase hi'n cyhoeddi'r trydydd rhyfel byd: 'Wel, mi fydden ni wrthi bron bob nos Wener, y nhw a ni, os dech chi'n dallt be sy gen i . . .'

Caeodd ei cheg yn glep. Roedd gan ei ffrindiau ryw allu i gael allan ohoni bethau na fyddai'n meiddio eu dweud wrth neb arall.

'Dallt yn iawn, Cissie, dallt yn iawn,' meddai Myfanwy. 'A tase gen ti blentyn mi fase wedi ei genhedlu ar nos Wener.'

Cochodd Cissie at ei chlustiau a rhoi ei phen i lawr. Roedd yn hen bryd troi'r stori a daeth Menna i'r adwy.

'Be 'di hanes Bob ac Eiddwen erbyn hyn 'te?'

'Mi aethon nhw i fyw i Sir Fôn ac mi ddaethon ninne yma, a ryden ni wedi colli cysylltiad dros y blynyddoedd. Mae hynny'n digwydd, yn tydi?'

'Wrth gwrs ei fod o, Cissie. A mae gen ti ffrindiau newydd erbyn hyn on'd oes – y ni'n tair, llawer gwell i ti wir.' A chwarddodd Menna'n uchel.

Ond roedd Cissie wedi mynd yn dawedog iawn, fel pe bai rhywbeth ar ei meddwl.

'Ryden ni'n mynd am *summer cruise* eleni,' cyhoeddodd Menna gan feddwl bod gwyliau haf yn destun da i newid stori. 'Mae Edgar wedi bwcio'n barod, ynysoedd Groeg am bythefnos yn Awst.'

'Wel am lwcus,' meddai Myfanwy. 'Yr hen garafán yn Ffrainc fydd hi i mi eleni eto mae'n siŵr. Chwysu a bustachu yng ngwres y Dordogne, a Jac yn fwy o gi ar ei wyliau nag ydi o'n arferol. Be amdanat ti, Jen?'

'Llundain fel arfer am wn i, at fy chwaer. Dydi Awst ddim yr amser gorau i fynd i Lundain, ond dwi wrth fy modd yn y lle, ac mae digon i'w wneud yno.'

'Dwi wrth fy modd yn Llundain hefyd,' meddai Menna. 'Falle y perswadia i Edgar i fynd â fi yno dros y flwyddyn newydd imi gael ymdrochi yn nŵr y pistyll yn Sgwâr Traffalgar.'

'Mi faset yn gwagu'r dŵr i gyd o'r ffownten taset ti'n disgyn i mewn iddi,' meddai Myfanwy, ac roedd dychmygu gweld corff afrosgo Menna'n straffaglio dros ymyl y cawg yn ddigon i wneud i hyd yn oed Cissie chwerthin.

'A ble aiff Eirwyn â chdi eleni, Cissie?' oedd y cwestiwn nesa.

'O dwn i ddim, wythnos mewn dinas yn Lloegr yn rhywle mae'n siŵr, Rhydychen falle, neu Gaergrawnt, 'rioed wedi bod yn fan'no, ac aros mewn llety wrth gwrs, nid gwesty. A chofiwch un peth, wnewch chi, nid Eirwyn fydd yn mynd â fi, y fi fydd yn mynd â fo!'

'Cofia fynd â'r tennyn efo ti,' meddai Menna dan ei gwynt cyn holi'n uchel: 'Be am Stratford, mi fydde i'r dim i Eirwyn, cael mynd i weld yr holl ddramâu 'na, er rhaid imi ddeud na fasen nhw at 'y nant i – rhy sych a *boring* o lawer.'

'Na, dwi ddim yn meddwl. Mi fase fo eisiau mynd i'r theatr bob nos ac mi fase'n mwynhau ac yn deall pob gair fel athro Saesneg. Ond mi fase'n ddiflas i mi. Peidiwch rhoi'r syniad yn 'i ben o, wir, os gwelwch chi o.'

'Wyt ti ddim awydd mynd dramor am newid?'

'Dim ar unrhyw gyfri. Mi wyddoch be 'di marn i am fynd dramor am wyliau.'

'Pam nad ewch chi i rywle fel Ynysoedd y Sianel neu rywle tebyg? Mae hynny'n rhyw fath o dramor, ond ddim dramor chwaith.'

'Ond rhaid i chi hedfan i fynd i fan'no. A 'daf i ddim i mewn i'r un awyren dros fy nghrogi.'

'Does dim rhaid. Car i Weymouth, llong oddi yno i St Peter Port, Guernsey neu St Helier yn Jersey, a dyna ti. Dros y môr ond ddim dramor . . .'

'Na, go brin. Mi allech ddeud yr un peth am sir Fôn.' Doedd sôn am wyliau ddim at ddant Cissie, a rhoddodd ei hateb swta derfyn ar y drafodaeth.

Daeth distawrwydd dros y pedair yr un pryd, distawrwydd a'u gwnaeth yn ymwybodol o'r awyrgylch o'u cwmpas, Magi a'r lleill yn gwibio o fwrdd i fwrdd, yn cario coffi ac yn clirio. Roedd yr yfwyr coffi yn graddol adael a rhai oedd am ginio cynnar yn dechrau dod i mewn. Ond roedd gan y pedair chwarter awr eto cyn y bydden nhw'n symud, Chwarter i hanner dydd oedd y *deadline,* dyna pryd yr âi pob un i'w ffordd ei hun.

Ond doedd dim o bwys yn digwydd y bore hwnnw, ddim yn y caffi nac yn y stryd, dim byd i ysgogi na sgwrs na thrafodaeth na sisial gwenwynig rhwng y merched. Roedd tawelwch yn teyrnasu – rhywbeth anarferol iawn yn eu hanes.

Roedd Menna'n ceisio'i gorau i feddwl am rywbeth i gydio ynddo, rhywbeth i gael sgwrs ddifyr yn ei gylch cyn iddyn nhw ymadael. Oedd ganddi ryw hanesyn diddorol i'w adrodd? Na, dim. Oedd yna rywbeth o'r sgwrs gawson nhw y gallai gydio ynddo? Doedd sylw Myfanwy am ei gŵr ddim wedi datblygu'n ddim, ac roedd mwy o gyffro mewn rhoi siwgwr mewn paned o de nag yn 'hen noson iawn' Cissie.

'Ydi nos Wener yn dal i fod yn hen noson iawn yn dy hanes di, Cissie?' Roedd yn rhaid torri ar y tawelwch rywsut.

'Y . . . be ti'n feddwl?' meddai Cissie'n ffrwcslyd gan gochi unwaith eto.

'O Cissie, rwyt ti wedi cochi. Wyt ti'n cuddio rhywbeth?'

'Na, dim o gwbwl,' atebodd Cissie ar unwaith, Roedd hi ar dir peryglus. Doedd hi ddim eisiau dadlennu arferion carwriaethol ei phriodas i'r tair, er mor ddiniwed, ddigyffro oedden nhw mewn gwirionedd, ac er cymaint o ffrindiau oedden nhw. Yn sicr doedd hi ddim am ddadlennu bod ei gŵr yn cael ei gyfyngu i ryw ar nos Wener yn unig.

'Be amdanat ti, Myfanwy?'

'Mi fase pob noson yn hen noson iawn gan y diawl acw, tase fo'n cael ei ffordd. Pob noson o'r wythnos.'

'Falle nad wyt ti'n sylweddoli mor lwcus wyt ti, Myfanwy,' meddai Jen.

'Clyw hen ferch yn siarad,' meddai Myfanwy. 'Dwyt ti ddim yn sylweddoli mor lwcus wyt *ti*.'

'Dwi ddim yn licio galw neb yn hen ferch, a dy ddewis di ydi bod heb neb, Jen,' meddai Menna. 'Ond faswn i ddim yn gneud heb Edgar am y byd.'

'Mae o'n hen ffasiwn erbyn hyn i alw neb yn hen ferch,' meddai Cissie. 'Beth am y bobol 'ma sy'n byw efo'i gilydd heb briodi? Pan fydd perthynas felly'n dod i ben, ydi'r ferch yn hen ferch, neu be? Nid mod i'n cyd-fynd â'r holl gyd-fyw 'ma cofiwch. Priodas ydi unig sail perthynas iach cyn belled ag yr ydw i yn y cwestiwn.'

'A'r canlyniad ydi fod pawb yn cael perthynas y tu allan i briodas.'

'Pawb, Jen?'

'Wel, y rhan fwya greda i. Dynion beth bynnag.'

'Ond os ydi pob dyn yn cael perthynas tu allan i briodas, mae'n rhaid fod 'na nifer dda o ferched hefyd; does 'na ddim digon o ferched sengl i fynd rownd pawb,' dadleuodd Menna, mewn ffit sydyn o resymeg anarferol iddi hi.

'Mi faswn i'n hanner lladd Eirwyn taswn i'n darganfod ei fod o'n cael perthynas efo rhywun,' meddai Cissie'n dawel. 'Dwi'n meddwl y baswn i'n ei sbaddu o.'

'Sbaddu, sbaddu?' holodd Menna'n ddryslyd.

'Dyna'ch drwg chi wragedd athrawon, dech chi'n siarad fel llyfr. Be 'di sbaddu?'

'Castrêtio, Menna, dyna 'di sbaddu,' esboniodd Myfanwy wrthi.

'Bobol bach, Cissie. Faset ti ddim yn gneud y fath beth, faset ti? Sut baset ti'n gneud hynny, morthwyl, siswrn neu glipars?'

A chwarddodd tair o'r pedair gyda'r hwrdd mwyaf afreolus o chwerthin a glywyd y bore hwnnw.

Cododd ambell un ei ben o'i gawl a'i frechdan ac edrychodd Magi'n bryderus tuag atynt. Roedd hi'n amser iddyn nhw fynd, yn amser iddyn nhw ildio'r bwrdd i rywun fyddai'n prynu cinio.

Cododd y pedair oddi wrth y bwrdd a gafaelodd Cissie yn ei bag plastig a'r *coasters* ynddo. Ffarweliodd y pedair wrth ddrws y caffi a chytuno, fel y bydden nhw bob amser, ar y tro nesa – dydd Mawrth am un ar ddeg. Byddai hanes 'yr hen benwythnos' ganddyn nhw ddydd Mawrth, ac roedd seiadau Mawrth wastad yn well na rhai dydd Gwener.

Ar y stryd tu allan i'r caffi gwahanodd pawb i'w ffordd ei hun, a cherddodd Cissie mor fuan ag y medrai i lawr y brif stryd, drwy strydoedd llai ac allan i'r wlad, a throi i mewn i'r stad breifat gyntaf y tu hwnt i'r stad o dai cyngor ar gyrion y dref. Roedd pnawn prysur o'i blaen, galw i weld Mrs Fletcher, gorffen hwfro a gwneud cacen a sgons.

*   *   *

Roedd hi'n bwrw glaw 'chwe eiliad' wrth i Eirwyn Walters yrru tuag adref ar nos Wener gyntaf tymor newydd. Dim digon i wneud bywyd yn felancolia llwydaidd, ond digon i'w gadw rhag torri'r lawnt y noson honno, ac roedd hynny'n fendith ac yntau wedi blino.

Roedd y traffig yn eitha trwm ac yn symud yn weddol araf, ond doedd dim o bwys gan Eirwyn am hynny. Doedd dim brys mawr arno na dim arbennig yn galw. Gwyddai y byddai Cissie'n aros amdano'n amyneddgar ffyddlon fel ci anwes yn aros am ei feistr. Na, cymhariaeth anffodus, nid fel ci anwes; doedd anwes ddim yn rhan o'i geirfa na'i gweithredoedd, ac yn sicr nid ef oedd y meistr. Na, eistedd yn gwnïo rhyw lenni newydd neu wau rhyw ddilledyn fel pe bai ei bywyd yn dibynnu arno y byddai, ond byddai tân braf yn y grât gan ei bod yn dal yn oer, ac arogl cartrefol coginio yn llenwi'r tŷ.

Roedd hi'n nos Wener, hen noson iawn, neu felly yr arferai fod, ac roedd rhai o arferion yr hen noson iawn yn parhau.

Am gyfnod byr daeth i law trymach, glaw eiliad, a chan fod lorri o'i flaen yn tasgu dŵr o'i hôl bu'n rhaid iddo newid cyflymder y llafnau ar ei sgrin wynt. Ond buan y tawelodd pethau drachefn, ac ar ôl i'r lorri droi oddi ar y briffordd, trodd yntau y llafnau sychu'r ffenest yn eu hôl i deithio ar draws y sgrin wynt bob chwe eiliad. Chwe eiliad union, dyna'r egwyl rhwng y symud. Bob hyn a hyn byddai Eirwyn yn gorfod cyfri ac ailgyfri er mwyn sicrhau mai chwe eiliad oedd y bwlch, ac roedd o'n cael yr un canlyniad yn ddi-feth. Tybed beth oedd y bwlch rhwng hyrddiau'r llafnau ar geir eraill? Oedd o'n amrywio o gar i gar tybed? Oedd y bwlch yn mynd yn hwy neu'n llai yn ôl maint y car? Cwestiwn diddorol. Ac yna, wrth gwrs, roedd elfennau eraill yn cyfri, sef grym y batri a faint o drydan oedd ynddo. Tybiai Eirwyn y byddai'r bwlch rhwng pob hwrdd yn llawer mwy os oedd y batri'n isel.

Diddorol. Byddai'n rhaid iddo gofio gofyn i rai o aelodau'r staff am hyn ddydd Llun. Byddai'n rhywbeth i siarad amdano yn hytrach na chulni'r cwricwlwm, beiau'r brifathrawes, straen y swydd, a'r holl destunau 'addysgol' eraill a gâi eu trafod.

Er, i fod yn deg, doedd dydd Llun ddim yn rhy ddrwg. Wedi penwythnos byddai chwaraeon, yn enwedig pêl-droed, yn destun sgwrs y dynion a siopa gwallgof y siopau mawr yn llenwi cegau'r merched. Trafod gwyliau oedd y *bore* mawr arall.

Eiliad union a gymerai'r llafn i groesi'r sgrin wynt pan fyddai yn ei gyflwr normal, a glaw eiliad oedd y glaw mwyaf cyffredin o lawer yn yr ardal hon. O leia, felly y byddai'n arfer bod tan yn ddiweddar. Roedd Eirwyn yn cael yr argraff ei fod yn defnyddio gêr gyflym y llafnau yn amlach yn y blynyddoedd diwethaf. Arwydd bychan, ond pwysig, arwyddocaol o leia, fod yr hinsawdd yn newid a phatrwm y tymhorau a'r tywydd yn wahanol i'r hyn oeddynt pan oedd ef yn iau.

Pum sychiad bob tri eiliad oedd cyflymder y llafnau pan fyddent ar eu heithaf. Roedd hyn yn golygu bod pob sychiad yn cymryd pwynt chwech o eiliad ac y byddai'r llafn wedi croesi ar draws y sgrin, mewn munud union o amser, gant o weithiau.

Roedd Eirwyn yn cael hyn yn ddiddorol iawn. Gallai'n awr gyflwyno'r darlun cyfan – glaw chwe eiliad, y llafn yn symud ar draws y sgrin ddeg gwaith mewn munud; glaw eiliad, y llafn yn symud chwe deg o weithiau, glaw pwynt chwech a'r llafn yn symud gant o weithiau.

Tybed pwy oedd wedi gweithio'r sỳm? Tybed pwy oedd wedi penderfynu mai fel hyn roedd hi i fod? Oedd yna brofion wedi eu gwneud gyda dŵr yn cael ei chwistrellu ar gyflymderau gwahanol ar draws y sgrin a rhywbeth yn mesur wedyn effeithlonrwydd y llafnau? Oedd o'n fwriadol bod gwahaniaeth o ddeg y cant rhwng y symudiad ysbeidiol a'r symudiad cyflym?

Problem fathemategol oedd hi, a mathemateg yn unig fedrai ei datrys. Roedd Eirwyn yn hoffi mathemateg. Byddai wedi bod wrth ei fodd yn dysgu mathemateg yn yr ysgol. Nid ei fod yn casáu Saesneg. Na, hwnnw mae'n debyg oedd ei hoff bwnc wedi'r cyfan, ond roedd ysgol uwchradd erbyn hyn yn cynnig pob math o bosibiliadau i athro, a chyfle aml i ddilyn pynciau ei ddiddordeb yn ogystal â phynciau ei gymwysterau.

Ond nid felly yr oedd hi yn ei hanes o. Cafodd

unwaith gyfle i ddysgu mathemateg i grŵp 3 ym mlwyddyn 7 a chofiai'n iawn mor gyffrous y teimlai wrth gerdded i mewn i'r dosbarth am y tro cyntaf ar ddechrau tymor.

Ond pythefnos yn unig barodd yr arbrawf. Doedd gan Eirwyn ddim disgyblaeth ar y dosbarth ac fe'u collodd o'r dechrau. Na, i fod yn fanwl gywir, chafodd o mohonyn nhw i'w colli nhw yn y lle cyntaf. Biti, byddai gwers neu ddwy o fathemateg bob wythnos wedi torri ar undonedd dysgu Saesneg, a chyflwyno pwnc yn rhannol drwy'r Gymraeg yn torri ar undonedd a straen siarad Saesneg drwy'r amser mewn dosbarthiadau lle roedd mwyafrif y plant yn Gymry Cymraeg.

Roedd yn rhaid i Eirwyn gyfaddef nad oedd ganddo fawr o ddisgyblaeth ar ei ddosbarthiadau Saesneg chwaith. Ond o leia doedd o ddim yn cael y rhai gwaetha, dim ond y rhai fyddai'n mynd ymlaen yn y diwedd i wneud TGAU. Ac roedd o wrth ei fodd yn dysgu'r chweched dosbarth, ac yn ffansïo'i hun yn dipyn o athro. Mewn coleg y dylai fod a dweud y gwir, lle nad oedd materion pitw megis disgyblaeth yn broblem, lle y gallai ganolbwyntio ar drafod llenyddiaeth a rhoi sylw i deithi'r iaith. Yn enwedig gan fod ei gyfle i drafod efo'r chweched dosbarth yn crebachu o flwyddyn i flwyddyn dan deyrnasiad Ann James y pennaeth adran, a hithau'n cymryd mwy a mwy o gyfrifoldeb am yr haen elitaidd hon o ddisgyblion yr ysgol iddi hi ei hun.

Oedd, roedd disgyblaeth yn broblem fawr i Eirwyn, ac nid o ddiffyg ceisio ei datrys yr oedd y broblem yn dal i fodoli. Dilynodd yr holl reolau ac awgrymiadau a roed iddo: peidio troi ei gefn hyd yn oed wrth ysgrifennu ar y bwrdd du neu wyn – dibynnu pa ystafell roedd o ynddi ar y pryd – peidio cerdded i mewn i ganol y dosbarth, ond aros yn y tu blaen yn wynebu pawb, gwahanu'r elfennau drwg oddi wrth ei gilydd. Y drafferth oedd fod pawb yn elfen ddrwg mewn dosbarth pan oedd o yn athro arnynt.

Yn ystod ei fynych ymresymiadau ag ef ei hun wrth deithio'r pum milltir ar hugain rhwng ei gartref a'r ysgol bob dydd, roedd Eirwyn wedi gorfod cyfaddef iddo'i hun yn y diwedd mai mater o bersonoliaeth neu bresenoldeb, nid o ddilyn rheolau disgyblaeth yn slafaidd, oedd cadw trefn. Roedd Siân Roderick, yr athrawes gelf newydd a ddaethai i'r ysgol yn syth o'r coleg fis Medi, yn un o'r merched lleiaf a welodd erioed, yn fach, yn eiddil, yn dlws fel dol. Ond roedd ganddi ddisgyblaeth fel y dur ac roedd un edrychiad yn ddigon i'ch toddi'n llymaid. '*Pocket battleship*' oedd yr enw cyffredin arni ymysg y plant. A dyma fo, yn gwlffyn chwe throedfedd, yn dal a gosgeiddig, yn dipyn o bishyn a dweud y gwir, a heb fawr o rychau ar ei wyneb er ei fod wedi troi'r hanner cant ers tro, yn un fyddai'n cael trafferth i gadw rheolaeth mewn ystafell ddosbarth wag!

Na, doedd a wnelo cadw'r rheolau ddim â'r peth o

gwbl. Personoliaeth, dyna ydoedd. Dyna pam, mae'n debyg, ei fod yn cael ei fwlio pan oedd yn blentyn ei hun, dyna pam yr oedd ei dad a'i fam wedi bod yn fwy na rhieni iddo, yn engyl gwarcheidiol yn gwylio pob cam o'i eiddo, yn dipyn o niwsans yn wir. A dyna pam na chafodd ddyrchafiad i fod yn bennaeth adran. Byddai ei wraig yn adrodd wrth ei ffrindiau a'i chymdogion ei fod yn ail yn yr adran. Bychan wydden nhw mai adran o ddau oedd hi, gydag atodiadau achlysurol o rai fyddai'n troi eu llaw at ddysgu Saesneg pan fyddai galw am hynny.

Ceisiodd am swydd pennaeth yr adran sawl tro yn y gorffennol. Y tro cyntaf roedd athro arall ar y staff, un oedd wedi bod yno'n hirach nag ef a gradd anrhydedd mewn Saesneg ganddo, wedi ei chael. 'Mater o flynyddoedd ac o brofiad yn unig oedd hi,' meddai'r brifathrawes wrtho. Yr ail dro roedd rhywun o'r tu allan wedi ei benodi, angen gwaed newydd yn yr adran a'r ysgol oedd yr esgus y tro hwnnw. Y trydydd tro dim ond y fo oedd wedi cynnig amdani, a'r hyn benderfynodd y llywodraethwyr ei wneud oedd ailhysbysebu a chwilio'n benodol am rywun. Dyna pryd y syrthiodd y geiniog.

Ond nid dyna'r tro olaf iddo geisio am swydd. Aeth swydd dirprwy brifathro un o ysgolion eraill yr awdurdod yn wag a cheisiodd amdani. Doedd o ddim ei heisiau, a dim ond am fod Cissie wedi mynnu ei fod yn ceisio amdani y gwnaeth o hynny. Cofiai'r drafodaeth yn iawn.

'Does dim pwrpas i mi drio amdani, Cissie, cha i moni. Dwi 'di trio am swydd pennaeth adran sawl tro a heb ei chael.'

'Dim bwys am hynny, Eirwyn. Dydyn nhw ddim yn gweld eich gwerth chi yn yr ysgol 'na. Mae'n bryd i chi symud oddi yno – mi welan eu colled wedyn.'

'Ond does gen i ddim gobaith ei chael hi.'

'Pwy sy'n deud? Mi fydd llywodraethwyr a phennaeth gwahanol yn penderfynu y tro yma.'

'Byddan, ac mi fydd fy mhrifathrawes i wedi anfon i ddeud wrthyn nhw am beidio fy mhenodi.'

'Ydych chi'n meddwl y gwnâi hi beth mor wrthgefn â hynny? Fydde hi ddim yn deud y gorau gallai hi amdanoch chi?'

'O bydde, yn deud y gorau gallai hi, ac ar ôl hynny yn nodi'r gwendidau – dim disgyblaeth, dim rheolaeth ar ei ddosbarthiadau, dyna fyddai ei geiriau. Dydych chi ddim yn ei nabod hi fel dw i, Cissie.'

'Wel, mae hi'n ymddangos yn ddynes ddymunol iawn bob tro y bydda i'n ei gweld hi, sy ddim yn aml dwi'n cyfaddef, ac yn gwrtais a bonheddig. A sut bynnag, tydi disgyblaeth ddim mor bwysig i ddirprwy ag i athro cyffredin.'

'Mae disgyblaeth yr ysgol yn rhan o ddyletswyddau'r dirprwy yn y swydd yma.' Bu bron iddo ag ychwanegu: 'Peidiwch â bod mor hurt, yr hulpen wirion.' Ond gwyddai na feiddiai. Doedd o ddim wedi croesi Cissie ers blynyddoedd, dim ond yn ei feddwl, ers i'w hwyneb hi fynd yn ddulas pan wylltiodd hi efo fo rhyw dro, ac i'r doctor ddweud bod ganddi dwll yn ei chalon. Na, unrhyw beth er mwyn bywyd tawel fu hi wedi hynny, ac roedd cynefino â hynny wedi dofi unrhyw ysbryd oedd ynddo i wrthryfela.

Ac yna roedd Cissie wedi dangos ei gwir liwiau pan ychwanegodd:

'Wel, mi fydd bod wedi ymgeisio am y swydd yn rhoi statws i chi, Eirwyn. Mi gaech 'ych adnabod fel un sy'n ceisio am swyddi o bwys a chyfrifoldeb, ac mae hynny'n bwysig iawn. A phwy ŵyr pa swyddi eraill ddaw yna yn ystod y misoedd a'r blynyddoedd nesaf. Does gynnoch chi ddim digon o feddwl ohonoch eich hun, Eirwyn, dwi wedi deud hynny erioed. Rhaid i chi drio amdani!'

Ie, statws roedd ei wraig eisiau iddo ond ei chwennych iddo ef er ei mwyn ei hun a wnâi. Mae'n siŵr ei fod yn siomedigaeth fawr iddi, nad oedd o'n ddim ond athro cyffredin mewn ysgol uwchradd fechan, gyffredin mewn ardal ddi-nod, denau ei phoblogaeth yng ngogledd Cymru.

Chafodd o ddim cyfweliad am y swydd; y tebyg ydi y byddai wedi sychu neu faglu ar ei eiriau pe câi un beth bynnag, a'r unig statws gafodd o felly oedd y statws o fod yn ymgeisydd aflwyddiannus, yn un nad oedd hyd yn oed yn cyrraedd y rhestr fer!

Beth tybed wnaeth iddo feddwl am hynny heno o bob noson, a hithau'n nos Wener? Am ei bod hi'n nos Wener efallai, am fod y traffig yn symud yn araf, hamddenol? Oherwydd y sôn yn y gwynt am arolwg?

Twt, ceisio dychryn y staff yr oedd y brifathrawes. Rêl hen ast oedd hi sut bynnag, a doedd neb yn ei hoffi. Roedd yn rhaid iddo beidio meddwl am y peth, efallai na ddigwyddai am flynyddoedd.

Daeth i lawio'n drymach eto a newidiodd Eirwyn gêr y llafnau sychu i weithio'n normal, unwaith bob eiliad, chwe deg gwaith mewn munud, yn llyfn, yn esmwyth, yn ddigyffro, yn rheolaidd. Mewn ffit athronyddol meddyliodd fod symudiad cyson y llafnau yn ddarlun perffaith o'i fywyd o, yn sicr o'r bywyd yr oedd Cissie wedi ei lunio ar ei gyfer o a hithau. Dim cynyrfiadau mawr, dim byd i dorri ar esmwythyd arferol bywyd, ar rythmau cyson byw a bod. Dim rhuthro gwirion chwaith, pob symudiad dan reolaeth, pob gweithgaredd a gweithgarwch o fewn terfynau.

Roedd lorri o'i flaen eto yn tasgu dŵr budur ar ei sgrin wynt ac yn gwneud gweld yn anodd. Trodd i mewn i gilfach uwchben y môr, diffoddodd yr injian ac eisteddodd yno i edrych ar ryfeddod y cefnfor oddi tano, ar y tonnau yn rasio'i gilydd tua'r lan cyn malu cu cyrff yn yfflon ar ddannedd y creigiau a'u gwaed gwyn yn chwalu'n ewyn dros y lle.

Agorodd y ffenest i glywed y dwndwr cyson, yr hyrddio yn erbyn y creigiau a'r siffrwd carlamus oedd fel hugan dros yr ehangder. Roedd rhywbeth yn dragwyddol yn y môr, mor gyfnewidiol, ddigyfnewid. Yr un symud heddiw ag a fu dros y canrifoedd, ac eto pob ton yn batrwm gwahanol a dim un dwy a fu erioed yn union yr un fath.

Roedd hi'n ganol Ebrill ond yn debycach i ganol Chwefror, a'r gwylanod yn hedfan yn anesmwyth ddryslyd uwchben y creigiau fel pe baent hwythau'n methu deall patrwm gwahanol y tywydd a'r tymhorau.

Oedd, roedd rhywbeth yn dangnefeddus yn sŵn y môr, sŵn oedd yn boddi hymian cyson y traffig ar y ffordd a si y teiars ar y tarmac gwlyb. Ac yntau yno, rhwng y ddau, fel pe bai mewn deufyd, rhwng mynd cyson, gorffwyll bron, bywyd bob dydd, a rhythm cyson y tonnau ar yr eang fôr. Tebyg i'r tonnau tawel oedd ei fywyd o, yn brotest barhaus yn erbyn gorffwylltra bywyd, yn dawel ddigyfnewid. Ond ai dyna roedd o eisiau? Ai ei syniad ef oedd bywyd felly, ynteu patrwm bywyd a orfodwyd arno gan ei wraig?

Trodd yr allwedd danio a rhoi llafnau'r sychwr ymlaen, yn eu modd normal i ddechrau, i adlewyrchu ei fywyd o. Yna trodd hwy i'r gêr uwch ac edrych arnynt yn glanhau'r sgrin, yn orffwyll bron. Os mai llafnau normal oedd ei fywyd o, yna'r llafnau hysteraidd hyn oedd patrwm bywyd cynifer o bobl yn yr oes wallgof yr oedd o'n byw ynddi. Mynd, mynd diddiwedd, heb aros i ystyried, heb aros i orffwys, heb aros i feddwl. Fyddai o eisiau bywyd felly? Na fyddai'n sicr; gwell oedd symudiad cyson rheolaidd, araf bywyd na hynny. Trodd y swits fel bod y llafnau'n gyrru ar draws y sgrin bob chwe eiliad. Eisteddodd yn ôl a gorffwys ei ben ar gefn y sedd.

Oedd, roedd rhywbeth yn braf yn y symudiad ysbeidiol hwn hefyd. Llonyddwch a gorffwys am ysbaid, yna rhuthr ar draws y sgrin, cyn dychwelyd i'r tawelwch gorffwysol drachefn. Onid hwn oedd y darlun gorau o fywyd – cymysgedd o lonyddwch, o normalrwydd tawel ac o hyrddiau o gyffro? Bywyd y gwastad caredig gydag ambell oriwaered sydyn yn torri ar undonedd y daith.

Roedd yn bryd iddo fynd. Byddai'r lorri'n ddigon pell i ffwrdd erbyn hyn a doedd dim peryg iddo ei goddiweddyd drachefn cyn cyrraedd adref. Byddai Cissie'n dechrau poeni os byddai'n hwyr iawn, neu fe fyddai'n rhoi tafod iddo am beidio'i ffonio. Estynnodd y ffôn bach, ond doedd dim signal yn y gilfach hon, felly penderfynodd mai bwrw mlaen fyddai orau.

Roedd y glaw wedi peidio a doedd dim angen hyd yn oed y sychu ysbeidiol gan y llafnau. Diolch am hynny; gallai eu diffodd a stopio meddwl amdanyn nhw cyn iddo'i ddrysu ei hun.

Chwarter awr yn ddiweddarach roedd o'n troi trwyn ei gar i mewn drwy giât y tŷ ac yn syth i mewn i'r garej.

2

'Dwi adre!'

Camodd Eirwyn Walters i mewn drwy'r drws i gyntedd bychan y Gilfach, y byngalo yng nghanol stad Glandŵr. Sychodd ei draed yn ofalus yn y mat, a rhoi ei fag i gadw cyn camu i mewn i'r lolfa.

'Dwi adre' oedd y ddau air pwysicaf a lefarai'r noson honno. Anghofiai o byth y noson dros flwyddyn yn ôl bellach pan gyrhaeddodd adref a cherdded i mewn i'r lolfa heb iddi ei glywed yn dod.

Roedd Cissie'n eistedd â'i chefn at y drws ac fe neidiodd lathenni pan gerddodd i mewn.

'O, mi wnaethoch chi nychryn i! Ma nghalon i'n curo fel gordd!'

Trawodd ei mynwes yn galed ddwywaith neu dair fel pe bai'n ceisio arafu'r curiad hwnnw.

'Mi fydda i wedi cael trawiad ar y galon cyn sicred â dim os na fyddwch chi'n fwy gofalus.'

'Mae'n ddrwg gen i, Cissie. Wnes i ddim meddwl.'

'Dim meddwl, naddo, mae'n amlwg. Wel, mi fydd yn rhaid i chi feddwl yn bydd neu fydd gennych chi ddim gwraig un o'r dyddiau yma, mi fydd hi wedi marw.'

Llwyddodd Eirwyn i reoli'r meddwl annheilwng a fflachiodd drwy ei ben ac aeth ati i'w chysuro.

'Dyna chi, eisteddwch yn y fan yna ac mi wna i baned i chi. Rhaid ichi beidio ypsetio'ch hun.'

Ers hynny roedd y cyhoeddiad 'Dwi adre' wedi

sicrhau na ddigwyddai sefyllfa felly byth eto, er y teimlai Eirwyn y dylai sŵn ei gar yn dod at ddrws y garej fod yn ddigon o arwydd iddi ei fod gartref.

Roedd Cissie'n eistedd yn un o gadeiriau esmwyth y lolfa ac o'i blaen roedd bwrdd bychan a hambwrdd arno yn cynnwys dwy gwpan a soser, jwg llaeth, Canderel, siwgwr a phlât yn dal dwy sgonsen. Byddai swper am hanner awr wedi chwech, mewn llai na dwyawr, ond roedd te bach ar ôl cyrraedd adref yn ddeddf!

Eisteddodd Eirwyn yn ddiolchgar yn y gadair. Roedd hi'n nos Wener ac roedd o wedi blino. Tynnodd ei esgidiau a symud bysedd ei draed yn fodlon wrth eu dal at y tân.

'Rhaid i chi dynnu'r gôt yna rhag ichi gael bwyd arni. Mi wyddoch sut un ydech chi efo bwyd.'

Gwyddai, fe wyddai. Meddyliai weithiau, pe bai'n cael damwain fawr ac yn gorwedd yn ei waed, y byddai Cissie'n gresynu mwy am y marciau ar ei gôt nag am unrhyw farc allai fod ar ei gorff. Ond, na, roedd o'n annheg. Hi oedd yn iawn, hi oedd yn gweithio'n galed i'w gadw ef a'i dŷ yn daclus. Tynnodd ei gôt.

'Gawsoch chi ddiwrnod prysur heddiw?'

'Prysur iawn. Mae llawer o waith i'w neud efo dosbarth chwech, yn enwedig y llyfrau gosod, gan fod yr arholiadau'n agos. Ches i'r un funud i mi fy hun.'

'Na finne chwaith. Ar fynd drwy'r dydd a gorfod chwilio am anrheg i Mrs Fletcher yn y fargen. Mi allwn i fod wedi gneud heb hynny heddiw o bob diwrnod.'

Gwyddai Eirwyn mai mynd â'r ci am dro, cyfarfod ei ffrindiau, hwfro a choginio oedd elfennau'r 'o bob diwrnod'; mynd am dro efo ci nad oedden nhw ei angen ac yr oedd ef yn ei gasáu, cyfarfod ffrindiau nad oedden nhw'n ddim byd ond criw lledu straeon, hwfro byngalo oedd eisoes fel pìn mewn papur a choginio melysfwydydd nad oedd arno na'u hawydd na'u hangen.

Tywalltodd Cissie baned i'r ddau ohonyn nhw, gan roi siwgwr a llefrith iddi hi, Canderel ond dim llefrith iddo fo. Yna estynnodd y sgon iddo.

Rhoddodd Eirwyn ei ddannedd ynddi. Roedd gormod o fenyn arni fel arfer, ond rywdro yn y gorffennol, pan gymerodd hances bapur i sychu peth ohono ymaith, fe wnaeth Cissie gymaint o ffỳs fel y penderfynodd bryd hynny fod dogn ychwanegol o golesterol yn bris bychan i'w dalu am heddwch teuluol.

Trodd Cissie ato. 'Wel?'

'Wel be?'

'Be dech chi'n feddwl ohonyn nhw?'

'Be dwi'n feddwl o be?'

'O'r sgons siŵr iawn.'

'O, neis iawn. Fel arfer.'

'Ond tydyn nhw ddim fel arfer. Maen nhw'n wahanol.'

'Ydyn nhw?' Daliodd damaid o'i flaen ac edrych arno'n fanwl. 'Be sy'n wahanol ynddyn nhw?'

Edrychodd eilwaith ar weddillion y sgon yn ei law,

ond doedd dim yn dal ei lygad. Sylwodd o ddim ar unrhyw wahaniaeth yn y blas chwaith.

'O, Eirwyn, dech chi'n anobeithiol, yn anobeithiol. Does 'na ddim cyrens na syltanas ynddyn nhw.'

'Wel nac oes, dech chi'n iawn. Ond mae 'na rywbeth coch ynddyn nhw.'

'Oes, ceirios.'

'Ceirios?'

'Ie, ceirios.' Cymerodd Cissie ddracht o'i the cyn ychwanegu, 'Awgrym Mrs Fletcher. Peth od na fyddwn i wedi meddwl am y peth ymhell cyn hyn. Dech chi'n eu hoffi nhw?'

Cymerodd Eirwyn lond ceg o sgon a gwneud sioe ohoni wrth ei chnoi.

'M! Ydw. Neis iawn.'

'Tipyn gwell na chyrens dech chi ddim yn meddwl, neu syltanas? Dwi'n meddwl y defnyddia i geirios o hyn allan. Maen nhw'n fwy chwaethus a lliwgar hefyd.'

Roedd sylw o'r fath yng ngenau Cissie yn swnio fel datganiad *ex cathedra* gan y pab, a theimlai Eirwyn ei fod wedi gwneud camgymeriad cynta'r noson drwy beidio sylwi. Na, yr ail; peidio tynnu ei gôt oedd y cyntaf.

'Un dda ydi Mrs Fletcher, hen wreigan annwyl iawn.'

'Ie debyg, Saesnes!'

'Mi wn i mai Saesnes ydi hi, ac mae hynny'n biti, ond does ganddi hi ei hun ddim help am hynny. Mi rydyn ni'n lwcus iawn mai hi sy'n byw drws nesa i ni. Mae hi'n dawel a byth yn creu cynnwrf, byth yn busnesa gormod, byth yn cael partïon gwyllt. Llawer gwell na llond tŷ o rafins.'

Roedd yn rhaid i Eirwyn gytuno bod llawer o wir yn hynny, a doedd yntau mwy na'i wraig ddim eisiau rafins yn byw drws nesa. Y drwg oedd fod diffiniad ei wraig o rafins dipyn yn ehangach na'i un o, ac yn cynnwys unrhyw un, o ba bynnag oed, oedd yn smocio neu'n yfed yn ormodol.

Treuliodd Eirwyn y chwarter awr nesa'n gwrando ar saga prynu anrheg pen-blwydd i Mrs Fletcher. Y gormod o ddewis, y cadw'r pris yn rhesymol rhag ofn iddi feddwl eu bod yn dangos eu hunain ac am greu'r argraff eu bod yn gyfoethog, oedd yn wir wrth gwrs. Roedd hi'n swnio fel petai popeth oedd ar gael mewn unrhyw siop yn bosibilrwydd ar gyfer bod yn anrheg, a rhoddodd Eirwyn ochenaid fechan o ryddhad pan gyrhaeddodd ei wraig at y tri pheth oedd ar ôl cyn y dewis – y rhestr fer fel petai.

Bu'n rhaid iddo wedyn wrando ar rinweddau cymharol fâs flodau, planhigyn gardd a set o fatiau bach gyda lluniau o fynyddoedd Eryri arnynt.

'. . . ac yn y diwedd, mi fyddwch yn falch o glywed, mi setlais i am y *coasters*. Rydw inne, fel y gwelwch chi, yn ymwybodol mai Saesnes ydi hi a bod eisiau iddi sylweddoli i ble mae hi wedi dod i fyw.'

Balch o glywed! Oedd hi'n meddwl ei fod o'n cyfri

bod prynu *coasters* yn elfen bwysig ac arwyddocaol yn y frwydr i wneud Mrs Fletcher drws nesa, a phob Mrs Fletcher arall, yn ymwybodol o Gymreictod? Doedd o ddim, ond ddwedodd o mo hynny. Na, roedd o wedi ei dynghedu ei hun i fywyd y llafn un eiliad, y symudiad cyson diwyro, ac roedd yn rhaid iddo weithio'n galed ar brydiau i gadw'r cymesuredd hwnnw.

Elfennau'r cymesuredd hwnnw ar nos Wener fyddai mynd â'r ci am dro am chwech o'r gloch, bwyta, a mwynhau ac ymateb i'r swper – caserol fel rheol – am hanner awr wedi chwech, gwylio *Pobol y Cwm* ac ambell raglen arall ar y teledu, cawod neu fàth am ddeg a gwely gweddol gynnar ar gyfer yr hen noson iawn, y ddogn wythnosol o ryw, os nad o gyffro.

Ond cyn hynny aeth Eirwyn i'r llofft i newid i'w hen ddillad, dod yn ei ôl a chysgu am chwarter awr ar y soffa, yna darllen y papur cyn mynd â'r ci am dro. A thrwy gydol y cyfnod hwnnw roedd Cissie'n tendio'r caserol yn y gegin ac arogl hyfryd y ddarpariaeth yn treiddio drwy'r tŷ.

Jack Russell o'r enw Siwsi oedd y ci, neu'r ast, gast wedi ei doctora, a pheth bach ddigon annwyl a bywiog. Ond roedd Eirwyn yn casáu cŵn, yn casáu eu glafoerio diddiwedd, eu crafu am chwain, eu blew, eu harogl. Y cyntedd wrth y drws cefn oedd yr unig le yn y tŷ y câi ddod i mewn iddo; er bod Cissie'n meddwl y byd o'r ast, roedd ganddi fwy o feddwl o'i dodrefn a'i thŷ. Roedd Eirwyn yn hynod ddiolchgar am hynny.

Aeth drwodd i'r cyntedd cefn a'r tennyn yn ei law. Gwallgofodd Siwsi'n llwyr pan welodd o a gweld y tennyn. Prin y gallai ymatal rhag ei fwyta wrth iddo glymu'r tennyn wrth ei choler. Yna estynnodd y sgŵp, y menig a bag plastig, ac allan ag o i'r stad.

Yr un oedd y daith bob tro: allan o'r stad, ar hyd y ffordd, troi i mewn ar hyd y llwybr cyhoeddus ac i'r parc. Gollwng yr ast yn rhydd yn y fan honno a gadael iddi redeg o gwmpas am ryw bum munud, ac yna dychwelyd ar hyd ffordd arall yr ochr draw i'r parc. Taith gron o ryw dri chwarter milltir ar y mwyaf, a'r un daith ag y byddai Cissie wedi ei gwneud efo'r ast yn y bore.

Roedd Eirwyn yn ffieiddio at y baw ci oedd ym mhobman yn y parc, yn y parc lle chwaraeai'r plant! A merched sidêt y dre oedd yn gyfrifol amdano. Wel na, i fod yn fanwl gywir, cŵn y merched sidêt. Ychwanegodd Siwsi ei thwmpath at y baw ci oedd yno eisoes ond gwisgodd Eirwyn y menig, a'i godi efo'r sgŵp a'i roi yn y bag plastig. Teimlai'n Charli go iawn yn cario bagaid o gachu ci efo fo wrth gerdded gweddill y daith tuag adre.

'Helô, Eirwyn, sut mae pethau?'

Llais Arwyn, cyfaill iddo, cydymaith o leia, aelod o'r un capel beth bynnag.

'Helô, Arwyn.'

'Mynd â'r ci am dro?'

Doedd neb tebyg i Arwyn am nodi'r amlwg.

'Ia, tro bach cyn swper.'

'Be am ddod am beint?'

'Y . . . be? Peint?'

'Ia peint, dyna lle dwi'n mynd, peint cyn swper, mae'r wraig i ffwrdd.'

Roedd hynny'n esbonio pam bod Arwyn o gwmpas, felly. Roedd Eirwyn yn dilyn yr un llwybr yr un amser yn rheolaidd bob nos a doedd o erioed wedi cyfarfod Arwyn ar y daith honno o'r blaen.

'Na, gwell imi beidio, mi fydd Cissie'n fy nisgwyl i'n ôl ac mi fydd swper yn barod.'

'Plesia dy hun. Wela i di ddydd Sul.'

'Iawn, hwyl!'

Ar ôl cyrraedd yn ôl rhoddodd Eirwyn yr ast yn ei chwt, lluchiodd y bag plastig i'r bin, golchodd y sgŵp a'r menig a'u cadw yn y cwpwrdd-pob-peth yn y cyntedd cefn. Tynnodd ei esgidiau a gwisgodd ei slipars, yna aeth i'r gegin lle'r oedd y caserol yn stemio'n braf a'r tatws a'r moron yn aros amdano.

Roedd Cissie'n frenhines yn y gegin, ei bwyd yn flasus a chwaethus a'r cyffyrddiad arbennig hwnnw sy'n perthyn i bob cogyddes dda yn eiddo iddi. Gwyddai Eirwyn ei fod yn lwcus. Roedd o'n sylweddoli hynny drosto'i hun heb sôn am gael ei atgoffa gan bawb o'i gydnabod, gan gynnwys ei wraig.

Na, un o rinweddau byw efo Cissie oedd y bwyd da, maethlon a gâi bob amser, bwyd mor dda fel nad oedd mynd allan i fwyta ar yr agenda o gwbl. Hiraethai Eirwyn weithiau am gael mynd allan i westy neu dŷ bwyta go grand am bryd o fwyd, i brofi bwydydd gwahanol, ond gwyddai y byddai unrhyw awgrym o'r fath yn cael ei ddehongli fel insylt o'r mwya gan Cissie, a byddai'n siŵr o bwdu am ddyddiau, felly taw oedd piau hi a bodloni ar fwynhau bwyd gartref a chanmol digon arno. Dyna rysáit y bywyd tawel.

Roedd yna fanteision mawr mewn bod yn briod â Cissie, dywedai wrtho'i hun yn aml, ac un ohonyn nhw oedd nad oedd raid iddo fyth glirio'r bwrdd na llwytho'r golchwr llestri na gwneud dim yn y tŷ. Ei gwaith hi oedd hwnnw, hi oedd brenhines y tŷ a'r gegin, a'r unig ddeiliad, a theimlai yntau fel gwestai yno bob amser.

Eisteddodd wrth fwrdd y wledd lle'r oedd popeth yn daclus ac yn goeth, a'r bwrdd wedi ei osod fel tase 'na hanner dwsin o fawrion y dref yn dod yno i fwyta. Ond roedd y bwyd yn dda a'r glasaid gwin – gwyn gan mai cyw oedd y cig – a ganiateid ar nos Wener yn gwneud i Eirwyn deimlo fel pe bai'n camu'n ochelgar i ddŵr oer môr temtasiynau.

'Oedd Siwsi'n bihafio heno?'

'Oedd debyg iawn. Yn tynnu yn y tennyn yn ddiddiwedd ac yn rhedeg fel peth gwirion pan gafodd ei gollwng yn rhydd. Ac mi gachodd fel arfer hefyd.'

'O, Eirwyn, peidiwch defnyddio geiriau fel yna, yn enwedig wrth y bwrdd bwyd. Gneud ei busnes y mae Siwsi, fel pob ci arall.'

'Wel mae digon o gŵn yn gneud eu busnes yn y parc yna beth bynnag. Mae hi wedi mynd yn rhemp, does yna unman y gallwch chi fynd iddo fo heb fod 'na faw ci yn ymyl yn rhywle.'

'Dwi'n gwybod, dwi 'di codi'r peth droeon yn y Sefydliad ac mi ryden ni wedi gyrru llythyr ar ôl llythyr at y Cyngor. Ond dydyn nhw ddim i'w gweld yn gneud dim.'

'Nac ydyn debyg.'

'Ac i fod yn deg, ar y bobol sy bia'r cŵn mae'r bai. Tase pawb yn gneud run fath â ni, fase 'na ddim baw cŵn yn unman. Nid y Cyngor sy'n gyfrifol. Mae pawb yn gyfrifol.'

'Dech chi'n iawn, Cissie. Pawb yn gyfrifol.'

Bwytaodd y ddau mewn tawelwch am funud.

'Pawb yn gyfrifol. Ie, pawb yn gyfrifol.'

'Be sy'n bod arnoch chi, Eirwyn, siarad efo chi eich hun?'

'Be? . . . O . . . Na, meddwl am sylw craff ges i gan un o'r disgyblion y pnawn 'ma.'

Cododd Cissie ei golygon tua'r nenfwd, ond sylwodd ei gŵr ddim ar hynny.

'Dewch inni glywed be oedd y sylw craff yma 'te.'

'Ie, sylw craff. Un o bleserau dysgu, ond yn anaml mae o'n digwydd. Roedden ni'n trafod *An Inspector Calls* gan J. B. Priestley ac mi holais i pwy oedd yn gyfrifol am farwolaeth y ferch, a dyma un ohonyn nhw'n ateb: "Pawb syr, roedd pawb yn gyfrifol am ei marwolaeth." Ac wrth gwrs roedd hi'n berffaith iawn,

41

roedd hi wedi gweld y peth drosti ei hun heb i mi orfod deud dim. Pawb yn gyfrifol, dyna'r ateb. Diolch am ddisgyblion fel Bethan Price.'

'Bethan Price ddwetsoch chi? Bethan Price? Ydi 'i thad hi'n rheolwr y marina?'

'Ydi am wn i, pam?'

'Wel, mi wyddoch pwy yw ei mam hi. 'Dech chi'n cofio'r helynt pan fu'n rhaid i'r rheolwr banc yn y dre 'ma gael ei symud oherwydd rhyw fistimanars efo un o'i ysgrifenyddion?'

Falle bod Eirwyn yn gwybod, ond wnaeth o ddim ymdrech fawr i ddwyn y peth i gof.

'Ydw, dwi'n meddwl,' atebodd.

'Wel, mam Bethan Price oedd y ferch honno dwi'n siŵr. Mi adawodd hithau dan gwmwl a chlywais i ddim byd amdani wedyn dim ond ei bod wedi priodi rhyw Richard Price – dyn môr dwi'n meddwl. Dwi wedi holi droeon ond doedd neb i'w weld yn gwybod dim amdani, dim hyd yn oed Menna – a mae hi'n gwybod hanes pawb. Ond rheolwr glanfa efo'r snâm Price! Hi ydi hi'n siŵr i chi. Oes gan y Bethan 'ma wallt melyn?'

'Wel oes, wedi i chi ddeud, mae ganddi wallt melyn, hir.'

'Yn union fel ei mam. Hi ydi hi'n siŵr i chi. Sgwn i ai y Richard Price yna ydi ei thad hi. Falle mai'r rheolwr banc ydi o. Gwyliwch hi, Eirwyn, rhag ofn bod triciau ei mam yn rhan ohoni hithe.'

Roedd Eirwyn eisiau sôn rhagor am y ddrama,

rhagor am glyfrwch rhai o'i ddisgyblion, ond roedd y foment wedi mynd a Cissie fel arfer wedi llwyddo i drifialeiddio eiliadau cyfareddol.

Bwytaodd y ddau mewn tawelwch am ennyd. Roedd y bwyd yn dda, y llysiau heb eu berwi i farwolaeth; digon, jest digon i'w gwneud yn gnoadwy ac i gadw'r blas. Roedd coginio Cissie yn berffaith, a'r cyw'n toddi yn ei geg. Gorffennodd y gwin a sychu'i geg yn foddhaus gyda'i syrfiét cotwm. Awchai am lasaid arall, ond gwyddai pe gofynnai y câi ddarlith ar alcoholiaeth a dannod iddo y byddai ei iau, yn fuan iawn, fel darn o ledr. Felly, bodlonodd ar gymryd ychydig rhagor o'r bwyd. Roedd hynny'n dderbyniol ac yn plesio.

'I ble'r awn ni fory?' holodd hi gan dorri ar y tawelwch.

'Oes raid inni fynd i rywle? Mi fyddwn i yn ddigon hapus bod gartre drwy'r dydd. Mae ambell i beth i'w wneud yn yr ardd, gan gynnwys torri'r lawnt, ac mi allen ni fynd am dro yn y car at y môr fin nos; mae hi'n addo diwrnod gweddol dwi'n meddwl.'

'Ond mi fyddwn ni adref ddydd Sul.'

'Tydw i ddim yn hoffi torri'r gwair ar ddydd Sul fel y gwyddoch chi, Cissie; dwi ddim eisiau tarfu ar y cymdogion. A sut bynnag, mae hi'n gapel, ac mae pwyllgor swyddogion ar ôl yr oedfa.'

'Y gweinidog sydd yna fore Sul yntê?'

'Ie, ac mae hi'n gymun.'

'Ddof i ddim. Mae'r bara'n sych bob amser, ac

mae'r syniad o Ribena yn hytrach na gwin cymun go iawn yn un chwerthinllyd. Mi ddylech chi godi'r mater yn y cyfarfod blaenoriaid, Eirwyn. A dydw i ddim yn siŵr iawn pa mor lân ydi'r hen Laura Hughes Tŷ Capel chwaith. Mi gwelais i hi'n pigo'i thrwyn yn yr oedfa Sul dwetha. O leia mi fase'r alcohol yn y gwin cymun yn lladd y jerms.'

'Rydyn ni'n lwcus bod gynnon ni wraig Tŷ Capel. Mi fase'n rhaid i'r chwiorydd neud y cyfan tase gynnon ni ddim, gan gynnwys paratoi'r cymun.'

'Wel mi faswn i'n iwsio gwin cymun go iawn taswn i'n un o'r "chwiorydd" fyddai'n gorfod ei baratoi beth bynnag, a thorth ffres hefyd yn hytrach na sbarion wedi sychu.'

Doedd dim pwdin ar nos Wener a chododd Eirwyn i fynd at y tân yn y lolfa a rhoi'r teledu ymlaen ar gyfer *Pobol y Cwm*. Ar ôl clirio'r bwrdd daeth Cissie i eistedd yn y gadair arall. Yn ystod yr hysbysebion ar ôl y rhaglen a chyn y newyddion byddai'n mynd i wneud coffi iddyn nhw eu dau. Roedd popeth wedi ei drefnu a'i gatalogio'n daclus yn ffeil meddwl Cissie.

Cyn gynted ag y gorffennodd *Pobol y Cwm*, yn lle mynd ati i wneud y coffi fel arfer, trodd Cissie at Eirwyn.

'Den ni ddim wedi penderfynu ble i fynd fory eto.'

'O, roeddwn i'n meddwl yn bod ni wedi penderfynu aros gartre a gneud tipyn yn yr ardd a mynd am dro at y môr fin nos.'

'Falle'ch bod chi wedi penderfynu, Eirwyn, ond

penderfyniad heb drafodaeth oedd o. Dwi ishio mynd i Gaer.'

'Caer eto!'

'Ie, Caer eto. Peidiwch â swnio fel tasech chi'n mynd yno bob wythnos. Mi fyddwn yno mewn llai na dwyawr ar hyd yr A55 fel y gwyddoch chi. Mae nifer o bethau dwi eu heisiau. Peidiwch poeni, raid i chi ddim dod efo fi rownd y siopau, mi gewch fynd i'ch ffordd eich hun fel arfer.'

Roedd yna ryw gymaint o rinwedd mewn mynd i Gaer gan ei fod yn un o'r ychydig lefydd lle y câi o berffaith ryddid i grwydro fel y mynnai, ac felly, er nad oedd ganddo ddewis yn wir, fe gytunodd mai Caer fyddai hi y diwrnod wedyn.

Llwyddodd Eirwyn i osgoi siarad diddiwedd ei wraig i raddau helaeth y noson honno drwy gymryd arno ei fod wedi blino, ac eisiau cysgu bob munud. Nid cymryd arno drwy'r amser chwaith gan fod cyfforddusrwydd drud y dodrefn, gwres caredig y tân a grwndi'r set deledu wrth i Cissie wylio ei hoff raglenni yn ddigon i'w suo i slwmbran os nad i gysgu'n drwm.

Ac yna, cyn iddo droi rownd bron, roedd hi'n amser ei gwpaned o siocled poeth, preliwd cyffrous i symffoni gynhyrfus nos Wener, yr hen noson iawn.

Aeth Cissie i'r bàth a bu ynddo am oesoedd. Aeth yntau wedyn i'r gawod. Roedd y bathrwm yn llawn ager poeth, tipyn mwy o ager nag a fyddai yn eu caru hwy, os oedd y patrwm arferol i'w ddilyn.

Canmil gwell na'r rhyw a'i dilynai oedd y gawod a olchai ymaith flinder y dydd fel cen oddi ar ei gorff, y cyfle i foethus-rwbio'i hun â'r sebon gan ddychmygu ei fod yn swltan cyfoethog gyda haremaid llawn o wragedd ifanc nwydus yn ei fowldio a'i drin. Doedd dim amser wrth gael cawod yn y boreau i wneud dim ond molchi'n sydyn, rhwbio'r sebon yn ei wallt a chamu allan ar y mat a'i sychu ei hun cyn gynted ag y gallai. Ond fin nos, roedd digon o amser, a hwyrach heno, pe oedai'n ddigon hir, y byddai Cissie wedi cysgu cyn iddo gyrraedd y llofft. Roedd yna rinwedd yn y syniad, ond gwyddai na weithiai byth. Byddai hi'n siŵr o ddeffro gan fod rhoi iddo ei ddogn wythnosol o ryw mor bwysig iddi â choginio'i brydau a smwddio'i grysau.

Gwisgodd ei ŵn nos ac aeth i'r llofft, tynnodd y gŵn oddi amdano a dringo i'r gwely ati.

Roedd Cissie'n gorwedd yn noeth yn y gwely yn aros amdano. Yr un fath bob tro, fel tase merch ganol oed oedd yn borcyn tew llawn seliwleit, yn atyniad iddo. Wnaeth hi erioed feddwl am wisgo rhywbeth awgrymog, wnaeth hi erioed feddwl bod dadlennu ychydig ac awgrymu llawer yn ganmil gwell na'r dadorchuddio llwyr, diramant, sydyn.

Sylwodd ei bod yn tewychu o wythnos i wythnos. Roedd hi erbyn hyn yn dwmplen fach dew a'r coesau lluniaidd, y wasg denau a'r bronnau tynion pigfain wedi ymledu a meddalu gyda dyfodiad canol oed. Fe fu unwaith, os nad yn hardd, yn eitha deniadol ac yn ddigon siapus i bennau droi i edrych arni ar y stryd. Ond yr oedd hynny flynyddoedd yn ôl bellach, ac roedd angerdd pob fflam a thân pob nwyd wedi hen droi'n lludw llwyd yn hanes Eirwyn.

Wel, doedd yntau ddim yn ifanc chwaith, ond broliai ei hun nad oedd ganddo fol a bod ei gyhyrau mor dynn ag erioed. Yn wir, wrth sefyll o flaen y drych yn edrych arno'i hun, byddai'n edmygu'r hyn a welai, ac yn teimlo'n falch ei fod yn dal ei oed cystal.

Gorweddodd wrth ochr Cissie a rhoddodd hi ei breichiau am ei wddf a'i gusanu gan mai dyna ddisgwylid i wraig ffyddlon ganol oed ei wneud. Gwyddai yntau am bob symudiad fel pe bai'n gwylio hen ffilm am y canfed tro.

Caeodd ei lygaid a cheisio'i dychmygu fel yr oedd, yn lluniaidd, a'i chorff heb owns o fraster gwastraff arno. Ei choesau'n siapus a'i gwallt yn fodrwyau melyn o gwmpas ei phen. Nid ei bod erioed wedi ei chynysgaeddu â rhywioldeb tanbaid; fe'i cyfyngodd i ryw ar nos Wener yn gynnar iawn yn eu bywyd priodasol, a chawson nhw ddim plant. Ond penderfyniad Cissie, ar gyngor y doctor, penderfyniad y bu'n rhaid i Eirwyn gyd-weld ag ef, oedd hwnnw.

Do, fe lwyddodd Eirwyn unwaith eto. Trwy ddefnyddio tipyn go lew ar ei ddychymyg llwyddodd i weithredu heb help na *Viagra* na ffilm bornograffig. Falle bod y siocled poeth yn help wedi'r cwbwl, meddyliodd. Ond doedd hi ddim yn hawdd. Roedd o wrthi fel rhyw stalwyn sir a hithau'n gorwedd yno, y golau ymlaen a'r llenni wedi eu cau, pan ddywedodd hi:

'Mae 'na grac yn y nenfwd. Mi fydd yn rhaid inni gael rhywun i edrych arno fo. Cofiwch imi sôn am y peth fory, Eirwyn.'

Crac ddiawl, meddyliodd, gan blygu i lawr i'w chusanu, nid er mwyn ecstasi'r profiad ond i gau ei cheg.

Yna daeth y cyfnod o duchan gorffwyll a'r datblygiad cynyddol sicr tuag at benllanw. Roedd hi'n griddfan, naill ai mewn llesmair o ddifri neu am ei bod yn actio. Ni wyddai Eirwyn ac ni faliai. Ond gwyddai ei bod hi'n dychmygu mai ecstasi'r foment oedd yn gwneud iddo yntau riddfan tra gwyddai ef i sicrwydd mai'r ymdrech oedd achos yr holl duchan!

Rowliodd i ffwrdd oddi arni wedyn a gwisgodd hithau ei choban cyn troi ar ei hochr a mynd i gysgu, Mewn llai na phum munud roedd hi'n rhochian fel mochyn.

Trodd yntau ar ei ochr i geisio cysgu a dechreuodd feddwl a dwyn i gof. Roedd o yn yr ysgol gynradd, criw ohonyn nhw amser chwarae yn sefyll wrth y wal yn amyneddgar yn aros am ddyfodiad y stalwyn sir. Roedd un o blant y ffermydd wedi dweud ei fod yn dod i'r ardal y diwrnod hwnnw, a mawr oedd y disgwyl amdano ymysg y plant. A dacw fo'n dod, yn farch glandeg cryf, nerthol, yn tuthio wrth basio'r ysgol ac yn cerdded bron wysg ei ochr, a'r dyn a'i tywysai'n cael trafferth i'w reoli gan ei fod mor gryf.

Roedd hi'n gyfnod machlud y gyfundrefn a hwn oedd y tro olaf y byddai'n dod heibio. Roedd y bechgyn lleiaf yn rhyfeddu at yr hyn a hongiai rhwng ei goesau, yn hir a llipa, ond mae'n amlwg y gwyddai'r bechgyn mawr mwyaf gwybodus beth ydoedd, gan fod dywediadau bras a phiffian chwerthin yn rhan o'r gwylio.

Cofiodd Eirwyn iddo fynd adre o'r ysgol y pnawn hwnnw a chyhoeddi mai canlyn stalwyn sir a wnâi wedi iddo dyfu'n fawr. Wnaeth ei dad a'i fam run dim i'w berswadio'n wahanol gan y gwyddai'r ddau fod y cyfan yn dod i ben beth bynnag. Ac ni ddaeth y stalwyn i'r fro wedi'r tro hwnnw.

Rywbryd yn ystod y nos fe droes y meddwl a'r dwyn i gof yn freuddwyd ac roedd Eirwyn yn ymweld â ffermydd y fro. Ond nid canlyn stalwyn yr oedd o, nid ei dwyso a'i arwain a'i reoli. Y fo ei hun oedd y stalwyn. Ac nid cesig y fro oedd yn aros i gael ei wasanaeth, ond merched a gwragedd ifanc yr ardal.

Fe roddodd y freuddwyd gymaint o sioc iddo nes ei ddeffro, ci ddeffro i glywed chwyrnu cyson ei wraig wrth ei ochr. Cododd i fynd i'r tŷ bach, yna'n ei ôl i'w wely a chysgu gweddill y noson yn ddifreuddwyd.

3

Roedd hi'n chwarter i ddeg fore Sadwrn pan faciodd Eirwyn y Vauxhall Vectra yn ofalus o'r garej ac allan i'r ffordd yn barod ar gyfer y daith i Gaer.

Roedd o wrth ei fodd yng Nghaer, ond yn casáu'r daith yno, y daith gyda Cissie wrth ei ochr, yn sylwi ar bopeth, yn ymateb i bopeth. Doedd hi ddim yn dreifio; fe gafodd ddwy wers unwaith, ond roedd y cynnwrf yn effeithio ar ei chalon meddai hi, a rhoes y gorau iddi. Ond byddai'r rhybuddio a'r sylwadau'n dechrau cyn gynted ag yr oedd trwyn y car wedi ei droi i'r ffordd fawr, ac roedd Eirwyn wedi gorfod ei ddisgyblu ei hun i raddau i anwybyddu'r cyfan a glywai, ac i osod ei feddwl a'i weithredoedd a'i ymateb ar ryw fath o beilot awtomatig. Ac yn aml fe deimlai mai felly yr oedd ei holl fywyd.

'Rydych chi'n rhy agos i'r lorri yna.'

'Gwyliwch, mae 'na gornel gas yn fan'ma.'

'Oes raid i chi ddal mor agos at y clawdd?'

'Rydych chi ar ganol y ffordd.'

'Dech chi'n siŵr eich bod yn effro?'

'Welsoch chi'r ffŵl yna! Gyrrwch yn araf wir, does wybod pa wallgofddyn ddaw rownd y tro.'

Byddai'r datganiadau hyn, a rhagor, wedi eu gwneud cyn iddyn nhw deithio'r pum milltir gyntaf.

Ond yr oedd hi'n fore braf, yn sych a gweddol gynnes, a phenderfynodd Eirwyn y byddai'n mwynhau ei hun. Mater o benderfyniad, nid o dymer, oedd mwynhad iddo. Fe gâi ddiwrnod neu bnawn iddo'i hun o leia, o grwydro'r siopau a'r waliau, er bod Caer yn edrych ymhell i ffwrdd. Byddai lawn cystal ganddo fod wedi mynd i Fangor. Yno y treuliodd rai o flynyddoedd hapusaf ei fywyd, yn y coleg, yn ddiogel yng nghanol criw o Gymry, rai ohonyn nhw'n bersonoliaethau cryfion a ddaeth yn arweinwyr mewn gwahanol feysydd ar ôl hynny. Tipyn o embaras fyddai cyfarfod rhai ohonyn nhw flynyddoedd wedyn yn yr Eisteddfod Genedlaethol, a'r holi mawr:

'Be wyt ti'n ei neud rŵan?'

'Athro Saesneg mewn ysgol uwchradd.'

'O, pennaeth yr adran?

'Y . . . nage. A be amdanat ti?'

'Dirprwy Gyfarwyddwr yn Leicester, fachgen, ond am ddod 'nôl i Gymru ar ôl ymddeol yntê.'

Sgyrsiau cyffelyb a'i hataliodd yn y blynyddoedd diwethaf rhag mynd i'r 'genedlaethol', hynny a Cissie.

Gwyddai Eirwyn am bob modfedd o ddinas Bangor fel yr oedd hi bryd hynny, ac er bod yna newidiadau wedi bod, roedd o'n dal i deimlo'n gartrefol pan gerddai ei strydoedd. Doedd dim yn well ganddo na chrwydro o'r stesion, heibio'r Plaza a'r British ar hyd y stryd fawr nes cyrraedd Friars Avenue yn y gwaelod, ac er bod siopau newydd ym mhobman ac ailadeiladu wedi digwydd dros y blynyddoedd, gallai gofio'n iawn fel yr oedd hi pan oedd yn fyfyriwr. Ac roedd rhyw rin a rhamant o hyd mewn cerdded ei strydoedd.

Ond doedd Cissie ddim yn hoffi Bangor. 'Mae o wedi mynd yn hen le ryff,' fyddai ei sylw bob amser, 'a'r stryd fawr yn debycach i Moss Side, Manceinion, nag i unman arall. Stryd fawr Bangor, wir, does 'na ddim byd ond cloc mawr yno, a dydi o ddim yn gloc mawr iawn beth bynnag.'

Roedd Llandudno'n bosibilrwydd arall, a bu Eirwyn am flynyddoedd yn methu dirnad pam nad aent yno'n amlach. Ysbeidiol iawn oedd eu hymweliadau a byddai Cissie bob amser yn dod o hyd i ryw esgus i beidio mynd. Wedi'r cyfan, un oddi yno oedd hi, yno roedden nhw wedi cyfarfod â'i gilydd gynta, ac roedd y dref honno ar lan y môr yn gyrchfan cannoedd o Gymry gogledd Cymru bob Sadwrn. Ond yn dilyn un ymweliad â'r lle flwyddyn neu ddwy yn ôl, fe gafodd ei ateb.

Roedd y ddau'n cerdded ar hyd stryd Mostyn pan ddaeth gwraig ganol oed i'w cyfarfod.

Safodd o'u blaenau. 'Cissie,' meddai. 'Cissie, wel dyma syrpreis. Sut wyt ti ers cantoedd?'

'Yn iawn diolch, a thithau, Maud?' oedd ateb llai brwdfrydig ei wraig.

Ac yna wedi mân siarad, fe ddaeth y frawddeg roddodd y farwol i ymweliadau â Llandudno.

'Rydych chi'ch dau'n edrych yn dda.'

Oedd, roedd hi'n frawddeg iawn iddo fo, yn siwtio dyn i'r dim, ac yn ei blesio. Ond nid i ferch. Unig ystyr edrych yn dda oedd 'mynd yn dew', ac yn achos Cissie, roedd hynny'n wir. Roedd arni ofn cyfarfod hen gydnabod yn y dre; dyna pam y byddai'n ymarhous i fynd. Ac un o broblemau Eirwyn wedi hynny fu meddwl beth i'w ddweud wrth gydnabod o ferch pan gyfarfyddai â hi, yn enwedig os oedd hi wedi bod yn wael, ac yn dechrau gwella.

'Dech chi'n edrych yn well' – roedd y frawddeg yna'n weddol ddiogel.

'Dech chi wedi altro'ch golwg' – gweddol ddiogel.

'Mae golwg raenus arnoch chi' – brawddeg i ochel rhagddi ar bob achlysur.

'Rydych chi'n edrych yn dda' – na, dim ar unrhyw gyfrif, y frawddeg roddodd y farwol i ymweliadau â Llandudno.

Ac felly, gan fod Bangor a Llandudno allan ohoni, yr unig ateb oedd Caer.

Gyrrodd Eirwyn y car yn ofalus gan gadw'r cyflymder o fewn rheswm a chadw'i bellter rhyngddo a'r traffig o'i flaen er mwyn rhoi taw ar sylwadau beirniadol Cissie. Canodd ei gorn wrth basio'r ffatri yn Griffiths Crossing lle'r oedd picedwyr yn gwylio'r fynedfa, gan fentro anwybyddu sylw ei wraig mai 'hen ddynion gwirion' oedden nhw, ac yna dringodd y rhiw ar hyd y ffordd i osgoi'r Felinheli. Milltir neu ddwy eto a byddai ar y ffordd ddeuol a'r gyrru yn llawer haws o'r fan honno ymlaen.

'Mi fydd y Bryn Terfel 'na'n cynnal ei jamborî arferol yr haf yma eto debyg,' meddai Cissie, wrth iddyn nhw basio'n weddol agos at Blas y Faenol, ac roedd Eirwyn yn falch o unrhyw beth a dynnai ei sylw oddi wrth ei ddreifio.

Gwenodd Eirwyn pan glywodd hyn, a chan deimlo llyw'r car yn rhoi rhyw sicrwydd iddo, mentrodd awgrymu:

'Be am fynd yno eleni?'

Arhosodd am y ffrwydrad, ac fe ddaeth.

Trodd ei wraig i edrych arno mewn syndod.

'Dim ar unrhyw gyfri! Tydech chi ddim o ddifri?' meddai a'i llais yn galed. 'Byth! Faswn i byth yn mynd yn agos i'r lle. Iypis cyfryngol Caerdydd yn cynnal picnics siampên ar laswellt tamp a Chymry gwirion y gogledd yn ceisio'u hefelychu! Dydi o ddim yn lle i mi, Eirwyn, nac i chithe chwaith. 'Daiff yr un o'ch traed chi'n agos i'r lle.'

Doedd hynny'n ddim c'ledi i Eirwyn, gan nad oedd yr ŵyl yn apelio dim ato fo chwaith. Doedd clywed cantorion yn rhuo i feics ganllath i ffwrdd yn awyr agored laith gogledd Cymru, a'r golau'n denu holl wybed mân y greadigaeth i boeni'r gwrandawyr, yn ddim atyniad o fath yn y byd iddo. Mewn neuadd gyngerdd yr oedd gwrando ar gantorion o fri, a gwyddai na fyddai tri chwarter y rhai a âi i'r Faenol am mai dyna oedd y lle i fod ynddo, yn mentro troed dros riniog y cyfryw le nac yn gwybod y gwahaniaeth rhwng Puccini a'r Stereophonics, a doedd o ddim eisiau cymysgu efo Cymry Caerdydd, pobl oedd yn meddwl bod Cymru'n cychwyn yn y bae ac yn gorffen yn Nhongwynlais.

Ond arall oedd rhesymau Cissie dros gasáu'r fath fenter. Roedd hi, a bod yn onest, bron torri ei bol eisiau mynd yno. Byddai wrth ei bodd yn ei lordio hi yn y fath awyrgylch, ond roedd dau reswm pam nad âi. Iechyd oedd un, ac Eirwyn ei gŵr oedd y llall. Er pan ddywedwyd wrthi fod ganddi dwll yn ei chalon ers ei genedigaeth, roedd hi wedi bod yn hynod ofalus o'i hiechyd. Byddai annwyd mawr neu niwmonia'n andwyol iddi, yn ddigon amdani efallai, ac roedd hi wedi sôn wrth ei meddyg unwaith a hwnnw wedi ei hannog i anghofio'r syniad o fynd yn agos i'r lle, waeth beth fyddai'r tywydd.

Roedd y rheswm yn ei brifo, ond nid dyna'r rheswm a roddai wrth drafod efo pobl chwaith. Fel y dywedodd wrth ei ffrindiau yng nghaffi Dolawel unwaith:

'Feiddia i ddim mynd ag Eirwyn yn agos i'r lle. Ŵyr o ddim sut i ymddwyn mewn lle felly. Mi fydd o wedi dannod rhywbeth i rywun cyn iddo fynd trwy'r giât, ei gyfoeth i ambell un, ei gar mawr i un arall, pris y tocynnau, y trefniant parcio, unrhyw beth i neud i mi deimlo'n annifyr. Na, cadw'n glir o'r Faenol sy orau. A dydi o'n apelio dim ata i beth bynnag.'

A hwythau'n gwybod bod arno ofn ei gysgod, ac y byddai hi'n rhoi unrhyw beth am allu mynd yno.

Ymlaen yr aeth y ddau a chyrraedd yr arfordir. Yn wyrthiol, roedd y ffordd wrth Benmaen-bach a Phen y Clip yn glir; byddai gohebydd trafnidiaeth Radio

Cymru allan o waith yn fuan, meddyliodd Eirwyn. Na, roedd yn rhaid iddo stopio meddwl felly, stopio meddwl am bethau crafog i'w dweud. A meddwl yn unig y byddai. Pe bai'n rhaid diarfogi ei ymennydd byddai'n rhaid dinistrio llawer o fwledi nas taniwyd erioed. Ond chwarae teg iddo, roedd o wedi gorfod dal ei dafod gymaint efo'i wraig fel bod ystyried dweud pethau crafog wrth rywun arall yn rhyw fath o ollyngdod.

Wrth nesáu at Gaer roedd y traffig yn trymhau a channoedd wedi cael yr un syniad â nhw, mae'n amlwg. Gyrrodd i'r maes parcio aml-lawr arferol yn Stryd Pepper gan fentro edrych am le ar y llawr cyntaf y tu allan i Browns. Ac roedd o'n lwcus, roedd un lle gwag yno a Cissie wrth ei bodd. Gallai fynd yn syth i'r siop heb fynd i'r stryd.

Roedd hi bron yn hanner dydd, a chytunwyd bod y ddau'n cyfarfod wrth y car am un o'r gloch. Byddai Cissie wedi prynu brechdanau a diod iddynt. Na, doedd yna ddim mynd i gaffi neu westy hyd yn oed ar ymweliad â Chaer, dim ond i gael paned cyn cychwyn adref.

Aeth Eirwyn i grwydro gan ddilyn ei drywydd arferol. Allan o'r ganolfan siopa, troi i'r chwith ar hyd Eastgate ac at y Groes, yna i fyny Northgate a galw yn y farchnad – neu'r Forum Shopping i roi ei henw crand arni. Doedd y gair marchnad ddim yn gweddu i ddinas fel Caer. Roedd wrth ei fodd yn y fan honno, yn symud o stondin i stondin, yn edrych ond byth yn prynu. Edrych yn fras ar y llyfrau ail law rhag ofn i rywbeth ddal ei lygad, oedi wrth y stondin ffrwythau ar ei ffordd allan i ryfeddu at ddiwydrwydd y gwerthwyr, yna allan i'r stryd, troi i'r chwith heibio neuadd y ddinas ac at yr Odeon i weld beth oedd yr arlwy yn y sinemâu yno. Nid fod ganddo'r gobaith lleiaf o berswadio Cissie i fynd i le felly.

'Mae 'na ddigon o ffilmiau ar y teledu, heb inni wario'n wirion i fynd i'r sinema,' fyddai ei hateb, ac yntau'n dyheu am weld ambell ffilm megis *A Beautiful Mind*, tase dim ond er mwyn gallu eu trafod yn ddeallus yn ystafell staff yr ysgol yn lle cuddio y tu ôl i groesair y *Daily Post* bob dydd.

Cerddodd yn araf yn ei ôl i lawr i gyfeiriad y ddinas gan fwynhau'r awyrgylch o gwmpas y neuadd, lle'r oedd pobl yn eistedd yn yr haul. Eisteddodd yntau i edrych ar y rhai oedd yn mynd heibio. Un o ogoniannau Caer oedd y bobl, rhai da eu byd a drud eu gwisg. Doedd dim byd gwell gan Eirwyn pan ddeuai i'r ddinas na sylwi ar y merched oedd yn gwybod sut i wario ar ddillad a beth oedd yn eu siwtio. Roedd Cissie hefyd yn gwario llawer ar ddillad, ac yn gwneud y gorau ohoni ei hun. Roedd yn rhaid iddo gyfaddef hynny gan na fyddai hi byth am gael neb yn edliw iddi ei bod yn prynu dillad cyffredin, a phan awgrymodd rywbryd fynd i Landudno, am fod Marks yno, roedd y gwawd bron wedi ystumio ei cheg.

'Marks?' meddai. 'Marks!' Byddai wedi gwneud

athrawes ardderchog, yn enwedig y teip i fwrw sen ar waith pitw'r disgyblion a dilorni eu hymdrechion. 'Phryna i mo nillad yn Marks byth. Mi fyddai fel cerdded at ddrych bob tro yr awn allan. Meddyliwch yr *embarrassment*!'

Na, doedd Eirwyn erioed wedi meddwl am yr embaras; gwisgo'n debyg i'w gilydd y byddai dynion, a hi fyddai'n prynu ei holl ddillad ac yn penderfynu beth ddylai ei wisgo. Roedd o wedi sylwi ei bod yn cymryd llawer iawn llai o amser i ddewis dillad iddo fo nag iddi ei hun, er ei bod, roedd yn rhaid iddo gyfaddef, yn weddol siŵr o'i siwrne ac o dueddiadau ffasiwn y dydd. Wel, doedd ryfedd; y cylchgronau sgleiniog oedd ei hunig ddarllen ar wahân i ambell nofel gan Catherine Cookson neu Danielle Steele. Hynny a'r papurau lleol er mwyn cael y sgandal diweddaraf. Ond roedd awr yng nghwmni ei ffrindiau yng nghaffi Dolawel yn well na hanner dwsin o bapurau newydd.

Ond yma yng Nghaer roedd yna bobl efo arian a phobl oedd yn gwybod sut i'w gwario. Dotiai at rai o'r merched a âi heibio. Nid y rhai ifanc ifanc, oedd yn mynnu dangos eu botwm bol a modfedd go dda o gnawd o gylch eu gwasg. Pan welai'r rheini gobeithiai eu bod wedi cael cawod y bore hwnnw, ac wedi glanhau'r fflyff o'u botwm bol. Na, y rhai dros eu deg ar hugain, y rhai o gwmpas eu deugain, hanner cant hyd yn oed, y rhai nes at ei oedran o, y rheini oedd yn denu ei lygad. Ac roedd Caer yn llawn ohonynt. Yn llawn o ferched efo slitiau yn eu sgertiau yn dangos cip awgrymog o goes, o ferched mewn trywsusau tynion yn siglo eu tinau. O'i ôl yr oedd gŵr yn sefyll wrth bwlpud bychan yn pregethu gyda'r geiriau '*Christ died for the Ungodly*' wedi eu hargraffu ar blacard. O'i flaen yn cerdded y stryd yr oedd holl ddeniadau cnawd a byd.

Ymunodd dau, bachgen a merch, â'r pregethwr ymyl y ffordd, un ohonyn nhw, y bachgen, efo gitâr, ac yn fuan iawn daeth seiniau'r gân '*What a friend we have in Jesus*' i lenwi'r stryd a styrbio'r haid colomennod oedd yn pigo ar y palmant, ac yr oedd clip clop y cerdded prysur yn rhyw fath o gyfeiliant cefndir i'r gân.

Roedd Eirwyn yn gwirioneddol edmygu'r merched hardd yng Nghaer, a'r cyfnodau a dreuliai yn y ddinas yn gwylio pobl yn mynd heibio oedd cyfnodau difyrraf y dydd iddo. Cofiodd am y dosbarth Ysgol Sul flynyddoedd yn ôl pan oedden nhw'n trafod yr adnod 'Ond rwyf fi'n dweud wrthych fod pob un sy'n edrych mewn blys ar wraig eisoes wedi cyflawni godineb â hi yn ei galon', a sylw rhyw hen greadur: 'Myn diawl, os ydi hynny'n wir, mae hi wedi canu arna i.' Trafodaeth ar y 'mewn blys' gafwyd wedyn, a'r gwahaniaeth, os oedd gwahaniaeth, rhwng edrych ar wraig mewn blys ac edrych arni fel y byddai rhywun yn edrych ar lun i'w edmygu.

Wel, doedd fawr o wahaniaeth ym meddwl Eirwyn rhwng y ddeubeth, ac efallai mai cael ei *fix* achlysurol o odinebu yn y meddwl yr oedd wrth ddod i Gaer ac edrych mewn edmygedd ar y merched deniadol oedd yn mynd heibio. Roedd godinebu yn y meddwl yn ddigon diniwed, yn ddigon diogel, yn gwneud dim drwg i neb, ac yn gwneud mawr les iddo fo.

Cododd o'i sedd wedi ysbaid yno a dechrau crwydro'n ôl i gyfeiriad canol y ddinas. Croesodd y ffordd a'i 'nelu hi heibio'r eglwys gadeiriol. Edrychodd ar ei wats; roedd ganddo ddigon o amser i dalu ymweliad sydyn. Doedd o ddim wedi bod ynddi ers peth amser ac fe fyddai ymweliad yn rhyw fath o iawn am ei odinebu ymenyddol. Felly trodd ar ei sawdl ac aeth i mewn trwy fynedfa'r ymwelwyr. Cerddodd heibio'r fedyddfa ac yn syth i mewn i gorff yr eglwys. Roedd hi'n oer yma a phawb yn symud o gwmpas yn dawel gan furmur siarad dan eu gwynt. Roedd criw o Japaneaid yn ymweld â'r lle, yn cael eu tywys a'u cyfarwyddo gan eu harweinydd, ac roedd fflachiadau eu camerâu yn ddisglair fel goleuni mellt yn llwydni'r adeilad.

Eisteddodd Eirwyn ar un o'r seddau i yfed yr awyrgylch ac edrych o'i gwmpas: ar y ffenestri lliw heirdd, y gwaith plwm ac aur ar y nenfwd, y waliau uchel, ac o'i flaen y côr gyda'r pren cerfiedig, cywrain oedd yn dyddio'n ôl i'r bedwaredd ganrif ar ddeg. Ar y mur ar ochr chwith yr eglwys yr oedd stori Abraham mewn lluniau a geiriau, stori oedd yn gorffen gyda'r adnod – 'And after this, Abraham buried Sarah his wife in the cave of the field of

Machpelah.' Os cofiai Eirwyn yn iawn, roedd y Sarah hon ymhell dros gant oed pan fu farw, ac Abraham, fe dybiai, hyd yn oed yn hŷn. Nefoedd, beth pe bai Cissie ac yntau'n byw i fod yn gant? Doedd o ddim eisiau meddwl am y fath bosibilrwydd. Creadigaethau mytholegol oedd Abraham a'i wraig beth bynnag.

Crwydrodd i lawr at y transept lle'r oedd nifer o gapeli bychain. Byddai bob amser yn galw yn y rhain, a'i hoff fangre oedd capel y gatrawd leol – y Cheshire Regiment. Roedd dod yma bron yn bererindod. Yn y gatrawd hon y bu ei daid yn ystod y Rhyfel Byd Cyntaf a'i dad yn ystod yr ail, a phe bai angen byddai yntau wedi dilyn yn yr olyniaeth. Byddai wedi gwneud milwr da, yn ymateb yn ddeddfol ddigwestiwn i unrhyw orchymyn a gyfarthid ato. Ond ni fu galw am hynny a bodlonodd Eirwyn ar ddarllen hanes y rhyfeloedd, ond heb rannu ei ddiddordeb â neb. Fe geisiodd sawl tro gael Cissie i ymddiddori yn y pwnc a rhan aelodau ei deulu yn y ddau ryfel, ond rhoddai daw arno bob tro. Doedd hi ddim eisiau clywed am hen ryfel o hyd; heddwch oedd yn bwysig. A bu'n rhaid iddo gau ei geg.

Ond roedd dod i'r capel hwn yn rhyw fath o ymgais i rannu, i rannu gyda rhai oedd wedi mynd, i rannu heb eiriau gydag eraill a ddeuai yno o dro i dro i eistedd yn ddefosiynol ar un o'r seddau, edrych gyda rhyw olwg bell yn eu llygaid ar yr allor syml, ar yr enwau ar rai o'r cerrig coffa, ar y baneri. Roedd y rhain yn ymestyn uwchben mwy nag un o'r capeli ac roedd rhyw gyfaredd anesboniadwy – barddonol, bron – i Eirwyn yn yr enwau, enwau megis Mons, Gaza, Arras, Somme, Suvla, Normandy. Gwyddai mai enwau ar fannau cyflafan a chelanedd oedd y rhain, ac eto, roedd yna ryw rin ynddynt. Yn gwbl wahanol i'r enwau ar y gwersylloedd melltigedig a berthynai i Ewrop yr Ail Ryfel Byd – Buchenwald, Dachau, Auschwitz, Belsen-Bergen. Doedd dim rhamant yn perthyn i'r rheini; roedd sŵn y geiriau'n codi arswyd. Yna, cyn gadael, oedodd wedyn yng nghapel San Siôr ac edrych ar y llun o'r sant arbennig hwnnw'n lladd y ddraig. Roedd yr eglwys yn gofadail i draddodiadau canrifoedd, i draddodiadau Seisnig gan mwyaf, ac yn adlewyrchu balchder y genedl honno yn ei thras. Ni allai Eirwyn lai nag edmygu'r balchder hwnnw.

Edrychodd eto ar ei wats. Roedd hi'n bryd iddo ddychwelyd at y car. Wrth iddo gamu drwy'r drws ac allan i'r awyr agored daeth wyneb yn wyneb â dynes dal, ddu ei gwallt mewn ffrog hafaidd, liwgar. Bu bron iddo daro yn ei herbyn, a mwmiodd 'Ddrwg gen i' heb ystyried mai mewn dinas yn Lloegr yr oedd.

'Popeth yn iawn,' atebodd hithau, gan gamu heibio iddo i mewn i'r eglwys.

'Hm, Cymraes,' meddai wrtho'i hun, heb gael gormod o sioc gan fod Cymry'n gyffredin iawn ar strydoedd y ddinas. Pwy oedd hi, tybed? – gan ofyn iddo'i hun y cwestiwn oesol sy'n rhan o niwrosis pawb sy'n perthyn i genedl fechan.

Cipolwg gafodd o arni cyn iddi ddiflannu mor

sydyn ag yr ymddangosodd ond, am ryw reswm, teimlodd Eirwyn ias yn mynd i lawr ei gefn. Un o blith y lliaws oedd hi, ac eto . . . Roedd hi wedi gadael argraff arno fel y bydd y cyffyrddiad lleiaf â rhywbeth weithiau'n gadael marc ar ddilledyn.

Prysurodd ar hyd y strydoedd ac i'r maes parcio. Roedd Cissie yno o'i flaen ac aeth y ddau i'r car i fwyta'u brechdanau ac i yfed dŵr o botel, rhywbeth na feiddiai Cissie fod wedi ei wneud yn gyhoeddus.

Doedd hi ddim wedi prynu dim, ond roedd y siop yn cadw dwy flows a thrywsus iddi, a bwriadai fynd yn ei hôl yn y pnawn. Roedd Cissie'n gresynu at y ffaith mai Debenhams oedd y siop erbyn hyn ac nid Browns, nid bod pethau ddim salach yno, ond yn y dyddiau pan oedd yn Browns byddai'n gallu prynu rhywbeth bach yno er mwyn cael bag, ac yna brynu pethau mewn siopau eraill a'u rhoi ym mag Browns, cynllwyn bychan digon diniwed, ond un y byddai llaweroedd yn ei wneud.

Ar ôl cinio, cytunwyd i gyfarfod yn y Grosvenor am hanner awr wedi tri. Hwn oedd yr unig le yr âi Cissie iddo i gael paned yng Nghaer er ei fod yn ddrutach nag yn unman arall. Roedd y toiledau'n werth yr ecstra meddai hi, a doedden nhw ddim yn codi'r cadeiriau a'u troi â'u pennau i lawr ar y byrddau i lanhau'r llawr. Hen arferiad afiach oedd hwnnw.

Crwydrodd Eirwyn i ambell siop cyn ei 'nelu hi, fel y byddai'n aml yn ei wneud, i lawr at yr afon.

Prynodd hufen iâ ac eistedd ar fainc i'w fwyta a gwylio'r cychod a'r llongau bach yn llwytho a dadlwytho a chario ymwelwyr ar hyd yr afon. Gallai gael taith i fyny'r afon pe dymunai neu, am £5 yr awr, rwyfo un o'r cychod plastig coch, glas, gwyrdd neu felyn, neu heirio cwch pedal, neu hyd yn oed gwch modur am gyfnod byrrach. Ond bodlonodd ar eistedd a gwylio. Roedd hi'n braf ac yn llawer mwy hafaidd yng Nghaer nag yng ngogledd Cymru.

Yna cododd a dechrau cerdded y waliau. Tri chwarter awr a gymerai iddo i gerdded o amgylch waliau Caer, waliau'r hen ddinas, a hynny gan gynnwys mynych stop, oherwydd rhyfeddodau'r daith. Ambell dro y palmant oedd y wal, dro arall roedd yn codi uwchben y siopau, ac roedd y giatiau, hen fynedfeydd y ddinas, Northgate, Eastgate, Watergate, fel cerrig milltir ar y bererindod.

Wrth gerdded yn hamddenol gallai ddychmygu a chofio. Dychmygu Gruffudd ap Cynan yn cael ei gario mewn sach gan Cynwrig Hir allan drwy borth y ddinas ar ôl iddo gael ei fradychu gan Meirion Goch a'i garcharu. Tybed ai trwy Watergate y cariodd o fo? Dychmygu'r brenin Siarl yn sefyll ar ei dŵr ym Medi 1645 yn gwylio un o frwydrau'r rhyfel cartref ar faes Rowton Moor, a'i fyddin yn cael ei chwalu o flaen ei lygaid fel yr oedd ei ddyheadau a'i freuddwydion o ei hun yn cael eu chwalu. Sut oedd o'n teimlo y diwrnod hwnnw, tybed? Pan gyrhaeddai Eirwyn y fan lle safodd, byddai yntau'n oedi ac yn ei ddychmygu ei hun yn frenin yn gwylio'i filwyr yn ymladd eu brwydr. Tase fo'n frenin mi fyddai wedi defnyddio tactegau fyddai wedi ei alluogi i ennill. Fe fyddai Eirwyn yn ennill pob brwydr yn ei ddychymyg.

Ond y rhan o'r wal a ddygai fwyaf o atgofion iddo oedd y llwybr rhwng y dref a'r Roodee a'r rheilffordd. Yno o hyd yr oedd hen adeiladau'r Chester Royal Infirmary, yr ysbyty y treuliodd chwech wythnos ynddi pan oedd yn chwech oed, yn dilyn rhyw anhwylder a barodd ddryswch mawr i'r byd meddygol, cyn i ryw arbenigwr benderfynu mai feirws anghyffredin ydoedd. Bloc o fflatiau oedd yr ysbyty bellach ac yr oedd y gerddi wedi diflannu, a'r coed rhwng yr hen ysbyty a'r rheilffordd wedi tyfu'n uchel. Ond roedd y balconi yno o hyd, y balconi ym mhen draw ward y plant lle byddai'n cael mynd i gael awyr iach ar ôl iddo ddechrau codi.

Cofiai un diwrnod yn iawn. Roedd o'n sefyll yno yn gwylio'r trenau'n pasio, y traffig yn mynd heibio, a rhywun yn gweithio yn y gerddi pan fu'n rhaid iddo fynd i'r tŷ bach. Roedd hwnnw ymhell a pherswadiwyd ef gan Richard, yr hogyn oedd agosaf ato, ond yn dal yn ei wely yn y ward, i wneud dŵr dros y balconi, drwy'r reilings. Hynny a wnaeth i gyfeiliant hwyl a chwerthin, a meddwl dim rhagor am y peth.

Ddeuddydd yn ddiweddarach cafodd brofiad o flacmel am y tro cyntaf.

Roedd lorri wedi dod i'r ardd, wedi bacio er mwyn

dadlwytho llwyth o dywod, ac roedd gweithgarwch o'r fath o ddiddordeb mawr i hogyn chwech oed. Roedd o yn sefyll wrth y reilings yn ei gwylio ac yn dweud wrth ei fêt, Richard, beth oedd yn digwydd, ond doedd hwnnw ddim yn fodlon ar y disgrifiad; roedd o'n eiddigeddus a dyma fo'n bygwth dweud wrth y nyrs fod Eirwyn wedi gwneud dŵr drwy'r reilings oni bai ei fod yn dod i mewn oddi ar y balconi.

Fe ddylsai fod wedi dweud wrth Richard am fynd i grafu, ond wnaeth o ddim. Fe ufuddhaodd.

Yr un Richard oedd wedi dysgu Saesneg iddo. Pan gyrhaeddodd yr ysbyty roedd o'n Gymro uniaith. Dysgodd bennill iddo, rhywbeth am roi'r babi ar y pot. Doedd ganddo ddim syniad beth oedd ystyr y pennill, ond fe'i hadroddodd gyda balchder wrth y nyrs, a rhyfeddu wedyn pan roddodd honno chwip din iddo am ei haerllugrwydd.

Roedd y profiad hwnnw'n ddigon i wneud iddo benderfynu dysgu Saesneg yn iawn, a phwy a ŵyr nad y pennill diniwed hwnnw oedd blaenffrwyth ei ddiddordeb mewn barddoniaeth a llenyddiaeth Saesneg!

Roedd Eirwyn yn casáu'r ysbyty â chas perffaith, ond yn mwynhau ei dwyn i gof, a byddai tro heibio'r hen adeilad yn rhyw fath o bererindod pan ddeuai i Gaer.

Am hanner awr wedi tri union, cyrhaeddodd y tu allan i'r Grosvenor. Roedd Cissie yno eisoes. Fe roddai Eirwyn lawer am gael bod yno o'i blaen am unwaith, ond doedd o byth yn llwyddo. Hi oedd yno gynta bob tro.

Aethant i mewn a chael bwrdd bychan i ddau wrth y ffenest a heb fod ymhell o'r drws. Clawstroffobia oedd esgus Cissie dros beidio mynd i gaffis a gwestai i gael bwyd, ond roedd y lle hwn yn dderbyniol, yn ddigon crand, yn gyfleus a heb awyrgylch drymaidd llawer o dai bwyta a gwestai eraill y ddinas. Roedd clawstroffobia yn salwch go iawn i laweroedd, roedd o'n gyflwr hwylus dros ben i Cissie.

Archebwyd tebotaid o de a dwy gacen grasu efo jam cyn i Eirwyn orfod gwrando ar fabinogi'r siopa; y dewis dillad, y trio a'r gwrthod, y prisiau, y mesuriadau. Dim holi beth oedd o wedi bod yn ei wneud, dim gofyn ble buodd o, oedd o wedi prynu rhywbeth, dim.

Y rheswm dros gael paned am hanner awr wedi tri oedd er mwyn bod yn glir o'r ddinas cyn y traffig mawr pan fyddai pawb yn ceisio gadael yr un pryd, yn enwedig y traffig fyddai'n ciwio i fynd i'r A55. Roedd Eirwyn unwaith wedi awgrymu defnyddio'r Park and Ride, ond cafodd edrychiad a'i parlysodd bron. Doedd hi ddim yn mynd i straffaglio efo bagiau i mewn i unrhyw fws.

Roedd y daith adref yn un weddol hawdd bob amser. Byddai Cissie wedi blino ac yn cau ei llygaid, a fyddai'r un gair yn dod allan o'i genau. Fe fyddai wedi blino gormod i sylwi ar ei ddreifio. A heddiw, fel arfer, cafodd Eirwyn gyfle i ail-fyw yr hyn y bu'n ei wneud, ac i ddychmygu a gresynu, gresynu na fyddai wedi stopio'r ddynes hardd oedd ar ei ffordd i'r eglwys er mwyn gofyn iddi o ble'r oedd hi'n dod a cheisio tynnu sgwrs efo hi. Yn ei ddychymyg, tra oedd o yn yr ysbyty roedd o wedi gwrthryfela yn erbyn blacmel Richard ac wedi rhoi cweir iawn iddo am ddysgu pennill iddo heb ddweud beth oedd ei ystyr, a chael hwyl am ei ben. Oedd, yn ei feddwl roedd Eirwyn yn gallu bod yn gawr.

4

Roedd dydd Sul yn addo bod yn ddiwrnod llawn os nad llawn cynnwrf i Eirwyn; oedfa gymun a chyfarfod swyddogion yn y bore, pnawn i drefnu gwyliau blynyddol efo Cissie, a min nos i edrych dros ei nodiadau ar gyfer trafod a dysgu yn yr ysgol drannoeth.

Aeth Cissie ddim efo fo i'r capel y bore hwnnw. Doedd y gweinidog ddim at ei dant hi, yn efengylwr plaen ei dafod, a doedd o ddim yn gwisgo coler gron. Roedd Cissie'n lled-ofidio nad eglwysreg oedd hi, yn enwedig gyda'r ficer ifanc brwdfrydig oedd wedi dod i'r dre'n ddiweddar. Roedd rhyw urddas mewn gwasanaeth eglwys, diogelwch yn y pregethu syml a statws i aelodaeth eglwysig gyda phawb yn gwisgo'n dda i fynd i'r gwasanaethau. Bellach roedd pobl capel yn dod i'r oedfa mewn pob math o ddillad; dynion hyd yn oed, a'r rheini'n hen, yn llewys eu crysau yn yr haf, a'u festiau'n dangos yn glir trwy'r deunydd. Ond yn y capel y magwyd hi, ac o barch i'w rhieni daliodd ei haelodaeth mewn capel, er y byddai ei hymweliadau'n mynd yn fwy anaml o flwyddyn i flwyddyn.

Mewn capel y priodwyd hi ac Eirwyn; yng nghapel Cissie yn Llandudno, mewn seremoni ddiurddas gyda gweinidog mor hen â Methiwsela ac yn ffwndrus ei eiriau; fe'i galwodd hi'n Siwsi ac yntau'n Meurwyn cyn iddo gael ei gywiro, a doedd o fawr gwell wrth ailadrodd. Mewn ffit anarferol o ysgafnder ar ran Cissie fe alwyd yr ast gawson nhw'n ddiweddarach yn Siwsi, er cof am y gwasanaeth rhyfedd hwnnw. Er gwaetha'r degau o westai oedd yn y dref, yn y festri y cynhaliwyd y brecwast ac roedd o'n gyfle gwych i ferched crand y capel i arddangos eu llieiniau bwrdd ysblennydd, eu llestri costus a'u tebotiau arian. Na, doedd llestri'r achos gydag enw'r capel wedi ei stampio ar bob un ddim yn ddigon da. Doedd dim alcohol yno a ddaeth neb i'r wledd i droi'r dŵr yn win.

Deuai'r atgofion am ei briodas yn Llandudno yn ôl i Eirwyn bob tro y cerddai i mewn i'w gapel lleol. Roedden nhw'n gapeli digon tebyg i'w gilydd, wedi bod yn adeiladau hardd, ond bellach roedd y pry yn y pren a'r diffyg paent yn tanlinellu machlud araf a sicr Ymneilltuaeth.

Doedd y gweinidog presennol ddim yn llwyr at

ddant Eirwyn chwaith; roedd o'n ormod o efengylwr yn pregethu pechod ac edifeirwch a maddeuant yn ddiddiwedd, ac yn tynnu ei anecdotau o raglenni *God Slot* America. Felly doedd yna ddim gorfoledd mawr yn ei enaid wrth iddo gerdded i'r capel y bore Sul hwnnw a doedd yna fawr o eneiniad yn ei ymdrech i ganu geiriau'r emyn cyntaf: 'Gwaith hyfryd iawn a melys yw/Moliannu d'enw di, O Dduw . . .'

Rhyw ddeugain oedd yn y capel er bod yr aelodaeth yn ddau gant a hanner. Roedd y rhan fwya, gan gynnwys y plant, yn eistedd yn y cefn, ac roedd cae cyfan o wacter rhwng y gynulleidfa a'r sêt fawr, a gwacter mwy rhwng y gweinidog a'i gynulleidfa. Ar ôl y gwasanaeth dechreuol byddai'r plant a dwy neu dair o athrawesau ymroddedig yn diflannu drwy'r drws cefn i'r festri i gynnal Ysgol Sul tra arhosai'r oedolion i wrando ar eu tynged o enau'r gweinidog. Doedd hi ddim yn ymddangos bod moliannu enw Duw yn waith melys iawn i'r rhan fwyaf o'r gynulleidfa, llawer ohonyn nhw'n cael trafferth i sefyll ar eu traed yn ystod yr emynau gan eu bod mor hen. Doedd o ddim yn waith melys iawn i Eirwyn chwaith gan ei fod yn flaenor anfoddog yn yr eglwys.

Roedd o'n flaenor ers deng mlynedd, canlyniad mynd i'r oedfa'n gyson ar fore Sul a syniad Cissie o statws.

'Dydw i ddim yn mynd i dderbyn,' meddai, pan gyrhaeddodd y ddau adref ar y nos Sul honno ar ôl iddo gael ei ddewis.

'Peidiwch â siarad yn wirion,' meddai Cissie. 'Mi glywsoch be ddwedodd y gweinidog – fod gwrthod yn fwy o gyfrifoldeb na derbyn.'

'Chwarae efo geiriau oedd o. Be mae hynny'n feddwl beth bynnag? Mae'n sobor o beth bod ffyddlondeb i oedfaon yn cael ei gosbi gan yr eglwys fel hyn. Dydw i ddim yn mynd i dderbyn a dyna fo.'

'Nid cosb ydi cael eich ethol yn flaenor siŵr iawn, ond braint, y fraint fwya y gall aelod cyffredin ei chael. Glywsoch chi mo'r gweinidog yn deud?'

'Do, mi glywais, ond dydw i ddim am dderbyn, waeth i chi un gair na chant, a dyna ben arni.'

'Gawn ni weld am hynny.'

Ddeufis yn ddiweddarach roedd Eirwyn ymhlith yr hanner dwsin o flaenoriaid gafodd eu hordeinio yn y cyfarfod misol.

Ond ar y bore Sul arbennig hwn roedd pethau eraill yn llenwi ei fryd ac yn torri ar draws ei atgofion.

Y cymun oedd un. Eisteddai yn y sêt fawr a'r cymun wedi'i arlwyo o'i flaen ar fwrdd yn yr allor.

Er ei waetha ni allai Eirwyn dynnu ei lygaid oddi ar y bwrdd gan ddychmygu'r hyn oedd o dan y lliain gwyn. Ac ar Cissie yr oedd y bai am hyn. Oedd yna flewyn ar un tamaid o fara, tybed? Blewyn du, efallai, un o flew Laura Hughes Tŷ Capel. Os oedd o yno, o ble y daeth o? O'i gwallt hi? Ac yna treiglodd ei feddwl dros holl gorff Laura ac roedd y syniad o ble y gallai'r blewyn fod wedi dod yn mynd yn waeth bob munud. Byddai'n rhaid iddo osgoi meddwl am y peth wrth gymryd y bara, a sicrhau nad oedd blewyn ar y darn gymerai o.

Yna aeth i feddwl am y gwin, neu'r Ribena. Pa mor lân oedd y gwydrau? Oedden nhw wedi eu golchi'n ofalus ar ôl y tro diwethaf, neu oedd yna weddillion brecwast rhywrai yn dal yn grystyn bychan ar ymylon rhai ohonynt?

Roedd Eirwyn wedi bod yn greadur digon misi erioed, rhywbeth anarferol i un a fagwyd ar dyddyn mynyddig, ond roedd byw efo Cissie wedi ei wneud yn ganmil gwaeth, a byddai unrhyw awgrym o fudreddi mewn bwyd yn troi ei stumog. Un o rinweddau Cissie oedd ei glendid, glendid oer, clinigol ac amhersonol y theatr mewn ysbyty, nid glendid cynnes, twymgalon gwesty cyfeillgar.

Roedd meddwl am y gwydrau gwin yn ddigon i gorddi ei stumog a cheisio tawelu honno y bu yn ystod y weddi. Pan lwyddodd daeth y cwmwl nesaf yn ei ffurfafen i orchuddio'i feddwl a'i waredu rhag clywed y gweinidog yn edliw wrth Dduw bechodau'r aelodau a'u hwyrfrydigrwydd i edifarhau a derbyn eu Crist.

Y cyfarfod swyddogion oedd ei boen arall. Sut i berswadio ei gyd-swyddogion y dylent ddiarddel aelodau nad oeddynt yn talu digon o dâl aelodaeth, eu diarddel neu o leia eu rhoi ar restr "caredigion yr achos" – dyna ei broblem.

Roedd iddo gael ei wneud yn drysorydd y capel wedi bod yn bluen yn het Cissie. Byddai'n dweud wrth bawb swydd mor bwysig oedd ganddo, ac i'r rhai na wyddent am gefndir a chyflwr Ymneilltuaeth yng Nghymru, pobl fel Mrs Fletcher a Saeson eraill y stad, fe wnâi iddo swnio fel Canghellor y Trysorlys.

Sut i ddarbwyllo ei gyd-swyddogion, dyna'r broblem y bu'n ymgodymu â hi am oriau yn ei wely y noson cynt, ac yn awr, yn ystod y bregeth, a'r amser yn nesáu, roedd o'n ailadrodd y brawddegau celyd, cytbwys a luniodd yn ei feddwl er mwyn eu perswadio. Brawddegau yr oedd wedi eu hadrodd wrth Cissie y noson cynt a hithau wedi eu cymeradwyo, wedi eu mireinio ac wedi ychwanegu atynt. Roedd hi'n sefyllfa hollol hurt eu bod yn gorfod dod o hyd i dros £75 y pen i'w anfon i'r swyddfa yng Nghaerdydd bob blwyddyn a bod yna aelodau nad oedden nhw'n cyfrannu nemor ddim, a rhai ddim ffadan beni, heb sôn am beidio mynychu'r gwasanaethau. Roedd Eirwyn yn teimlo'n gryf am y peth, ac yn benderfynol o wneud rhywbeth i wella'r sefyllfa.

Erbyn diwedd y bregeth, pregeth na chlywodd Eirwyn mohoni, pregeth a orffennodd gyda geiriau'r emyn, 'Caed trefn i faddau pechod yn yr Iawn . . . a diolch byth medd Seion am yr Iawn . . .', roedd o wedi adolygu ac ymarfer y brawddegau i gyd ac roedd o'n dawel ei feddwl bod ei ymresymu, er yn galed a chadarn, hefyd yn gyfiawn, ac yn ddigon, gobeithio, i berswadio'r pwyllgor o ddifrifoldeb y sefyllfa a'r angen i weithredu ar unwaith.

Fe aeth y cymun yn ddidrafferth, os yn ddi-fflach a diflas. Ailadroddwyd gerbron Duw fynych gamweddau ei bobl rhag ofn nad oedd o'n gwrando y tro cyntaf, ac yna cafodd pawb ddarn o fara sych Laura Tŷ Capel. Bu bron iddo gael cyfog wrth yfed y gwin pan gofiodd amdani yn pigo'i thrwyn un bore Sul, ond diweddodd y gwasanaeth yn syber a llawn awyrgylch fel y gweddai i oedfa gymun.

Yn y festri y cynhaliwyd y cyfarfod swyddogion, a materion ariannol oedd bennaf dan sylw gan fod angen gwario'n sylweddol i beintio'r capel.

Dechreuwyd gan y gweinidog, a doedd ei weddi agoriadol ddim yn help i Eirwyn: 'Dyro gymorth i ni, O Arglwydd, i drafod materion dy eglwys di gyda doethineb a chariad. Cymorth ni i adlewyrchu ac amlygu'r cariad a ddangosaist ti ar Galfaria, a gwna ni yn ddwylo ac yn draed teilwng i Ti. Amen.'

Yn union wedyn gofynnwyd i Eirwyn am adroddiad o'r sefyllfa ariannol ddiweddaraf a rhoddodd yntau rai ffigurau iddyn nhw. Dywedodd fod cyfartaledd y swm i'w dalu i Gaerdydd dros £75 yr aelod ac yn gyfanswm blynyddol i'r eglwys o dros £18,000. Ychwanegodd mai dim ond chwarter yr aelodau oedd yn cyfrannu swm oedd yn cyfateb i'r hyn y gofynnai Caerdydd amdano a bod yna dros ugain nad oedden nhw'n cyfrannu o gwbl.

Cyn iddo gael cyfle i fwrw ymlaen gyda'i syniadau am newid y sefyllfa, a chyn i neb arall gael cyfle i ddweud dim, ymatebodd y gweinidog.

'Mae'n resyn o beth nad yw nifer helaeth o'n haelodau ni'n cyfarfod â'r gofynion ariannol a bod rhai ddim yn cyfrannu o gwbl. Ond fel y dywedais i ar y bregeth y bore 'ma, edifeirwch ydi amod Duw i'n derbyn ni, nid faint a dalwn ni am y fraint o gael bod yn aelodau o'r eglwys. Rydyn ni'n wahanol i bob cymdeithas arall sy'n bod; mae gan bob cymdeithas arall dâl aelodaeth wedi ei bennu gan bwyllgor, ac oni thelir hwnnw, does dim aelodaeth. Mae'r eglwys yn wahanol; ffydd a chred yw'r tâl aelodaeth i'r gymdeithas hon, nid arian, ac mae rhyddid i bob aelod gyfrannu yn ôl ei allu.'

Teimlodd Eirwyn iâ ei frawddegau'n cael ei doddi gan wres argyhoeddiad y gweinidog cyn iddo'u llefaru, a chaeodd ei geg yn dynn. Awgrymodd neb arall chwaith eu bod yn diarddel rhai o'r aelodau nac yn creu rhestr o garedigion yr achos, ond cytunwyd eu bod yn anfon at yr holl aelodau i ofyn am gyfraniadau cyn cynnal cyfarfod arall i ystyried gweithgareddau codi arian, megis noson goffi, ddiraffl wrth gwrs.

*   *   *

Llwyddodd Eirwyn i gadw meddwl Cissie oddi ar y pwyllgor swyddogion rhag iddo orfod cyfaddef ei fethiant wrthi, ac ar ôl cinio ardderchog o gig eidion, tatws rhost, pwdin Efrog a llysiau, eisteddodd y ddau i drafod ac ystyried eu gwyliau y flwyddyn honno.

Roedd Cissie yn ôl ei harfer wedi bod yn casglu llyfrau gwyliau o bob lliw a llun ac roedd pentwr ohonyn nhw'n aros i gael eu hastudio, cyn i'r penderfyniad terfynol gael ei wneud.

Arferiad ofer oedd hwn gan fod gwyliau i'r ddau wedi ei gyfyngu i Ynysoedd Prydain oherwydd bod ar Cissie ofn teithio a'i bod wedi troi hynny'n rhagfarn yn erbyn tramorwyr o bob math. Awgrymodd Eirwyn Ffrainc un flwyddyn, ond wnaeth o ddim dychmygu y byddai ymateb Cissie mor ffyrnig.

'Ffrainc? Ffrainc! Gwlad dramor! A be sy o'i le ar wledydd Prydain tybed? Be sy o'i le ar Gymru, tase hi'n dod i hynny? Ydych chi wedi bod ym mhobman yng Nghymru, Eirwyn? Fuoch chi ar Fannau Brycheiniog, yn Ninbych-y-pysgod, yn y Preselau?'

'Naddo, mi wyddoch chi hynny, ac mi wyddoch hefyd mor wael ydi'r tywydd yn y wlad yma, ac mor annhebygol ydi hi i ni gael wythnos braf. Mi fase'n grêt cael gorwedd yn yr haul am wythnos ar draeth melyn ger môr cynnes, glas.'

'Peidiwch â rhamantu, wir. Mae gormod o haul yn beryglus iawn, heb sôn am ei fod o'n eich gneud yn hen cyn pryd. A dydw i ddim yn trystio'r hen fforinyrs 'na. Wyddoch chi ddim be wnân nhw nesa. Bobol annwyl! does fawr o flynyddoedd yn ôl ers pan oedden ni'n ymladd yn erbyn y Jyrmans a'r Eidalwyr; gelynion peryglus oedden nhw, a rŵan mae pobol yn mynd i aros am wyliau i'w gwledydd nhw! Dydyn nhw ddim yn gall!'

Sut oedd ymateb i'r fath ragfarn? Roedd gwneud hynny y tu hwnt i Eirwyn, ac mi wyddai hi hefyd mai ei wir reswm dros fod eisiau mynd i'r cyfandir neu ryw ardal dramor arall oedd yr holl sôn a siarad am y peth yn ystafell y staff yn yr ysgol. Byddai tymor yr haf yn llawn o gynllunio a mynegi bwriadau ac edrych ymlaen at wythnosau heulog mewn paradwys dramor, ac wythnosau cyntaf tymor yr hydref yn llawn o adrodd ac ail-fyw profiadau nefolaidd y gwyliau hynny. Ac o flwyddyn i flwyddyn, roedd y mannau gwyliau'n lluosogi, a'r anturiaethau'n mynd yn fwy heriol. Cafodd Eirwyn flynyddoedd o wrando ar sagas tynnu carafán ar draws Ffrainc, o'i gosod ar faes carafannau, o gymdogion diddorol, o gyfarfod gwyrthiol â Chymry eraill, ond erbyn hyn roedd pethau wedi ehangu. Roedd taith ar long ar hyd camlas Suez, ymweliadau â'r pyramidiau, saffaris yn rhai o wledydd Affrica, a cherdded yn Nhibet, yn dod yn rhan o brofiadau mwy a mwy o athrawon yr ysgol.

Roedd Eirwyn yn casáu'r tynnu coes a ddeuai yn sgil yr holl sôn am wyliau. Roedd hi'n iawn ar Cissie gartref ar ei phen ei hun. Doedd hi ddim yn gorfod dioddcf sylwadau megis:

'A sut oedd Wrecsam leni? Llawn twristiaid a bywyd?'

'Oedd y dŵr yn gynnes ar draeth Nefyn?'

'Be gawsoch chi i'w fwyta wrth wardio rhag y glaw yn y Rhyl?'

'Ble mentrwch chi leni – i dde Cymru falle; mae'r tywydd yn wahanol iawn yno cofiwch, a'r bobol hefyd. Mi gewch chi job 'u dallt nhw.'

Ac roedd Eirwyn yn cael trafferth i reoli ei dymer. Cau ei geg y byddai gan amlaf, berwi'n fewnol a chreu atebion da, brawddegau llawn ergydion, ond byth bron yn eu llefaru. Fe fentrodd unwaith ar ôl clywed dwy athrawes uchel eu cloch a thyn eu poced yn canmol mor rhad oedd pethau yn Romania, y bargeinion gawson nhw wrth lwyddo i dynnu prisiau i lawr i'r lleiafswm isaf posib, ac yna yn yr un gwynt bron yn gresynu at dlodi'r wlad a chyflwr ei phobl. Daeth drosto ryw ddicter cyfiawn anarferol ac fe drodd arnyn nhw'n filain.

Roedd y ddwy wedi eu syfrdanu, fel pe bai ci bach diniwed ac annwyl yn sydyn wedi eu brathu. Ond dim ond unwaith y bu hynny; diodde'n ddistaw a chleisio'n fewnol y bu gydol y blynyddoedd a mynd yng nghwt ei wraig i Bognor Regis, i Bournemouth, i Gernyw, i'r Costwolds i aros mewn llety yn hytrach na gwesty, llety crand rhaid cyfaddef, ond llety lle byddai planhigyn mawr gwyrdd yn y cyntedd ac arogl polish yn drwm yn y lolfa neu'r parlwr, a'r llenni trymion wedi eu tynnu dros hanner y ffenestri rhag i'r haul ddifetha'r carpedi, brecwast mewn awyrgylch fynwentaidd ddistaw a chinio nos oedd yn gwbl ddigyffro a diddychymyg. Dim gwin na gwirodydd gan mai lletyau di-drwydded fydden nhw bron yn ddieithriad. Dychwelyd adref heb deimlo unrhyw wefr ac aros i wynebu sylwadau miniog a gwawdlyd ei gyd-athrawon yn yr ysgol.

Ond ofn oedd gwir reswm Cissie dros beidio mynd dramor. Ofn hedfan, ofn teithio ymhell, ac fe ddaeth y ffaith honno i'r wyneb yn ystod un o'u trafodaethau blynyddol.

'Waeth i chi un gair na chant, Eirwyn, wna i ddim hedfan. Mae'r syniad o fod mewn gofod lle mae miloedd o droedfeddi o wacter oddi tana i yn ddigon i ngneud i'n sâl. A dydi hedfan ddim yn beth da i rywun efo calon wan a rhywun sy'n diodde o glawstroffobia. Rhaid i ni gael gwyliau o fewn cyrraedd i gartre.'

'Ond mae Ffrainc o fewn cyrraedd! Taith bws i Dover, croesi ar long i Ffrainc, ailymuno â'r bws yno a dyna chi, mae Ewrop gyfan ar gael i ni.'

'Taith hir mewn bws! Chlywsoch chi ddim am draed a choesau'n chwyddo, Eirwyn? A wyddoch chi be 'di'r rheswm am hynny? Dŵr yn hel, dŵr yn hel yn eich fferau a'ch coesau am nad ydi'r galon yn gallu ymdopi efo'r gwaith o'i glirio. Straen fawr ar y galon ydi taith hir mewn bws, a wnaiff o ddim lles i mi yn fy nghyflwr bregus.'

'Mi allwn i fynd â'r car.'

'Mynd â'r car i wlad dramor a dreifio ar yr ochr dde? Fyddwn i ddim yn gallu byw yn fy nghroen heb sôn am eistedd wrth eich ochr chi. Mae hi'n ddigon o straen mynd efo chi o gwmpas y wlad yma lle dech chi'n cael dreifio ar y chwith.'

Roedd ganddi ateb i bopeth, ac felly mynd trwy'r mosiwns yn unig oedd casglu'r holl lyfrau gwyliau a chymryd arnynt fynd drwyddyn nhw i chwilio am le priodol.

Cafodd Eirwyn dipyn o sioc felly pan ddywedodd Cissie, bron cyn iddyn nhw eistedd i ddechrau chwilio a thrafod:

'Be am fynd i Jersey eleni?'

Oni bai ei fod eisoes yn eistedd byddai Eirwyn wedi disgyn ar ei din. Clywodd rywbeth yn cau am ei wddw nes ei fod yn cael trafferth i ddweud:

'Jersey! Jersey ddwetsoch chi? Ond mae hwnnw dros y môr.'

'Ydi, mi wn i hynny, dros y môr a dim dros y môr chwaith. Tebyg i Sir Fôn.'

'Mae 'na dipyn mwy o fôr rhwng Jersey a'r tir mawr nag sydd yna rhwng Môn ac Arfon credwch chi fi, Cissie.'

'Ie, falle bod, ond dydi o ddim fel bod dros y môr go iawn. Mae o fel bod dramor heb fod dramor os dech chi'n dallt be dwi'n ddeud.'

'Dallt yn iawn. Ond hen bobol sy'n mynd i Jersey, pobol sy'n rhy hen i fynd i unman arall. Mi fydd y lle'n llawn o dripiau Saga gewch chi weld.'

'A mi rydyn ninnau'n dechrau tynnu mlaen; mae tripiau Saga'n agored i bawb dros hanner cant erbyn hyn. Mi allen ni'n dau fynd arnyn nhw.'

Doedd Eirwyn ddim yn ei ystyried ei hun yn hanner cant er na allai wadu'r ffaith oedd ar ei dystysgrif geni. Ond roedd o'n teimlo'n ifanc ac roedd ganddo ddyheadau'r ifanc o hyd er bod Cissie wedi gwneud ei gorau i'w dinistrio.

'Jersey,' meddai drachefn. 'Lle cawsoch chi'r

syniad gwirion yna? Mi fydd yn rhaid i chi hedfan o Fanceinion neu Birmingham neu rywle felly, a wnewch chi ddim hedfan.'

'Fydd dim rhaid hedfan. Cwch o Weymouth, dyna'r cyfan.'

'A phwy sy'n mynd i ddreifio i lawr i Weymouth tybed?'

'Chi, siŵr iawn, Eirwyn, a gadael y car yn y porthladd. Does mo'i angen o yn Jersey gan fod yr ynys yn un mor fechan.'

'Os dech chi'n deud.' Nid oedd awydd brwydr yn rhan o'i gyfansoddiad bellach; cytuno ac ymatal rhag dweud dim yn groes oedd rysáit y bywyd tawel.

'Mi fydd yn rhaid aros tan y penwythnos nesa i fwcio,' meddai Eirwyn. 'Mae gen i wythnos drom a chyfarfodydd min nos yr wythnos yma.'

'Peidiwch pryderu dim. Mi fydda i wedi trefnu'r cwbwl,' meddai Cissie gan ei hatgoffa'i hun y byddai'n rhaid iddi ofyn i Menna am fanylion pan gwrddent ddydd Mawrth.

* * *

Roedd Eirwyn yn casáu nos Sul, a hynny am fod dydd Llun yn ei dilyn. Gorfod wynebu wythnos lawn o ysgol, o straffaglio'i ffordd drwy'r amserlen, teimlo'n weddol pan ddysgai'r prif ffrydiau a'r plant hŷn, teimlo'n uffernol pan ddysgai ffrydiau is a phlant iau.

Roedd Cissie o'r farn ei fod yn athro gwych, wedi cael cam dros y blynyddoedd a'i salach wedi eu dyrchafu. Ni cheisiodd yntau ei ddarbwyllo i feddwl yn wahanol, ond gwyddai ble'r oedd ei wendid – diffyg disgyblaeth, a'r diffyg hwnnw'n ganlyniad ei ofn i roi ei ben ar y bloc, i fod yn bendant, i fod yn gadarnhaol, i fynnu gwrandawiad a thawelwch.

Pan ddaeth gyntaf i'r ysgol yn athro ifanc flynyddoedd lawer yn ôl, ar ôl dwy flynedd anghyfforddus yn athro dros-dro yn un o ysgolion Seisnigedig y glannau, ceisiodd ei uniaethu ei hun â'r plant dan ei ofal, ceisiodd wneud ei hun yn boblogaidd, ond haws llacio'r rhaff ar ôl ei dal yn dynn na'i thynhau ar ôl gadael iddi fod yn llac. Darganfu Eirwyn y ffaith honno pan oedd yn rhy hwyr.

Dros y blynyddoedd, ac yntau'n athro Saesneg, fe enciliodd yn addysgol fwyfwy i mewn i'r llyfrau a astudid gan y plant ar gyfer TGAU a Lefel A. Gwelodd mewn nofelau a dramâu a cherddi ddrych o'i fywyd ei hun; gwelodd ynddynt bosibiliadau ei fywyd o yn y dwylo priodol. A chan iddo geisio ei uniaethu ei hun â'r cymeriadau y darllenai amdanynt, fe brofodd yn eitha llwyddiannus gyda Blwyddyn 11 a Dosbarth 6 pan oedd yn trafod llenyddiaeth efo nhw. Dyma'n unig oedd yn gwneud ei fywyd yn yr ysgol yn dderbyniol, a'r unig edefyn oedd yn sicrhau ymlyniad wrth addysg a'r ysgol uwchradd yr oedd yn dysgu ynddi. Y drafferth oedd mai nifer fechan iawn o sesiynau oedd ganddo gyda'r chweched; na, y pennaeth adran oedd yn eu dysgu gan amlaf, ac roedd hi'n prysur fwyta i mewn i'w sesiynau dysgu gyda'r pumed hefyd. A rhyw ugain y cant oedd gradd ei lwyddiant fel athro pe bai'n ddigon gonest ag o'i hun i gydnabod hynny.

Bob nos Sul teimlai fod yr edefyn hwn yn un brau, ac ofnai y byddai gwŷs yn dod oddi wrth y brifathrawes i fynd i'w gweld i'w hystafell fore Llun. Hithau wedyn yn dadlennu bod y llywodraethwyr, oherwydd bod yn rhaid gwneud cwtogiadau, wedi penderfynu bod yn rhaid iddo fynd gan ei fod yn costio cymaint mwy nag athrawon ifanc. Beth a ddywedai wrth Cissie pe digwyddai hynny? Sut y gallai ei hwynebu hi? Sut y gallai ddweud wrthi, a beth fyddai'r effaith arni? Roedd corddi'r meddyliau hyn ar nos Sul yn ei wneud yn greadur anhapus ac anniddig tu hwnt. Byddai dogn go dda o wisgi ar adegau fel hyn yn gwneud byd o les iddo, ond fe fyddai cael potel o'r stwff hwnnw yn y tŷ yn dwyn ar ei ben holl gynddaredd undeb dirwest merched Gwynedd – os oedd y fath gymdeithas yn bod – heb sôn am godi Cranogwen o'i bedd!

Ei unig gysur oedd y llyfrau gosod, llenyddiaeth Saesneg, yn gerddi a straeon byrion, yn nofelau a dramâu. Aeth ati i ddarllen ei nodiadau ar *Of Mice and Men*, nofel enwog John Steinbeck am y ddau frawd. Gwelai yn un ohonyn nhw, y diniweityn, elfennau lawer o'i bersonoliaeth ei hun, ac yn y brawd mawr, cryf, cadarn, siŵr o'i siwrne, elfennau o bersonoliaeth Cissie. Nid ei fod yn dadlennu hynny wrth y plant wrth gwrs, ond roedd ymwneud â llenyddiaeth fel hyn i fod i effeithio ar y plant, i fod i ddylanwadu arnyn nhw. Onid oedd yr un peth i ddigwydd iddo yntau? Yr oedd sawl menyw debyg i wraig Curly yn ei hudo yntau hefyd, ond dim ond yn ei feddwl. Ni weithredodd erioed ar ei ddyheadau a'i ffantasïau. Cadwodd nhw dan reolaeth. Hiraethai, fodd bynnag, am fod yn frawd mawr, yn gryf a chadarn, yn graig safadwy mewn tymhestloedd. Roedd ganddo ddigon o allu, ond dim penderfyniad a phen blaen. Ac roedd gan Cissie benderfyniad a phen blaen a dim llawer o allu. Pam na allai natur fod wedi gwneud ohonynt eu dau un person crwn cyfan, yn lle hollti fel hyn? Creadigaeth Duw wir! Roedd hi'n llawn gwallau a gwendidau. Nodweddion gorau poblogaeth enfawr y byd wedi eu cywasgu ymhlith llai o bobl, oni fyddai hynny'n datrys holl broblemau'r byd, rhyfeloedd a newyn ac atgasedd? Roedd hwnnw'n syniad, yn syniad gwerth ei drafod efo'r plant drannoeth a dweud y gwir. Ai un person mewn gwirionedd oedd y ddau frawd, ai deuoliaeth oedden nhw, dwy natur mewn un person? Ai ceisio dweud hynny yr oedd John Steinbeck?

Gwnaeth nodyn neu ddau i'r perwyl ar gyfer y drafodaeth, ac aeth i'w wely, er ei bod yn nos Sul, yn lled fodlon ei fyd.

5

Dychwelodd hen deimlad bore Llun wrth i Eirwyn deithio i'w waith drwy law mân a thraffig mawr, ac roedd y teimlad yn cynyddu wrth i'r car ei gludo'n nes ac yn nes at yr ysgol. Roedd o'n fwy na theimlad bore Llun yn wir. Roedd o'n deimlad dyddiol, ar wahân i foreau Gwener diwedd pob tymor. Profiad braf fyddai mynd i'r ysgol ar y boreau rheini, a meddwl na fyddai'n rhaid iddo droedio tir diffaith y lle am rai dyddiau neu wythnosau. Ond nid cystal oedd y teimlad diwedd tymor a gâi wrth deithio am adref. Byddai Eirwyn yn meddwl yn aml mai'r unig adeg y byddai'n weddol fodlon fyddai pan oedd o'n teithio rhwng gartref ac ysgol ac ysgol a gartref. Rhyw deimlad o fod rhwng deufyd oedd hwnnw, yn ddiogel mewn cocŵn, pan fyddai ei feddyliau a'i syniadau'n eiddo iddo ef ei hun, heb neb i anghytuno, heb neb i dra-arglwyddiaethu arno, na phrifathrawes na phennaeth adran na gwraig.

Cyn belled ag yr oedd y teimlad bore Llun yn bod gwyddai nad oedd ond un peth a allai ei ddileu. Ymddeol. Fyddai ei bensiwn ddim yn fawr gan na fyddai gobaith mul iddo gael estyniad blynyddoedd gan awdurdod crintachlyd; ar y llaw arall roedd o'n ddigon gonest efo fo'i hun i wybod na fyddai'r ysgol na'r awdurdod yn gwrthwynebu iddo fynd nac yn debyg o osod yr un rhwystr ar ei lwybr. A doedd o ddim wirioneddol angen y pres. Fe briododd wraig gyfoethog, ac er y gallai hi fod yn ddigon cynnil ac wrth ei bodd yn cael bargen, doedd hi ddim yn grintachlyd tuag ato fo. O'r cychwyn cyntaf cytunwyd mai un cyfri banc fyddai ganddyn nhw, yn annhebyg i lawer o gyplau y gwyddai amdanynt oedd â dau gyfri – un bob un – ac yn byw bywyd annibynnol er eu bod wedi priodi. Na, chwarae teg iddi, roedd Cissie wedi dweud o'r dechrau'n deg mai un cyfri fyddai yn eu tŷ nhw. Ond dros y blynyddoedd roedd Eirwyn wedi dod i sylweddoli mai er mwyn cael rheolaeth drosto a gafael ar y banc y gwnaeth hynny yn hytrach nag o haelioni ei chalon.

Ymddeol, dyna'r ateb amlwg i'r 'bore Llun' a deimlai'n ddyddiol. Ond wnâi o ddim nes y byddai raid, a hynny am fwy nag un rheswm. Yn un peth fyddai Cissie ddim yn fodlon am y byddai'n gweld hynny fel rhyw fath o ddifrïo arni, y syniad bod ei gŵr yn byw ar ei phres. Nid codi ei statws hi fel person cyfoethog a wnâi hynny, ond darostwng ei gŵr, a thrwy hynny ei phriodas, a thrwy hynny hi ei hun. Fe wyddai hi fel yr oedd tafodau'n brysur yn y dref dim ond i bobl gael y sawr lleiaf o stori neu sgandal. Fe wyddai beth oedd meddylfryd y rhai oedd wrth eu bodd yn ymyrryd ym mywydau eraill. Fe wyddai am ei bod yn rhan o'r pedwarawd straegar a gwrddai yng nghaffi Dolawel.

Ond roedd yna reswm arall pam na fyddai Eirwyn am ymddeol. Os oedd mynd i'r ysgol a diodde gwawd disgyblion ac ambell athro ac athrawes hefyd yn swmbwl yn y cnawd iddo, roedd o ganmil gwell na threulio gweddill ei fywyd gartref, mewn byngalo tair llofft, a therfynau ei fyd yn bedair wal y byngalo hwnnw neu berimedr ei ardd. Pob dydd o'r flwyddyn yn ddydd Sadwrn neu Sul, pob un yn ddiwrnod gwyliau. Ac yntau, ar ôl wythnos o wyliau yn yr haf yn dyheu mewn rhyw ffordd ryfedd am weld yr ysgol yn ailagor. Carchar oedd bywyd iddo, bob agwedd arno, ond o leia roedd diwedd gwyliau fel symud o garchar caeedig i un agored.

Bob bore wrth deithio tua'r ysgol byddai'n codi ei olygon tua'r bryniau a'r ardal lle y magwyd ef ar ddyddyn, yn unig blentyn i rieni hen, rhieni a'i gwarchododd rhag stormydd a thymhestloedd byd i'r fath raddau fel nad oedd ganddo, pan aeth allan i'r byd mawr, groen digon tew i ymladd yn ôl ym mrwydrau bywyd. Roedd y blynyddoedd yn dilyn ei afiechyd pan fu yn yr ysbyty am wythnosau yn enghraifft o hynny. Chwech oed oedd o ar y pryd, ac eto, pan aeth i'r ysgol uwchradd, mynnodd ei dad fynd i weld y prifathro i sicrhau na fyddai'r mab yn gorfod chwarae pêl-droed. Ac am flwyddyn bron fe barhaodd hynny nes yn y diwedd i wawd ei gymdeithion brofi'n drech na'i ddiffyg ewyllys ac iddo ymuno mewn gêm heb yn wybod i'w rieni.

Pan fu farw'r tad yn weddol ifanc a chynamserol o ganlyniad i'r niweidiau a gafodd yn y rhyfel, fe benderfynodd y fam geisio am y denantiaeth ac aros ar y tyddyn i ffermio, a magu ei phlentyn. Roedd hi wedi gorfod ymdopi ei hun tra bod ei gŵr yn y rhyfel beth bynnag, gan nad oedd y tyddyn yn ddigon mawr i sicrhau nad oedd raid iddo fynd. Roedd hi'n ddynes galed, ddynol, yn codi gyda'r wawr ac yn noswylio'n hwyr, yn rheoli bywyd ei mab o fore gwyn tan nos. Ni chofiai Eirwyn iddo gael na chusan na choflaid gan na'i dad na'i fam erioed. Roedd gwneud yn dda yn yr ysgol, yn enwedig yr ysgol uwchradd, er mwyn cael rhyddid oddi wrth lyffethair cartref a threfn gaethiwus y tyddyn yn gwbl angenrheidiol, ac fe lwyddodd. Cafodd ysgoloriaeth i Goleg y Brifysgol, Bangor, a chofiodd fel y bu trwy'r haf hwnnw'n dyheu am ddechrau hydref iddo gael ffoi.

Ond chafodd o ddim dihangfa lwyr. Trefn aros yn ystod yr wythnos ac adre i fwrw Sul fu hi arno, er mwyn torri'r costau. Ac roedd o wedi bod yn gaeth mor hir fel na wyddai beth i'w wneud â'i ryddid. Ni châi drafferth i wneud ffrindiau, ond trafferth fawr i'w cadw; ni châi drafferth i gael cariadon, ond buan y bydden nhw'n cilio. Cafodd radd, ond doedd hi ddim cystal gradd ag y gallai fod wedi ei chael; cafodd dystysgrif addysg, ond crafu drwy ei ymarfer dysgu wnaeth o. Cafodd swydd dros-dro am ddwy flynedd ac yna swydd barhaol, ond dim ond mewn ysgol uwchradd ddi-nod, isel ei phoblogaeth nad oedd fawr neb eisiau dod i ddysgu ynddi. Ond fe gafodd wraig. Do, meddai wrtho'i hun, fe gafodd wraig, Ac yna, mewn ffit o hunanonestrwydd, fe gytunodd ag ef ei hun na chafodd o ddim gwraig ond bod ei wraig wedi cael gŵr.

Yn Llandudno y digwyddodd hynny, neu y cychwynnodd hynny, rhyw benwythnos pell yn ôl bellach – dros ddeng mlynedd ar hugain. Roedd o wedi mynd yno ar bnawn Sadwrn ac yn crwydro'n ddigon diamcan o gwmpas y lle. Dim yn siŵr iawn pam yr oedd yno, dim ond ei fod yn ddisgwyliad cyffredinol y byddai pawb yn mynd i rywle ar y Sadwrn, ac roedd waliau'r fflat fechan y llwyddodd i'w chael pan ddechreuodd ar ei swydd athro yn cau amdano. Crwydro'n ddiamcan a wnâi heb wybod bod un arall yn gwneud yn union yr un peth y pnawn hwnnw.

'Cissie,' meddai ei mam wrthi, ar ôl iddi gael cyfnod o salwch, 'dech chi'n edrych yn llwydaidd iawn. Mae'n hen bryd i chi ddechrau mynd allan o'r tŷ 'ma eto i gael tipyn o awyr iach, yn lle aros i mewn drwy'r amser, yn nyrsio ffliw ac annwyd a phob aflwydd arall y mae posib eu cael. Digon yw digon. Allan â chi, a dwi ddim eisiau eich gweld tan amser te o leia.'

Ac allan yr aeth Cissie, yn welw ei gwedd, allan i osgoi bytheirio ac edliw diddiwedd ei mam. Doedd ganddi mo'r ynni na'r awydd na'r penderfyniad y diwrnod hwnnw i droi arni, felly crwydrodd i lawr i'r dre ac yn y man aeth i gaffi bychan i gael paned o goffi.

Yno, yn eistedd wrth y bwrdd agosaf ati, yr oedd Eirwyn, a thrwy ryw ryfedd wyrth aeth yn sgwrs rhwng y ddau. Nid gwyrth chwaith, ond y ffaith i

Cissie ddisgyn ei llwy de ac iddo yntau ei chodi a'i sychu efo'i syrfiét papur.

Llwy de, felly, oedd y cychwyn, ac fe droes y llwy de'n llwy garu – o fath beth bynnag. Roedd yr un nas gwnaed i fyw ei hun a gwneud ei benderfyniadau ei hun wedi cyfarfod â'r un yr oedd angen rhywun arni i'w reoli a'i fowldio. Uniad perffaith, ac uno wnaethon nhw!

Un oedden nhw a dweud y gwir, meddyliodd, gan ddychwelyd at yr hyn y bu'n meddwl amdano wrth baratoi ei wersi ar gyfer yr ysgol.

Gyda meddylfryd gŵr y carchar agored fe gyrhaeddodd Eirwyn yr ysgol a pharcio ei gar yn ei le arferol a cherdded i mewn drwy'r drws i'r academi.

Ysgol fechan oedd hi, ond i Eirwyn nad oedd yn ei hoffi, roedd hi'n anghenfil. Plant y wlad oedd mwyafrif ei disgyblion, ac mae'n siŵr eu bod, o'u cymharu â phlant gwybodus y trefi mawr, yn eitha diniwed a naïf. Ond gallai'r diafol lechu yn y mannau mwyaf annisgwyl, ac yn sicr roedd o yn eneidiau llawer o blant yr ysgol hon. Ac nid plant yn unig.

Galwodd y brifathrawes, Gertrude Jones, gyfarfod staff yn ystod yr awr ginio, digwyddiad pur anarferol. Rhaid bod rhywbeth arbennig ar droed, ond er holi a holi ni wyddai neb ddim am y peth, ac eithrio'r pennaeth ei hun wrth gwrs. Drama oedd ei phwnc yn y coleg ac roedd hi wrth ei bodd yn gwneud drama o bopeth.

Ar ôl bore digon trafferthus yn dysgu Blwyddyn 8

a Blwyddyn 9 aeth Eirwyn, fel y gweddill, i'r ystafell staff gyffredinol ar gyfer y cyfarfod. Cyfarfod byr ac i bwrpas oedd o.

Daliodd y brifathrawes amlen frown i fyny, mewn camdybiaeth lwyr ei bod yn gwneud rhywbeth dramatig tu hwnt wrth ddangos amlen debyg i'r un oedd wedi creu cymaint o hafoc ymhlith athrawon a phrifathrawon ysgolion cynradd ac uwchradd ledled y wlad.

'Fe ddaeth hon y bore 'ma,' meddai, mewn llais llwyfan clir. Yna ysbaid dramatig cyn cyhoeddi: 'Mi fydd yr ysgol yn cael ei harolygu flwyddyn i rŵan, sef yn ystod tymor yr haf y flwyddyn nesaf.'

Arhosodd i weld pa effaith a gâi ei geiriau ar ei chynulleidfa.

Dim! Dim adwaith mewn na gair nac ystum gan neb. Roedd rhai'n gwybod y bydden nhw wedi symud i ysgol arall ymhen y flwyddyn, roedd rhai eisoes wedi rhoi eu cais ymddeoliad i mewn. Ond roedd y mwyafrif yn teimlo bod mur gwyliau haf a mur pellach gwyliau Nadolig yn gysgod rhag y gwynt bygythiol, yn amddiffynfa iddyn nhw rhag gorfod poeni. Athrawon gorau'r ysgol oedd, yn ddistaw bach, yn pryderu fwyaf.

'Mi gawn gyfle i negydu dyddiadau efo'r tîm arolygu, ond rydw i am awgrymu y byddai trydedd wythnos y tymor yn adeg eitha addas, dim reit ar ddechrau tymor a chyn i'r arholiadau fod yn bwysau ychwanegol arnon ni.'

Roedd pawb yn cytuno, ac aeth y brifathrawes ymlaen:

'Mi fydda i'n gofyn i benaethiaid adrannau adolygu darpariaeth eu hadrannau yn ystod y dyddiau nesaf a chynnal cyfarfodydd adran. Yna, ymhen yr wythnos, mi fydd y tîm rheoli'n cyfarfod i roi cynlluniau ysgol gyfan ar y gweill. Mae gynnon ni bron i flwyddyn o amser i baratoi, ac mae gynnon ni ysgol yr ydyn ni i gyd, gobeithio, yn ymfalchïo ynddi. A does dim rhaid i mi eich atgoffa y bydd canlyniadau TGAU a Lefel A eleni yn rhan o'r dystiolaeth y bydd yn rhaid i'r arolygwyr ei chael.'

Hy! meddyliodd Eirwyn. Mi fydd pawb yn rhuthro o gwmpas fel ieir rŵan er bod pawb yn ymddangos mor dawel. Wel, doedd o ddim yn mynd i banicio nac i ymateb yn fyrbwyll i'r un bygythiad. Mi gâi Ann James, pennaeth yr adran Saesneg, fynd i grafu. Roedd digon o amser, a dechrau'r tymor nesaf yn hen ddigon buan i hyd yn oed feddwl am gyfarfod.

Ac yna, yn ddisymwth, gan nad oedd dim arall i'w drafod, roedd y cyfarfod ar ben, ac aeth pob un i'w ffordd ei hun. Daeth Ann James at Eirwyn.

'Fedri di aros ar ôl am ychydig heno?'

'Y . . . gallaf, cyn belled â mod i'n ffonio i ddeud na fydda i adre'n gynnar.'

'Meddwl y basen ni'n cael cyfarfod byr oeddwn i. Waeth i ni ddechrau trafod yn fuan ddim.'

'Iawn gen i.'

'Yn y llyfrgell am chwarter i bedwar 'te?'

Tynnodd y cyfarfod a drefnwyd beth o'r sglein oddi ar sesiynau pnawn Eirwyn, yn enwedig y drafodaeth ar nofel John Steinbeck. Tybed beth oedd ym meddwl Ann James? A oedd yna fygythiad iddo fo? A fyddai yna bwysau ychwanegol yn cael ei roi ar ei ysgwyddau? Roedd Ann James yn ferch ddeallus iawn, roedd yn rhaid iddo gyfaddef. Yn wir, pe bai'n cyfaddef y cwbwl, roedd hi'n llawer mwy deallus nag o; yn ddisgyblwraig dda, yn athrawes ardderchog ac yn drefnydd llawn syniadau gwreiddiol. Bu'r berthynas rhyngddyn nhw yn eitha pell ar y dechrau gan i Eirwyn ei hun ymgeisio am y swydd ac iddi gael ei hailhysbysebu ac i Ann James gael ei pherswadio gan y llywodraethwyr i ymgeisio amdani. Roedd hi'n anodd derbyn cyfarwyddiadau a gorchmynion gan un oedd bron yn ddigon ifanc i fod yn ferch iddo, a gweddol oeraidd fu'r berthynas rhyngddyn nhw yn ystod y misoedd cyntaf, ond roedd yna ryw fath o gytundeb anysgrifenedig i oddef ei gilydd. Ac yr oedd o wedi dod i dderbyn ei hawdurdod, a theimlo diogelwch ynddo.

Er pan ddaeth hi i'r ysgol, ryw bedair blynedd ynghynt, roedd canlyniadau Lefel A Saesneg wedi bod yn dda iawn. Doedd rhai TGAU ddim yn ddrwg, ond dim cystal. Doedd dim angen dewin i sylwi mai Ann James oedd yn dysgu'r rhan fwyaf o sesiynau'r chweched dosbarth, ac Eirwyn ran ychydig yn fwy sylweddol o TGAU, a bod yna berthynas agos rhwng hyn a'r canlyniadau.

Cau ei lygaid i'r ffaith honno y byddai Eirwyn a thorheulo yn haul llwyddiant ei bennaeth adran. Ond fe allai fod yn sicr ei bod hi'n ymwybodol o'r sefyllfa. Yn wir, roedd ei chwestiwn cyntaf iddo pan gyfarfu'r ddau yn y llyfrgell ar ôl ysgol yn dadlennu'r ffordd yr oedd ei meddwl yn gweithio.

'Be ydi rhagolygon TGAU yn dy feysydd di eleni, Eirwyn? Wyt ti wedi gorfod addasu'r amcangyfrif? Dyma oedd ein targed os wyt ti'n cofio.'

Estynnodd ddarn o bapur i Eirwyn ac edrychodd yntau ar y ffigurau oedd arno, cyn nodio'i ben. Rhan ydoedd o adroddiad y cyfarfod gawson nhw yn union ar ôl y mocs ac ar ôl astudio'r gwaith ffolio.

'Rhywbeth yn debyg faswn i'n ei ddeud,' meddai Eirwyn, nad oedd, a bod yn berffaith onest, wedi rhoi yr un rhithyn o sylw i'r ffigurau hyn ers y cyfarfod.

'Wel, mi wyddost mor bwysig ydi canlyniadau da yn Saesneg i ysgol fel hon sy'n dysgu cymaint trwy gyfrwng y Gymraeg. Mae llwyddiant addysg Gymraeg yn dibynnu ar y safon a gyrhaeddir mewn Saesneg, fel dwi wedi deud lawer gwaith o'r blaen.'

Oedd, meddyliodd Eirwyn, roedd hi'n diwn gron ganddi.

'Ac mae 'na fwy yn y fantol hyd yn oed na chanlyniadau'r arholiadau eleni, mwy yn y fantol o safbwynt y dosbarthiadau eraill, beth bynnag, ac am y rheini yr ydw i eisiau sôn heddiw.'

Gwyddai, fe wyddai Ann James ble'r oedd ei wendid.

'Sut mae pethau wedi bod ar ôl y Pasg? Ydi disgyblaeth yn dal yn broblem?'

Ie, un blaen ei thafod oedd Ann James, byth yn hel dail na thin-droi, ond dod yn syth at y pwynt.

'Mae pethau'n weddol. Ambell ddosbarth yn dal yn anodd, oherwydd presenoldeb rhai unigolion sy'n ddiawled drwg. Ond yn ddigon boddhaol ar y cyfan.'

Ni soniodd wrthi am y ffracas llwyr gyda grŵp Blwyddyn 9 un diwrnod yn ystod wythnos ola'r tymor pan oedd hi'n absennol ar gwrs.

'Be am grŵp Blwyddyn 9? Ydyn nhw'n dal yn llond llaw?'

Roedd hi'n gwybod, oedd debyg. Roedd y staff 'hŷn' yn cario straeon i'w gilydd ac yn eu trafod nhw, yr athrawon cyffredin, ymhlith ei gilydd. Doedd yr ysgol ddim yn lle i gadw cyfrinach na chelu dim rhag neb. Roedd hi'n gollwng fel gogor.

'Ydyn, maen nhw'n fwy na llond llaw. Ond dwi'n dod i ben â nhw.'

'Gobeithio wir. Mae disgyblaeth yn sylfaenol fel y gwyddost ti. Be am holl ofynion y cwricwlwm a'r bwrdd arholiad? Oes 'na ryw drafferthion efo rheini?'

Teimlai Eirwyn ei bod yn gofyn cwestiynau y dylsai fod yn gwybod yr atebion iddyn nhw eisoes – er mwyn tanseilio ei hyder, er mwyn dangos ei hawdurdod efallai.

'Na, mae popeth yn glir a'r amserlen yn ei lle.'

Ac yna aed ymlaen i drafod, wel, nid trafod yn hollol; Ann James oedd yn siarad ac Eirwyn yn ebychu ambell ymateb. Hanner awr yn ddiweddarach daeth y cyfarfod cyntaf hwn i ben gydag awgrym a wnaeth i galon Eirwyn guro'n gyflymach.

'Mi roeddwn i wedi sôn wrth y pennaeth dro yn ôl am y posibilrwydd o gael adolygiad annibynnol ar Saesneg yn yr ysgol – rhywbeth mewnol i ni yn unig wrth gwrs – oherwydd pwysigrwydd y pwnc i gredinedd y lle ac oherwydd bod mwy a mwy o fewnfudwyr yn dod i'r ardal. Dydyn ni ddim eisiau eu colli o'r ysgol hon a'u gweld yn mynd dros y terfynau i ysgolion uwchradd eraill. Mae'n swyddi ni i gyd yn dibynnu yn y diwedd ar niferoedd ac ar gefnogaeth ymarferol rhieni.'

Ie, dyna ddiwedd y gân, meddyliodd Eirwyn, eu swyddi nhw! Pwysicach na dim arall. Ond roedd o'n un ohonyn nhw hefyd, yn un o'r rhai yr oedd angen sicrhau ei swydd, felly ymataliodd rhag dweud rhai o'r pethau plaen oedd eisoes yn ymffurfio yn ei feddwl. Bodlonodd ar ofyn cwestiwn diniwed yn unig.

'Yr adolygiad annibynnol yma – pwy fyddai'n ei wneud?'

'Ymgynghorydd annibynnol sy'n gweithio ar ei liwt ei hun. Mae digon i'w cael y dyddiau yma, pobol wedi ymddeol yn gynnar ac yn dal i weithio. Mi hola i'r trefnydd Saesneg oes ganddo fo enw y gall ei awgrymu. Gan fod yr arolwg ar y gorwel, gorau po gyntaf inni ei gael fel y gallwn ni weithredu ar ei ganlyniadau mewn da bryd.'

'Pa mor fuan yw buan? Y tymor yma?'

'Na, does fawr o bwynt yn hynny yn nac oes. Unwaith y bydd yr arholiadau wedi dechrau bydd gwersi Blwyddyn 11 a'r chweched yn dod i ben. Na, yn gynnar ym mis Medi, os bydd hynny'n bosib. Rwy'n cymryd nad oes gen ti wrthwynebiad i hyn?'

Doedd ganddo ddim dewis. Y peth olaf yr oedd o ei eisiau ar ddechrau tymor ym mis Medi oedd ymgynghorydd yn edrych i mewn i'w bac, yn chwilio am bopeth, yn darllen ei ddogfennau, yn gwrando arno'n dysgu. Roedd y syniad yn wrthun, a fynte'n ddyn yn ei oed a'i amser yn cael ei drin unwaith eto fel pe bai'n fyfyriwr anaeddfed.

'Na, does gen i ddim gwrthwynebiad o gwbwl. Mi alle fod yn help mawr i baratoi ar gyfer yr arolwg.'

'Yn hollol, ac yn bwysicach o lawer, i sicrhau ein bod ni'n darparu'n deg ar gyfer y disgyblion. Dyna yw addysg wedi'r cyfan yntê – gwasanaeth i blant, nid cyfundrefn i gynnal athrawon.'

Swniai Ann James fel pe bai'n paratoi ar gyfer ateb cwestiynau mewn cyfweliad. Ac am ennyd teimlodd Eirwyn banig yn dod drosto fel ton. Beth pe bai hi wedi mynd cyn yr arolwg? Beth ddigwyddai wedyn? Byddai ef ar drugaredd yr arolygwyr, yn gorfod sefyll yn y bwlch, yn gorfod bod yn atebol am bopeth. Teimlodd ei hun yn crynu drosto ac arswydodd rhag iddi hi ei weld. Doedd o ddim yn gwbl hapus ei fod wedi dwyn swydd ddylsai fod yn perthyn iddo fo. Ac eto, roedd yna ddiogelwch yn ei chadernid, a'i hawydd i gymryd cyfrifoldeb yn lleihau'r baich ar ei ysgwyddau yntau.

Methodd ymatal rhag lleisio'i bryder.

'Mi fyddwch chi yma yn ystod yr arolwg?'

'Be wyt ti'n feddwl? I ble wyt ti'n disgwyl fy ngweld i'n mynd?'

'I unman gobeithio. Mae eich angen chi yma ar yr adran a'r ysgol.'

Roedd ymgreinio'n dod yn hawdd i Eirwyn pan fyddai'n argyfwng arno.

'Diolch i ti am ddeud hynny. Byddaf, mi fydda i yma, does gen i ddim cynlluniau i fynd oddi yma, nac i gael babi chwaith!'

Gan ei bod yn ddibriod, teimlodd Eirwyn ei hun yn cochi wrth glywed yr awgrym.

Casglodd Ann James ei ffeiliau ynghyd a chododd i fynd allan. Roedd y cyfarfod ar ben.

'Mi geisia i gael gafael ar y Trefnydd Saesneg heno er mwyn dechrau rhoi pethau ar y gweill ar gyfer yr ymweliad y tymor nesa,' meddai wrth i'r ddau gydgerdded ar hyd y coridor.

Roedd hi'n dal i fwrw pan gerddodd Eirwyn allan drwy'r drws, a rhedodd yr ychydig lathenni at ei gar. Doedd hi ddim yn bwrw'n drwm, ond yn ddigon trwm i gael y llafnau chwe eiliad i weithio ar y sgrin wynt. Ac wrth deithio am adref i gyfeiliant cyson y llafnau ysbeidiol, dychmygai mai fel y llafnau hynny y byddai ei fywyd yn ystod y flwyddyn nesaf. Cyfnodau o heddwch a thawelwch ac yna hwrdd sydyn o weithgarwch gwallgo, yr ymweliad answyddogol, noson rieni, ymweliad y tîm arolygol. Roedd yr hyrddiau'n addo bod yn rhai cynhyrfus. Doedd ond gobeithio y deuai drwyddi'n ddianaf ac na châi ei ddarostwng a'i feirniadu'n gyhoeddus.

6

Yr oedd meddwl Eirwyn yn llawn ystrydebau wrth iddo deithio tua'r ysgol ar ddiwrnod cyntaf tymor newydd, diwrnod cyntaf blwyddyn ysgol newydd. Roedd hi'n ail o Fedi ac yntau'n wynebu cyfle newydd, yn cerdded trwy ddrws agored i ystafell arall, yn wynebu diwrnod cyntaf gweddill ei fywyd, wedi cyrraedd carreg filltir arall ar daith bywyd, yn camu i'r tywyllwch, i ddyfodol ansicr.

O'i ôl, yn dilyn wythnos yn Jersey, yr oedd diflastod gwyliau haf mewn tywydd cyfnewidiol, pum wythnos o biltran dibwrpas mewn gardd a chegin, y cerdded dyddiol diflas gyda Siwsi'r ast, dandwn Cissie, ufuddhau i'w holl orchmynion ac ymateb i'w holl ofynion.

Roedd o wedi eitha mwynhau ei hun yn Jersey; roedd bod yn gi bach mewn lle gwahanol yn rhyw fath o newid, ac roedd yna rywbeth yn gysurlon saff mewn patrwm o wyliau oedd yn frecwast a chinio nos mewn *boarding house* eitha drud, The Laurent, gyda rhyw ddwsin arall o bobl ganol oed syber, distaw, a theithio bron yn ddyddiol gyda grwpiau bychain ym mysys mini'r Tantivy Coaches i weld gwahanol rannau o'r ynys a mannau cael cinio eisoes wedi eu dewis iddynt. Awr neu ddwy yn y dre wedyn yn dilyn Cissie o gwmpas y siopau; un peth oedd crwydro Caer ar ei phen ei hun, peth arall oedd mentro o gwmpas tre ddieithr. Roedd y llety o fewn cyrraedd hwylus i Liberation Square, a bob min nos fe gerddai'r ddau i lawr yno ac eistedd ar un o'r meinciau yn gwylio'r byd, neu gymaint ohono ag oedd yn St Helier yr haf hwnnw, yn mynd heibio.

Roedd Eirwyn wrth ei fodd yn edrych ar y cerflun enwog yng nghanol y sgwâr; dynion a merched a phlant yr ynys yn dal baner, baner rhyddid, ac yn ymestyn eu dwylo a'u breichiau i fyny gymaint ag y gallen nhw fel tasen nhw'n tynnu'r rhyddid hwnnw o'r awyr, o'r haul. Gwyddai mai jac yr undeb oedd y faner, ond doedd hynny'n mennu dim ar y darlun, y darlun o lawenydd croesawu rhyddid ar ôl blynyddoedd o gaethiwed.

Doedd o ddim wedi gorfod gwneud nemor ddim gwaith ysgol yn ystod y gwyliau gan nad oedd newid ym maes llafur Saesneg am y flwyddyn i ddod; dim newid yn y patrwm arferol felly o geisio stwffio egwyddorion iaith gymhleth i feddyliau criw o blant anfoddog, o geisio hybu creadigrwydd a thanio awen, ac yntau ei hun yn greadur mor ddi-sbarc, mor ddi-ddawn; o geisio trafod egwyddorion llenyddiaeth fawr a dangos fel yr oedd y llenyddiaeth honno'n ymestyn profiad, yn dehongli byd a bywyd, ac yn rhyw ddarpariaeth côt law i'r plant ar gyfer tymhestloedd bywyd. Neu felly y dywedwyd wrtho gan ddarlithydd coleg a gyfrifid yn un goleuedig, flynyddoedd maith yn ôl.

Unwaith yn rhagor roedd canlyniadau'r arholiadau wedi bod yn ddi-fai ac Ann James wedi ei gysgodi rhag beirniadaeth a chanlyniadau gwael. Pe bydden nhw wedi bod felly, gallai bob amser ailadrodd yr hen amddiffyniad mai gallu'r plant oedd yn penderfynu lefel y canlyniadau ac nad oedd y flwyddyn yn un dda. Doedd o ddim yn hapus iawn efo trefniadau amserlen y flwyddyn, amserlen a luniwyd cyn diwedd y tymor a chyn i ganlyniadau'r arholiadau ymddangos. Crebachu ymhellach ei gyfraniad i waith y chweched dosbarth, a Blwyddyn 11 o ran hynny, wnaeth Ann James, gan gymryd arni ei hun bron yr holl lwyth gwaith ar wahân i un llyfr gosod opsiynol efo'r chweched ac un neu ddau o lyfrau gosod y cwrs TGAU efo Blwyddyn 11. Ond cafodd fwy na'i siâr o'r gwaith diflas gyda'r dosbarthiadau is. Sylweddolai erbyn hyn fod y duedd hon yn digwydd yn raddol drwy'r blynyddoedd. Yn fuan iawn fyddai dim gwersi Blwyddyn 11 a chweched dosbarth ganddo. Roedd hyn yn gwbl annheg ac yntau ar ei orau gyda'r dosbarthiadau hyn. Byddai'n rhaid iddo gael gair am y peth gyda'i bennaeth adran.

Ond tybed pam ei bod, wrth ei ffonio gyda'r canlyniadau, wedi trefnu cyfarfod ar ddiwedd pnawn cynta'r tymor? Oedd yna fygythiad yn hynny iddo? Ond ar ôl cytuno a chael rhai munudau o amheuaeth a phryder, fe anghofiodd am y peth.

Bu'n darllen neu'n ailddarllen nifer o'r llyfrau gosod yn ystod y gwyliau, gan gynnwys ei ffefrynnau *Of Mice and Men, I know why the caged bird sings* a drama Shakespeare, *Macbeth*, yn ogystal â chyfrolau arobryn yr eisteddfod. Oedd o'n gwneud hynny er mwyn bod yn well athro? Ai er mwyn gwybod cynnwys y llyfrau hyn yn well, ai er mwyn gallu trafod yn fwy deallus y gwnâi hyn? Teimlai mai darllen er ei fwyn ef ei hun yr oedd, er mwyn tynnu neu wasgu rhyw nodd, rhyw gynhaliaeth angenrheidiol, rhyw gysur, allan o'r cyfryw bethau.

Roedd hi'n fore sych, niwlog heb awel o wynt a'r car yn teithio'n esmwyth ar hyd y ffordd yn un o res hir o geir oedd yn cludo gweithwyr a theithwyr i wahanol rannau o'r sir. Pawb yn niogelwch ei gar ei hun, yn amdo ei feddyliau ei hun, a daeth i gof Eirwyn frawddeg a glywodd rywdro gan rywun mai'r byd yw'r hyn a ddygwch gyda chi, nid yr hyn sydd o'ch cwmpas. Os oedd hynny'n wir doedd gan y gelltydd eithin lliwgar, y traethau melyn, gwastad, y môr tawel, y bryniau gwyrddion, ddim i'w wneud â'i fywyd. Doedd y bobl a deithiai mewn ceir eraill ddim yn berthnasol iddo, na'r bobl a gerddai'r strydoedd yn y treflannau bychain yr âi drwyddyn nhw, na'r caneuon oedd ar Radio Cymru. Roedd y rhain, a llawer mwy, os gwir y frawddeg, yn gwbl y tu allan i'w fywyd, yn cyfri dim, yn *insignificant.* Beth oedd y gair Cymraeg hefyd? Dyna'r drwg o ddysgu Saesneg; roedd geiriau'r iaith honno'n aml yn ymwthio i'w feddwl yn gynt na geiriau Cymraeg. Ond roedd gwaredigaeth ym mŵt ei gar a throdd i mewn i gilfach gyfleus i estyn *Geiriadur yr Academi*, gwaith enfawr Bruce Griffiths. Trodd yn orffwyll bron i'r dudalen gywir i gael y gair Cymraeg am *insignificant*, ac fe'i cafodd, a hynny gyda llog! *Insignificant:* dinod, distadl, dibwys, pitw, diarwyddocâd, anarwyddocaol, di-gownt, o fawr bwys!

Caeodd y geiriadur a'i roi ar y sedd wrth ei ochr a gyrru ymlaen tua'r ysgol.

Na, nid disgrifiad o'r hyn oedd y tu allan i'w fywyd oedd y rhestr geiriau hyn, ond disgrifiad graffig, clir o'i fywyd ef ei hun. Dyna ydoedd, a dyna oedd ei fywyd – pitw, distadl, di-nod, o fawr bwys. Ac yntau'n darllen llenyddiaeth er mwyn cael dealltwriaeth ddyfnach o fywyd, yn hwrjio'r cyfryw beth i genedlaethau o ddisgyblion anfoddog, roedd hi'n eironig mai mewn geiriadur y cafodd o'r darlun cliriaf o'r hyn oedd ei fywyd!

Ie, bywyd yw'r hyn yr ydych yn ei ddwyn gyda chi, meddyliodd, ac roedd yr hyn yr oedd o'n ei ddwyn gydag o yn personoli dinodedd: byw er mwyn cynnal statws ei wraig, er mwyn ei phlesio, er mwyn peidio tarfu arni; dyna a wnâi, byw ei bywyd hi. Ac yn y bywyd hwnnw roedd gwastadrwydd y lawnt a chymysgedd y blodau yn y gwelyau planhigion yn bwysicach na bywyd heddychlon, diryfel, rhwng y gwledydd a chynnal patrwm lliwgar amryfal genhedloedd a ieithoedd y ddaear. Lle'r oedd mynd â Siwsi am dro mor angenrheidiol â mynychu offeren i'r pabydd selocaf; lle roedd cadw mân reolau'r tŷ yn ganmil pwysicach nag unrhyw ddeddf a luniwyd gan na llywodraeth nac eglwys.

Ar y gorwel daeth adeiladau'r ysgol i'r golwg a theimlodd y siom arferol o'u gweld. Hiraethai weithiau am gael taith o hanner can milltir neu fwy i'r ysgol, gan mai dyma'r cyfnodau gorau yn ei ddiwrnod, cyfnodau o ramantu a byw yn ei ddychymyg, cyfnodau ei athronyddu mewnol, cyfnodau lle y gallai fod y cawr nad ydoedd mewn bywyd, yr athro disglair nad ydoedd mewn ysgol, y gŵr oedd yn byw bywyd cyffrous, anturus, y llafn sgrin wynt oedd yn tasgu ar draws y sgrin gan gwaith mewn munud, neu hyd yn oed y llafn ysbeidiol oedd yn hyrddio plyciau cyn gorffwys am gyfnod yn ei chragen. Ond na, y llafn cyson oedd o, y creadur anniddorol, y prototeip o athro di-fflach, truenus, yr un a aeth yn athro am nad oedd dim arall ar gael, na swydd arall o fewn ei allu. Daeth i'w gof ddisgrifiad o athro a glywodd gan gydnabod o Saesnes flynyddoedd ynghynt ac er nad oedd yn ddisgrifiad llythrennol a materol wir ohono, gan na fyddai Cissie'n caniatáu'r fath olwg ar ei gŵr, eto roedd o yn agos iawn i'w hanfod fel athro rywfodd – *'frayed cuffs, down at heel and dripping with biros'.*

Ond roedd yn bryd iddo droi'r swits ar ei feddyliau a wynebu realaeth diwrnod newydd, tymor newydd, cyfle newydd, dalen newydd. Sylwodd, wrth barcio'i gar, ar y gân oedd yn cael ei chanu ar y radio, cân Bryn Fôn, un o'r llu caneuon melancolaidd yr oedd y gŵr hwnnw'n eu canu'n stacato, sillafog am golli neu fethu cael cariad, a sylwodd ar un frawddeg yn arbennig, 'all carreg ddim rhoi gwaed', a chyda nodau'r gân honno'n canu yn ei glustiau y camodd i mewn i'r ysgol.

*   *   *

Profiad diddorol oedd y gwasanaeth ysgol gyfan ar ddiwrnod cynta'r flwyddyn, hyd yn oed i Eirwyn. Gweld y plant i gyd wedi tyfu, yn gorfforol ac mewn hyder, dillad ysgol newydd ar bob tu, wynebau brown 'rôl haul rhyw draethau pellach na thraethau ynysoedd Prydain, ac yn y tu blaen ddwy res o blant newydd, plant oedd wedi bod yn ddisgyblion hynaf eu hysgolion hyd fis Gorffennaf, yn fawr a hyderus bryd hynny, bellach yn edrych yn fach ac ansicr a phryderus wrth wynebu ysgol newydd a phrofiadau newydd. Mor ddiniwed yr edrychent, mor lân a phur a dilychwin. Trueni na pharhaent felly. O fewn yr wythnos byddai dylanwad andwyol y plant hŷn wedi dechrau treiddio i'w personoliaethau, darfyddai'r diffyg hyder fel gwlith y bore a datblygent ddrwg-arferion eu cymheiriaid yn fuan iawn. Roedd o wedi eu cyfarfod yn ystod diwrnod y jamborî cynefino â'r

105

ysgol newydd cyn diwedd y tymor blaenorol, ac roeddynt hwythau wedi ei gyfarfod o. Gan fod cryn drigain ohonynt, wnaethon nhw fawr o argraff fel unigolion arno ar y pryd; tybed pa argraff a wnaeth o arnyn nhw?

Roedd dwy athrawes newydd ar y llwyfan, yn edrych mor ddihyder ac ansicr â'r plant yn y rhesi blaen. Digon diolwg oedd y ddwy; un yn edrych fel pe bai wedi byw ar ddarpariaeth o fyrgyrs a chreision a'r llall fel pe bai'n rhannol anorecsig. Daeth i'w feddwl eiriau'r gân wirion a ganent yn y coleg flynyddoedd lawer ynghynt – 'Roedd un yn dew, dew, dew, a'r llall yn denau, denau, denau, un yn dew a'r llall yn denau, dau fyfyriwr ydyn ni.'

Y gân honno yn ei feddwl oedd yr unig un a ganwyd yn y gwasanaeth. Roedd y canu cynulleidfaol wedi mynd mor wael a di-gic nes ei fod wedi cael ei hepgor ers rhai blynyddoedd. Er, mae'n debyg y byddai rhyw ymgais i'w adfer dros ddyddiau'r arolygiad.

A daeth hwnnw i feddwl Eirwyn wrth iddo eistedd yn y gwasanaeth. Roedd mur gwyliau'r haf wedi mynd bellach, a dim ond y Dolig a'r flwyddyn newydd yn gysgodion rhag y bygythiad. Mor hir a diddiwedd yr edrychai gwyliau'r haf cyn ei ddyfod, mor ddiflas y bu am wythnosau bwygilydd, mor fyr ydoedd o edrych yn ôl.

Aeth yn gyfnod olaf y pnawn cyn i Ann James ac yntau gael egwyl i drafod gan fod bwrlwm diwrnod cyntaf wedi mynd â bryd y ddau ohonynt tan hynny.

Ond roedd yr hanner awr olaf yn rhydd ar gyfer trafod y canlyniadau a rhoi'r adran mewn trefn. Roedd y rhan fwyaf o ysgolion yn trefnu diwrnod hyfforddiant ar ddiwrnod cynta'r tymor fel y gellid trefnu cyn i'r disgyblion ddod yno, ond nid prifathrawes yr ysgol hon. O na, roedd hi wedi credu erioed bod mwy o fudd i ddiwrnod felly ar ddechrau'r ail wythnos pan fyddai pethau'n dechrau setlo a phroblemau na ellid bod wedi eu rhag-weld wedi datblygu. Roedd y rhan fwyaf o'r athrawon yn hoffi'r trefniant hwn, trefniant oedd yn creu anawsterau mawr i rieni, ond trefniant oedd yn gwneud ail wythnos y tymor yn rhyw fath o wythnos fer.

Roedd yr ystafell Saesneg yn wag ac yn drefnus fel y gadawyd hi ddiwedd y tymor diwethaf ac eisteddodd y ddau i edrych ar ganlyniadau'r arholiadau, canlyniadau yr oedd Ann James, diolch i'r nefoedd am hynny, yn weddol fodlon arnyn nhw, ac ni wnaeth fwy na'u trafod yn frysiog. Blwyddyn arall o ras i Eirwyn, felly, heb iddo orfod poeni am ddiswyddiad neu haneru oriau gwaith.

'Wyt ti'n cofio imi sôn ddiwedd y tymor am gael ymgynghorydd annibynnol yma i edrych ar yr adran er mwyn paratoi ar gyfer yr arolygiad?'

'Ydw.'

'Wel, roedd gan y Trefnydd Saesneg yr union berson ar ein cyfer ac fe fydd yn galw yma heddiw i'n gweld ni.'

'Heddiw!'

'Ie, dim ond i drefnu amserlen ar gyfer yr ymweliad. Mae hi ar ei gwyliau yn yr ardal.'

'Hi?'

'Ie. Gwen Carter, ac mae'n swnio'n berson delfrydol i wneud y gwaith.'

'Chlywais i erioed sôn amdani.'

'Roeddwn i wedi clywed yr enw, ond ddim yn ei nabod. Mae hi wedi bod yn gweithio i Ofsted, y corff arolygu yn Lloegr, tan y llynedd ac felly'n gweithio dros y ffin.'

'A sut mae hynny'n ei gneud yn berson delfrydol?' Roedd cynnwrf wedi rhoi dewrder i Eirwyn ofyn y cwestiwn.

'Roedd hi'n bennaeth Saesneg mewn ysgol uwchradd fawr yn Cumbria cyn mynd yn un o arolygwyr ei mawrhydi, ac yn awr mae hi'n gweithio ar ei liwt ei hun ers blwyddyn, yn cynnal adolygiadau mewn ysgolion, a chyrsiau ar gyfer athrawon.'

Doedd Eirwyn ddim yn meddwl bod person oedd wedi treulio'i hoes ym myd addysg yn Lloegr yn berson addas iawn i ddod i roi ei llinyn mesur ar ysgol lle'r oedd dwy iaith yn bodoli, ond ddwedodd o ddim.

Fel pe bai wedi darllen ei feddwl, oedd ddim yn beth anodd iawn i ferch o allu Ann James ei wneud, fe ddywedodd:

'Mi wn na fuodd hi'n dysgu mewn sefyllfa ddwyieithog, ond mae hi'n Gymraes frwdfrydig mae'n debyg, yn siarad yr iaith yn rhugl a chanddi gydymdeimlad efo'r iaith. Mae hi hefyd yn brofiadol iawn. Mae hi'n gyfuniad prin o un efo gallu arbennig a chydymdeimlad sensitif â'r sefyllfa.'

'Fe ddwetsoch ei bod ar ei gwyliau yn yr ardal?'

'Ydi. Mae hi'n byw dros y ffin yn Lloegr yn rhywle, ond yn gobeithio gweithio mwy yng Nghymru eleni.'

Cymraes dda ar y naw, meddyliodd Eirwyn, yn byw yn Lloegr. Ond tebyg bod ganddi ymrwymiadau teulu yno, a'i phlant wedi eu magu'n Saeson ac wedi mynychu ysgolion yn Lloegr siŵr o fod. Roedd o eisoes yn adeiladu mur o ragfarn rhyngddo â hi, a doedd o ddim yn gallu meddwl am gwestiynau difrifol, call i'w gofyn, felly bodlonodd ar y rhai amlwg.

'Ydi hi'n ifanc? Oes ganddi deulu?'

'Wn i ddim faint ydi ei hoed hi, dydw i ddim wedi gweld ei cheg.' A chwarddodd Ann James ar ben ei jôc ei hun. 'Ond mae hi wedi ymddeol o'r arolygiaeth – na, ymddiswyddo dwi'n meddwl ddywedodd y Trefnydd Saesneg – felly mae hi'n siŵr o fod tua hanner cant faswn i'n tybio. Wn i ddim byd am ei theulu, oes ganddi ŵr a phlant ai peidio. Ond mi gawn wybod mae'n siŵr, tase hynny o ryw bwys.'

Disgynnodd distawrwydd dros yr ystafell, dim ond ambell ddrws yn clecian yn y pellter, a murmur cwch gwenyn ysgol wrth ei gwaith a chlic bob hanner munud wrth i fysedd y cloc neidio ymlaen tuag at hanner awr wedi tri.

Yna cododd Ann James. 'Gwell imi fynd at y dderbynfa i'w chyfarfod,' meddai, 'ac mi drefna i baned inni'r un pryd.'

Gadawyd Eirwyn gyda'i feddyliau. Edrychodd o gwmpas yr ystafell, ar y byrddau a'r cadeiriau yr oedd ôl traul mawr arnynt. Gwyddai pe trôi'r byrddau hyn â'u pennau i lawr y gwelai lympiau afiach o gwm cnoi wedi eu sticio yno gan y disgyblion wrth iddyn nhw gael eu dal yn cnoi yn y dosbarth. Edrychodd ar y setiau o lyfrau ar hyd astell y ffenest ac yn y cypyrddau agored, llyfrau oedd wedi gweld eu dyddiau gorau ers tro byd, y rhan fwyaf ohonynt, er bod ambell set mwy newydd yno hefyd, yn adlewyrchu'r newid o dro i dro yn llyfrau gosod y bwrdd arholi. Tybed sut argraff wnâi'r ystafell hon ar Gwen Carter pan gerddai i mewn? Tybed sut argraff wnâi o arni hi? Tybed sut argraff wnâi hi arno fo? Oedd hi'n dal, yn fyr, yn dew, yn denau, yn hyll, yn ddel, yn ddiolwg, yn ddeniadol? Roedd un peth yn sicr, roedd hi'n siŵr o fod yn bersonoliaeth gref os llwyddodd hi i oroesi yn yr arolygiaeth yn Lloegr am flynyddoedd. Tybed pam yr ymddiswyddodd? Ai ffraeo efo'r prif arolygwr? Ai cael ei gorfodi oherwydd ffactorau economaidd? Wnaeth hi ryw fistimanars tybed? Adawodd hi ar sail iechyd? Roedd ganddo ryw ddiddordeb anarferol yn y ddynes yma nad oedd ond yn mynd i ymddangos megis seren wib yn ffurfafen ei fywyd, cyn dychwelyd i'r anwybod y bu'n hi'n byw ynddo – o'i safbwynt o beth bynnag – ar hyd ei hoes.

Canodd cloch hanner awr wedi tri a dilynwyd y caniad gan y rhuthr arferol ar hyd coridorau'r ysgol, a sŵn plant wedi eu gollwng fel anifeiliaid o gaets, yn dathlu eu rhyddid trwy weiddi a siarad ar dop eu lleisiau. Ambell floedd aneffeithiol gan rai o'r athrawon, ac yna ru dwfn Dafydd Emanuel, un o'r dirprwyon, rhu a gafodd fwy o effaith na holl weiddi hysteraidd y merched. Prawf arall os oedd angen un, meddyliodd Eirwyn, gan hwylus anghofio ei ffaeleddau ei hun, fod dynion yn amgenach athrawon a disgyblwyr na merched. Gormod o ferched yn y proffesiwn, dyna wendid byd addysg yn ystod y blynyddoedd diwethaf, ac roedd pethau'n gwaethygu; merched oedd wedi llwyddo yn y gorffennol i gyfuno bod yn famau a chadw tŷ gyda'r swydd o ddysgu, yn awr, fel yr oedd y pwysau'n cynyddu a'r gofynion yn amlhau, yn gwichian fel llygod ac yn cwyno bod y baich yn ormod. Ond gyda mwyafrif mawr staff yr ysgol yn ferched roedd Eirwyn yn cau ei geg ac yn cyfyngu ei feddyliau i'w ymennydd ei hun.

Ac yna torrwyd ar ei ymson gan sŵn lleisiau'n dynesu ar hyd y coridor. Agorwyd y drws gan Ann James a daliodd ef yn agored i'r ymwelydd ddod i mewn. Hon oedd y foment fawr, y foment pan fyddai Eirwyn wyneb yn wyneb â'r un oedd yn mynd i edrych gyda chrib mân ar yr adran, arno ef a'i waith, ar bopeth. Roedd hon yn ddynes i'w hofni! Byddai hon yn ddynes i'w pharchu.

Ond doedd hi ddim yn edrych felly. Doedd dim cyrn yn tyfu o dop ei phen, dim ond gwallt du sidanaidd a hwnnw wedi'i hel yn ôl a'i glymu'n gynffon. Doedd hi ddim yn dew nac yn denau, ond yn dal ac yn lluniaidd gydag wyneb deniadol, deallus. Gwisgai dop gwyn a thrywsus denim eitha tyn, a sylwodd yntau ei bod yn siapus tu hwnt. Roedd sgarff amryliw ysgafn wedi'i chlymu'n llac o gylch ei gwddf. Roedd ei llygaid yn pefrio, a'i gwên yn serchog. Barnai Eirwyn ei bod tua'r pump a deugain, oedran ifanc iawn i fod wedi rhoi'r gorau i'w swydd.

Cododd ar ei draed i'w chyfarch ac ysgwyd llaw. Doedd ei gafael ddim yn afael oer a ffurfiol arolygwr yn dod i mewn i'w arolygu, nid gafael cynnes cyfeillgar ffrind mynwesol chwaith, ond rhywbeth rhwng y ddau, gyda'r gwasgiad wedi'i fesur yn berffaith.

'Dyma Eirwyn Walters,' meddai Ann James. 'Y fo a fi sy'n rhannu gwaith yr adran.'

Ffordd ddiplomataidd o beidio dweud mai athro cyffredin ydoedd, chwarae teg i Ann James, meddyliodd Eirwyn.

'Rydw i'n falch o'ch cyfarfod chi,' meddai hithau gyda gwên lydan a ddangosai ddannedd gwynion, gwastad.

Doedd Eirwyn ddim yn awdurdod ar acenion a thafodieithoedd, ond tybiai ei bod yn hannu o rywle tua'r dwyrain, dyffryn Clwyd neu ardal Llangollen efallai. Nid y Rhos, nid Wrecsam ac nid y Fflint. Roedd o'n adnabod yr acenion hynny o glywed actorion megis Cadfan Roberts a Dyfed Thomas ar y teledu.

'Mi steddwn ni wrth y bwrdd yma dwi'n meddwl.

Mae'r coffi ar ei ffordd,' meddai Ann James ac estynnodd Eirwyn gadair i'r ymwelydd.

Daeth y cymorthydd gweinyddol i mewn efo'r coffi, a sylwodd Eirwyn nad oedd Gwen Carter yn cymryd na siwgwr na llefrith, dim ond ei yfed yn ddu.

'Mae'n hwylus iawn mod i'n aros yn y cyffiniau,' meddai wrth yfed ei choffi, 'llawer haws gneud trefniadau wyneb yn wyneb nag ar y ffôn. Be yn union dech chi eisiau i mi ei neud a sawl diwrnod sy ganddoch chi mewn golwg? *Fire away!*'

'Wel,' atebodd Ann James, 'mi fydd yr ysgol yn cael ei harolygu yn nhymor yr haf a meddwl oeddwn i, ocddcn ni, Eirwyn a minnau, y byddai'n syniad da cael adolygiad eitha trylwyr o'r adran ganddoch chi fel paratoad.'

'*Good idea*, ac mi fyddech chi eisiau edrych ar gynlluniau gwaith, nodau ac amcanion, y safonau a gyrhaeddwyd mewn arholiadau, targedau – y cyfan?'

'Bydden, gan gynnwys safon yr addysgu a'r dysgu yn y dosbarthiadau. Ac yna dderbyn adroddiad fel y gallwn ni weithredu ar eich argymhellion.'

'Iawn. Mi fyddai'n rhaid imi dreulio amser yn astudio'r dogfennau – gallaf wneud hynny gartref – a dyddiau yn yr ysgol yn edrych ar y dosbarthiadau. Faint o ddyddiau dech chi'n meddwl fyddai angen?'

'Wel,' atebodd Ann James, 'ysgol o bedwar cant a hanner yden ni, un fach fel y gwelwch chi.'

'Does dim cymaint â hynny o ddosbarthiadau gwahanol ym mhob blwyddyn, felly.'

'Dim mwy na dau mewn unrhyw flwyddyn.'

'Ar y llaw arall mae hi'n ysgol mewn ardal sy'n dal yn weddol Gymreig, ac felly mae 'na broblemau safonau yn y Saesneg faswn i'n meddwl.'

Teimlodd Eirwyn ei wyneb yn poethi wrth glywed hyn. Pa hawl oedd gan hon i ddod i'r ysgol, a chyn iddi weld y lle, awgrymu bod y safonau'n is nag mewn ysgolion eraill? Ond ddwedodd o ddim.

'Oes,' atebodd Ann James. 'Mae yna broblem safonau yn yr ystyr bod disgwyl i'r ysgol wneud yn dda gan fod yna ddigon o bobol allan yn y fan yna y byddai canlyniadau gwael mewn Saesneg yn fêl ar eu bysedd, ac yn esgus digonol iddyn nhw geisio seisnigo'r ysgol hon ac ysgolion cynradd y cylch.'

'*Of course*. Be fasech chi'n ddeud wrth ddau ddiwrnod llawn yn yr ysgol 'te a deuddydd ar gyfer astudio'r dogfennau ac ysgrifennu adroddiad?'

'I'r dim. Dyna'n union oedd yn fy meddwl innau. Dwi wedi trefnu i un o'r tîm rheoli gael gair efo chi ynglŷn â thelerau, trefniadau aros a phethau felly cyn i chi fynd o'ma.'

'*Fine*, os ydych chi'n cytuno bod dau ddiwrnod yn ddigon yn yr ysgol. Be dech chi'n feddwl, Mr Walters?'

Cafodd Eirwyn fraw pan glywodd ei enw, ac roedd ei ateb yn fwy o fwmblan blêr nag o ddim arall.

'Y . . . ydw . . . yn . . . cyd-weld, dau ddiwrnod amdani.'

Cytunwyd ei bod yn dod ymhen pythefnos gan fod

ganddi ddeuddydd yn rhydd bryd hynny. Roedd o braidd yn gynnar yn y flwyddyn ysgol newydd, ond yn fanteisiol hefyd gan y byddai mwy o amser i roi ei hargymhellion ar waith cyn yr arolygiad.

'Now to business,' ac aeth Gwen Carter ymlaen i amlinellu yr hyn y bwriadai ei wneud, a'r dogfennau yr oedd eu hangen.

Wrth wrando arni'n llefaru'n hyderus, hunan-feddiannol, roedd llygaid a meddwl Eirwyn yn gweithio goramser. Ei lygaid yn tynnu i mewn ei harddwch naturiol a'i chorff aeddfed. Roedd hi'n ferch olygus, yn amlwg yn bersonoliaeth gref, ac yn ei feddwl gallai ei dychmygu'n mynd trwy'r adran efo crib mân, yn sylwi ar bopeth, yn canfod popeth, yn methu dim. Meddwl fel rasal, dyna oedd ganddi. Doedd ond gobeithio na fyddai min y rasal honno'n ei archolli o.

Ond roedd rhywbeth arall yn mynd trwy ei feddwl hefyd wrth iddo edrych arni, wrth sylwi ar ei dannedd perffaith, y bywiogrwydd yn ei llygaid, ei dwylo a'i bysedd hirion, bysedd nad oedd modrwy briodas ar yr un ohonyn nhw; roedd ei feddwl yn gweithio'n ddiatal gan ei fod yn hollol argyhoeddiedig ei fod wedi gweld Gwen Carter o'r blaen. Ond ymhle a phryd, doedd ganddo mo'r syniad lleiaf.

*   *   *

'Rhywun yn dod i edrych arnoch chi'n dysgu, Eirwyn? I be, neno'r tad?'

'Wel, mi wyddoch ein bod yn cael ein harolygu y flwyddyn nesa.'

'Gwn – rydych chi wedi sôn am y peth hyd syrffed.'

Hyd y cofiai Eirwyn roedd o wedi crybwyll y peth unwaith yn unig, a hynny ar y diwrnod pan gafwyd y newyddion, a doedd Cissie ddim wedi cymryd fawr o sylw bryd hynny, dim ond codi ei golygon tua'r nefoedd, yr ystum a ddefnyddiai'n ddi-feth bob tro y soniai wrthi am yr ysgol.

'Wel, mae rhywun sy'n awdurdod ar Saesneg yn dod i weld yr adran ymhen pythefnos. Gwen Carter, ac mae hi'n gwybod be 'di be. Mi fydd yn help mawr i ni gobeithio.'

'Dynes yn dod i edrych arnoch chi'n dysgu, Eirwyn? Sut un ydi hi? Hen, hyll, afrosgo, yn briod gobeithio?'

'Dim yn hen nag yn hyll, yn ddeniadol iawn a deud y gwir. A doedd hi ddim yn gwisgo modrwy briodas.'

'Wel, gwyliwch chi iddi gael ei chrafangau ynoch chi.'

'Bobol annwyl, Cissie, be dech chi'n feddwl ydw i? Does neb yn debyg o'm ffansïo i yn fy oed i.'

'Wel, wyddoch chi ddim. Choeliwch chi ddim be glywais i yn y caffi heddiw.'

'Dim syniad,' atebodd Eirwyn, gan ychwanegu dan ei wynt, 'ond mi gaf glywed y manylion i gyd dwi'n siŵr, bennod ac adnod.' Roedd unrhyw obaith o gael trafod ei waith ysgol wedi ei chwythu allan drwy'r ffenest unwaith eto gan awel brwdfrydedd Cissie am ei straeon caffi.

Ac fe gafodd yr holl fanylion gan fod digwyddiadau cynhyrfus yr wythnos a aeth heibio yn dal yn ei meddwl, a'r sgwrs rhwng y merched wedi ei serio bron air am air ar ei chof . . .

Dim ond tair oedd yn y caffi y bore hwnnw, ac roedden nhw wedi methu cael bwrdd wrth y ffenest ac wedi gorfod bodloni ar fwrdd yng nghanol yr ystafell. Ond fel y digwyddodd pethau, doedd yr hyn oedd yn mynd ymlaen ar y stryd o ddim diddordeb. Roedd Menna'n absennol, a Jen mae'n amlwg yn ysu am gael rhannu cyfrinach fawr yr wythnos efo'i dwy ffrind.

'Choeliwch chi ddim, chocliwch chi byth be sy wedi digwydd,' meddai'n gynhyrfus cyn i'r tair hyd yn oed gael cyfle i archebu coffi.

Plygodd y ddwy arall ymlaen yn awchus i ddal yr holl ddiferion straegar a ddisgynnai o wefusau Jen. Ond cyn iddi gael cyfle i ychwanegu dim, daeth Magi atynt i gymryd eu harcheb.

'Mi archebwn ni goffi i ni'n tair rŵan, a gadael y bisgedi nes y daw Menna,' meddai Myfanwy.

'Fydd dim angen coffi arall na bisgedi,' meddai Jen yn awgrymog ar ôl iddi fynd. 'Ddaw Menna ddim i'r golwg heddiw.'

Roedd y ddwy arall yn methu byw yn eu crwyn eisiau gwybod beth oedd wedi digwydd. Ond doedd dim brys ar Jen.

'Be am i chi geisio dyfalu?' meddai gan edrych o un i'r llall.

'Ei gŵr wedi'i churo,' meddai Myfanwy. 'Wedi ymosod arni neithiwr!'

'Salwch,' meddai Cissie. 'Mae hi wedi'i tharo'n wael yn sydyn. A'r funud nesa mi fyddi'n deud ei bod yn yr ysbyty. O diar, dydw i ddim yn teimlo'n hanner da fy hun.'

'Dech chi'ch dwy ymhell ohoni,' atebodd Jen. Ac yna, wedi saib ddramatig: 'Mae Edgar wedi ei gadael!'

Bu bron i Myfanwy neidio allan o'i chadair yn ei chyffro, a chlywodd Cissie'r gwaed yn llifo o'i phen gan wneud iddi deimlo'n sigledig yn wyneb y fath newydd syfrdanol.

'Be! Edgar wedi mynd a'i gadael hi?' meddai Myfanwy yn methu credu'r peth.

'Do. Ddydd Sul. Dydd Sul cofiwch, o bob diwrnod.'

Allai Myfanwy ddim meddwl pam bod dydd Sul yn wahanol i unrhyw ddiwrnod arall os oedd eich gŵr yn mynd i'ch gadael chi.

'I ble mae o wedi mynd?' holodd Cissie.

'Sut cafodd Menna wybod?' ychwanegodd Myfanwy.

'Os gnewch chi'ch dwy stopio gofyn cwestiynau mi gewch yr hanes i gyd gen i.'

Ond bu'n rhaid i'r tair aros am ennyd gan i'r coffi gyrraedd ac fe aethon nhw drwy'r ddefod arferol o lwytho siwgwr brown a hufen iddo, ei droi a chymryd dracht i'w brofi cyn gorffwys eu cwpanau ar y soseri a phwyso mlaen yn ddisgwylgar geg-agored fel pysgod aur yn disgwyl eu bwyd.

'Roedd Edgar wedi mynd i'r swyddfa ar ôl te ddydd Sul. Gwaith wedi mynd yn drech na fo, dyna ei esgus. Ddwyawr yn ddiweddarach mi gafodd Menna alwad ffôn ganddo'n deud ei fod wedi ei gadael.'

'Galwad ffôn? Dyna'r cyfan?'

'Ie, roedd o ar ei ffordd i Blackpool medde fo, efo Carol, y ddynes yna sy'n gweithio yn ei swyddfa ers deufis.'

'Ond mae honno'n hen yn ôl y sôn.'

'Dros ei hanner cant, ond yn iau nag Edgar. Roedd o wedi syrthio mewn cariad medde fo, ac am ddechrau bywyd newydd efo Carol. Ac mi ddwedodd y base fo'n cysylltu'n nes ymlaen i neud yr holl drefniadau. Yna mi roddodd y ffôn i lawr a gadael Menna druan yn gegrwth ar ei phen ei hun a'r ffôn yn ei llaw.'

'Be wnaeth hi wedyn?'

'Mi driodd gael gafael arno ar y ffôn bach ond doedd o ddim yn ateb. Wedyn mi gysylltodd efo fi. Wel, be mae ffrindiau da yntê os na fedran nhw fod yn gefn i'w gilydd?'

'Blackpool?' meddai Cissie. 'Blackpool o bob man! Dyna ddeud y cyfan. Pwy ar y ddaear fase'n cychwyn bywyd newydd yn Blackpool? Pam na fasen nhw'n mynd i Southport neu rywle felly?'

'Cyn belled ag y mae Menna yn y cwestiwn, dydio fawr o bwys ble mae Edgar wedi mynd. Wedi mynd y mae o.'

'Fase'n well gen ti weld Eirwyn yn dianc efo rhywun i Southport nag i Blackpool, Cissie?' holodd Jen.

'Base, a deud y gwir,' oedd ateb Cissie. 'Mi fase'n dangos rhyw fath o chwaeth mynd i'r fan honno. Ond dalltwch chi hyn, fase Eirwyn ddim yn meiddio mynd *off* efo neb. Faswn i fawr o dro yn ei setlo fo. A sut bynnag, troi mewn byd cyfyng iawn y mae o – yr ysgol, y cartref a'r capel. Rydw i wedi gneud yn siŵr nad ydi o'n cael cyfle i ledaenu ei adenydd a does yna fawr o beryg o'r cyfeiriadau yna.'

'Ond be den ni'n mynd i'w neud efo Menna?' holodd Myfanwy. 'Hi sy'n bwysig rŵan, neb arall.'

'Mae hi wedi deud wrtha i am ofyn i chi gadw draw ar y funud nes y daw hi i delerau â phethau ei hun, ond y galla i ddeud y cyfan wrthoch chi. Mi rydw i'n mynd i'w gweld hi bob dydd, yn siopa iddi a phethe felly. Mae hi'n disgwyl rŵan i Edgar gysylltu eto i setlo'r materion ariannol.'

'Wyddost ti rywbeth am y Carol 'ma 'te, Jen?'

'Dim, ond ei bod dros ei hanner cant, yn eitha smart am wn i, yn fwy felly na Menna druan beryg. Roedd hi'n teithio o Fangor bob dydd. Wedi cael ysgariad ers rhai blynyddoedd, yn ôl y sôn. Roedd Menna'n awgrymu ei bod wedi llygadu Edgar bron cyn gynted ag y daeth yno i weithio; roedd o'n cyfeirio ati mewn sgwrs yn aml.'

Yna daeth yn amser gwahanu ac aeth pawb i'w ffordd ei hun, Jen i weld Menna a'r ddwy arall adref i feddwl uwchben yr hyn oedd wedi digwydd, ac i edrych ymlaen at ddydd Gwener pan gaen nhw bennod nesa'r hanes.

7

Bythefnos ar ôl ei hymweliad deuddydd â'r ysgol roedd Gwen Carter yn barod i gyflwyno'i hadroddiad i Ann James ac Eirwyn, a threfnwyd iddi ddod i'r ysgol y dydd Mawrth cyntaf ym mis Hydref, ar ôl hanner awr wedi tri, i'w gyflwyno a'i drafod.

Roedd deuddydd yr adolygiad wedi bod yn ddyddiau llawn straen a thensiwn i Eirwyn. Fe ddaeth Gwen Carter i'r ysgol y bore cyntaf mewn siwt drywsus las tywyll a'i gwallt wedi'i glymu'n daclus ar dop ei phen i ychwanegu at ei thaldra. Gwisgai glustdlysau bychain arian a chadwen arian syml o gylch ei gwddf. Gwisgo'n ymarferol, ond eto'n bwerus, ac roedd ei hagwedd yn agwedd gadarn – agwedd busnes, yn wahanol iawn i'r hyn oedd hi pan ddaeth yno gyntaf i drafod yr ymweliad.

Gwyddai sut i drin pobl, yn gwrtais, gadarn, ddymunol ac fe wnaeth bopeth yn ei gallu i wneud yr adolygiad mor hawdd ag oedd bosib i'r ddau athro – iddo ef yn arbennig. Wnaeth hi ddim torri ar ei draws wrth iddo gyflwyno a thrafod, dim ond mynd at y plant i drafod fesul un neu ddau pan oedden nhw'n mynd ymlaen â'u gwaith. Llwyddodd i ymdoddi'n naturiol i awyrgylch y dosbarth bob tro. Na, allai o weld dim bai ar ei hagwedd na'i hymddygiad. Dynes hyderus yn gwybod ei gwaith, dyna ydoedd, ac yntau, fe deimlai, yn ddyn dihyder heb fod yn gwybod ei waith, heb allu ei gyflawni i fodlonrwydd beth bynnag.

Aeth dim byd mawr o'i le, hyd yn oed gyda Blwyddyn 9, ond ni theimlodd Eirwyn iddo gael gwynt dan ei adain o gwbl, ac ni lwyddodd yr unig sesiwn gafodd o gyda'r chweched i godi i'r entrychion chwaith. Efallai bod ei ddewis o destun trafodaeth braidd yn anffodus. Dewisodd drafod *Macbeth*, ei hoff ddrama Shakespearaidd, drama yr oedd yn gwybod darnau helaeth ohoni ar ei gof, oedd yn ei alluogi, fe obeithiai, i ddangos ei hun dipyn. Dewis diogel, call, ond efallai bod trafod y ddau brif gymeriad – Lady Macbeth a Macbeth ei hun – o safbwynt cryfder cymeriad un a gwendid y llall a gor-ddylanwad gwraig ar ddyn, braidd yn anffodus a hunanddadlennol. Ond efallai mai fo oedd yn hel meddyliau.

Ar ddiwedd pob cyfnod a dreuliodd yn ei ddosbarth, daeth Gwen Carter ato i ddiolch iddo. Dim byd mwy, dim ond 'diolch yn fawr, Mr Walters', dim gair arall fel – 'mi aeth pethau'n dda', neu 'boddhaol iawn'. Na, dim. Ond fe sylwodd Eirwyn ei bod, wrth siarad ag o, yn edrych yn syth i'w lygaid, ac yntau'n gorfod gostwng ei olygon yn wyneb ei hedrychiad clir.

122

Fe dreuliodd gryn dipyn o amser gydag Ann James, yn trafod a holi, ond ddim efo fo, dim ond ymweld â'r dosbarthiadau ac ymadael. Deuai i'r ystafell staff yn ystod pob egwyl i sgwrsio'n fywiog am bopeth dan haul efo'r athrawon, am addysg, am wyliau, am y traffig, am helyntion y byd. Sgwrsio a pharablu'n rhwydd a hyderus, ac eto'n dweud dim amdani ei hun, a wyddai Eirwyn ddim mwy amdani ar ddiwedd yr ymweliad nag a wyddai cynt . . .

Fe barhaodd y cyfarfod ar ôl ysgol am ddwyawr, ond roedd Eirwyn wedi rhybuddio'i wraig y byddai'n eitha hwyr yn cyrraedd adref y noson honno. Yn ystod y ddwyawr honno sylweddolodd fod ei edmygedd o Gwen Carter yn tyfu fesul munud, ei edmygedd ohoni fel person proffesiynol craff, deallus, ymarferol. Doedd hi ddim wedi methu dim, yr un gwendid, yr un tric, yr un manylyn. Rhoddodd ei bys ar gryfderau'r adran ac ar ei gwendidau, gan gynnwys ei ddiffygion ef. Ond doedd dim eisiau rhywun clyfar iawn i weld bod ganddo ddiffygion disgyblaeth. Do, fe gynyddodd ei edmygedd ohoni am ei gallu a'r ffordd gelfydd, garedig oedd ganddi o ddweud y caswir. Dywedodd yn bendant y dylai Eirwyn, nid Ann James fe sylwodd, fynychu cyfres o gyrsiau hyfforddi yn ystod y flwyddyn a gadawodd fanylion am nifer o gyrsiau oedd ar gael o fewn pellter rhesymol yn ystod y tymor presennol a thymor y Pasg.

Do, fe gynyddodd edmygedd Eirwyn ohoni, ond fe gynyddodd rhywbeth arall hefyd. Rhywbeth tebyg i ofn, neu arswyd. Yr oedd hi mor ddeallus, mor hyderus, mor bwerus. Ac roedd hi'n ferch.

Addawodd Ann James iddi y byddai'r adran a'r ysgol yn ystyried ei hargymhellion yn fanwl a'u gweithredu hyd yr oedd modd, ac yna, gydag ysgydwad llaw, debyg o ran ansawdd i'r un gafodd o pan ddaeth hi yno am y tro cyntaf, roedd hi wedi mynd allan drwy'r drws ac allan o'i fywyd. Roedd hi wedi trefnu i aros yng ngwesty Bryn y Môr – y gwesty a drefnwyd iddi aros ynddo pan ddaeth i adolygu – am ddiwrnod neu ddau gan gyfuno gwaith a gwyliau.

Bu Eirwyn ac Ann James yn trafod ymhellach am rai munudau ac yn ceisio setlo ar ddyddiad ac amser i gael cyfarfod gyda rhai o benaethiaid yr adrannau eraill gan fod un o argymhellion Gwen Carter yn ymwneud â defnyddio'r Saesneg mewn pynciau eraill.

Yna, ar ôl sylwi ei bod bron yn chwech o'r gloch, prysurodd Eirwyn ar draws yr iard ac i'r maes parcio at ei gar. Er ei syndod roedd Gwen Carter yn dal yno, yn sefyll ger car Ford Focus lliw arian a golwg 'be ga i wneud' ar ei hwyneb.

Croesodd Eirwyn ati.

'*You'll never believe this*,' meddai, 'ond rydw i wedi cloi fy allweddau i mewn yn y car. Y tro cynta erioed imi wneud dim byd o'r fath.'

'Wel, mae 'na dro cynta i bopeth,' meddai Eirwyn gan feddwl nad oedd hi, yn y sefyllfa hon, yn edrych hanner mor hyderus ag yr oedd yn yr ysgol.

'Peidiwch poeni,' meddai, 'mi gaf i rywun i

ddod draw i'w weld o ac mi af â chi i'r gwesty yn fy nghar i.'

'O, wnewch chi wir? Mi fyddwn i mor ddiolchgar.'

Roedd Eirwyn yn arfer cael gwasanaeth i'w gar mewn garej gyfagos a ffoniodd y perchennog gan nodi rhif a gwneuthuriad y car ac enw'r model. Addawodd yntau ddod draw rywbryd cyn nos a dreifio'r car i'r gwesty wedyn.

Doedd ond dwy filltir o'r ysgol i'r gwesty, prin ddigon o amser i Eirwyn newid gêr, ond digon hefyd iddo deimlo rhyw fodlonrwydd rhyfedd wrth deithio gyda gwraig mor hardd wrth ei ochr. Cadwodd y ddau oddi ar faterion addysg gan sgwrsio'n unig am geir a'r trafferthion y gallent eu hachosi. Roedden nhw wedi cyrraedd y gwesty mewn dim o dro.

'Ydych chi ar frys i fynd adre? Be am ddod i mewn am goffi? Mae o'r peth lleia alla i ei wneud i ddiolch i chi.'

'Y . . . na . . . dydw i ddim ar frys. Ie, mi ddof i, ond gwell imi ffonio'r wraig i ddechrau.'

'Gwnewch chi hynny ac mi biciaf innau i'm stafell. Wela i chi yn y lolfa mewn rhyw bum munud.'

Roedd signal clir ger y gwesty a ffoniodd Eirwyn Cissie i ddweud wrthi bod ei gyfarfod yn mynd ymlaen yn hwy na'r disgwyl ac na fyddai gartref lawer cyn wyth. Wedi iddo roi'r ffôn yn ei boced aeth allan o'r car a cherdded yn bwyllog ar draws y cowt at ddrws y gwesty gan feddwl tybed pam ei fod wedi dweud celwydd wrth Cissie.

Roedd Gwen Carter yn y lolfa o'i flaen, yn eistedd wrth fwrdd crwn yn y gornel wrth y ffenest.

'Rydw i wedi archebu coffi,' meddai. 'Popeth yn iawn?'

'Ydi,' atebodd Eirwyn. 'Mae Cissie'n mynd yn anesmwyth os bydda i'n hwyr a heb ddeud wrthi.'

'Meddwl eich bod wedi cael damwain?'

'Ie, dyna chi.'

Eisteddodd Eirwyn ar ei chyfer wrth y bwrdd a daeth y gweinydd â'r coffi iddyn nhw.

Cadwodd yntau ei lygaid i lawr wrth iddo ychwanegu siwgwr a llaeth. Ni roddodd hi na siwgwr na llaeth yn ei choffi, ond roedd o'n ymwybodol ei bod yn edrych arno, a theimlodd ei hun yn mynd yn swil i gyd ac yn dechrau chwysu. Ond gyda'i chwestiwn cyntaf dychwelodd i fyd addysg.

'Ydych chi'n hapus yn yr ysgol, Mr Walters?'

Bu'n rhaid iddo godi ei ben i edrych arni.

'Yn hapus? Yn hapus? Y . . . ydw am wn i. Pam?'

'Are you sure?'

'Ydw.' Doedd dim rhaid iddo ddweud rhagor wrthi. Wedi'r cyfan, fydden nhw ddim yn y sefyllfa hon oni bai iddi gloi ei hallweddau yn y car. Byddai wedi diflannu dros orwelion ei fywyd wrth gerdded allan o'r ysgol.

Roedd hi'n dal i edrych arno, yn syth i fyw ei lygaid.

Magodd yntau ddigon o blwc i edrych yn uniongyrchol arni hithau. Doedd o ddim wedi ei gweld mor agos â hyn o'r blaen, prin wedi bod yn ddigon agos ati i arogli ei phersawr. Nefoedd, roedd hi'n ddeniadol, croen ei hwyneb yn llyfn a glân heb rych na brycheuyn arno, ei gwefusau'n naturiol goch, a'i llygaid, ei llygaid yn anad dim yn tynnu sylw, yn ddu a threiddgar ac yn cyfleu'r argraff ei bod nid yn unig yn gweld popeth, ond yn gweld trwy bopeth hefyd. Edrychodd Eirwyn o'i gwmpas i weld a oedd rhywun arall yn y lolfa. Neb. A theimlodd ryw gymaint o siom nad oedd neb yno i'w weld yn rhannu bwrdd gyda gwraig mor hardd. Yna, dechreuodd chwysu drachefn wrth sylweddoli mor blentynnaidd anaeddfed oedd ei feddyliau.

Pwysodd Gwen Carter ymlaen nes bod ei hwyneb yn nes fyth ato. Yna, meddai:

'Y rheswm mod i'n gofyn ydi imi gael yr argraff nad ydych chi'n hapus iawn efo'ch pennaeth adran, efo'r math o ddyletswyddau dech chi'n eu cael nag efo dysgu'n gyffredinol.'

Y gnawes graff. Doedd hi wedi methu dim. Ond roedd yn rhaid iddo anghytuno â hi.

'Bobol bach, wnes i 'rioed feddwl mod i'n cyfleu'r fath argraff. Mi rydw i ac Ann James yn dod ymlaen yn iawn efo'n gilydd, rydw i'n fodlon iawn ar y dyletswyddau dwi'n eu cael a dwi'n hoff iawn o ddysgu.'

'Celwydd, Mr Walters, celwydd bob gair. Dydych chi dim yn hoffi Ann James, dydych chi ddim yn fodlon ar eich amserlen a'ch llwyth gwaith, dydych chi ddim yn mwynhau dysgu. Byddwch yn onest efo fi, does gennych chi ddim byd i'w golli. Fydda i ddim yn ymweld â'r ysgol eto, a'r tebyg ydi na fydd ein llwybrau'n croesi yn y dyfodol. Dydyn nhw ddim wedi gneud yn y gorffennol ydyn nhw?'

'Naddo, mae hynny'n wir.'

'*Come on then*, dyma gyfle i gyffesu, i ddeud wrth un sy'n gwybod yr amgylchiadau dech chi'n gweithio ynddyn nhw ac wedi nabod eich gwendid fel athro.'

Yr argol! Roedd hon yn blaen ei dweud, dim yn boddro gwisgo maneg felfed am ddwrn dur.

'Fy ngwendid fel athro?' holodd yn ddiniwed a'i lais yn crygu.

'Ie, rydych chi'n gwybod bod gennych chi wendidau fel athro, siawns. Dydych chi 'rioed wedi meddwl eich bod yn un o roddion mawr dynoliaeth i addysg?'

'Wel . . . y . . . nac ydw debyg.' Roedd ei geiriau'n ei wneud yn fud. Pa fath o garedigrwydd oedd ei wahodd am goffi ac yna ymosod arno fel hyn? Roedd hi'n hollol wahanol i'r ferch a gyflwynodd yr adroddiad mewn ffordd mor sensitif lai nag awr yn ôl.

'Ond mae ganddoch chi'r potensial i fod yn athro da, Mr Walters, dyna pam dwi'n trafod y peth efo chi.'

'O.' Wel, roedd hynny'n rhywbeth.

'O, oes, yn athro da iawn os gallwch chi ddileu'r gwendid yna.'

'Be, diffyg disgyblaeth? Mae o'n wendid mewn cannoedd os nad miloedd o athrawon, ac yn broblem gynyddol ym mhob ysgol gan gynnwys hon.' Waeth iddo yntau fod yn onest efo hi ddim gan ei bod yn amlwg na allai daflu llwch i'w llygaid.

'Na, nid diffyg disgyblaeth, Mr Walters. Diffyg hyder, dyna'r gwendid, a chanlyniad y gwendid hwnnw ydi diffyg disgyblaeth. Does ganddoch chi ddim hanner digon o feddwl ohonoch eich hun, er y galla i ddychmygu eich bod ar adegau'n meddwl eich bod yn athro da, a bod y bai i gyd ar y plant. Yn eich meddwl yn arwr, mewn gwirionedd yn llwfrgi. Ydw i'n iawn?'

Roedd gwên serchog ar ei hwyneb oedd yn toddi miniogrwydd ei geiriau.

Cafodd Eirwyn ei hun, rhag ei waethaf, yn cyd-weld â hi. Waeth iddo hynny ddim, yn hytrach na brwydro yn erbyn ymennydd llawer praffach na'i un o.

'Ydych, Mrs Carter.' Sylweddolodd yn sydyn nad oedd o wedi cael achos i'w chyfarch gyda'r un teitl yn ystod y ddeuddydd y bu yn yr ysgol.

'Miss. Dydw i ddim yn briod.'

'O, ddrwg gen i.'

'Popeth yn iawn. Ond dyma ni'n dechrau deall ein gilydd rŵan.'

'Ie, Miss Carter.'

'O twt, pam na newch chi ngalw fi'n Gwen? Rydych chi'n swnio fel un o ddisgyblion yr ysgol. Mi galwa innau chi'n Eirwyn, os caf i?'

'Cewch, wrth gwrs.'

'*Good, that's settled then,* Eirwyn.'

Gymaint mwy cynhesol oedd ei chlywed yn ei alw

129

wrth ei enw cyntaf. Teimlodd don o gyffro'n cerdded ei gorff.

Tywalltodd gwpanaid arall o goffi iddi hi ac iddo'i hun ac aeth hi ymlaen.

'Sôn yr oedden ni am eich diffyg hyder chi fel person.'

'Fel person? Fel athro ddwetsoch chi.'

'Yr un peth, Eirwyn, yr un peth. Ie. Roeddech chi'n dawel iawn yn y cyfarfod y pnawn 'ma, a phob tro y byddwch chi yng nghwmni Ann James. Be sy wedi dwyn eich hyder chi, Eirwyn, neu ydych chi wedi bod yn berson fel hyn erioed?'

Teimlai Eirwyn fel pe bai'n gorwedd ar soffa seiciatrydd, lle'r oedd ei chwestiynau, ei gwên, ei phersonoliaeth yn ei gymell i ateb.

'Do, erioed am wn i. Unig blentyn i hen rieni, falle mai dyna'r esboniad, hen rieni oedd yn orofalus ohona i.'

'Ond mae'ch magwraeth chi ymhell y tu ôl i chi erbyn hyn, Eirwyn. Does bosib ei fod yn dal i effeithio arnoch chi?'

'Mae magwraeth yn effeithio ar rywun ar hyd ei oes, dech chi ddim yn meddwl . . . y . . . Gwen?' Teimlodd gynnwrf fel pe bai'n gwneud rhyw ddrwg a heb falio am hynny wrth iddo'i galw wrth ei henw.

'Rydych chi yn llygad eich lle. Falle mod i'n dibrisio gormod ar fagwraeth gynnar gan mod i wedi gorfod ymladd yn erbyn yr hyn wnaeth fy magwraeth i i mi.'

'O.'

'Ie. Ond sôn amdanoch *chi* yr oedden ni, nid amdana *i*. Dwedwch wrtha i, pam ichi ddewis trafod perthynas Macbeth a'i wraig efo'r chweched pan oeddwn i'n bresennol?'

'Am mod i'n hyddysg iawn yn y ddrama, am fod gen i feddwl mawr ohoni a mod i'n teimlo'n weddol hyderus wrth ei thrafod.'

'Hm. *Interesting.* Dylanwad merched cryf eu personoliaeth ar ddynion gwan, dyna brif thema eich trafod. Roeddwn i'n cael eich dewis yn ddiddorol iawn.'

'Oeddech chi?'

'Oeddwn, Eirwyn. Yn ddiddorol iawn.'

Ac edrychodd yn syth arno gan ddal ei lygaid am eiliad cyn iddo ostwng ei olygon.

Yfodd y ddau eu coffi mewn distawrwydd am rai munudau. Daeth dau neu dri o bobl i mewn i'r lolfa ac un neu ddau i sefyll wrth y bar; roedd hi'n fin nos a'r bobl yn dechrau crynhoi.

Edrychodd Gwen ar ei wats.

'Mi fydd yn rhaid ichi fynd neu mi fydd eich gwraig yn dechrau poeni amdanoch chi. Trueni na allech chi aros i gael cinio efo fi, ond mi wn fod hynny'n amhosib.'

'Ydi, mae arna i ofn. Mi fydd yn rhaid imi fynd.'

'Mi rydw i fy hun yn cynnal rhai cyrsiau ar hyd a lled y wlad yma o dro i dro. Dwi ddim wedi rhoi rhestr o'r rheini i Ann James. Hoffech chi gael manylion am rai ohonyn nhw?'

'Hoffwn yn fawr.'

Dechreuodd godi ac yna eisteddodd drachefn.

'Drapio, maen nhw yn y car. Mi anfona i'r rhestr atoch chi i'r ysgol, ond mi fase'n syniad imi gael eich rhif ffôn rhag ofn y daw lle gwag sydyn ar gwrs neu rywbeth.'

'Ffôn gartref neu ffôn bach?'

'Fel liciwch chi. P'run bynnag sy hwylusa. Mae rhai pobol yn anfodlon datgelu rhif eu ffôn bach.'

'Mi cewch o gen i.'

'Ac mi gewch chithau rif fy ffôn bach innau. Ac os byddwch chi yng nghyffiniau Caer rywdro, rhowch alwad. Falle y gallen ni gyfarfod am goffi neu rywbeth.'

'Caer? Yng Nghaer ydych chi'n byw?'

'Y tu allan i Gaer. Pentre bach o'r enw Duddon.'

'Chlywais i 'rioed sôn amdano dwi'n ofni.'

'Naddo dwi'n siŵr. Mae o ar y map, ond pentre bach iawn ydi o.'

Safodd y ddau, ac wrth ffarwelio cyffyrddodd ei bysedd yn ysgafn â'i fysedd o. Yn ddamweiniol mae'n siŵr, ond roedd y cyffyrddiad fel trydan. Ac wrth iddo gerdded allan o'r gwesty roedd o'n ail-adrodd wrtho'i hun y gair Caer, Caer. Wrth gwrs. Caer. Mynedfa'r eglwys gadeiriol pan fu yno rai misoedd yn ôl bellach. Y hi oedd hi!

* * *

'Roeddwn i'n meddwl na ddeuech chi byth. Rydych chi'n sobor o hwyr.'

Dim cyfarchiad cariadus, dim 'helô' hyd yn oed. Arthio pryderus, dyna ei groeso.

'Be sy'n bod? Roeddwn i wedi ffonio i ddeud y byddwn i'n hwyr.'

'Dwi 'di bod yn poeni a phoeni drwy gyda'r nos.'

'Bobol bach, Cissie, be sy'n bod? Dwi'n iawn, ac adre'n ddiogel.'

'Dim poeni amdanoch chi, Eirwyn. Poeni am Siwsi. Mae rhywbeth yn bod arni, mae ganddi chwydd mawr ar ei hwyneb.'

Dilynodd Eirwyn ei wraig i'r cyntedd pella lle'r oedd Siwsi yn gorwedd ar ei gwely mat. Safodd ar ei thraed pan daeth y ddau ati, ond yn ddidaro ac araf, nid fel y byddai'n arfer bod.

Oedd, roedd ganddi friw ar ochr ei hwyneb a hwnnw wedi chwyddo.

'Dydi o'n ddim byd mawr. Mi ddaw ati'i hun yn fuan gewch chi weld. Mae anifeiliaid yn rhai da am wella'u hunain, yn llawer gwell na ni bobol.'

'Peidiwch â bod mor galed a dihidio, wir. Mae'r beth fach yn diodde a rhaid i chi fynd â hi at y fet ar unwaith.'

'Iawn, mi ddo i adre'n gynnar nos yfory os galla i, i fynd â hi.'

'Nos yfory, wir! Heno dwi'n feddwl. Ffoniwch y fet, falle'i bod hi'n dal yno. Mae hi'n gweithio'n hwyr yn aml.'

''Dech chi ddim wedi ei ffonio?'

'Naddo, siŵr iawn. Sut gallwn i fynd â hi bum milltir o ffordd i'r syrjeri tase hi ar gael? Cerdded?'

Gwelodd Eirwyn nad oedd ganddo ddewis ond ffonio, ac yn wir roedd Cath Jenkins y fet yn dal yno, a chytunodd hi i weld yr ast tase fo'n mynd â hi i'r syrjeri.

Canlyniad yr ymweliad hwnnw oedd y byddai'n rhaid i Siwsi dreulio diwrnod yn y syrjeri yn cael tynnu un o'i chil-ddannedd a threfnodd Eirwyn i fynd â hi yno cyn mynd i'r ysgol ddydd Gwener a galw amdani ar ddiwedd y pnawn.

Roedd hi'n hwyr pan aeth Eirwyn i'w wely'r noson honno, a'i wraig yn cysgu'n drwm cyn iddo gyrraedd y llofft, ac yntau'n ddiolchgar am hynny. Ni fyddai'n rhaid iddo ddal pen rheswm efo hi. Cofiodd am gerdd Philip Larkin, '*Talking in Bed*', cerdd oedd yn diweddu gyda'r pennill:

> *It becomes still more difficult to find*
> *Words at once true and kind,*
> *Or not untrue and not unkind.*

8

Roedd Eirwyn yn llawn amheuon wrth iddo yrru'r car tuag at y ffin i Loegr ar fore tywyll niwlog yn nechrau Tachwedd.

Oedd o'n gwneud y peth iawn – mynd i goleg ar gyrion Crewe am ddiwrnod o gwrs ar feithrin darllen ac ysgrifennu Saesneg? Roedd tensiwn parhaol yn y dwyrain canol ac yng Ngogledd Iwerddon, newyn yn rhwygo nifer helaeth o wledydd Affrica, tymhestloedd a daeargrynfeydd yn creu galanastra mewn amryw fannau, dŵr a daear a thân ac awyr yn creu difrod yn y byd fel pe bai'r holl elfennau y gwyddai'r Groegiaid gynt amdanynt wedi cynghreirio i dynnu sylw at y ffaith eu bod yno o hyd, ac nad oedd gan ddyn yn y pen draw unrhyw reolaeth arnynt.

Ac i ble'r oedd o'n mynd ar y bore arbennig hwn? I gwrs ar ddarllen ac ysgrifennu Saesneg. Ystyriaethau pitw ar y naw yn wyneb hyn i gyd.

Doedd mynd i gyrsiau ddim yn un o'i arferion fel athro, dim ond mynd i'r rhai yr oedd yn rhaid iddo'u mynychu, cyrsiau a gynhelid gan yr awdurdod, lle'r oedd hen syniadau yn cael eu hailgylchu'n dragwyddol. Ni fentrodd erioed dros y ffin ddiogel honno. Ond roedd Ann James wedi bod yn frwd dros y syniad pan gafodd fanylion am y cwrs drwy'r post gan Gwen Carter, ac roedd hi'n fwy nag awyddus iddo fynd.

'Mi wnaiff fyd o les i ti – newid meddwl, agweddau

newydd, syniadau ffres, cyfarfod athrawon eraill. Rhaid iti fynd ar bob cyfri. Mi gaf air efo'r dirprwy i sicrhau arian hyfforddiant ar gyfer y diwrnod.'

Hanner gobeithiai Eirwyn mai gwrthod a wnâi hwnnw, ond wnaeth o ddim. Roedd o'n hyderus na fyddai modd ei hepgor o'r ysgol y diwrnod hwnnw, ond roedd dydd Mawrth yn ddiwrnod haws gwneud hynny na'r un diwrnod arall.

Ond nid y ffeithiau hyn oedd yn sefyll allan yn ei feddwl wrth iddo ddwyn i gof y diwrnod hwnnw, ond y ffaith mai wedi anfon manylion drwy'r post yr oedd Gwen Carter a slip cyfarchion ynghlwm wrthyn nhw a 'Cofion, Gwen Carter' wedi'i ysgrifennu arno.

Moel, moel iawn. Dim 'gobeithio'ch gweld ar y cwrs'. Na, dim. A doedd hi ddim wedi cysylltu efo fo o gwbl.

Ers iddo roi ei rif ffôn iddi roedd o wedi bod yn rhyw hanner disgwyl neges ganddi. Byddai'n teithio i'r ysgol drwy ardal lle roedd y derbyniad yn wael, ond gadawai ei ffôn ymlaen fel bod y gloch yn ei rybuddio bod neges iddo pan ddeuai'n ôl i fangre signal cryf. Ond doedd dim neges iddo. Dim ond tawelwch llethol.

Roedd Gwen Carter wedi gwneud un ymddangosiad byr ar lwyfan ei fywyd ac yna wedi cilio'n ôl y tu hwnt i'r llenni. Oedd hi'n ceisio dweud rhywbeth wrtho? Oedd hi'n ceisio cyfleu nad oedd am i'r cyfarfyddiad ddatblygu'n rhywbeth arall? Yn gyfeillgarwch – a mwy fel y byddai'r hysbysebion am bartneriaid yn ei ddweud mewn papurau newydd yn y colofnau calonnau unig?

Fe gofiai'r cyffyrddiad ysgafn aeth yn drydan drwyddo yn ystod eu cyfarfyddiad cynt, ond efallai, iddi hi, ei fod fel cluro yn erbyn darn o bysgodyn oer.

Oedd Eirwyn wirioneddol eisiau iddi gysylltu ag o? Nac oedd wrth gwrs, meddai wrtho'i hun yn ei funudau mwyaf oer a dadansoddol. Hen wiriondeb canol-oed oedd mwynhau sylw merched, yn enwedig rhai oedd beth yn iau nag o. Roedd o'n falch wir na wnaeth hi gysylltu. Y peth olaf roedd o'i eisiau oedd daeargryn, oedd tân perthynas, oedd gwynt croes yn creu hafoc yn ei fywyd. Hanner obeithio a hanner ofni yr oedd!

Erbyn hyn roedd o'n dynesu at Gaer, ei hardal hi, a chafodd ei hun yn chwilio'r ffordd am gar Ford Focus lliw arian oedd efallai'n teithio yr un ffordd ag o. Gwiriondeb, meddyliodd, wrth sylweddoli y byddai hi wedi mynd ymhell cyn hyn i baratoi, hyd yn oed os oedd hi'n teithio'r un ffordd ag o. A'r tebyg oedd ei bod hi'n mynd trwy Crewe tra'i fod o'n teithio trwy Winsford.

Wrth iddo deithio daeth adwaith Cissie i'r cwrs yn ôl i'w feddwl, a'r cof am ei hymateb llidiog.

'Mynd ar gwrs, yn eich oedran chi! 'Nôl yn ddisgybl fel tasech chi'n blentyn ysgol!'

'Mae pawb yn mynd ar gyrsiau y dyddiau yma, Cissie.'

'Pawb, wir! Iawn i'r pethe ifanc 'ma sy'n mynd yn

athrawon cyn dod allan o'u clytie bron, ond nid i chi. Rydych chi'n athro ers deng mlynedd ar hugain!'

'Nid fy syniad i ydi mynd, ond syniad Ann James.'

'Yr hen Ann James 'na. Rydych chi'n gwrando gormod ar honna, wir. Wn i ddim sut y cafodd hi'r swydd yn y lle cynta.'

Doedd o ddim wedi ymateb i hynny. Roedd hi'n hen gân. A doedd o ddim wedi dadlennu chwaith mai Gwen Carter oedd yn gyfrifol am y cwrs. Ond doedd Cissie ddim wedi gorffen.

'A be wna i drwy'r dydd – a chithe i ffwrdd? Be taswn i'n mynd yn sâl?'

'Fydd o ddim gwahanol i unrhyw ddiwrnod arall. Faswn i ddim gartre beth bynnag. Dwi i ffwrdd yn yr ysgol trwy'r dydd a phob dydd o'r wythnos.'

'Ac mi rydw inne'n gwybod ble dech chi bryd hynny, a ble i gael gafael arnoch chi tase angen. Ond fydd gen i ddim syniad pan ewch chi ar y cwrs, fydd gen i ddim darlun o'r lle!'

'Mi fydd dydd Mawrth yn well na'r un diwrnod arall i chi, Cissie, mi fyddwch chi'n treulio'r bore efo'ch ffrindie yn y caffi!'

Ond anfoddog iawn oedd hi, ac fe lyncodd ful y gellid gweld ei gynffon o bell. A doedd dim i'w wneud bryd hynny ond gadael iddi ddod ati ei hun. Gwyddai Eirwyn mai pryder oedd achos y tymer ddrwg, pryder ac ansicrwydd sefyllfa nad oedd hi'n gyfarwydd â hi.

Pan ddaeth ati ei hun fe awgrymodd Cissie unwaith

eto y talai iddi gael ffôn bach ei hun, er mwyn cadw mewn cysylltiad ag o drwy'r amser. Roedd yntau wedi llwyddo drachefn i'w darbwyllo na fyddai hynny'n syniad da. A doedd ei darbwyllo o hynny byth yn anodd gan fod pob dyfais yn jyngl technolegol iddi. Allai hi ddim hyd yn oed gosod y fideo i recordio rhaglen yn iawn!

Y peth ola roedd o ei eisiau oedd cael gwraig oedd yn berchen ffôn bach ac yn gallu galw arno o bob man ac ar bob achlysur. Byddai'n fwy o gi bach nag erioed tase hynny'n digwydd. Roedd hi wedi bodloni yn y diwedd ar gael ei hatgoffa unwaith yn rhagor sut i ddefnyddio ffôn y tŷ i adael neges iddo ar ei ffôn bach mewn argyfwng. Wrth adael am ei gwrs y bore hwnnw cytunodd y bydden nhw'n mynd i Gaer i siopa ddydd Sadwrn, gan nad oedden nhw wedi bod ers tro, ac roedd hynny'n rhyw gymaint o eli ar y briw.

Yn fuan iawn, yn rhy fuan o lawer, roedd Eirwyn yn llywio'i gar i mewn i gampws y coleg, yn ei barcio yng nghanol myrdd o geir eraill ac yn cerdded yn bryderus tuag at y fynedfa a'r dderbynfa y tu mewn i'r drws yng nghornel cyntedd eang y coleg. Roedd ei galon yn curo'n gyflymach nag arfer ac ofn yr anwybod a'r ansicrwydd naturiol yn ei gerdded ac yn gwneud iddo deimlo'n gynhyrfus.

Cafodd ei gyfarwyddo i ystafell y cwrs a phan gerddodd i mewn gwelodd gryn ugain o athrawon yn sefyll yn dyrrau bychain yn sgwrsio. Trodd nifer o bennau i edrych arno wrth iddo gerdded ar draws yr ystafell at y bwrdd lle'r oedd y te a'r coffi. Tywalltodd baned iddo'i hun ac edrych o'i gwmpas wrth droi'r llwy yn ei gwpan. Roedd yr ystafell wedi ei gosod ar gyfer y cwrs yn null ystafell bwyllgor, diodydd a gwydrau a phapurau wedi'u gosod yn drefnus ar y byrddau, sgrin a thaflunydd tros ysgwydd yn y blaen yn ogystal â bwrdd a chadair i'r un oedd yn gyfrifol am arwain. Doedd dim golwg ohoni hi, ond mae'n amlwg iddi fod yno gan fod tyrrau o bapurau ar y bwrdd yn y blaen.

Safodd ar ei ben ei hun yn yfed ei goffi a daeth samariad trugarog o athro ato a'i gyflwyno'i hun. Bu'r ddau'n mân siarad am rai munudau a thrwy gornel ei lygaid gwelodd Gwen Carter yn dod i mewn a swp arall o bapurau yn ei llaw. Aeth hi at y bwrdd a ffidlan efo'r papurau. Roedd hi'n gwisgo siwt debyg i'r un oedd ganddi yn yr ysgol yn ystod yr adolygiad, ond bod hon yn ddu gyda blows wen. Roedd ei gwallt yn bentwr taclus ar dop ei phen ac yn ychwanegu at ei thaldra fel o'r blaen. Roedd hi'n edrych yn ddeniadol tu hwnt, ond chymerodd hi ddim sylw o Eirwyn.

Yn y man, mewn Saesneg heb arlliw o acen Gymreig, galwodd bawb i ddod i eistedd wrth y byrddau, a glynodd Eirwyn wrth yr athro a ddaeth ato i siarad, athro yn un o ysgolion uwchradd Sir Gaer. Roedd pump ar hugain yno, merched gan mwyaf gyda hanner dwsin o ddynion, pawb ond rhyw ddwy o'r merched yn iau na fo, fe dybiai.

O'r funud y cychwynnodd y sesiwn gyntaf gyda phawb yn dweud ei enw ac enw'i ysgol, drwy ddiwrnod cyfan o gwrs, egwyliau coffi, amser cinio, traethiad blaen ystafell a grwpiau trafod a gweithgarwch, chymerodd Gwen Carter ddim mwy o sylw ohono nag a wnaeth o'r aelodau eraill; yn wir, cafodd rhai ohonyn nhw lawer mwy o'i sylw nag a gafodd o. Dim gwên, nac amnaid o adnabyddiaeth. Dim. Ac ni chroesodd eu llwybrau yn ystod yr egwyl na'r awr ginio.

Roedd hi'n dda, roedd yn rhaid i Eirwyn gyfaddef. Yn dda iawn, yn gwybod ei stwff ac yn gallu ei gyflwyno'n fedrus ac yn cadw'r cydbwysedd rhwng siarad ei hun a gwaith grŵp. Ar y diwedd, wrth lenwi ffurflen asesu'r diwrnod rhoddodd Eirwyn farc un, sef da iawn, iddi am bopeth – ond lleoliad y cwrs. Tri, sef boddhaol, roddodd o am hwnnw. Consesiwn i bryder ei wraig am ei fod mor bell o gartref.

Pan ddaeth y cwrs i ben casglodd pawb eu pethau a chychwyn oddi yno, gydag ambell un yn mynd at Gwen Carter i ddiolch yn bersonol iddi. Beth oedd o am ei wneud? Oedd o am fynd ati i gael gair, i ddweud helô a diolch? Teimlai chwys ar gledrau ei ddwylo wrth iddo feddwl am y peth. Ond ni fu'n rhaid iddo boeni. Roedd hi wedi diflannu trwy'r drws i rywle a gwelodd yntau ei gyfle i ddianc oddi yno.

Roedd o bron â chyrraedd y drws allan pan glywodd lais y tu ôl iddo.

'Eirwyn!'

Trodd i'w hwynebu. Roedd hi'n cerdded ar draws y cyntedd tuag ato.

'Oes gynnoch chi amser am baned?'

'Wel . . . y . . .'

'Dwi'n siŵr bod, mi awn ni i'r ffreutur.'

A cherddodd i lawr y coridor ac yntau'n ei dilyn fel ci bach.

'Cwrs da iawn,' meddai ar ôl i'r ddau gael eu paned ac eistedd.

'Wnaethoch chi fwynhau?'

'Do, yn fawr. Cwrs buddiol iawn.'

'*Good*. Mae'n amser i chi ddechrau credu ynoch eich hun, Eirwyn. Oeddech chi'n iawn yn y grwpiau?'

'Oeddwn, am wn i. Bobol bach, mae 'na rai efo digon i'w ddeud a digon o ben blaen i'w ddeud o, choelia i byth. Mi gedwais i'n dawel a deud y gwir, gadael i bawb arall siarad gan eu bod yn awyddus i neud.'

'Do, mi sylwais. Mwy o hyder sy angen, Eirwyn, mentro, dyna sydd eisiau. Ond dyma fi'n dechrau pregethu eto ac mae'r cwrs ar ben ers hanner awr wedi tri!'

Yfodd y ddau eu paned mewn distawrwydd am beth amser, y naill fel y llall yn meddwl beth i'w ddweud nesa. Hi dorrodd ar y tawelwch.

'Roeddwn i'n falch iawn eich bod wedi dod heddiw. Mi wnes i feddwl ffonio i geisio'ch perswadio, ond dyna fo, wnes i ddim.'

'Na, roeddwn i'n siomedig na chlywais i ddim

ganddoch chi, Gwen.' Roedd o wedi dweud! Roedd y gath o'r cwd, ac yntau, am yr eildro'n unig, wedi ei galw wrth ei henw cynta.

'Oeddech chi wir, Eirwyn? Oeddech chi wir? *Interesting*. Pam hynny, tybed?'

'Wel . . . y meddwl . . . meddwl y byddech chi wedi gneud, dyna i gyd.'

Roedd o'n teimlo'n anghyfforddus, ond fe aeth hi yn ei blaen heb gymryd arni ei bod wedi sylwi.

'Doeddwn i ddim eisiau rhoi pwysau arnoch chi, a gneud pethau'n annifyr i chi efo Ann James. Ond chawsoch chi ddim trafferth i ddod, mae'n amlwg?'

'Naddo, rocdd Ann yn fwy na bodlon, yn falch a deud y gwir.'

'Ac mi ddowch eto?'

'Eto?'

'Ie, mae digon o gyrsiau i'w cael, cofiwch, a hynny ar bob math o agweddau. Mae o'n fusnes mawr iawn.'

'Wn i ddim. Ann James fydd yn penderfynu, dcbyg.'

'Fuoch chi yn y coleg yma o'r blaen?'

'Naddo erioed. Mae'r ffordd i Gaer yn gyfarwydd imi, ond dim pellach na hynny.'

'O, fyddwch chi'n dod i Gaer yn aml?'

'Yn eitha aml, ar ddydd Sadwrn.'

'Y diwrnod gwaetha, pobman yn llawn dop.'

'Does gen i ddim dewis. Cissie sy eisiau dod, a gan nad ydi hi'n dreifio, does ond y Sadwrn amdani.'

'Does neb arall yn byw efo chi?'

'Na, dim ond Siwsi, yr ast.'

'Dech chi'n hoffi cŵn?'

'Yn 'u casáu nhw, ond yn gallu goddef Siwsi – Jack Russell bach digon hoffus. Y wraig piau hi.'

'A hi sy'n mynd â hi am dro?'

'Ie bob bore, a minnau bob nos.'

Cyrhaeddodd y ddau waelod eu paneidiau te yr un pryd ac edrychodd Eirwyn ar ei wats.

'Mi fydd yn rhaid ichi fynd?'

'Bydd.' A safodd ar ei draed.

Safodd hithau.

'Mi ddo i efo chi at y car.'

Teimlai Eirwyn ei bod wedi bod yn sgwrs flêr rhwng y ddau, rhyw sgwrs llenwi'r tawelwch. Onid oedd ganddyn nhw rywbeth i'w ddweud wrth ei gilydd heblaw hyn? Tybed oedd hi'n teimlo'r un peth? Dichon ei bod wedi blino. Roedd hi'n sicr wedi defnyddio llawer o ynni yn ystod y dydd.

Cerddodd y ddau ar hyd y coridor, drwy'r fynedfa ac allan i'r maes parcio. Yna sefyll wrth gar Eirwyn.

'Pryd fyddwch chi'n dod i Gaer nesa?'

'Dydd Sadwrn. Heb fod ers tro rhwng y naill beth a'r llall.'

'Dydd Sadwrn! Allen ni gyfarfod?' Roedd hi'n edrych yn syth i'w wyneb ac yn gwenu.

'Cyfarfod?' Llyncodd ei boer.

'Ie, am baned, neu ginio falle. Be fyddwch chi'n ei neud pan fyddwch chi yng Nghaer, mynd rownd y siopau efo'ch gwraig?'

'Bobol bach nage! Fyddai hi ddim eisiau fi wrth ei chwt pan mae hi'n siopa, oni bai 'i bod hi'n prynu dillad i mi wrth gwrs. Na, mynd o gwmpas ar ben fy hun y bydda i bron bob amser, crwydro'r waliau a phethe felly, mynd i'r eglwys gadeiriol, fel y byddwch chi.'

'Sut ar y ddaear y gwyddoch chi mod i'n mynd i'r eglwys gadeiriol?'

'Am i mi'ch cyfarfod chi yn y drws unwaith.'

'Wir? Dwi'n cofio dim am y peth. Mi fydda i'n galw yno'n gyson. Ond gan eich bod yn dod ddydd Sadwrn be am gyfarfod am baned, neu ginio hyd yn oed? Ble byddwch chi'n cael cinio?'

'Prynu brechdanau a'u bwyta yn y car. Dydi Cissie ddim yn hoffi caffis a thafarnau, dim ond y Grosvenor am baned cyn cychwyn adre.'

'*Very posh!* Be am gyfarfod am ginio 'te?'

'Ond mi fydda i wedi cael brechdanau yn y car.'

'Twt, mi ellwch chi feddwl am rywbeth dwi'n siŵr. Mi allen ni drafod rhai o'r llyfrau gosod dech chi'n eu gneud os mynnwch chi, cyfarfod yn lled swyddogol felly. Ac mi fydde'n braf cael sgwrsio efo rhywun dwi'n 'i nabod, a chael cyfle i ymarfer fy Nghymraeg.'

Doedd fawr o arwydd bod angen ymarfer ei Chymraeg arni, ond cytunwyd yn y diwedd y byddai'n ei chyfarfod wrth yr Odeon am un o'r gloch.

'Mae sawl lle bwyta eitha da yn y cyffinie, ac mi gawn ni gyfle am sgwrs tra bydd Siwsi'n mynd rownd y siopau.'

'Cissie.'

'Be?'

'Yr ast ydi Siwsi.'

Gwenodd hithau. '*Of course!* Tan ddydd Sadwrn 'te.'

Cerddodd oddi wrtho, ond yna arafodd ei cham a throdd i'w wynebu.

'Tase rhywbeth yn digwydd eich bod yn methu dod, rhowch neges imi ar y ffôn bach. Ond os na chlywa i ddim, mi fydda i'n cymryd yn ganiataol y byddwch chi yno.'

Ac yna roedd hi wedi mynd, yn ôl ar draws y maes parcio ac i mewn i'r coleg i gasglu ei phethau.

Aeth yntau i'w gar a'i danio. Baciodd ef yn ôl yn ofalus rhwng ceir eraill oedd yn dal yno. Ai dyna ddylai o wneud efo'r trefniant i gyfarfod hefyd? Yna, roedd o wedi rhoi'r car yn y gêr cyntaf ac roedd hwnnw wedi llamu ymlaen gan iddo godi ei droed yn rhy sydyn oddi ar y clyts. Bu bron iddo daro'r wal. Rhybudd o bosib? Fe allai beidio'i chyfarfod a byddai'r cyfan yn mynd i'r gwellt. Ond eisoes fe wyddai Eirwyn y byddai, am un o'r gloch ddydd Sadwrn, yn sefyll yn ddisgwylgar y tu allan i'r Odeon.

9

Ac yno yr oedd, cyn un, yn cymryd arno edrych beth oedd arlwy'r sinema ar gyfer yr wythnos i ddod, yna'n cerdded yn ôl a blaen fel petai'n ddisgybl ysgol yn aros y tu allan i ystafell y prifathro, neu'n aros am ei gariad ar eu hoed cyntaf.

Roedd hi wedi bod yn llawer haws nag a feddyliodd iddo gyrraedd yno heb lond ei fol o fwyd, a bu'r bore yn gyfres o olygfeydd yn yr act a ddaeth i'w huchafbwynt pan gyrhaeddodd y tu allan i'r Odeon mewn da bryd.

Cododd Eirwyn oddi wrth y bwrdd brecwast i ddatgan ei fod wedi bwyta mwy nag arfer y bore hwnnw, ac na fyddai angen llawer o ginio. Ac yna, fel pe bai'n cael fflach o weledigaeth:

'Be am inni fynd â brechdan neu ddwy efo ni a'u bwyta yn y car ar ôl cyrraedd? Mi wnaiff hynny arbed ichi nôl brechdanau o'r siop, a maen nhw wedi mynd yn hen bethe digon sâl a drud beth bynnag. Mae'ch brechdanau chi'n ganmil gwell na rhai siop, Cissie.'

Clyfar, meddai Eirwyn wrtho'i hun, canmol ei wraig ac ar yr un pryd bwydo'i chynneddf i fod yn gynnil, deubeth fyddai wrth ei bodd.

A chafodd o ddim trafferth i'w darbwyllo. Fe dderbyniodd yr awgrym yn llawen a heb unrhyw ddadl, oedd ynddo'i hun yn dipyn o ryfeddod.

Deng munud ychwanegol i wneud y brechdanau, ac yna fel yr oedden nhw ar gychwyn penderfynodd

Eirwyn ei fod eisiau mynd i'r tŷ bach. Chwarter awr arall. Penderfyniad arall oedd nôl petrol, rhywbeth nad oedd wrth fodd Cissie gan y byddai lawer yn rhatach mewn archfarchnad, ond plediodd Eirwyn danc oedd bron yn wag gan y gwyddai na allai hi, o'r lle yr eisteddai, weld y nodwydd.

Am unwaith roedd Eirwyn yn croesawu'r traffig trwm ar hyd y ffordd a hyd yn oed y goleuadau a'r oedi hir ger twnnel Pen y Clip. Ond roedd i hynny ei anfantais hefyd gan y rhoddai i Cissie fwy o amser i glebran ac iddo yntau orfod llochesu o fewn ei feddyliau ei hun rhag ei hedliwio a'i gorchmynion di-baid.

'Mi fydd yn rhaid imi brynu nghardie Dolig rai o'r dyddie nesa 'ma. Cronfa Achub y Plant a Chymorth Cristnogol fel arfer. Dwi'n cymryd eu bod yn iawn gynnoch chi, Eirwyn. Ac mi fydd yn rhaid inni brynu dwsin o rai'r ysgol gynradd debyg er na dda gen i monyn nhw. Pwy yn ei iawn bwyll feddyliodd erioed fod lluniau a dynnwyd gan blant yn addas i'w rhoi ar gardiau Nadolig? Mi fydd yn rhaid imi adolygu fy rhestr hefyd. Oes gennych chi rywun i'w ychwanegu eleni, Eirwyn? Nac oes, debyg.'

Beth petai o wedi dweud, 'Oes, Gwen Carter'? Mi gâi hi ffit – gwasgfa falle, er na fyddai'n cofio pwy oedd Gwen Carter chwaith. Fyddai o'n anfon cerdyn ati? Fyddai hi'n anfon ato fo? Fydden nhw ar delerau anfon cardiau at ei gilydd? A phe bai hi'n cytuno i wneud hynny, a mater o gytundeb a fyddai, fyddai hi'n anfon ato fo a Cissie, neu dim ond ato fo? A sut gerdyn anfonai o ati hi? Rhywbeth allan o'r cyffredin? Onid oedd hi'n ferch arbennig ac yn hawlio'r arbennig? Cerdyn siop arferol neu gerdyn achos da tybed, neu a fyddai'n well cael un mwy arbennig, cerdyn plaen, drud heb yr un neges wirion wedi'i hargraffu arno? Ond efallai y byddai cerdyn achos da yn dweud mwy amdano'i hun wrthi.

'Mi fydd yn rhaid inni wneud rhywbeth i'r lolfa cyn y Dolig hefyd neu mi fydd y papur wal wedi disgyn ar ein pennau ni.'

Daeth ei llais i'w sylw trwy niwl tew ei feddyliau, ei geiriau'n mynegi gormodiaith fel arfer.

'Mae'r lle yn warthus a'r nenfwd yn fudr. Pa liw gawn ni tro yma tybed? Dwi awydd lliw yn lle papur. Be dech chi'n feddwl, Eirwyn? Ond o ran hynny fyddwch chi byth yn sylwi. Taswn i'n peintio'r lle efo col-tar fasech chi ddim yn sylwi. Dwi awydd un o'r lliwiau melyn yna. Mae rhai hyfryd ar y farchnad y dyddie yma, melyn ar y waliau a hufen ysgafn ar y nenfwd. Ond i ddechrau, wrth gwrs, rhaid inni feddwl am garped; mae o bron wedi gwisgo'n dwll, a lliw hwnnw yn y diwedd fydd yn penderfynu lliw'r waliau – a'r nenfwd.'

Tybed sut lolfa oedd gan Gwen Carter, a pha liwiau oedd yn yr ystafell? Tybed sut dŷ oedd ganddi? Byngalo modern mae'n siŵr, heb fawr o waith cadw arno. Tŷ y ferch broffesiynol nad oedd eisiau treulio ei holl amser sbâr yn glanhau a thwtio. Byngalo dynes tre, dynes brysur. Popeth fel pìn mewn papur, yn gymen a threfnus fel yr oedd hi. O feddwl, tŷ digon tebyg i'r un yr oedd o'n byw ynddo mae'n siŵr.

'Mae'n hen bryd i chi fynd â Siwsi i olwg y fet eto, Eirwyn. 'Chydig wythnosau ddwedodd hi yntê, i neud yn siŵr fod ei hwyneb yn iawn ac nad oes ganddi'r un dant drwg arall. Mi dwi wedi'ch atgoffa chi ddigon o weithiau.'

'Do, ond mae'n anodd efo mynd i'r ysgol bob dydd a rhywbeth i'w neud bob Sadwrn. Fase ddim yn well i chi fynd â hi?'

'Fi? Y fi! 'Ych gwaith chi ydi o. Allwn i ddim diodde mynd â'r beth fach i gael ei cham-drin. Rhaid i chi ddod yn syth o'r ysgol ryw ddiwrnod yn lle stelcian.'

'Iawn, mi wna i hynny ddydd Llun.'

'Dydi'r fet ddim yna ar ddydd Llun, rhaid iddi fod yn ddydd Mawrth.'

'Diwrnod aros ar ôl yn yr ysgol.'

'Hy! mae pob diwrnod yn ddiwrnod aros ar ôl yn yr ysgol tasech chi'n gofyn i mi.'

'Dydd Mercher, mi af â hi ddydd Mercher.'

Cafodd Cissie ffit hwylus o besychu a rhoddodd hynny daw arni am beth amser, diolch am hynny.

Tybed sut gi oedd gan Gwen Carter? Roedd hi'n siŵr o fod yn berchen un; roedd ci gan bawb tebyg iddi y gwyddai Eirwyn amdanynt. Roedd o'n gymaint cwmni i rywun unig. Ond doedd hi ddim yn berson ci rywsut, nac yn ei daro fel person unig chwaith. Cath

150

efallai. Roedd hi'n fwy o ddynes cath. Gallai ei dychmygu'n eistedd ar y soffa fin nos a chlamp o gath fawr, flewog, anwesgar ar ei glin. Gallai ddychmygu ei bysedd hirion yn crwydro'n ysgafn synhwyrus dros ei blew.

'Eirwyn, sbïwch lle dech chi'n mynd, rydych chi dros y llinell wen.' Torrodd llais cyhuddgar Cissie ar draws ei feddyliau. Sythodd yntau lyw'r car yn reddfol bron. Roedd meddwl wrth ddreifio'n beth braf, roedd meddwl i'r fath raddau nes ei fod yn cael ei gludo i ryw arall fyd yn beth peryglus.

Ie, dynes cath oedd hi, os oedd hi'n ddynes anifail o gwbl. Fyddai blew cath ddim yn drewi fel rhai ci, a byddai anifail bychan yn fwy addas i fyngalo bychan. Anifail gwlad oedd ci, anifail fferm neu helfa, anifail yn cael ei gadw am yr hyn a wnâi. Ond roedd pobl wedi ei wneud yn aelod o'r teulu, yn rhywbeth i lenwi'r gwacter yn ei bywydau y byddai'n rheitiach iddyn nhw ei lenwi â rhywbeth arall.

Yn sicr doedd Eirwyn ddim yn ddyn tre; dyn y bywyd gwledig oedd o yn y bôn. Unwaith, amser maith yn ôl bellach, pan oedd o'n ddewrach, roedd o wedi awgrymu'n gynnil y byddai'n beth braf iddyn nhw symud i fyw i'r wlad.

'Pam yn enw pob rheswm?' holodd Cissie mewn goslef anghrediniol.

Ac roedd yntau wedi magu digon o blwc i ateb:

'Am fod yn well gen i gachu gwartheg ar gae na chachu ci ar balmant.'

'Peidiwch â bod mor felltigedig o gomon, Eirwyn,' oedd yr ateb gafodd o. 'Ac mi wyddoch mor bwysig i mi ydi bod yn ymyl y cemist a'r meddyg a'r ysbyty.'

Gwyddai, fe wyddai. Peth od na fyddai wedi enwi'r gwasanaeth tân a'r gwasanaeth ambiwlans hefyd.

Ac eto, doedd hi byth yn sâl, byth yn diodde, dim ond o anhwylderau o greadigaeth ei dychymyg ei hun.

'Dech chi ddim wedi trin y lawnt eleni, Eirwyn. Mae hi'n fis Tachwedd a dech chi ddim wedi rhoi tywod a mawn arni. Mi fydd yn fwsog i gyd yn y gwanwyn.'

'Mi wna i'r Sadwrn nesa.'

'Dim ond gobeithio y bydd hi'n ddigon braf.'

Tybed sut ardd oedd gan Gwen Carter yn Duddon? Falle'i bod hi'n arddwraig o fri. Mewn menig mawr a welingtons a hen gôt, yn ffidlan yn yr ardd bob cyfle gâi hi. Wedi'r cyfan doedd ganddi ddim caethwas i wneud y gwaith drosti. Ond hwyrach fod ganddi arddwr. Hwyrach ei bod yn talu i rywun ddod yno'n gyson.

'Mi dwi'n bownd o brynu dillad newydd heddiw. Mae'r rhan fwya o be sy gen i wedi mynd yn siabi. Ac mi dech chi angen trywsus a siaced newydd ar gyfer yr ysgol hefyd. Mae'ch trywsusau chi i gyd wedi mynd i cdrych yn llac a blêr. Mi dech chi'n edrych fel pen-ôl eliffant o'r tu ôl.'

'Mi wna i'r tro tan y Dolig. Mi ddaw'r sêls wedyn,

digon o ddewis a phrisiau isel. Ac mi dech chi'n licio bargen, Cissie.' Ac yr oedd yr awgrym o fargen yn ddigon i'w bodloni.

Go brin y byddai Gwen Carter yn prynu ei dillad yn y sêls, nac ar ddydd Sadwrn. Diwrnod anobeithiol i fod yn y dre, yn enwedig a hithau'n nesu at y Dolig a'r lle'n llawn o siopwyr lloerig. Ac eto, os oedd hi'n gweithio, doedd ond y Sadwrn amdani. Yna cofiodd mai gweithio ar ei liwt ei hun yr oedd. Gallai ddewis dyddiau siopa fel y mynnai. Ac roedd Eirwyn yn weddol sicr y byddai ganddi ei hoff siop, siop fyddai'n cysylltu â hi pan ddeuai rhywbeth arbennig i mewn. Hithau'n cael sylw personol y rheolwraig neu'r perchennog ei hun – neb llai.

Ac yna roedden nhw yng Nghaer, ac roedd hi wedi hanner dydd. Amseru perffaith, tipyn hwyrach nag arfer, a chytunodd Cissie y byddai bwyta'n syth yn arbed amser. Llwyddodd yntau i greu'r argraff ei fod yn bwyta mwy nag yr oedd mewn difri. Ac wedi cytuno i gyfarfod am hanner awr wedi tri, ac iddo sicrhau bod yr ail allwedd ganddi i fynd a dod i'r car, roedd o'n rhydd.

Gan fod amser yn pwyso braidd, nid aeth ar hyd Eastgate at y groes ond yn hytrach torri ar draws High Street heibio siop SPCK a'r eglwys gadeiriol. Teimlai'n gynhyrfus, ac eto'n nerfus, yn ansicr. Yn amau a oedd o'n gwneud y peth iawn. Pasiodd ddau ddyn oedd yn cario placardau oedd yn annog pobl i 'Put your trust in Christ' a 'Walk with God' a doedd yr un o'r ddau'n help i athro uwchradd a blaenor parchus oedd yn cyfarfod dynes arall yn wrthgefn i'w wraig. Yna daeth ton o hunangysur i olchi ymaith wymon ei amheuon. Roedd y cyfarfyddiad yn rhan o'i ddatblygiad proffesiynol fel athro; yno i drafod yr oedden nhw, trafod rhai o'r llyfrau gosod. Ac felly, fel oen, ond nid i'r lladdfa, y cerddodd Eirwyn heibio'r eglwys ac allan i Northgate ar gyfer neuadd y ddinas a throi i gyfeiriad yr Odeon.

Fe gyrhaeddodd hi am bum munud wedi un. Un eiliad doedd dim sôn amdani, a'r eiliad nesa roedd hi yno, mewn côt ddu lac a het gron flewog, un o arwyddion sicr dyfodiad y gaeaf yng ngwisg merched soffistigedig Caer. Gwelodd fod ambell gudyn o'i gwallt yn dianc oddi tan yr het.

'Sori mod i'n hwyr,' meddai. 'Ond roedd y traffig yn drymach nag arfer a'r maes parcio'n llawnach nag arfer. Gorfod imi aros am le.'

Awgrymodd eu bod yn mynd ar draws y ffordd i Rufus Court a'r tŷ bwyta oedd yno, y Mediterranean.

Dilynodd yntau hi'n ufudd. Doedd o erioed wedi troi i mewn i'r cwrt bychan yma er ei fod wedi pasio heibio lawer gwaith ac wedi gweld yr enw. Roedd un neu ddwy o siopau anghyffredin yno, siop 'African Asian' yn gwerthu creiriau, siop 'Ascent' a'i phwyslais ar ganhwyllau a modelau a gwydr; ac yn y gornel bellaf roedd grisiau bach haearn gyda thro ynddynt, tebyg i risiau pwlpud yn arwain heibio i siop gerdd at y tŷ bwyta.

Lle bychan oedd o – y tu mewn beth bynnag, gyda theras a gardd yn ychwanegu at ei faint petai'r tywydd yn addas. Roedd hi'n eitha llawn yno, ond fe gawson nhw fwrdd i ddau, y bwrdd ola oedd ar gael.

Edrychodd Eirwyn o'i gwmpas gan deimlo braidd yn bryderus. Ond doedd neb yr oedd yn ei adnabod yno. Go brin y byddai'r Cymry a heidiai i Gaer ar y Sadyrnau cyn y Dolig yn gadael atyniadau'r prif siopau i ddod i le fel hyn.

Tynnodd Gwen ei chôt a'i het, tynnodd yntau ei gôt ac aed â nhw i ystafell yn y cefn. Roedd hi'n gwisgo trywsus du a blows liwgar a sylwodd Eirwyn ar ymchwydd ei bronnau llawnion cyn iddo deimlo rhyw edifeirwch rhyfedd a gostwng ei olygon.

'*Relax*, Eirwyn,' meddai. 'Dech chi'n edrych o gwmpas fel llygoden wedi'i chornelu. Rydyn ni'n hollol lejít i fod yma. Ddwetsoch chi wrth Siwsi, y . . . Cissie, ein bod yn cyfarfod?'

'Bobol bach naddo! Dydi hi'n gwybod dim am hyn.'

'*Interesting*.'

'Fase Cissie ddim yn deall.'

'Deall be?'

'Bod ein cyfarfyddiad yn un hollol ddiniwed.'

Daeth y weinyddes â'r bwydlenni iddyn nhw, un *à la carte* ac un set. Roedd pedwar cwrs a photelaid o win i'w gael yn hwnnw am dair punt ar ddeg.

'Be dech chi awydd, Eirwyn?' holodd Gwen a theimlodd yntau ar unwaith nad yn ddifeddwl y lluniodd hi gwestiwn mor amwys.

155

Canolbwyntiodd ar y ddwy fwydlen fel pe bai'n ceisio darllen dogfen gyfreithiol oedd yn annealladwy i bawb ond y sawl a'i lluniodd.

'Hoffech chi i mi awgrymu?' holodd hithau.

Rydych chi eisoes wedi gwneud, meddyliodd cyn ateb:

'Syniad da. Mi wyddoch chi fwy am y lle a'r bwyd sydd yma na fi.'

'Dech chi'n siŵr?'

'Ydw.'

'Iawn 'te. A gyda llaw, fi sy'n talu. Fi awgrymodd inni gyfarfod.'

Wnaeth Eirwyn ddim dadlau â hi. Roedd ei ddyddiau dadlau â merched drosodd ers blynyddoedd.

Cytunwyd felly ar botelaid o win coch y tŷ, Tzatziki i gychwyn, sef ciwcymer mewn iogwrt, ac yna, i ddilyn, porc wedi'i farineiddio mewn gwin coch gyda reis a salad, gan adael y dewis o bwdin tan yn ddiweddarach. Bwyd cwbl wahanol i'r hyn a gâi gartref.

Pan oedd yr archebu wedi'i wneud, fe fentrodd Eirwyn ofyn iddi, mewn ymgais i lywio'r sgwrs i'r cyfeiriad iawn:

'Pa lyfr ydych chi am i ni ei drafod heddiw?'

'Llyfr? Trafod?'

'Ie, mi ddwetsoch y gallen ni gyfarfod i drafod rhai o'r llyfrau gosod.'

'O, hynny! Ie, wel, falle y cyrhaeddwn ni fan'no cyn y diwedd. Ond dim cyn bwyta, nac wrth fwyta!'

Aeth awr a hanner heibio fel y gwynt, hi'n siarad fwyaf ac yntau'n gwrando ac yn ymateb ar dro i'w chwestiynau.

Cafodd wybod ei bod yn byw, nid mewn byngalo bychan ym mhentref Duddon, ond mewn hen dŷ fferm ar gwr y pentref, adeilad yr oedd gorchymyn cadwraeth ar ei du allan, ond gyda'r tu mewn wedi'i adnewyddu a'i wneud yn glyd a chyfforddus. Doedd ganddi na chi na chath, ond yn byw ei hun yn eitha di-deulu ond gyda digon o ffrindiau a chydnabod.

Roedd hi wedi symud i fyw o Ddyffryn Clwyd i Duddon efo'i thad a'i mam pan oedd yn bump oed ac yn uniaith Gymraeg. Symud i'r tŷ yr oedd hi'n byw ynddo yn awr oherwydd gwaith ei thad gyda'r weinyddiaeth amaeth. Pan gychwynnodd yn yr ysgol leol fe droes ei rhieni i siarad Saesneg efo hi, ond fe gadwodd beth o'i Chymraeg am ei bod yn mynd i Gymru ar ei gwyliau, ond clapiog iawn oedd hi a doedd ganddi mo'r hyder i siarad llawer.

Penderfynodd fynd i Gaerdydd i'r coleg er mwyn ei chysylltiad â Chymru, ond cafodd ei siomi'n ddirfawr yno gan fod y lle mor Seisnigaidd. Ar ôl gadael coleg y penderfynodd hi ailafael o ddifri yn ei Chymreictod a dysgu'r iaith yn drwyadl gyda chymorth llyfrau a rhaglenni a gwrando ar y radio.

'Roeddwn i'n benderfynol,' meddai.

'Rydych chi wedi llwyddo'n berffaith,' atebodd yntau.

Cymerodd hi ddracht o'r gwin cyn ateb: 'Wn i

ddim am hynny, ond pan fydda i'n penderfynu rhywbeth mi fydda i gan amla yn ei neud.'

Gwenodd yn serchog arno. Rhoddodd y gwydraid gwin i lawr a rhoi ei llaw am ennyd ar gefn ei law a dweud:

'Rydw i'n ferch benderfynol iawn.'

Tynnodd ei llaw ymaith bron ar unwaith, ond gyda'r cyffyrddiad ysgafn hwnnw roedd mwy o gynnwrf yn llifo trwy wythiennau Eirwyn nag yn holl ymlafnio carwriaethol y noson cynt, yr hen noson iawn, gyda Cissie.

Er mai canol dydd oedd hi, awyrgylch min nos oedd yn y tŷ bwyta; y golau'n isel, pawb yn siarad yn ddistaw, a'r gweinyddesau'n llithro'n dawel o le i le. Ac am fod Eirwyn wedi yfed y gwin, am fod yr awyrgylch mor ymlaciol, am fod y bwyd mor dda, am ei bod hi'n berson mor hawdd siarad efo hi, fe fagodd ddigon o blwc i ofyn:

'Mi wn nad ydych chi'n briod rŵan, a dydi o ddim o musnes i, ond fuoch chi'n briod rywdro?'

Daeth rhyw olwg bell i'w llygaid, a thybiodd Eirwyn iddo weld dagrau'n cronni, ac am funud roedd o'n difaru iddo ofyn.

'Na,' atebodd yn araf. 'Fûm i erioed yn briod. Ond mi fu bron imi fod.'

'O, mae'n ddrwg gen i mod i wedi gofyn.'

'Peidiwch ymddiheuro. Mi ddigwyddodd amser maith yn ôl. Roeddwn i wedi dyweddïo efo Ben, cyd-weithiwr imi, athro yn yr un ysgol, Sgotyn. Roedden ni

158

wedi cynllunio i briodi, wedi prynu tŷ ac wedi symud i fyw iddo. Yna mi es i'n sâl, ac mi gadawodd fi.'

Edrychodd Eirwyn yn anghrediniol arni.

'Eich gadael a chithe'n sâl? Pam yn enw pob rheswm y gwnaeth o hynny?'

Meddyliodd yn hir cyn ateb. Chwaraeodd efo'i gwydryn ac edrychodd i mewn i'r gwin fel pe bai'n ceisio arweiniad.

'Mi fu'n rhaid imi gael hysterectomi,' meddai yn y man.

'Bobol bach, a chithe mor ifanc.'

'Pump ar hugain oed. Trasiedi i rywun yr oed yna, colli'r crud cyn magu'r baban. A phan glywodd Ben, doedd o ddim eisiau gwybod. Yn lle bod yn gefn i mi ar adeg anodd, mi drodd yn gas ac ymddwyn fel tase 'na fai arna i. O fewn deufis roedd o wedi codi'i bac ac wedi mynd, wedi ymddiswyddo o'r ysgol a mynd yn ei ôl i'r Alban i chwilio, debyg, am ferch allai roi llond tŷ o blant iddo.'

Roedd yna chwerwedd yn ei llais wrth iddi adrodd am hyn.

Ac yna, yn sydyn, fe wenodd, ac roedd y wên fel goleuni'r haul yn ymlid pob cwmwl o'i ffurfafen.

'*Water under the bridge*,' meddai. 'Ond roedd o'n ddigon i wneud imi sicrhau na fyddwn yn cael perthynas sefydlog efo'r un dyn ar ôl hynny. A dyna ddigon amdana i; dyna chi wedi clywed rhan o stori mywyd i. Dydi o ddim ond yn deg i mi glywed tipyn amdanoch chi rŵan.'

159

Cyn iddo gael cyfle i ddweud dim daeth y weinyddes i glirio'r bwrdd ac fe aethon nhw ati i archebu pwdin. Hufen iâ ddewisodd y ddau, y dewis mwyaf ysgafn oedd yno, a choffi i orffen y pryd.

Roedd Eirwyn yn gobeithio y byddai hyn wedi newid trywydd y sgwrs, ond cyn gynted ag yr aeth y weinyddes ymaith, pwysodd ymlaen ar y bwrdd ac edrych yn syth i'w wyneb.

'Wel?' meddai. 'Ydych chi am ddeud wrtha i?'

Roedd Gwen Carter yn ferch ryfeddol o hawdd siarad efo hi. Mor wahanol i Cissie. Hanner gwrando fyddai honno a'i diddordeb yn yr hyn yr oedd hi eisiau ei ddweud, nid yn yr hyn oedd ganddo fo ar ei feddwl.

Roedd hon yn wahanol, yn tynnu gwybodaeth allan ohono fel seiciatrydd, ac fe gofiodd gymaint yr oedd o wedi'i ddweud wrthi ar ddiwedd y cyfarfod yn yr ysgol. Ac am ei bod yn hawdd siarad efo hi a bod y gwin wedi llacio'i dafod, fe gafodd hi wybod mwy amdano yn y chwarter awr y buon nhw'n bwyta'r hufen iâ ac yn yfed y coffi nag a ddatguddiodd i neb erioed, ac am hir wedyn bu'n ceisio cofio beth yn union ddywedodd o wrthi, a faint o'i enaid a ddadlennodd.

Roedd hi'n chwarter i dri pan gododd y ddau oddi wrth y bwrdd ar ôl iddi hi dalu gyda cherdyn credyd am y bwyd, a thra oedd hi yn y tŷ bach, bu Eirwyn yn ceisio gwneud sỳm yn ei feddwl. Tri glasaid o win, gydag un mesur yn gadael ei gorff bob awr. Y glasaid cyntaf am chwarter wedi un. Byddai'n glir o alcohol erbyn chwarter wedi pedwar ac yn saff i ddreifio. Byddai'n rhaid oedi'n hwy nag arfer uwch paned a chacen yn y Grosvenor.

Wrth iddyn nhw gerdded allan o'r tŷ bwyta fe drodd Gwen ato a dweud:

'Mae bywyd yn gallu bod yn annheg, yn tydi; chi eisiau plant ac wedi priodi gwraig oedd ddim eisiau, minnau'n methu cael rhai hyd yn oed taswn i eisiau. Y tri ohonom yn methu gneud yr hyn y mae pob creadur ar y ddaear yma – gan gynnwys llygod mawr – yn gallu'i wneud.'

'Be 'di hynny?'

'Cadw'r rhywogacth yn fyw.'

'Pam sôn am lygod mawr?'

'Am mod i'n eu casáu nhw, ac yn gweld dim pwrpas i'w bodolaeth. Mae gweld un yn codi'r *creeps* arna i.'

Safodd y ddau yng ngwaelod y grisiau yn y sgwâr bychan y tu allan i'r siopau ac meddai Gwen:

'Mae ganddon ni sy'n siarad Cymraeg un broblem nad ydi hi'n bod i'r Saeson.'

'Be dech chi'n feddwl?'

'Be fyddwch chi'n galw'ch gwraig?'

'Cissie, siŵr iawn. Be arall?'

'Nid dyna oeddwn i'n feddwl. "Ti" fyddwch chi'n ddeud wrthi hi, debyg?'

'O na, "chi" bob amser. A "chi" mae hi'n fy ngalw i hefyd.'

'Pam?'

'Pam?'

'Ie, pam "chi" yn hytrach na "ti"?'

Cerddodd y ddau'n araf allan i'r stryd a chroesi'r ffordd.

'Wn i ddim. Am inni ddechrau felly am wn i, a mynd i'r arferiad, ac mae'n anodd torri ar arferiad.'

'Dyna pam dwi am i bethau fod yn wahanol rhyngon ni.'

'Be dech chi'n feddwl?'

'Wel, y dylen ni ddeud "ti" wrth ein gilydd cyn i'r "chi" fynd yn ormod o arferiad.'

'O.'

'Wel?'

'Wel be?'

'Be dech chi, be wyt ti'n feddwl? Cytuno?'

'Wel, ydw, am wn i. Dwi ddim wedi meddwl am y peth a deud y gwir.'

'Na finne, tan rŵan. Ond dwi'n meddwl ei fod yn syniad da.'

'O'r gore. Ond mi gymer amser imi arfer efo'r peth.'

'Gwnaiff wrth gwrs. Y tro nesa mi gawn ni ganolbwyntio ar hynny. Mi fydd yna dro nesa, gobeithio?'

'Mi hoffwn i feddwl y bydd.'

'A minnau, y tro nesa y byddwch chi'ch dau'n dod i Gaer. Mi fydd hynny cyn Dolig, debyg?'

'Bydd yn sicr.'

'I'll be in touch!'

Erbyn hyn yr oedden nhw y tu allan i'r Odeon, a chyn iddo sylweddoli beth oedd yn digwydd roedd hi wedi camu ato ac wedi taro cusan ysgafn ar ei foch cyn cerdded drwy'r dyrfa luosog oedd ar y stryd fawr a throi i lawr Princess Street i gyfeiriad y maes parcio. Cerddodd yntau'n synfyfyrgar i gyfeiriad yr eglwys gadeiriol, heibio'r un placard oedd ar ôl – 'Walk with God', gan rwbio'i foch yn y fan lle y derbyniodd y gusan.

10

Pan wawriodd y cyntaf o Ragfyr yn annhymhorol o dyner a braf, doedd ond un peth ar feddwl pawb, y Nadolig. Hwn oedd diwrnod swyddogol dechrau'r gweithgareddau, er bod y dechreuadau answyddogol wedi digwydd ers wythnosau, ac yn hanes rhai pobl ers misoedd. Ond hwn oedd diwrnod gosod y goleuadau yn stryd fawr y dref, a phenderfynu'n swyddogol derfynol mewn capel ac ysgol beth oedd gweithgareddau'r Nadolig i fod.

I Eirwyn, roedd cyfarfod swyddogol yn y capel yn gwbl ddianghenraid gan mai'r un oedd y penderfyniadau bob blwyddyn – te parti a Siôn Corn i'r plant ar y Sul cyn y Nadolig, gwasanaeth teuluol noswyl Nadolig, a gwasanaeth cymun ar fore'r ŵyl, gwasanaeth y byddai ef, ond nid Cissie, yn ei fynychu. Roedd gormod o gyfrifoldeb y cinio arni hi iddi allu fforddio'r amser i fynd.

Roedd Cissie wrth ei bodd efo'r Nadolig ac wrth eistedd yng nghaffi Dolawel gyda'i chymdeithion ar ddydd Mawrth cynta Rhagfyr, roedd hi'n teimlo rhyw gyffro rhyfedd wrth weld y goleuadau a'r coed bach oedd yn addurno'r stryd fawr.

Roedd y pedair mewn hwyliau da fel petai gwin yr Ŵyl eisoes yn cwrsio drwy eu gwythiennau. Hyd yn oed Menna, oedd bellach yn ôl yn y seiat wedi rhyw lun o ddygymod â'r ffaith na ddeuai ei gŵr yn ôl ati.

'A faswn i ddim yn cymryd y diawl yn ôl bellach chwaith,' datganodd ar ôl cael ei *fix* o fisgedi. 'Mae'n well i mi hebddo fo.'

Roedd y tair arall yn edmygu ei hysbryd.

'Rwyt ti'n un o fil, Menna,' meddai Cissie. 'Wn i ddim sut y baswn i'n ymdopi. Mi faswn yn cael trawiad ar y galon dwi'n meddwl, neu wasgfa, plwc ffyrnig o asthma, faswn i ddim yn synnu.'

Oedd, roedd asthma ar ei hagenda erbyn hyn, wedi iddi, bythefnos ynghynt, fynd at y meddyg yn cwyno bod ei gwynt yn fyr a'i bod yn cael trafferth ar adegau i anadlu.

Roedd hi wedi perswadio'r meddyg i roi pwmp iddi, ac er mai mewn brawddeg negyddol ond annoeth – 'Dwi ddim yn meddwl fod asthma arnoch chi' – y crybwyllwyd y gair gynta, roedd o'n ddigon i Cissie, ac roedd unrhyw golli gwynt wedi hynny yn asthma, a'r pwmp yn cael ei ddefnyddio hyd yn oed ar ôl hwfro neu ddwstio go egr yn y tŷ. Lwcus nad oedd grisiau ynddo neu fe fyddai'r pwmp yn wag mewn wythnos.

Anwybyddu'r sylw wnaeth y lleill a mynd ymlaen i drafod sefyllfa Menna.

'Ble mae o erbyn hyn?'

'Wn i ddim, a dydi o ddim o bwys gen i chwaith. Mi fydd yr hoeden yna sydd efo fo wedi'i flingo'n fyw yn fuan iawn, gewch chi weld. Ond waeth iddo heb redeg yn ôl ata i am hafan ddiogel. Fydd dim croeso iddo fo, dim ond drws ar glo.'

'Ew, rwyt ti'n galed, Menna,' meddai Jen. 'Chwarae teg iddo fo, mae o wedi d'adael di mewn sefyllfa ddigon cyfforddus.'

'Ydi, mae o. Doedd ganddo fo ddim dewis. Fo aeth a ngadael i, nid fel arall. Ac mae'n iawn i ti ddeud y cymret ti o'n ôl, Jen. Mi faset ti'n cymryd unrhyw ddyn dwi'n meddwl.'

'Ew, baswn. Mi agorwn i 'nrws i unrhyw ddyn. Tase rhywun yn gofyn i mi be hoffech chi gael y Dolig yma mi faswn i'n ateb "dyn go iawn". Ond cha i mo'r cynnig, beryg. Ond mae gen i hawl gobeithio on'd oes?'

'Wrth gwrs hynny,' atebodd Myfanwy. 'Croeso i ti rannu nacw efo fi. Mi fase'n fendith. Be amdanat ti, Cissie, wyt ti awydd rhannu Eirwyn?'

'Bobol bach nac oes! Faswn i ddim yn fodlon ei rannu efo neb. Mi ŵyr Eirwyn lle mae ei ddyletswydd o, ac mi addawodd ar ddydd ei briodas y byddai'n ffyddlon hyd angau.'

'Hy! Dyna oedd addewid Edgar i minnau hefyd, ond dydi addewidion priodas yn cyfri dim heddiw. Addewidion sy'n cael eu rhoi mewn ffydd ydyn nhw, nid rhai wedi eu suddo mewn concrid. A choeliwch chi fi mae 'na lot i'w ddeud dros fywyd annibynnol cyn belled â'ch bod chi'n iawn yn ariannol yntê. A mae gen ti, Cissie, ddigon i fyw arno heb gynhaliaeth Eirwyn.'

'Oes, wrth gwrs,' atebodd hithau, 'ond nid arian ydi popeth, a faswn i ddim yn medru byw hebddo fo.'

'Be dech chi'n mynd i'w wneud y Dolig yma?' holodd Jen mewn ymgais i droi'r stori rhag gorfod gwrando unwaith yn rhagor ar gatalog gweithgareddau Eirwyn. 'Dech chi ddim yn meddwl fod y dre'n edrych yn grêt?'

'Ydw i,' atebodd Myfanwy. 'Ac mae'r goleuadau yn ffenestri'r siopau'n gneud imi deimlo'n gynhyrfus reit. Mae 'na rywbeth arbennig am y Dolig on'd oes? Pawb yn ymddangos yn hapus, pawb yn siriol, pawb yn cyfarch ei gilydd. Biti na fase pawb yn ymddwyn yr un fath at ei gilydd weddill y flwyddyn.'

Roedd y sgwrs mewn peryg o ddirywio yn ddim byd ond datganiadau syber a cheisiodd Jen feddwl yn galed am rywbeth neu rywun i sôn amdano. Gwyddai y byddai gofyn am eu cynlluniau Dolig yn rhoi genedigaeth i'r rhestr arferol o weithgareddau neu o ddim byd. A doedd o ddim yn beth sensitif iawn i drafod llawenydd yr ŵyl gyda Menna, er ei bod yn ymddangos ei bod wedi goroesi'r trawma a brofodd ac yn edrych yn weddol hapus ei byd.

Gwyddai y câi restr ddiflas arferol Cissie o baratoi'r cinio tra byddai ei gŵr yn y capel, disgrifiad manwl o'r holl ddanteithion a baratoid ganddi, syrthni dioglyd y pnawn, a brechdanau'r min nos wrth i'r ddau wylio rhaglenni gwachul y teledu. Diwrnod cynhyrfus yn wir. Gwyddai y câi hi gŵynion arferol Myfanwy am ei gŵr. Roedd o'n rial mochyn i mewn ac allan o'r gwely, yn bwyta'n ddiddiwedd ac yn yfed nes ei fod yn chwalu gwynt dros y tŷ.

A beth amdani hi ei hun? Pe bai'n onest byddai'n cyfaddef mai bod heb ddyn oedd y peth gorau ddigwyddodd iddi erioed, er ei bod yn achlysurol wedi ffansïo ambell un, gan gynnwys Eirwyn. Roedd hi o'r farn nad oedd Cissie'n ddigon gwerthfawrogol o'i gŵr. Roedd o'n ddyn golygus ac o dro i dro bu Jen yn dychmygu sut brofiad fyddai ei gael yn y gwely a'i gyhyrau cryfion solet yn gorwedd arni, ei ddwylo'n ei mwytho a hithau'n rhoi ei hun yn ddiatal iddo. Gwasgodd ei choesau at ei gilydd wrth feddwl am y peth.

'Wyt ti'n oer, Jen?' Roedd Menna wedi gweld ac wedi camddehongli.

'Nac ydw,' atebodd hithau. 'Ond roedd fy meddwl i ymhell,' a manteisiodd ar y ffaith fod Menna wedi rhoi bisged arall yn ei cheg a bod y ddwy arall wedi cychwyn sgwrs rhwng dwy am brynu anrhegion, i fynd ymlaen â'i meddyliau.

Oherwydd yr oedd yna ochr arall i Eirwyn. Roedd yna ryw dro gwan yn ei ên, ac roedd o'n ymddwyn yn hollol wahanol i'r hyn ydoedd o ran ei ymddangosiad, yn hen wlanen o ddyn, yn wan ac yn ansicr, ac wedi gadael i Cissie gerdded drosto ers blynyddoedd. Mi wnâi hi ddyn ohono tase hi'n cael gafael arno.

Ond doedd hynny ddim yn debygol o ddigwydd, yn enwedig gan ei bod yn gymaint o ffrindiau efo'i wraig, ac roedd yn rhaid iddi gyfrif ei bendithion. Fe gâi eleni eto, mae'n siŵr, ddigon o gynigion gan bobl i fynd i aros atyn nhw dros yr ŵyl, a gallai hithau ddewis yn ofalus a meddwl yn ddwys cyn penderfynu.

Ymunodd â sgwrs y ddwy arall oedd yn trafod ble i siopa.

'Yn lleol y gwna i fy siopa i gyd eleni,' meddai Myfanwy. 'Dwi ddim yn gweld diben mynd ymhell i brynu bocseidie o siocled neu fisgedi, a dod adre ac yna gweld eu bod i'w cael mewn siopau lleol ar stepen y drws am yr un pris, a hyd yn oed weithiau, geiniog neu ddwy'n rhatach.'

'Wel, Caer ydi'r lle i mi,' atebodd Cissie. 'Mi dwi'n teimlo'n gyfforddus a diogel yno, ac mae o'n lle ardderchog i Eirwyn ddifyrru ei hun yno tra dwi'n siopa.'

'Ewch chi ddim i Gaer eto cyn y Dolig, debyg?' holodd Menna. 'Mi fydd hi'n llawn dop yno.'

'Awn, mi awn ni ddydd Sadwrn nesa 'ma,' oedd ateb Cissie.

'Nefoedd fawr, dydd Sadwrn yn Rhagfyr! Be mae Eirwyn yn ei feddwl o'r syniad?'

'Dydi o ddim yn gwybod eto! Mi ddweda i wrtho

fo nos Iau rhag iddo fo gael gormod o amser i feddwl am y peth. Yn erbyn mynd y bydd o m'wn. Ond mi perswadia i o yn y diwedd.'

*   *   *

Ond doedd dim gwaith perswadio ar Eirwyn. Roedd o wrth ei fodd efo'r syniad pan glywodd o am y peth er ei fod o'n gweld yr amser yn fyr i drefnu. Fe actiodd yn gall a mynegi peth syndod ar y dechrau.

'Mi fydd hi'n andros o lawn yno, Cissie,' meddai. 'Dech chi'n meddwl ei fod o'n beth doeth, dwch?'

'Mynd yn gynnar, dyna'r gyfrinach,' atebodd Cissie. 'Tasen ni'n gallu bod yno erbyn tua deg mi gawn le i barcio, ac unwaith y cawn ni hynny, mi fyddwn ni'n iawn.'

Roedd hynny'n golygu dod yn ôl at y car am hanner dydd i gael cinio. Roedd yn rhaid i Eirwyn feddwl yn gyflym.

'A chychwyn oddi yno'n gynnar wedyn,' meddai, 'tua tri ar yr hwyraf gan y bydd y traffig yn ofnadwy o drwm ddiwedd pnawn. Ac mi allech chi, er mwyn arbed amser, wneud brechdanau i chi eich hun a phicio 'nôl i'r car i'w bwyta pan mae o'n gyfleus. Fyddech chi ddim yn gaeth i amser wedyn.'

'Ond be wnewch chi, Eirwyn? Cael brechdanau a'u bwyta wrth yr afon falle?'

'Braidd yn oer i hynny ym mis Rhagfyr, Cissie. Na, mi bicia i i mewn i gaffi i gael brechdan a phaned yn rhywle. Raid i chi ddim poeni amdana i.'

Roedd ei gyfrwystra yn ei synnu, fel pe bai ci rhech wedi troi'n llwynog bron dros nos.

Fore Gwener, ar ei ffordd i'r gwaith, cyn iddo adael y fan lle'r oedd signal cryf, rhoddodd ganiad i Gwen. Nid yn ddifeddwl y gwnaeth hyn. Nid gafael yn y ffôn yn fyrbwyll a ffonio. O na, bu'n meddwl am y peth drwy'r nos, neu drwy oriau'r deffro beth bynnag. Byddai ei ffonio hi'n gam newydd ar lwybr eu perthynas, y fo'n ei ffonio hi, yn hytrach na hi'n awgrymu. Y fo'n cymryd yr awenau megis, rhywbeth oedd yn ei ddychryn. Ond yn gam neu'n gymwys, erbyn y bore roedd o wedi penderfynu. Roedd o am ei chyfarfod drachefn, ac fe fyddai, y tro hwn, yn mynnu eu bod yn trafod rhai o lyfrau'r arholiadau; teimlai fod ganddi lawer i'w gynnig iddo. A doedd dim o'i le mewn bod yn gyfeillgar gyda merch. Syniad hen-ffasiwn byw mewn treflan fechan oedd y syniad na ddylai dyn a dynes fod yn gyfeillion. Cofiodd eiriau ei wraig yn ailadrodd sylw Jen, un o'i chyfeillion yn y caffi, un diwrnod.

'Yn y dre yma, os wyt ti'n cael dy weld yn siarad efo'r un dyn ddwywaith yr un wythnos mi rwyt ti'n mynd efo fo.'

Roedd yn bryd anwybyddu'r fath gulni. Roedd yn bryd iddo gael gwneud rhai penderfyniadau ei hun, ac roedd ei ffonio hi'n un o'r penderfyniadau hynny.

Tynnodd i mewn i gilfach ar fin y ffordd pan oedd ar ei daith i'r ysgol lle'r oedd signal a deialodd, â bysedd crynedig, rif ei ffôn bach hithau.

Sut oedd o'n mynd i'w chyfarch? Beth oedd o'n

mynd i'w ddweud? Ond fu dim rhaid iddo boeni. Doedd hi ddim yno, ac ar ôl chwe chaniad fe ddywedwyd wrtho am adael neges. Gwnaeth yntau hynny'n garbwl a herciog gan ddweud y byddai yng Nghaer ddydd Sadwrn ac wrth yr Odeon am hanner dydd os oedd hi am gyfarfod i gael cinio.

Allai o ddim byw yn ei groen weddill y dydd. Di-signal oedd hi yn yr ysgol, o leia yn y toiledau, yr unig fan lle y gallai fod wedi mynd i edrych a oedd yna neges iddo. Bendith i'r ysgol oedd y diffyg signal o'i mewn, ond melltith iddo ef y diwrnod hwnnw.

Fe ddaeth yn amser mynd adref yn y man, ac roedd Eirwyn yn teimlo fel plentyn wrth gychwyn o'r ysgol a'r ffôn ymlaen ar y sedd wrth ei ochr. Pan ddeuai i signal fe ganai ac fe ddywedid wrtho fod neges yn ei ddisgwyl.

Ond ni ddaeth sŵn y gloch, ac roedd o bron cyrraedd adref cyn iddo sylweddoli bod digon o amser wedi mynd heibio i'r neges fod wedi ei gyrraedd. Gwasgodd y botymau i chwilio, a daeth y llais metalaidd, oeraidd i'w glustiau – '*you have no new messages*'.

Roedd clywed y pum gair fel cnul. Doedd hi ddim wedi ateb, roedd hi wedi anwybyddu'r neges. Doedd hi ddim yn bwriadu cysylltu ag o eto na'i weld. Roedd o'n ormod o wimp iddi hi. Doedd dim digon yn ei gylch i apelio ati, hyd yn oed fel ffrind.

Hyd yn oed fel ffrind! 'Be sy'n digwydd imi?' dywedodd yn uchel. 'Be dwi'n ei ddisgwyl ganddi?'

171

Gwell oedd peidio ateb a lladd y cyfeillgarwch cyn iddo ddatblygu. Ie, dyna fyddai orau.

Ond roedd yn ymddangos ei bod hi'n gwneud hynny beth bynnag. Chwiliodd am neges cyn iddo fynd i'w wely. Dim! Ac roedd y tawelwch yn parhau fore Sadwrn. Roedd hi wedi anwybyddu ei neges a fyddai hi ddim yn dod i'w gyfarfod.

A phan gyrhaeddodd Gaer am ddeg o'r gloch a chael lle i barcio ar dop uchaf y maes parcio aml-lawr, yn un o'r lleoedd olaf oedd ar gael, roedd y ffôn yn dal yn dawel, a dim arwydd o neges arno.

Yn ddigon di-hwyl y crwydrodd o strydoedd y ddinas y bore hwnnw a'i 'nelu hi cyn hanner dydd i gyfeiriad yr Odeon. Fe gafodd o'r syniad gwirion o sefyll yng nghyntedd un o'r siopau ar y stryd i wylio'r Odeon i weld a ddeuai, ac yna i beidio mynd i'w chyfarfod pe bai'n dod. Syniad gwirion, ac fe'i hymlidiodd o'i feddwl cyn gynted ag y daeth yno.

Cerddodd yn araf i gyfeiriad yr adeilad oedd yn cartrefu'r sinemâu, a chyn iddo ei gyrraedd, fe'i gwelodd. Gwelodd hi'n dod ar hyd Princess Street yn fân ac yn fuan yn yr un gôt a het ag a wisgai y tro cynt ac ar ôl cyrraedd yn edrych o'i chwmpas i chwilio amdano.

Cerddodd ymlaen ati.

'Eirwyn!' llefodd gan daro cusan brwdfrydig ar ei foch. 'Dwi mor falch o dy weld di. Roeddwn i'n meddwl yn siŵr na ddeuet ti ddim gan na wnes i ateb dy neges.'

'Be ddigwyddodd?' holodd yntau. 'Doeddwn innau ddim yn disgwyl gweld neb yma.'

'O, doedd fy ffôn bach i ddim yn gweithio, o bopeth i ddigwydd yntê. A wnes i ddim sylweddoli am ddeuddydd bod hynny wedi digwydd. Dim ond meddwl nad oedd negeseuon i mi, a dim angen ei ddefnyddio i ffonio gan fod y llall yn rhatach. Bore heddiw y daeth y signal yn ei ôl. Bore heddiw, meddylia. Ar ôl brecwast, ac roedd llwyth o negeseuon i mi. Ond wrth gwrs roedd dy un di yn sbesial ac mi ruthrais drwy fy more er mwyn gallu cyrraedd mewn pryd.'

'Mi rois fy ffôn ymlaen ar ôl cyrraedd Caer; mi allwn i fod wedi derbyn neges bryd hynny.'

'Wn i, ond dwi ddim wedi gorffen fy stori eto. Dim ond hanner gweithio mae hi, derbyn negeseuon nid eu hanfon. Ond dwi'n cyfadde y gallwn i fod wedi rhoi neges drwy ffôn y tŷ i ti. Ond wnes i ddim. Roeddwn i'n meddwl bod ceisio dod yma mewn pryd yn bwysicach na gwastraffu amser yn anfon neges nad oedd gen i sicrwydd o gwbl y byddet yn ei chael. Sori.'

Gwen ddywedodd 'sori', ond y fo oedd yn teimlo felly, yn teimlo iddo ei beirniadu heb achos, ei chyhuddo yn wir. Ond pryder na fyddai'n dod i'w gyfarfod oedd y rheswm am hynny, a phan edrychodd arni fe doddodd ei gwên unrhyw iâ oedd yn ei feddwl ac yn ei eiriau.

'Den ni yma, dyna sy'n bwysig,' meddai, gan glosio

ato fel pe bai am afael yn ei fraich. Yna ail-feddyliodd a chamodd oddi wrtho. Ar stryd yr oedden nhw, yng nghanol pobl ac roedd gan bobl a waliau lygaid.

'Ble cawn ni ginio heddiw?' holodd. 'Yr un lle neu rywle gwahanol?'

'Dim gwahaniaeth gen i,' atebodd Eirwyn. 'Dwi'n barod i gymryd fy arwain.'

'Wyt ti?' holodd gan wenu. *'Interesting, very interesting!* Wel be am dipyn o newid 'te, a mynd i'r Blue Bell? Lle reit dda er gwaetha'i enw. Dydi o fawr o ffordd o fan'ma, rhyw ddau can llath i gyfeiriad y dre. Be wyt ti'n feddwl?'

A chytunodd yntau. Roedd y rhan hon o Gaer yn hen, a'r adeiladau'n pwyso allan dros y stryd, ac yno yn eu canol yr oedd y Blue Bell.

'Dydi o ddim cweit cystal â'r Mediterranean, ddim mor arbenigol, ond mwy o ddewis,' ac er ei fod yn gymharol lawn, roedd digon o le yno ac fe ddewisodd y ddau fwrdd yn y gongl bellaf oddi wrth y ffenest.

'Fi sy'n talu y tro yma,' meddai Eirwyn.

'O'r gore,' meddai hithau. 'Maen nhw'n gneud cinio Dolig heddiw am y tro cyntaf, be am inni gael hwnnw, be ti'n feddwl?'

'Syniad da,' atebodd yntau.

'Dwi'n meddwl ei fod o. Mi gawn ni ryw fath o ddathlu'r Dolig efo'n gilydd, er mai dechrau Rhagfyr ydi hi.'

Wedi archebu'r gwin a'r bwyd, eisteddodd y ddau yn ôl gan edrych ar ei gilydd; o leia roedd hi'n edrych arno fo, ac yntau'n cael trafferth, ond dim cymaint ag arfer i beidio gostwng ei olygon.

'Wel, rwyt ti wedi llwyddo hyd yn hyn yn dwyt ti, Eirwyn?'

'Llwyddo? Llwyddo i be?'

'I beidio deud "ti" wrtho' i.'

'Dwi ddim yn deall.'

'Rwyt ti wedi bod yn ddigon gofalus i lunio dy frawddegau fel nad oes raid i ti ddweud "ti" wrtho' i.'

'Bobol bach, wnes i ddim meddwl.'

'*I don't believe you*. Rhaid inni fod yn onest efo'n gilydd, cofia.'

Yna chwarddodd ac roedd ei chwerthiniad fel tincial clychau bach arian.

'Dwi'n gwybod yn iawn sut wyt ti'n teimlo. Methu torri'r rhew, methu mentro, ofn dy fod ti'n swnio'n haerllug neu'n od. Wel dydw i ddim, mi dwi wedi deud "ti" wrthot ti o'r dechre y bore 'ma.'

'Mae hi'n haws i rywun sy wedi dysgu Cymraeg.'

'Cytuno. Ond dyna ddigon am hynny. Dwi'n siŵr fod gynnon ni bethau mwy diddorol i sôn amdanyn nhw.'

Treuliwyd yr amser cyn i'r cwrs cyntaf gyrraedd ac yn ystod y pryd bwyd yn mân siarad, am ysgol a gwaith a'r hyn y bu'r ddau yn ei wneud ers eu cyfarfyddiad cynt.

Yna, ar ôl dogn o bwdin Dolig a saws brandi digon derbyniol, uwchben paned o goffi, cyfeiriodd Eirwyn at ei waith gyda'r pumed a'r chweched.

'Mi wnest ti addo trafod rhai o'r llyfrau gosod efo fi, Gwen. Mi liciwn i hynny. Does gen i neb i drafod efo fo. Wnaeth Ann James erioed drafod dim o'r fath efo fi, dim ond manylion technegol amserlenni a thargedau a phethau felly.'

'Be am Cissie?'

'Dim diddordeb. Bob tro y bydda i'n sôn am ysgol mae hi'n troi'r stori. Mae beth sydd ganddi hi i'w ddeud yn llawer pwysicach iddi na'r hyn sy gen i i'w gynnig.'

'Eirwyn druan!' Estynnodd ei llaw a'i gosod ar ei law o am foment, a theimlodd y trydan yn rhuthro trwy ei gorff drachefn.

'Mi dwi'n defnyddio llenyddiaeth yn aml i ddianc i mewn iddi, yn hytrach na'i dehongli i ddisgyblion. Ac eto pan oeddwn i'n chwilio am y gair Cymraeg am *insignificant*, yn y geiriadur y ces i'r darlun gorau ohonof fy hun, nid mewn llenyddiaeth.' Ac adroddodd wrthi hanes ei ymchwil yng ngeiriadur Bruce Griffiths a'r geiriau Cymraeg oedd yn cael eu rhoi ar gyfer y gair Saesneg.

'Chefaist ti mo'r darlun yn *Macbeth* felly?'

'*Macbeth*?'

'Ie, y ddrama rwyt ti mor hoff o'i thrafod efo dy ddisgyblion.'

'Naddo.'

'Ac eto mae o yno wyddost ti, disgrifiad o'r gair *insignificant*, ac rwyt ti'n gwybod am y dyfyniad yn iawn, fel pawb arall astudiodd *Macbeth*.'

'Wn i?'

'Gwyddost, yn y disgrifiad o fywyd. *"A tale told by an idiot, full of sound and fury, signifying nothing"*, a be ydi *"signifying nothing"* ond *"insignificant"*?'

'A dyna ydi bywyd yntê, rhywbeth llawn sŵn a ffŷs a boddar, ond yn golygu dim byd yn y diwedd.'

'Eirwyn!' Edrychodd Gwen mewn syndod arno. 'Be ar y ddaear sy'n gneud i ti ddeud hyn'na? Cofia di pryd y dywedodd Macbeth hynny, ar ôl i'w wraig ladd ei hun, ar ôl iddo golli angor ei fywyd. Dyn gwan, oedd Macbeth, cofia, fedrai o ddim sefyll ar ei draed ei hun, dyn briododd bersonoliaeth lawer cryfach na fo'i hun, a phan gollodd o hi, roedd o wedi colli sylfaen ei fywyd. Dwyt ti ddim fel fo, Eirwyn. Mae dy wraig di'n fyw.'

'Ydi, a dwi'n hunanol mae'n siŵr yn meddwl fel hyn, a thithau heb neb.'

'O does dim rhaid i ti boeni amdana i. Dwi ddim angen angor, dwi'n annibynnol, yn casáu pobol yn busnesa yn fy mywyd. Dwi ddim eisiau i neb gymryd gormod o ddiddordeb yno' i.'

'Nac oes?'

'Nac oes. Pan gollais i'r cyfle i gael plant, pan gollais i'r cyfle i briodi mi benderfynais y byddwn yn hwylio fy nghwch fy hun, yn byw fy mywyd fy hun, yn hidio'r un dam yn neb arall, dim ond gneud a fynnwn i, nid dim a fynnai neb arall.'

Roedd geiriau Gwen yn sgubo Eirwyn ar don anghofio'i hun, anghofio'i sefyllfa. Roedd ganddi'r ddawn i sicrhau bod popeth ond yr hyn a drafodent yn cael ei gau allan o'i feddwl. Y hi a fo, a'r tŷ bwyta roedden nhw ynddo, oedd hyd a lled bodolaeth; doedd dim arall yn bod, na'r bobl eraill oedd yno, na'r stryd a'i bwrlwm, na'r gofidiau a garient gyda hwy yn eu meddyliau.

'Rwyt ti'n swnio'n galed,' meddai wrthi. 'Dwyt ti ddim y Gwen rydw i wedi ei nabod.'

'Dwyt ti ddim wedi nabod Gwen eto. Mae hi'n fwy o Lady Macbeth nag a feddyli di.'

'A minnau'n Facbeth?'

'Cyfuniad marwol, wyt ti ddim yn meddwl, Eirwyn?'

'Ie, i Duncan, i'r brenin yn y ddrama.'

'Ac iddyn nhw eu hunain. Difetha'u hunain wnaethon nhw, cofia. Hi, yr un ymddangosiadol gry yn lladd ei hun, yntau'n cerdded llwybr ei ddifodiant. Drama drist, Eirwyn. Drama drist. Dwi'n methu deall dy fod mor hoff ohoni.'

'Falle am ei bod yn adlewyrchiad o fywyd, neu falle oherwydd y ffordd mae pethau'n cael eu dweud. Dwi'n cofio darlithydd flynyddoedd yn ôl yn datgan mai'r hyn roedd y ddrama'n ei ddeud oedd – os rhoi di dy fys yn y tân mi losgi.'

'Dehongliad dipyn bach yn simplistaidd, wyt ti ddim yn meddwl?'

'Ie mae'n siŵr. Ond falle bod yna rybudd ynddi hefyd.'

'Rhybudd i bwy? I bawb?'

'Wn i ddim am hynny. Rhybudd i mi falle.'

'Rhybudd rhag be, Eirwyn?' Pwysodd ymlaen ac edrych i fyw ei lygaid. Estynnodd ei llaw a'i gosod ar ei law o ac ni cheisiodd yntau ei thynnu ymaith. 'Rhybudd rhag be?'

'O, dwn i ddim, rhybudd rhag bod yn fyrbwyll falle. Rhag gneud rhywbeth y byddai'n difaru ei neud?'

'Ond dwyt ti ddim yn greadur byrbwyll, wyt ti? Dim o'm hadnabyddiaeth i ohonot, sy ddim yn llawer dwi'n cyfadde, ond o'r hyn welais i rwyt ti'n hollol groes i fyrbwyll.'

'Ond mi dwi wedi cytuno i dy gyfarfod di ddwywaith yma yng Nghaer a hynny heb ddeud dim wrth Cissie amdanat.'

'*That's your fault*. Mi wyddost y gelli ddeud wrth dy wraig ein bod yn cyfarfod o'm rhan i. Mae o'n gyfarfyddiad o ddau berson proffesiynol yn trafod yn broffesiynol.'

Llithrodd y sgwrs yn ôl i drafod rhinweddau *Macbeth*, a theimlodd Eirwyn ei fod yn cael, yn ei chwmni, rywbeth nad oedd yn brofiadol ohono gyda neb arall. Roedd hi'n graff, roedd hi'n wybodus a theimlai am y tro cyntaf ers blynyddoedd fod ynddi hi, yn ei hymennydd a'i meddwl, rywbeth y bu'n dyheu amdano.

Fe'i cafodd ei hun yn gallu edrych fwy arni nag ar y dechrau. Doedd ei olygon ddim cymaint ar y bwrdd o'i flaen; roedd o'n gallu gwrthsefyll ei hedrychiad hi.

Cododd hi i fynd i'r tŷ bach ar ddiwedd y pryd a chafodd yntau ennyd neu ddau i feddwl amdani.

Roedd gan hon ymennydd disglair; roedd hi'n hardd hefyd. Pe bai am fanylu fe ddywedai fod ei cheg braidd yn llydan, ei thrwyn fymryn yn hir, ei chlustiau, yn enwedig un, yn sticio allan beth – doedd hi ddim yn glasurol hardd; yr hyn ydoedd oedd merch ddeniadol gyda chorff siapus a phersonoliaeth oedd yn ei gwneud yn harddach fyth. Byddai derbyn hon yn golygu derbyn y pecyn cyfan, y corff a'r meddwl, y cnawd a'r enaid. Mewn rhyw ffordd ryfedd roedd hi'n rhoi hyder iddo, yr elfen honno fu mor absennol yn ei fywyd. Roedd hi'n gwrando arno, yn ymateb i'r hyn a ddywedai, a theimlai ei bod yn ei gyfri yn gyfartal o ran deallusrwydd â hi, er y gwyddai ef fod llawer mwy o ben ganddi hi na chanddo ef.

Talodd am y bwyd a chan ei fod yn teimlo'n braf ac yn talu efo arian parod, gadawodd bumpunt ar y bwrdd i'r gweinyddesau, yna aeth y ddau allan i'r stryd a cherdded yn araf i gyfeiriad yr Odeon. Roedd y cyfarfyddiad ar ben, roedd dwyawr heulog braf o fywyd wedi gwibio fel gwennol y gwehydd, ac roedd rhyw hen chwithdod yn ei gerdded. Tybed oedd hi'n teimlo yr un fath?

'Ble mae'r car gen ti?' holodd iddi. 'Mi gerdda i efo ti. Dydi hi ddim yn amser imi gyfarfod Cissie eto.'

'Draw ffordd hyn,' meddai gan droi i'r chwith ac i lawr Princess Street, stryd oedd yn arwain yn syth at y maes parcio aml-lawr o dan y Moat Hotel. Dringodd y ddau y grisiau i'r pumed lefel lle'r oedd ei char, gan siarad am bopeth ac am ddim yn arbennig.

Yna roedden nhw wedi cyrraedd y Ford Focus lliw arian ac roedd eu cyfarfyddiad ar ben.

'Fyddi di ddim yn dod i Gaer eto cyn y Dolig, Eirwyn?'

'Digon prin. Mi fydd hyd yn oed Cissie wedi gorffen ei siopa heddiw siŵr o fod, ei siopa mawr beth bynnag. Mae allanolion y Dolig yn bwysig iawn iddi hi.'

'Ond nid i ti?'

'Dim wir. Adeg drist i mi 'di'r Dolig, yn enwedig diwrnod Dolig. Fel llawer eraill mae gormod o ddannau yn nhelyn fy hiraeth imi fod yn gwbl hapus. Ond mae cwsg yn help, a chysgu y bydda i am y rhan fwya o'r dydd mae'n siŵr, ar ôl i Cissie fy mwydo fel taswn i'n fochyn tew!'

Chwarddodd Gwen, '*Sleep that knits up the ravelled sleeve of care*,' dyfynnodd.

'Rhywbeth felly,' atebodd yntau. 'A be amdanat ti? Edrych ymlaen at y Dolig?'

'Ydw. Digon o lefydd i fynd iddyn nhw, digon o bartïon i'w mynychu, digon o ffrindiau gen i. Cinio Dolig gyda chyfeillion yn Duddon ac yna gartref ar fy mhen fy hun am weddill y dydd.'

'Ar dy ben dy hun?'

'Ie. Pam lai? Mae pobol sydd â chwmni ganddyn nhw'n meddwl na ddylai neb fod ei hun y Dolig, ac yn ceisio'u perswadio i fynd atyn nhw i aros. Ond pe gwnawn i hynny, mwynhau Dolig pobol eraill fyddwn i. Gwell gen i gael fy Nadolig fy hun.'

Roedd hi'n iawn wrth gwrs. Roedd o a Cissie, mewn ambell ffit o garedigrwydd, wedi ceisio perswadio un neu ddau o bobl y stad oedd yn byw eu hunain i ymuno â hwy ar ddiwrnod Dolig, ond gwrthod y bydden nhw bob tro.

Roedd y ddau'n sefyll wrth y car yn gohirio awr y gwahanu, a chafodd Eirwyn y teimlad nad oedd hi eisiau mynd, dim mwy nag oedd o eisiau mynd. Roedd rhyw dawelwch, rhyw sicrwydd, rhyw dangnefedd yn ei chwmni nad oedd yn ei brofi yn unman arall. Ond gwahanu oedd raid.

'Mi wna i gysylltu yn ystod yr Ŵyl,' meddai hi. 'Wyt ti'n defnyddio negeseuon testun ar dy ffôn bach?'

'Bobol bach nac ydw! Dwi ddim wedi cael achos i wneud hynny.'

'Roeddwn i'n meddwl. Oes gen ti lawlyfr?'

'Oes, yn y tŷ yn rhywle.'

'Os darlleni di o mi gei weld sut i dderbyn ac anfon. Mae o'n hawdd.'

'Iawn, mi wna i. Mi fydd cyfarchiad felly'n well na cherdyn falle.'

'Cytuno. Gelli di anfon un ata i os mynni di, ond gwell i mi beidio anfon atat ti gan nad wyt wedi sôn amdana i wrth Cissie. Taset ti fyddai yna ddim problem. Ac mi fyddi'n dod i Gaer yn y flwyddyn newydd siawns?'

'Bydda, wnâi daeargryn ddim cadw Cissie draw o'r sêls, paid â phoeni.'

Yna, cyn iddo sylweddoli beth oedd yn digwydd rhoddodd ei breichiau am ei wddw a'i gusanu ar ei wefusau. 'Nadolig Llawen, Eirwyn,' meddai gan gamu i mewn i'r car. Ac wrth iddi wneud hynny fe gododd ei sgert yn ddamweiniol o du ucha'i phengliniau ac wrth weld ei choesau siapus teimlodd Eirwyn ei ben yn troi a'i galon yn curo'n wyllt.

11

Sut i ddweud wrth Cissie, dyna oedd gofid mawr Eirwyn wrth iddo yrru adref o'r ysgol ar ddiwrnod olaf y tymor i wynebu Nadolig arall nad oedd yn debyg o esgor ar ddim byd newydd, dim byd mwy na'r diflastod arferol iddo fo a'r consŷrn arferol am anrhegion a bwyd i Cissie.

Roedd diwedd y tymor yn yr ysgol wedi dilyn y patrwm arferol o farcio papurau arholiad a graddoli plant, o dynnu brawddegau o fanc sylwadau'r awdurdod i'w rhoi ar adroddiadau di-fudd a dienaid i'r disgyblion, o gardiau ac anrhegion, o ganu carolau a gwasanaethau a chyngerdd a'r cyfan gyda rhyw asbri oedd yn naturiol, mae'n debyg, ymhlith y plant, ond nad oedd yn ddim mwy nag act fawr ar ei ran o nac ychwaith, fe dybiai, y rhan fwyaf o'r athrawon eraill.

Ond dim ond un peth oedd ar feddwl Eirwyn wrth iddo yrru adref y noson honno. Roedd Ann James wedi dweud wrtho am gwrs penwythnos ar Saesneg a gynhelid yng ngwesty'r Marriott, Abertawe, cyn diwedd Ionawr, a'i bwriad i anfon Eirwyn yno.

Roedd o wedi cael sioc ei fywyd. Un peth oedd cwrs diwrnod, er bod Cissie wedi cwyno am hwnnw hyd yn oed; peth arall oedd cwrs preswyl fel hyn, rhywbeth nad oedd wedi ei fynychu yn ei holl flynyddoedd o ddysgu.

Gwyddai fod eraill yn mynd i gyrsiau o'r fath. Yn wir, roedd yna rai oedd yn fynychwyr-cyrsiau proffesiynol bron ac fe welai eu henwau i lawr ar gyfer popeth. Ond nid Eirwyn. Roedd ei gyfrifoldebau tuag at Cissie, ei wraig afiach, galon wan yn golygu na allai fentro treulio dwy noson oddi cartref, a hynny mor bell i ffwrdd hefyd.

Fe ddywedodd hynny wrth Ann James, ond roedd hi'n benderfynol. Aeth mor bell ag awgrymu iddo fod mynychu cyrsiau fel hwn yn rhan o'i waith ac os na allai drefnu i fynd, yna na ddylai fod yn y swydd o gwbl. A hynny er mai cwrs penwythnos ydoedd, a doedd ganddi, yn dechnegol beth bynnag, ddim hawliau arno ar y dyddiau hynny.

Un gas oedd Ann James pan droai tu min, ac fe wnaeth. Roedd y cwrs yn un cynhwysfawr ar ystod eang o faterion yn ymwncud â'r Saesneg, a barnai hi y byddai'n baratoad ardderchog iddo ar gyfer yr arolygiad yn nhymor yr haf.

Llwyddodd i guddio ei anfodlonrwydd wrth gytuno i fynd.

Ac felly nid y teimlad diwedd tymor arferol a brofai wrth deithio adref y noson honno. Bu lawer tro'n gofidio na fyddai'r siwrnai'n hwy am ei fod yn mwynhau byw yn ei feddyliau ei hun, ond heddiw, rheswm arall oedd ganddo am ofidio na fyddai'r pellter yn ddwbwl yr hyn ydoedd, sef cael oedi gorfod dweud wrth Cissie.

Ac am ei fod eisiau gohirio gyhyd ag y gallai y foment i orfod dweud wrthi, arhosodd nes ei bod wedi amser swper cyn tanio'r ergyd.

*   *   *

'Meddyliwch, aros i ffwrdd oddi cartref ym mis Ionawr. Mynd mor bell ac am amser mor hir. Fy ngadael i ar ben fy hun a minnau'n wael fel yr ydw i.'

Nid oedd ei ffrindiau erioed wedi credu rhyw lawer yn ei gwaeledd honedig; roedd hi'n edrych ac yn swnio mor iach ond pan fyddai'n actio, er ei bod bob amser yn mynnu ei bod yn ddyncs wael iawn ac nad oedd na meddyg na neb yn ei deall.

'I ble mae o'n mynd?' holodd Jen. 'Ac am faint?'

'I Abertawe,' atebodd hithau, 'o ddydd Gwener tan nos Sul.'

Chwarddodd y tair arall pan glywsant hyn.

'Y nefi, Cissie,' meddai Menna, 'mi faswn i'n taeru ei fod o'n mynd i Alaska am fis y ffordd rwyt ti'n ymateb.'

'Mi faswn i wrth 'y modd tase'r diawl acw'n mynd i ffwrdd am ddwy noson,' meddai Myfanwy, 'er mae'n siŵr y base'n rhaid imi dalu am hynny pan ddeuai'n ôl.'

Roedd y pedair yn ymlacio'n braf, neu dyna oedd y bwriad beth bynnag, yn lolfa foethus gwesty Pengwern, gwesty mwya'r dref, wedi dod yno yn hytrach na mynd i gaffi Dolawel gan ei bod yn ddiwrnod cyn y Nadolig, i yfed gwin yn hytrach na choffi ac i fwynhau awyrgylch dawel, ymlaciol y lle. I fwynhau'r addurno chwaethus, cynnil ar ôl diodde'r tinsel a'r addurniadau papur oedd yn drwch ym mhobman arall bron.

Roedd Cissie'n falch o gael dweud ei chŵyn wrth rywun, a phwy well na'i ffrindiau agos, criw'r caffi. Roedden nhw'n deall ac yn cydymdeimlo bob amser.

Ond heddiw roedden nhw'n chwerthin am ei phen. Pam tybed? Oedd hi'n afresymol? Oedd hi'n gor-ymateb?

'Be 'di dy broblem di, Cissie?' holodd Jen. 'Ofn bod ar ben dy hun?'

'Ie,' oedd yr ateb, 'yn enwedig yn y nos. Dwi wedi arfer yn ystod y dydd, ac yn gwybod ble mae o. Ond fydd gen i ddim syniad ble bydd o yn Abertawe. Fydda i ddim yn gallu ei leoli yn unman.'

'Ond mi fydd ar ben arall y ffôn fel y mae o bob amser,' meddai Myfanwy. 'Mi fydd yn ddigon hawdd cael gafael arno fo.'

'Ofn y nos sy arnat ti?' holodd Menna. 'Ofn bod dy hun drwy'r nos?'

'Ie,' atebodd Cissie. 'Dyna'r ofn mwya, ofn mynd yn sâl yn ystod y nos a methu gneud dim. Mi alle ddigwydd unrhyw amser.'

'Gwranda,' meddai Jen, 'does dim rhaid iti ofidio am hynny. Mi ddo i i aros efo ti dros y ddwy noson y bydd o i ffwrdd.'

'Wnei di, Jen? Wnei di wir?'

'Be mae ffrindiau yn da yntê os na allan nhw helpu'i gilydd. Dwi'n byw fy hun a dim gofynion teuluol arna i.'

'Mi dwi'n ddiolchgar iawn. Mi fase hynny'n werth chweil.'

'Cofia di,' meddai Myfanwy, 'does wybod pwy wnaiff o'i gyfarfod yn y gwesty 'na yn Abertawe. Llefydd drwg ydi gwestai i bobol gael syniadau yn eu pennau. Falle bydd o'n cyrraedd adref efo rhyw ffliwsi ar ei fraich.'

'Wel go brin y daw o â hi adref ar ei fraich, Myfanwy,' meddai Menna. 'Ei chuddio ym mhlygion ei feddwl hwyrach, ond ei dangos i bawb? Dim peryg. Oni bai ei fod o'n debyg i Edgar wrth gwrs.'

Cododd Cissie ei breichiau i'r awyr.

'Peidiwch wir, peidiwch!' llefodd. 'Mae'n ddigon drwg 'i fod o'n mynd heb imi ddechrau hel rhyw hen feddylie fel'na, a sut bynnag, lle cest ti'r "cuddio ym mhlygion ei feddwl 'na"? Swnio'n rhy grand i ti rywsut.'

''I ddarllen o mewn llyfr Saesneg,' atebodd Menna yn drwynsur, 'rhywbeth am feistres rhyw ddyn oedd yn *"hidden away in the folds of his mind"*.'

'Ew, deud da,' meddai Jen. 'Dwi'n licio fo.'

'Wel, dwi'n siŵr nad oes gan Eirwyn ddim byd ar ei feddwl ond consýrn amdana i,' atebodd Cissie.

'Sori, Cissie. Jôc. Wrth gwrs fase Eirwyn ddim yn gneud dim byd o'r fath na meddwl am ddim byd o'r fath,' prysurodd Myfanwy i sicrhau ei ffrind. 'Tyrd, cymer ddiferyn rhagor o win, mae hi'n Ddolig wedi'r cyfan.'

'Wel, ddylwn i ddim, dwi 'di cael un gwydried, a dyna faint fydda i'n ei gael ar y tro bob amser. Ond wnaiff joch bach arall ddim harm mae'n siŵr.'

Gorffennwyd dwy botel yn ystod y cyfarfyddiad hwnnw, ond ni chymerodd Cissie fwy na hanner gwydraid yn rhagor; fe wyddai beth ddylai terfynau ymarweddiad fod, Dolig neu beidio.

*   *   *

Y nefoedd! roedd ei ffôn bach yn gymhleth. Doedd Eirwyn erioed wedi meddwl ei fod mor gymhleth. Roedd o'n gallu rhoi arian i mewn ynddo a siarad fel gydag unrhyw ffôn arall. Roedd o hefyd wedi meistroli'r grefft o chwilio am negeseuon ac anfon rhai tasc raid. Ond roedd llawer mwy iddo na hynny mae'n amlwg. Roedd o fel cario cyfrifiadur bychan efo fo i bobman.

Tra oedd ei wraig yn stwna yn y dre efo'i ffrindiau aeth ati i feistroli'r adran ar 'Siarad trwy negeseuon testun'. Bu'n bustachu efo'r ffôn am amser, ond yn y diwedd llwyddodd i gael y gair 'Negeseuon' ac yna 'Dewis' a mynd ymlaen i sgrifennu 'Nadolig Llawen gan Eirwyn'. Mater arall oedd ei hanfon, ond roedd ganddo ddigon o ddyfalbarhad i ddeall yn y diwedd fod yn rhaid iddo roi rhif ffôn Gwen i mewn ac yna sgrolio i'r gair 'Anfon'. Cafodd y bodlonrwydd o weld amlen fechan yn hedfan i gornel y sgrin yn arwyddo bod y neges yn mynd ac yna'r gair 'Anfonwyd' i ddweud ei bod ar ei ffordd.

Doedd dim angen iddo anfon neges testun mewn gwirionedd gan ei fod eisoes wedi anfon cerdyn Dolig ati. Ond roedd o eisiau ymarfer mewn anfon a doedd neges blaen syml, ddi-gusan, yn mynd i wneud dim drwg i neb.

Roedd o wedi bod yn ddigon gofalus a ffurfiol efo'r cerdyn Dolig hefyd. Cymerodd ei amser i ddewis un a mwynhau'r profiad. Roedd pob math o gardiau a negeseuon i'w cael, rhai dwys a rhai digri, rhai digon clyfar yn wir, ac awgrymog eu geiriau. Ond cerdyn syber Cymorth Cristnogol gyda llun crud ar y blaen ddewisodd Eirwyn i ddechrau, yna cofiodd ddywediad Gwen, ei bod wedi colli'r crud, a phenderfynodd yn y diwedd ar yr angel traddodiadol gyda choron aur uwch ei ben. Roedd ganddo gred y dylai cardiau Nadolig gyfeirio mewn rhyw ffordd at neges y geni.

Dim ond 'Nadolig Llawen a Blwyddyn Newydd Dda, Eirwyn' roddodd o ar y cerdyn. Roedd anfon un yn arwydd o ryw berthynas gyfeillgar; roedd cyfyngu ei hun i neges felly yn arwydd ei fod am gadw'r berthynas o hyd braich.

Ac eto, fe gafodd ddedwyddwch anarferol wrth feddwl am Gwen a meddwl amdani'n derbyn y cerdyn.

Ac yn ystod y dydd Nadolig ei hun cafodd ei feddwl yn hedfan yn aml i gyfeiriad Caer a thu hwnt.

Roedd cinio Cissie mor flasus ag erioed a'r sesiwn agor anrhegion, gan gynnwys eu hanrhegion hwy i'w gilydd, mor ystrydebol ddigyfnewid ag arfer. Fflachlamp fawr gref ar gyfer y car oedd ei hanrheg hi iddo ef, anrheg ymarferol ddigon derbyniol gan fod yr un oedd ganddo wedi dechrau chwarae triciau ers tro. Roedd yntau wedi prynu'r persawr arferol iddi hi, rhywbeth yr oedd yn teimlo'n ddiogel wrth ei brynu – rhywbeth gan Givenchy. Byddai ar un adeg yn prynu Chanel iddi, ond fe ddifethwyd hynny gan Bob Hope yn un o'i ffilmiau, yn eu dyddiau mynd i'r pictiwrs, pan oedd o'n hwylio ar gondola yn Fenis a rhoi ei fys yn y dŵr, ei ogleuo a dweud '*Canal 5*'. Roedd Eirwyn yn meddwl ei bod yn jôc ddoniol iawn, ond Cissie yn ei gweld yn ymosodiad ar arferion merched!

'Wisga i byth Chanel eto,' oedd ei hadwaith. 'Mi ſyddwn i'n meddwl am ddŵr budur drewllyd bob tro!'

Prynodd Eirwyn un anrheg arall a blesiodd Cissie yn fawr, sef coler newydd i Siwsi. Wrth gwrs fe wyddai Eirwyn beth roedd yn ei wneud, wrth blesio'i wraig fel hyn, a chafodd Nadolig o leia lle'r oedd hi mewn eitha hwyliau ac wedi anghofio dros dro beth bynnag am y ffaith y byddai'n mynd i Abertawe cyn diwedd Ionawr.

Gan ei bod yn Ddolig aeth Eirwyn â Siwsi am dro yn gynt nag arfer, ar ôl cwsg y pnawn ac i'w stumog llawn twrci a stwffin a llysiau setlo beth. Roedd Cissie'n frenhines yn ei chegin, roedd hynny'n ddiamau, ac wrth wrando ar yr hyn a gâi ambell un o'i gyd-athrawon i'w fwyta, roedd yn rhaid iddo gyfaddef ei fod yn ffodus tu hwnt.

Gwisgodd ei choler newydd i Siwsi, estynnodd y menig plastig a'r bag a'r sgŵp tra setlodd Cissie o flaen y teledu i weld fersiwn hwy nag arfer o un o'i hoff ddramâu sebon. Roedd Eirwyn yn falch o fod allan. Roedd hi'n ddiwrnod sych ac oer, i'r dim i fynd am dro, ac roedd pobman yn dawel fel y bedd. Rhoddodd y ffôn bach yn ei boced ac i ffwrdd â fo.

Doedd neb o gwmpas yn unman, y dre fel pe bai wedi marw'n llwyr a'r goleuadau a'r addurniadau'n edrych yn bethau mor ddi-fudd a dibwrpas. Rhoddodd y ffôn ymlaen gan hanner meddwl hwyrach y byddai neges gan Gwen. Ond doedd yna'r un. Ac yna fel y cerddai ar hyd un o'r strydoedd cefn, clywodd gloch y ffôn yn canu ddwywaith, arwydd bod neges testun iddo. Arhosodd nes ei fod yn y parc ac yna gollyngodd y ci yn rhydd fel arfer ac eisteddodd ar un o'r meinciau.

Tynnodd y ffôn allan a cheisiodd gofio'r manylion sut i dderbyn neges. Methodd ddwywaith, ond llwyddo i beidio gwasgu'r botwm dileu neu fe fyddai wedi diflannu cyn iddo ei chael.

Yn y diwedd fe ddaeth, ac fe ddarllenodd: 'Helô Siôn Corn. Biti na allet ti ddod yma i lenwi fy hosan xx.'

Bu bron iddo ddisgyn oddi ar ei sedd. Eisteddodd yno'n rhythu ar y neges testun. Beth oedd hi? Neges ddoniol, ddiniwed, mewn cytgord â'r ŵyl, ynteu neges awgrymog oedd yn ceisio dweud rhywbeth wrtho?

Ni wyddai, ond roedd o'n crynu ac yn gynnwrf i gyd a rhyw orfoledd rhyfedd yn llanw'i enaid.

Roedd y neges yn yr un categori â brawddegau eraill a lefarodd Gwen wrtho o dro i dro. Ond efallai mai'r ffaith ei bod wedi bod yn Lloegr ac wedi gorfod dysgu'r Gymraeg oedd yn peri na wyddai'n iawn beth oedd gwir ystyr rhai o'i brawddegau. Un peth oedd gallu'r Gymraeg yn rhugl, peth arall oedd gwybod yr iaith yn ddigon da i ddeall pan oedd dau ystyr i rywbeth.

Beth wnâi o? Gadael i'r neges fod, neu ymateb?

Bu yn hir gysidro a Siwsi'n methu deall pam ei bod yn cael cymaint o amser i grwydro a snwffian o gwmpas y parc y diwrnod hwnnw.

Yna fe benderfynodd. Penderfynu ymateb, ond gwneud hynny gyda neges ofalus.

Ysgrifennodd: 'Gobeithio dy fod yn cael Nadolig

wrth dy fodd, Eirwyn.' Saff, diddychymyg, cyfeillgar ond pell. Oedd, roedd hi'n iawn i'w hanfon.

Ond wnaeth o ddim. Oedd o eisiau cadw ymhell a swnio'n oeraidd, a hynny ar ddiwrnod Dolig o bob diwrnod? Nac oedd, yn sicr. Gwell felly oedd peidio dweud dim. Rhoddodd y ffôn yn ei boced a galwodd ar Siwsi.

Doedd hi ddim wedi gwneud ei busnes yn unman hyd y gallai weld. Diolch am hynny. Anrheg Dolig go iawn iddo oedd peidio gorfod codi ei baw a'i roi mewn bag.

Clymodd y tennyn yn ôl wrth ei choler ac roedd ar fin parhau gyda'i daith a chychwyn am adref pan ganodd y ffôn. Safodd yn stond am funud. Estynnodd ef allan o'i boced ac edrych arno. Rhif Gwen oedd ar y sgrin. Gwasgodd y botwm a'i roi wrth ei glust.

'Helô, Eirwyn.' Roedd ei llais yn swnio'n rhyfeddol o rywiol dros y ffôn.

'Helô, Gwen? Sut gwyddech chi, sut gwyddet ti y gallwn i ateb y ffôn?'

'Wyddwn i ddim, ond roeddwn i'n dyfalu. Rydw i wedi gosod y ffôn i roi arwydd pan fydd negeseuon testun wedi eu derbyn ti'n gweld, felly roedd gen i syniad dy fod ar gael pan glywais i dy fod wedi derbyn y neges. Sut wyt ti?'

'Yn iawn. Y . . . diolch am y neges testun.'

'Oeddet ti'n ei licio fo?'

'Y . . . oeddwn. Dwi wedi ysgrifennu un i ti hefyd ond heb ei anfon.'

'Dim rhaid i ti rŵan. Sut Dolig wyt ti'n ei gael?'

'Iawn. Fel arfer. Tawel, digon i'w fwyta. Cysgu, gwylio'r teledu. Cyffrous yntê!'

'Digon tebyg i mi a deud y gwir. Mi es at ffrindiau i ginio a newydd ddod adre ydw i.'

'O, be wnei di heno 'te?'

'Wn i ddim. Gwn, mi wn i. Gwylio ffilm a chael glasied bach o win a rhyw snac bach i swper.'

'Dy hun wyt ti?'

'*Of course*. Pwy oeddet ti'n meddwl fyddai efo fi? Na, fy hun. Mi ddwedes wrthyt ti mod i'n ddigon hapus ar ben fy hun. Be amdanat ti?'

'O, fel arfer. Mi gawn frechdanau yn hwyrach ac mi wna i wylio ffilm mae Cissie . . . y . . . dw i eisiau ei gweld, a recordio'r ffilm Gymraeg i edrych arni eto.'

'Pa ffilm wyt ti am ei gweld felly?'

'*Shakespeare in Love.*'

'A finne hefyd. Mi collais hi pan ddaeth hi i Gaer. Felly, cyfle heno. Addas iawn, wyt ti ddim yn meddwl?'

'Be? Pam?'

'Wel, a ninnau wedi trafod *Macbeth* y tro dwetha gwrddon ni, yntê.'

'Ie, hwyrach. Wyst ti be? Mi fydd yn rhaid imi orffen siarad, dwi bron cyrraedd adref. Diolch i ti am ffonio.'

'Raid i ti ddim. Dwi'n falch inni daro ar ein gilydd. Wyt ti am feddwl amdana i'n gwylio'r ffilm yna heno? Mi fydda i'n meddwl amdanat ti, cofia.'

'Y . . . o'r gore, mi wna i.'

'Mi fydd o bron fel tasen ni'n gweld y ffilm efo'n gilydd. Gyda llaw, diolch am y cerdyn.'

'Croeso.'

'Pam na wnei di ffonio pan gei di gyfle, rywbryd cyn dechrau'r flwyddyn? Mi fase'n neis cael sgwrs. Adre bydda i. Dwi ddim yn meindio'r Dolig, ond gas gen i'r Calan.'

'O? Pam?'

'Wn i ddim. Am fod fy narpar i'n Sgotyn am wn i, ac mi fydden ni'n gneud llawer o'r Calan pan oedden ni'n gariadon. Wel. Hwyl fawr i ti, a diolch am y sgwrs. *Made my day.*'

A chyda hyn'na roedd hi wedi mynd.

Cerddodd Eirwyn adref a'i galon yn llamu, ei feddwl yn rasio a theimlad braf yn llifo drwy ei gorff. Roedd o am fwynhau gweddill ei Ddolig. Câi fwynhau'r ffilm gan feddwl bod Gwen yn ei gwylio hefyd, ac fe yfai wydraid o win, hwyrach ddau. Byddai Cissie yn edrych yn big arno ac yn ei atgoffa am gyflwr posib ei iau, ond ni faliai. Roedd hi'n Ddolig ac roedd o'n ddyn yn ei oed a'i synnwyr, yn ei dŷ ei hun. Byddai hyd yn oed carcharorion yn cael gwin ar ddydd Nadolig.

12

Roedd môr Bae Ceredigion yn dawel, heddychlon, yr awyr yn glir ac eira'n gwynnu pennau'r mynyddoedd wrth i Eirwyn deithio ar hyd yr arfordir i Abertawe ar bnawn Gwener rhewllyd yn Ionawr. Diwrnod tangnefeddus yn wir, croes hollol i'r cynnwrf oedd ym meddwl Eirwyn ei hun, a doedd gorau byd natur yn effeithio dim arno, yn llonyddu dim ar donnau trystfawr ei feddyliau.

O'i ôl roedd ei gartref a Cissie, o'i flaen yr anwybod mawr, fel pe bai'n Abraham yn cychwyn allan o'i wlad, a heb wybod beth oedd o'i flaen.

Roedd yr hyn oedd o'i ôl yn ddigon iddo feddwl amdano. Y dannod a'r llyncu mul, y dagrau a'r gwaeledd ffals. Ac yntau wedi gwneud ei orau i leddfu pethau, i fwrw olew ar y dyfroedd. A'r cyfan yn fethiant. Ond arno fo yr oedd y bai, yn defnyddio tactegau anghywir oedd wedi gwaethygu'r sefyllfa yn hytrach na'i gwella.

Un o'i gyd-athrawon oedd wedi cychwyn y peth. Wedi gwerthu iddo yn yr ysgol ddechrau'r wythnos ddau docyn ar gyfer cyngerdd yn y ganolfan ar y nos Fercher. Wrth gwrs doedd dim rhaid iddo'u prynu, ond roedd Côr y Brythoniaid a'r unawdydd John Eifion yn ffefrynnau gan Cissie; byddai wrth ei bodd yn gwrando arnynt ar gryno-ddisg a rhaglenni teledu, ac fe dybiodd y byddai mynd â hi i'r ganolfan y noson honno'n lleddfu peth ar y ffaith ei fod ef yn mynd i ffwrdd dros y Sul.

Ond doedd o ddim wedi gweithio.

'Faint dalsoch chi am y tocynnau?'

'Chwephunt yr un.'

'Chwephunt yr un am ddau docyn cyngerdd? Deuddeg punt i gyngerdd nad a' i ar ei gyfyl!'

'Ond Cissie, rydych chi wrth 'ych bodd efo Côr y Brythoniaid. A John Eifion sy'n ei arwain ac mi fydd o'n canu ei hun. Mi wyddoch gymaint ydych chi'n mwynhau ei ganu.'

'Mae mwynhau ar gryno-ddisg gartref yn un peth, mae mynd i ganol pobol fydd yn pesychu a hustachu yn rhywbeth arall. Mi wyddoch na fydda i byth yn twllu'r fath lefydd.'

'Gwn, ond roeddwn i'n meddwl y byddech chi'n mwynhau, a hithau'u ddechrau blwyddyn newydd a phopeth.'

'Mae hi'n ganol Ionawr. A be sy gan ddechrau blwyddyn i'w neud â'r peth beth bynnag?'

'Wel, mae pawb yn dathlu blwyddyn newydd tan ddiwedd y mis bron, ac yn mynd i gyfarfodydd a digwyddiadau o bob math.'

'Hy! Nhw sy wiriona. Mi 'rosa i adre i ddathlu fel dwi'n dymuno, diolch yn fawr.'

Ac yna, roedd Eirwyn wedi gwneud rhywbeth na wnaeth o erioed o'r blaen. Fe aeth i'r cyngerdd ei hun. Fe aeth hebddi, a phan ddaeth adref roedd Cissie yn ei gwely, wedi troi ei chefn arno ac yn chwyrnu, neu gymryd arni ei bod yn chwyrnu beth bynnag. Yn sicr, roedd dal pen stori efo fo y peth ola fyddai hi eisiau ei wneud, a wnâi hi ddim gofyn iddo am hanes y cyngerdd dros ei chrogi.

Doedd y sefyllfa fawr gwell drannoeth, a wnaeth pethau wella dim wrth i Eirwyn awgrymu amser brecwast y gallen nhw fynd allan am fwyd y noson honno, i westy da, i'r Pengwern efallai.

'Mi wyddoch na fydda i byth yn mynd allan i fwyta, Eirwyn, mae o'r peth ola dwi ishio'i neud. Falle'ch bod chi. Falle nad ydi 'mwyd i'n ddigon da i chi.'

Ac roedd hi wedi sniffian crio.

Gwyddai yntau y dylsai fod wedi rhoi ei freichiau amdani a'i chysuro, ond wnaeth o ddim. Roedd o'n amau mai ffug oedd ei dagrau, a chan fod ei ysbryd yn friw dan fynych fflangell ei thafod, doedd dim awydd arno ei chysuro.

'Ond mi rydych chi'n hoffi mynd i'r Pengwern. Mi fuoch chi yno cyn y Dolig.'

'Mae mynd yno efo ffrindiau ganol bore yn fater gwahanol. Ond mynd allan fin nos, i fwyta a thalu crocbris am fwyd y gwnawn ei well o lawer gartref? Syniad gwirion iawn!'

'Meddwl oeddwn i . . .'

'Meddwl, wir! Stopiwch feddwl os mai dyma ffrwyth eich meddwl. 'Da i ddim i unman heno a dyna ben arni. Ewch chi os mynnwch chi, fel yr aethoch chi i'r cyngerdd neithiwr a ngadael i yma ar ben fy hun. Ewch, dech chi'n mynd ddiwedd yr wythnos beth bynnag.'

A mynd yr oedd o, yn teithio ymylon Bae Ceredigion rhwng Aberystwyth ac Aberaeron. Anaml iawn y teithiai'r ffordd hon, anaml y teithiai unrhyw ffordd heb fod Cissie wedi ei threfnu, a'r ffordd i Gaer oedd yr un arferol iddo – ar wahân, wrth gwrs, i'r ffordd i'r ysgol. Roedd y ffordd hon, am ei bod yn newydd, yn un hyfryd i'w theithio, a phe bai yn ei hwyliau fe fyddai'n mwynhau.

Roedd o wedi cael oes i ddygymod ag agweddau Cissie, â'i gwawd a'i dirmyg, ond roedd ffrae yn ei ypsetio bob tro. A doedd pregeth y gweinidog y Sul cynt ddim wedi lleddfu dim ar bethau na rhoi unrhyw fath o dangnefedd i'w enaid. Roedd hwnnw wedi penderfynu dechrau ar gyfres o bregethau'n seiliedig ar y deg gorchymyn, ac roedd y gyntaf yn trafod un-dduwiaeth oedd o leia yn un â chred Eirwyn, ond doedd sôn am Dduw Abraham a chystwyo Moslemiaeth a Hindŵaeth ddim y math o eli yr oedd o ei angen i wella clwyfau a achoswyd gan wraig styfnig a hunanol.

Ond roedd y dyfodol agos yn poeni mwy arno na'r gorffennol; dyna mewn gwirionedd oedd yn cau ei lygaid i harddwch cefn gwlad Ceredigion, ei bryniau a'i dyffrynnoedd, a'r bae ei hun. Aeth trwy Flaen-plwyf, Llanrhystud a Llan-non bron heb eu gweld, a phenderfynu pan ddeuai i Aberaeron yr arhosai am baned. Trodd i'r dde yng nghanol y dref gan ddilyn yr arwyddion parcio a chafodd le hwylus heb fod ymhell o'r harbwr bychan, harbwr oedd yn llawn cychod. Aeth am dro ar hyd wal y môr cyn mynd i chwilio am gaffi.

Roedd hi'n ddiwrnod godidog, yn falm i enaid, ond nid i enaid Eirwyn. Roedd o wedi gorfod mynd i'r ysgol am y bore gan mai ganol pnawn roedd o eisiau cychwyn. Fe wyddai fod darlith ar ôl swper y noson gyntaf, ond dyna'r cyfan. Roedd Ann James, yr hulpen wirion, wedi anghofio rhoi'r rhaglen iddo, ac ni chafodd hi nes cyrraedd yr ysgol y bore hwnnw. Roedd yna addewid y byddai rhestr o'r mynychwyr efo'r rhaglen er mwyn iddyn nhw gael trefnu i gyd-deithio, ond doedd dim sôn am honno.

Yr hyn oedd wedi ei gynhyrfu oedd darlith y noson gyntaf – *The Importance of being Earnest*. Nid y testun ond y darlithydd – Gwen Carter!

Y hi o bawb! Doedd hi ddim wedi cysylltu ag o ers diwrnod Dolig er iddi addo gwneud. Wel, oedd, i fod yn deg, roedd hi wedi anfon neges testun – Blwyddyn Newydd Dda – ond dyna'r cyfan. Dim awgrym y byddai yn Abertawe, dim sôn a fyddai ef yno ai peidio. Ond dyna fo, roedd hi'n cynnal ugeiniau o gyrsiau – pam y dylai feddwl y byddai ef â diddordeb yn hwn?

Ond roedd ei feddwl yn dryblith. Byddai'n ei chyfarfod eto, a hynny mewn gwesty, a hynny dros dridiau. Na, y tebyg ydi y byddai'n mynd ar ôl ei darlith y noson honno; rhyw drefniadau eraill ganddi siŵr o fod, gan nad oedd cyfeiriad ati yn unman arall ar y rhaglen.

Ond fe fyddai yno am ryw gymaint o amser! Oedd o'n falch neu ddim? Oedd o eisiau ei gweld neu ddim? Doedd ond un ateb i'r ddau gwestiwn – oedd. A'r ateb cadarnhaol hwnnw yn ei feddwl oedd yn achosi'r broblem. Pe bai wedi dweud, "na, dim bwys gen i ei chyfarfod, dydi o'n golygu dim i mi", fe fyddai popeth wedi bod yn iawn, ond mwya yn y byd y meddyliai am y peth, mwyaf pendant yr oedd ei fod eisiau ei gweld, eisiau ei chyfarfod eto.

Nid hynny'n unig oedd y broblem chwaith. Roedd mynd ar gwrs preswyl fel hyn heb wybod am neb yr oedd yn ei adnabod fel camu i'r tywyllwch ac roedd ansicrwydd yn elfen gref iawn ym mhersonoliaeth Eirwyn. Beth pe bai ar ei ben ei hun drwy'r amser, beth pe bai'n gwbl anghyfforddus yno? Roedd o'n gyfnod hir, a'r ddwy noson yn arbennig o broblemus. Doedd o ddim yn gymysgwr wrth natur a gwyddai mai yn y bar y byddai'r mwyafrif yn treulio eu min nosau. Wrth gwrs, fe allai encilio i'w ystafell; dichon y byddai ystafelloedd y Marriott o bobman yn rhai moethus gyda'r holl adnoddau ar gael.

Mae'n debyg mai dyna beth a wnâi, encilio'n weddol fuan ar ôl swper, mynd am dro bach efallai ac yna i'w wely.

Cerddodd yn ei ôl ar hyd ochr y môr a daeth at gaffi. Aeth i mewn ac at y cownter a chael paned o de a sgonsen. Yna aeth â hwy at fwrdd ac eistedd. Roedd y caffi'n hanner gwag.

'Eirwyn fachgen, sut hwyl ers cantoedd?' Daeth y

llais o gyfeiriad y bwrdd wrth y ffenest a chododd Eirwyn ei ben i weld pwy oedd yno.

Fe'i hadnabu'n syth. Gethin Prys, un oedd efo fo yn y coleg ac a oedd bellach yn bennaeth adran yn un o ysgolion uwchradd Powys.

'Wyt ti ar dy ben dy hun?' holodd gan godi a dod â'i baned ac eistedd wrth y bwrdd efo Eirwyn.

'Ydw, fy hun, a tithe?'

'Ydw. Mynd i ryw gwrs i Abertawe.'

'A finne hefyd.'

Roedd y ddau'n eitha ffrindiau yn y coleg, ond doedd eu llwybrau ddim wedi croesi ers hynny. Doedd priodi Cissie ddim yn ffordd dda o gadw hen ffrindiau. Doedd gan Gethin ddim cwmni ar gyfer y cwrs chwaith, a dim syniad pwy arall oedd yn dod, ac felly roedd y ddau yn falch o'r cyfarfyddiad. Cytunodd y ddau i gyfarfod am hanner awr wedi chwech yn y bar i gael diod cyn swper am saith.

Teimlai Eirwyn yn ysgafnach ei feddwl ar ôl cyfarfod Gethin; roedd un cwmwl wedi gwasgaru, roedd o'n teithio ymhellach ac ymhellach oddi wrth Cissie a sefyllfa gartref, ac roedd o, i gyfaddef y gwir, yn edrych ymlaen at weld Gwen. Doedd o ddim yn canu, ond o leia doedd o ddim yn poeni gymaint wrth yrru am weddill y daith, at Synod Inn a throi am Landysul. Drwy fan'no ac i ffordd Caerfyrddin. Osgoi'r dref honno a'i 'nelu am Cross Hands. I mewn i wasanaethau Pont Abraham i gael astudio'r map o leoliad y gwesty, ac yna yn ei flaen a chymryd tro

Gorllewin Abertawe oddi ar y draffordd ac i lawr i'r ddinas ei hun.

Roedd wedi cael ar ddeall fod y Marriott yn westy mawr bron ar siâp capel modern i lawr wrth y môr ac yn agos at ganolfan y Cyngor, ac fe ddaeth o hyd iddo'n weddol ddidrafferth er bod wynebu dinas ddieithr na wyddai am ei throadau a'i llwybrau yn bryder iddo. Roedd pobl eraill mewn ceir mor ddiamynedd, yn enwedig wrth rai oedd yn mynd i'r llwybr anghywir ac yna'n gorfod croesi. Doedd dim trugaredd i'w gael, dim ond caniad blin ar gorn ac edrychiad oedd yn lladd.

Roedd Eirwyn felly yn fwy na balch pan drodd drwyn y car i mewn i faes parcio'r Marriott am hanner awr wedi pump y noson honno.

Estynnodd ei fag a'i fag siwt a cherddodd i mewn drwy'r drysau i'r cyntedd ysblennydd oedd yn debycach i blasty rhyw swltan nag i westy. Popeth yn sgleinio, popeth yn dawel, miwsig ysgafn distaw yn sibrwd o'r uchelseinyddion, a phawb yn cerdded fel pe baent mewn eglwys gadeiriol.

Wedi cofrestru wrth y ddesg ar y chwith, cafodd ei allwedd ac aeth yn y lifft i ystafell 349 ar y trydydd llawr.

Roedd y teledu ymlaen pan aeth i mewn a'r geiriau, yn Saesneg, ar y sgrin: 'Croeso i Mr Walters i westy Marriott', ac yna fanylion sut i gael pob math o wybodaeth oddi ar y set. Roedd digonedd o sianelau y gallai ddewis ohonynt ac arlwy ychwanegol o ddwy ffilm, un antur ac un rhyw – am bris wrth gwrs.

Roedd gwely dwbwl mawr yn yr ystafell, soffa fechan, dwy gadair, desg a bwrdd gwisgo a chwpwrdd dillad. Roedd y bathrwm yn fawr gyda bàth a chawod ynddo. Popeth yn foethus, popeth yn sgleinio. Wel, os oedd yr ysgol yn fodlon talu, dyna fo, man a man iddo fwynhau'r moethusrwydd.

Yna, cyn mynd ati i ddadbacio rywfaint, cofiodd ei fod wedi addo ffonio i ddweud pan fyddai wedi cyrraedd. Wel, gorau po gynta iddo gael hynny drosodd ac felly estynnodd ei ffôn bach a ffonio adref.

Doedd Cissie yn swnio ddim gwell ar y ffôn nag oedd hi yn y cnawd, ond o leia fe ddywedodd ei bod yn falch ei fod wedi cyrraedd.

Doedd dim neges na neges testun iddo, ac felly penderfynodd gael cawod a newid ar ôl y daith, a chyn pen dim roedd hi'n hanner awr wedi chwech ac yn amser iddo fynd i lawr i'r bar.

Roedd Gethin yno o'i flaen, a chododd pan aeth Eirwyn i mewn.

'Be gymri di?'

'Wel, y . . . dwn i ddim. Hanner o shandi falle.'

'Hanner o shandi, wir! Peint o chwerw ngwas i! Mae 'na gwrw da yma. Be gymri di?'

Doedd gan Eirwyn ddim syniad. Roedd ei arferion yfed wedi eu cyfyngu'n fawr ers iddo briodi.

'Wn i ddim. P'run fyddet ti'n ei gymeradwyo?'

'Wel, dwi'n licio Boddington fy hun.'

'Mi wnaiff hwnnw'n iawn.'

Roedd eraill o'r un fryd yn dechrau dod i'r bar erbyn hyn, athrawon mae'n amlwg, rhai'n siarad Cymraeg, y mwyafrif yn siarad Saesneg.

Cafodd Eirwyn ei hun yn edrych i gyfeiriad y ddesg, er na allai ei gweld. Ond roedd o'n gallu gweld y coridor oedd yn mynd i gyfeiriad y lifft a'r grisiau. Ceisiodd ei berswadio ei hun ei fod yn edrych i weld a oedd rhywun arall yr oedd yn ei nabod ar y cwrs, ond gwyddai yn ei feddwl go iawn mai chwilio am Gwen yr oedd. Ond doedd dim golwg ohoni.

Daeth Gethin â'r peint iddo ac eisteddodd y ddau i drafod y byd a'r betws, eu gwaith a'u hysgolion a'u teuluoedd. Dan ddylanwad awyrgylch yr ystafell a llif y ddiod i lawr ei wddf dechreuodd Eirwyn ymlacio, ac erbyn iddo brynu peint i Gethin a chael hanner arall ei hun, roedd o'n teimlo'n braf.

'Mae eisiau mwynhau y cyrsiau yma, wyddost ti,' meddai Gethin. 'Ac mi all hwn fod yn un da. Mae 'na siaradwyr da yma a'r lleoliad yn wych, a'r cwmni hefyd gobeithio. Mae o fel arfer.'

'Fyddi di'n dod i gyrsiau fel hyn yn aml?'

'Bydda, yn reit aml. Os wyt ti'n dysgu ym Mhowys, mae'n braf cael mynd i ganol pobol, wyddost ti. Does neb yn byw yn y sir acw bron, dim ond defaid!'

A chwarddodd Gethin ar ben ei jôc ei hun.

Am saith roedd hi'n amser swper ac fe aethant yng nghanol criw arall i mewn i'r ystafell fwyta. Bu'n rhaid iddyn nhw rannu bwrdd gyda thri arall, un o Gaerdydd a dau o gyffiniau Casnewydd. Daeth y gweinydd â'r cwrs cyntaf i'r byrddau – cawl neu felon oedd y dewis, ac yna roedd yn rhaid i bawb fynd i nôl ei fwyd ei hun, ac roedd dewis o borc, *lasagne* neu fwyd llysieuol.

Dewisodd Eirwyn y porc ac roedd y bwyd yn eitha da. Dim cystal â bwyd gartre wrth gwrs, ond y pryd yn llawer mwy pleserus nag yno. Ond gydol yr amser roedd ei lygaid yn gwibio fel gwennol o gwmpas yr ystafell, o gwmpas y byrddau yn chwilio am Gwen. Ond doedd hi ddim yno. Falle'i bod hi'n gosod ei stondin, er doedd eisiau fawr o stondin ar gyfer darlithio chwaith. Falle'i bod hi'n hwyr yn cyrraedd, wedi cael traffig mawr ar y ffordd. Ar hyd y Gororau y byddai hi'n teithio siŵr o fod, ac fe allai fod yn brysur ar y ffyrdd ddiwedd pnawn.

Welodd Eirwyn mohoni nes iddo fynd i'r ystafell ddarlithio. Ystafell hir, braidd yn gul, oedd hi ac eisteddodd Eirwyn a Gethin ryw dair rhes o'r cefn. Camgymeriad meddai Gethin oedd eistedd yn y rhes gefn un.

'Mae 'na ddwy res na ddylet ti byth eistedd ynddyn nhw, Eirwyn, y rhes flaen a'r rhes gefn. Dyna i ti rywbeth ddysgais i'n fuan iawn mewn cyrsiau, wel'di. Rwyt ti'n tynnu sylw atat dy hun yn y ddwy, ti'n gweld.'

Yn sicr, doedd Eirwyn ddim eisiau gwneud hynny, er ei fod o'n teimlo'n eitha cyfforddus. Roedd y cwrw cyn y pryd a'r gwin efo'r swper yn help, ac roedd cwmni Gethin yn gaffaeliad mawr.

Roedd rhyw hanner cant yno, ond doedd dim golwg o Gwen. Bwrdd a dwy gadair gyda jwg o ddŵr a dau wydryn ar y bwrdd, ynghyd â *lectern*, a dyna fo. Dyna'r ddarpariaeth ar gyfer y sesiwn hwn.

Am hanner awr wedi wyth yr oedd y sesiwn i ddechrau, ac roedd hi eisoes o fewn pum mund i hynny.

Ac yna fe ddaeth, ac fe atgoffwyd Eirwyn o'r paragraff oedd yn disgrifio Olwen yn y chwedlau – 'Dyfod a wnaeth y forwyn . . .' Ond roedd hi'n annhebygol iawn o fod yn forwyn, a doedd hi ddim yn gwisgo gwisg fflamgoch. Roedd hi mewn siwt drywsus syber a'i gwallt wedi'i dorri'n fyr gyda ffrinj dros hanner ucha'i thalcen. Roedd hi'n edrych yn gwbl wahanol i arfer, ac os rhywbeth yn fwy deniadol na chynt. Gyda hi yr oedd dynes arall ac aeth honno i eistedd ar un o'r ddwy gadair.

Rhoddodd Gwen becyn o bapurau ar y *lectern* ac yna aeth hithau i eistedd ac edrych o'i chwmpas cyn estyn y jwg dŵr a thywallt peth i'r gwydryn ac yfed gan astudio'i chynulleidfa yr un pryd.

Meddyliodd Eirwyn am ennyd ei bod yn chwilio amdano ef, ond byddai'n anodd iddi ei weld gan ei fod yn agos i'r cefn a'r llawr yn wastad, a sut bynnag, wyddai hi ddim ei fod yno. Na, edrychai o'i chwmpas er mwyn cynefino efo'i chynulleidfa cyn gorfod codi i'w hannerch.

Cafodd gyflwyniad da a thaclus gan y cadeirydd, un o adran Saesneg y Coleg gan mai'r Brifysgol yn Abertawe oedd yn cynnal y cwrs.

Yna safodd Gwen ar ei thraed ac aeth at y *lectern* a chychwyn arni.

Ymddiheurodd i ddechrau am fod yn hwyr yn cyrraedd ac yna aeth ati i drafod ei thestun. Doedd neb yn siŵr iawn pam dewis y testun hwn – oedd hi am drafod y ddrama, oedd hi am chwarae ar y gair *'earnest'*? Daeth yr ateb yn fuan: y gair yn ei ystyr o fod o ddifri, o fod yn frwd, dyna oedd ganddi, a'r pwysigrwydd o fod o ddifri ynglŷn â llenyddiaeth.

Cafwyd darlith ardderchog ganddi, neu felly y meddyliai Eirwyn beth bynnag. Yr union ddarlith ar gyfer athrawon oedd yn gweld dysgu llenyddiaeth fel rhywbeth yr oedd yn rhaid ei wneud, fel rhywbeth er mwyn cael marciau da ynddo mewn aseiniad ac arholiad. Ond roedd hi'n pwysleisio pwysigrwydd llenyddiaeth i bawb, fel therapi, fel dimensiwn ychwanegol i fywyd, fel rhywbeth oedd yn cynnig cysur, yn cynnig esboniad, neu ddehongliad o leia, ar fywyd ac ar y byd.

Enghreifftiodd o ystod eang o lenyddiaeth ac o'i phrofiad ei hun. Fe fu'n ddigon personol ei chyfeiriadaeth i sôn am gyfnodau pan oedd hi wedi cael cysur a chynhaliaeth oddi wrth lenyddiaeth. Gorffennodd drwy bwysleisio'r pwysigrwydd o gyflwyno'r etifeddiaeth hon i blant, i sicrhau bod llenyddiaeth yn chwarae ei rhan mewn ymgynefino plant â bywyd ac â'r byd. Gorffennodd gyda dyfyniad cofiadwy: *Children must accommodate the world and be accomodated by it. If they are not accommodated by it, they destroy it. If they fail to accommodate the world, they destroy themselves.* Nid ei hacen gwbl Seisnig, na'i hieithwedd goeth oedd yn aros efo Eirwyn ar ôl y ddarlith, ond y dyfyniad ei hun. Os oedd o'n wir am blant, onid oedd o'n wir am bawb? Oedd yna neges iddo ef yn y geiriau?

Cafodd gymeradwyaeth wresog, hyd yn oed gan hen sinics byd addysg, a gwahoddwyd cwestiynau. Ni chafwyd yr un ac roedd Eirwyn yn falch o hynny. Byddai'r cwestiwn gwamal wedi difetha darlith dda. Cyn tewi dywedodd y cadeirydd y byddai'r darlithydd yno yn y gynhadledd drwy'r amser os oedd rhywun yn dymuno trafod ymhellach â hi.

Cafwyd rhai cyhoeddiadau ynglŷn â brecwast, amser dechrau a lleoliad y sesiynau'r bore wedyn, ac yna fe wasgarodd pawb, i'r lolfa a'r bar.

'Be am ddiod bach?' holodd Gethin. 'Tyrd, lle mae dy feddwl di dwed?'

'O, sori,' meddai Eirwyn. Roedd o'n ceisio dal llygaid Gwen, ond roedd gormod o bobl o'i chwmpas. 'O'r gore, ond gad i mi gael un i ti.'

'Na, na. Mi ga i hwn. Be gymri di?'

'Wel . . .'

'Be am wisgi bach?'

'Wel, o'r gore 'te, efo digon o rew ynddo fo.'

Aeth y ddau i'r lolfa, cael gafael ar fwrdd a dwy

gadair ac eisteddodd Eirwyn yno tra aeth Gethin at y bar.

Roedd y lle'n llenwi fel y deuai'r cynadleddwyr o'r neuadd, yn ddeuoedd a thrioedd yn trafod yn frwd, yn cyfarch ei gilydd ac yn ymwthio at y bar.

Astudiodd Eirwyn ei raglen fel pe bai ei fywyd yn dibynnu ar hynny, ac yna ar restr y cynadleddwyr. Ar wahân iddo ef a Gethin, un o Fôn ag enw Saesneg, deuai'r gweddill o dde Cymru a rhai o Loegr. Doedd ryfedd mai Saesneg oedd yr iaith a glywid amlaf ac uchaf yn y lle.

Daeth Gethin â'r ddiod iddo ac eisteddodd y ddau i edrych o'u cwmpas, a thrafod peth ar y ddarlith.

'Wyt ti'n nabod y Gwen Carter 'ma?' holodd Gethin.

Teimlodd Eirwyn ei hun yn cochi.

'Y . . . ydw, rydw i'n ei nabod hi.'

'O, dwed fwy. Pa mor dda? Sut? Be ydi ei hanes hi?'

Adroddodd Eirwyn gymaint ag a feddyliai oedd yn iawn iddo ei ddweud, sut y bu i'r ddau gyfarfod a sôn am y cwrs y bu arno efo hi.

Yn ffodus wnaeth Gethin ddim dilyn y trywydd o gwbl, er nad oedd gan Eirwyn, yn wir, ddim i'w guddio.

Roedd Eirwyn wedi blino; wedi codi ers oriau, wedi treulio bore yn yr ysgol yn ymgodymu â rhai o blant mwyaf anystywallt y sefydliad hwnnw, ac wedi teithio'r holl filltiroedd i Abertawe. Byddai yn ei wely toc wedi deg bob nos ac yr oedd hi'n hynny eisoes.

Tybed pa mor hir yr oedd yn weddus iddo aros yno cyn dweud ei fod yn mynd i'w wely? Byddai'n rhaid iddo brynu diod arall i Gethin, roedd hynny'n siŵr. Dyna a wnâi, cynnig diod arall, dod yn ôl i'w yfed ac yna mynd am ei wely.

Roedd yr archeb yn un hawdd, dau wisgi '*on the rocks*' chadel Gethin, a fu Eirwyn fawr o dro yn eu cael gan fod pethau wedi llacio beth wrth y bar.

Daeth yn ei ôl gyda'r diodydd.

'Mi dwi am fynd i ngwely ar ôl gorffen hwn, dwi'n gobeithio nad wyt ti'n meindio.'

'Meindio, nag ydw i siŵr iawn. Dwi 'di hen arfer â lleoedd fel hyn; mi alla i ymuno ag unrhyw un o nifer o'r criwiau yma – dwi wedi bod mewn cynadleddau o'r blaen ti'n gweld, a dwi'n nabod amryw o'r rhai sydd yma.'

'Popeth yn iawn imi fynd ar ôl gorffen y ddiod yma felly?'

'Siŵr iawn. Ond mae hi'n gynnar. "*The night is young*" wyddost ti. 'Di pethau ddim yn twymo tan ar ôl hanner nos. Ond rhaid iti aros tan nos yfory; mi fydd nos yfory yn noson fwy na heno, gei di weld.'

Ac yna fe ddaeth, rhwng y byrddau, yn osgeiddig hardd wedi newid i jîns tyn ac yn edrych wedi ymlacio. Daeth at eu bwrdd hwy.

'Helô, Eirwyn. Falch o dy weld.'

211

Safodd Eirwyn yn ffrwcslyd ar ei draed a chyflwyno Gethin iddi.

'Ydych chi am eistedd . . .?'

'Galwch fi'n Gwen. Am funud 'te, rhaid imi neud y rownds, a mynd i'r gwely'n weddol gynnar neu fydda i'n da i ddim yn y bore. *I must have my beauty sleep!*' A gwenodd yn serchog ar y ddau.

Estynnodd Eirwyn gadair wag o fwrdd arall iddi.

'Be gymrwch chi i'w yfed?' holodd Gethin.

'O, diolch. Gin a tonic dwi'n meddwl, dim rhew na lemon.'

'Be amdanat ti, Eirwyn?'

'Dim byd rhagor i mi, diolch, mae gen i beth o hwn ar ôl.' Cododd ei wydryn i ddangos ac aeth Gethin at y bar.

'Roeddet ti'n ardderchog heno,' meddai Eirwyn, 'ond wyddwn i ddim dy fod yn cymryd rhan yn y gynhadledd nes imi weld y rhaglen y bore 'ma yn yr ysgol.'

'Ond mi wyddwn i y byddet ti yma,' atebodd hithau. 'Mi ges i gopi o'r rhestr mynychwyr yr wythnos ddiwethaf. Mi wnes i feddwl dy ffonio, ond penderfynu peidio.'

'Roeddwn i'n rhyw hanner disgwyl galwad ar ôl y Dolig a deud y gwir.'

'Oeddet ti wir? *Interesting!* Wel, mi ddechreuais i ddeialu sawl tro, ond penderfynu peidio yn y diwedd.'

'Pam?'

'Wel, roedd gen i fy rheswm, rheswm digon da

dwi'n meddwl. O, dim byd mawr, dim byd i ti boeni amdano.'

Ac ar hynny daeth Gethin yn ei ôl efo'r ddiod.

Treuliwyd y chwarter awr nesaf yn trin a thrafod yr anerchiad, a rhaglen y gynhadledd. Yna roedd Gwen wedi gorffen ei diod a chododd i fynd oddi yno.

'Rhaid imi fynd o gwmpas rhai o'r byrddau eraill,' meddai. 'Diolch am y ddiod, falle caf i gyfle yn ystod y gynhadledd i brynu un i chi.'

Arhosodd Eirwyn am rai munudau'n rhagor ac yna cododd i fynd i'w ystafell ar ôl trefnu i gyfarfod Gethin am wyth i gael brecwast y bore wedyn.

Cyn mynd i fyny, cerddodd Eirwyn at ddrws y gwesty ac edrych allan. Roedd hi'n noson serog glir, ac yn rhewi. Aeth allan i'r maes parcio a cherdded o gwmpas y lle am beth amser i waredu ei ysgyfaint o fwg afiach y gwesty. Yna aeth i fyny i'w ystafell a chwilio am newyddion ar Sky. Rhoddodd ei ffôn bach ymlaen, yn ôl ei addewid i Cissie, a'i osod ar *charge* dros nos. Yna gorweddodd yn ôl ar ei wely i edrych ar y newyddion a darllen y papur.

Rhaid ei fod wedi cysgu. Sŵn sydyn ar y ffôn a'i deffrodd. Pwy oedd yn ceisio cysylltu ag o mor hwyr y nos, meddyliodd. Ond roedd y gloch wedi peidio. Cododd o'i wely ac estyn y ffôn. Roedd llun amlen fechan ar y sgrin.

Gwasgodd y botymau priodol a darllen y neges: 'Stafell 334. Be am ddod draw? Os lici di.'

Y nefoedd! Roedd hwn yn wahoddiad i dreulio'r

nos efo hi, i gysgu efo hi, i garu efo hi! Gorweddodd Eirwyn yn ôl ar ei wely a'i galon yn curo'n wyllt. Teimlai'n wan ac roedd y lle'n troi a'i ben yn un gymysgfa afreolus o feddyliau'n gwibio ar draws ei gilydd.

Roedd ei neges yn ddiamwys, nid 'Be am ddod draw am baned?' hyd yn oed, dim ond 'Be am ddod draw?' ond roedd llwybr gwaredigaeth yn yr 'os lici di'. Gwahoddiad oedd o, nid gorchymyn. A beth ddigwyddai pe bai'n mynd draw yno? Fyddai hi'n gorwedd yn noeth ar ei gwely yn aros amdano? Fyddai'r drws yn gil-agored iddo? Fyddai hi wedi berwi'r tecell – na fyddai, roedd hynny'n siŵr. Wedi tywallt dau wydraid o win efallai, gwin coch fel y gweddai i'r amgylchiad.

Yna meddyliodd am Cissie. Na, doedd o ddim eisiau meddwl amdani hi. Ei chau allan o'i feddwl oedd orau neu chysgai o ddim drwy'r nos. Ond ymhle y cysgai, yn yr ystafell hon neu yn ystafell 334, ym mreichiau Gwen?

Byddai bod yn ei breichiau yn nefoedd, doedd ganddo ddim amheuaeth am hynny, ond nefoedd am ennyd fyddai'n troi'n uffern am byth a fyddai. Roedd o wedi bod wrth ei fodd yn ei weld; byddai bod yn y gynhadledd hebddi fel bod mewn diffeithwch. Ac o bawb oedd yno, cymysgedd o hŷn a iau, o ddynion a merched, ef oedd yr un oedd yn cael y gwahoddiad i'w hystafell. Teimlodd yn gawr pan sylweddolodd o hynny. Ond un peth oedd cael y gwahoddiad, peth arall oedd ei dderbyn, oedd ymateb yn gadarnhaol iddo. Ac onid oedd raid iddo gyfaddef ei siom na cheisiodd hi mewn unrhyw ffordd ddweud wrtho beth oedd rhif ei hystafell pan oedd y ddau yn eistedd yn y bar a Gethin wedi mynd i nôl diod.

Cychwynnodd am y drws sawl tro, a throi yn ei ôl bob gafael. Iddo ef, oedd mor ansicr ohono'i hun, mor anfodlon gwneud penderfyniadau am fod eraill wedi eu gwneud drosto ar hyd y blynyddoedd, roedd dewis pa un ai mynd ai peidio yn broblem fawr. Pwy oedd yn mynd i ennill, y cawr neu'r cachwr?

Ac yn y diwedd, y cachwr enillodd. Bu'n gogordroi yn gorfforol a meddyliol mor hir nes ei bod wedi mynd yn rhy hwyr i ymateb. Tynnodd amdano ac aeth i'w wely, heb hyd yn oed anfon neges testun iddi i gydnabod y gwahoddiad.

13

Roedd pethau'n edrych yn wahanol yn y bore. Felly maen nhw bob amser. Pryderon y noson cynt yn diflannu fel niwl wrth i heulwen diwrnod newydd ei doddi, argyfyngau'r nos yn troi'n broblemau y mae'n bosib eu datrys yn weddol ddidrafferth.

Mae'r gwrthwyneb yn gallu bod yn wir hefyd. Personau mewn argyfwng go iawn yn cael eu hudo i anghofrwydd cwsg a chyflwr hanner effro, cyn dadebru'n llwyr i realaeth y presennol.

Rhyw deimlad rhwng y ddau gyflwr oedd yn meddiannu Eirwyn wrth iddo gerdded ar hyd y coridor at y lifft, ac yna i lawr yn honno i frecwast.

Roedd Gethin yn yr ystafell fwyta o'i flaen ac wedi cadw lle iddo, chwarae teg. Er fe fyddai'n well gan Eirwyn fod ei hun efo'i feddyliau nag yn gwrando ar Gethin yn mynd trwy'i bethau ac yn canmol y noson cynt a'r gwely hwyrol tua dau o'r gloch y bore.

Doedd dim golwg o Gwen er iddo edrych o gwmpas wrth lwytho'i blât efo seigiau amrywiol brecwast llawn. Doedd o ddim yn bwyta brecwast fel hyn yn aml, dim ond ar wyliau mewn llety, ac roedd o'n brofiad newydd a phleserus.

Tua chwarter wedi wyth daeth Gwen i mewn a cherdded heibio'u bwrdd gan ddweud 'Bore Da' yn siriol. 'Gysgoch chi'n iawn eich dau?'

'Y . . . do, diolch,' atebodd y ddau gyda'i gilydd.

Dyna'r cyfan, dim arwydd o ddim, dim codi aeliau, dim gwên sbesial iddo fo, dim ond ymddygiad naturiol nad oedd mewn unrhyw fodd yn tynnu sylw. A pham y dylai. Doedd dim byd wedi digwydd, dim chwyldro mawr i'w guddio, dim byd i dynnu sylw ato, ac yn y bore swniai'r gwahoddiad i'w hystafell yn debycach i wahoddiad i fynd am baned nag i ddim arall.

Ar ôl y sesiwn agoriadol rhannwyd y cynadledd-wyr yn grwpiau a gwahanwyd Eirwyn a Gethin. Cafodd Eirwyn ei hun gyda chriw cymysg o ddynion a merched a'r rhan fwyaf ohonynt, ond nid y cyfan, yn iau nag o, tebyg iawn i groesdoriad y cwrs yn Crewe.

Trafod rhai o lyfrau gosod y cwricwlwm yr oedden nhw a drama J. B. Priestly, *An Inspector Calls*, oedd y testun i'r grŵp hwn cyn coffi.

Cafwyd arweiniad am ryw chwarter awr gan ddarlithydd o Goleg y Brifysgol, Abertawe, ac yna aeth yn drafodaeth ar y testun. Roedd y ddrama wedi bod yn opsiwn yn y maes llafur ers rhai blynyddoedd, a chofiai Eirwyn iddi fod o'r blaen yn y blynyddoedd a fu – fwy nag unwaith. Roedd tir y ddrama wedi ei aredig sawl tro ac roedd hi'n anodd cael unrhyw beth newydd i'w ddweud amdani.

Dilynwyd y llwybrau arferol – merch yn cyflawni hunanladdiad – pwy oedd yn gyfrifol? Pawb – nid un person, ond efallai ambell un yn fwy cyfrifol na'r lleill. Dyfynnwyd '*No man is an island*' hyd syrffed pawb ac roedd y drafodaeth yn graddol ddisgyn i safon aredig y tywod pan gerddodd hi i mewn. Roedd hi'n gwisgo ffrog liwgar y bore hwn, mewn cyferbyniad llwyr â'i siwt y noson cynt. Eisteddodd mewn cadair wag wrth y bwrdd a gwrando am beth amser ar y drafodaeth.

Yna, rhoddodd ei phwt i mewn.

'Mi rydyn ni wedi teithio'r ffordd hon lawer gwaith o'r blaen,' meddai gan adleisio beth oedd ym meddyliau pawb o'r grŵp. 'Geneth ifanc yn gneud amdani ei hun. Pwy sy'n gyfrifol? Ei hanes yn dadlennu bod mwy nag un, yn wir fod pawb, o fewn y teulu arbennig sy'n cael ei ddisgrifio. Ond mae 'na un peth nad ydyn ni bob amser yn ei ystyried.'

Trodd pawb eu golygon arni. Oedd hi am ddangos pen llwybr newydd ar gyfer y drafodaeth? Byddai'r hanner awr cyn coffi dipyn yn fwy diddorol pe gallai.

'Rydyn ni'n byw,' meddai, 'mewn cymdeithas lle mae'r cydymdeimlad i gyd yn cael ei roi i'r sawl sy wedi dioddef, y dioddefydd, yr ysglyfaeth. Does byth ystyriaeth yn cael ei roi i'r ffaith fod y dioddefydd yn aml wedi arwain ei hun i ddyfroedd dyfnion, a bod ganddo ef neu hi ran yn eu tynged eu hunain.'

'Be yn union dech chi'n feddwl wrth hynny?' holodd un o'r grŵp.

'Wel, cymrwch er enghraifft achos putain yn cael ei llofruddio. Mi allech chi ddadlau na fase hi ddim tase hi ddim yn butain. Cymrwch enghraifft sy'n digwydd yn llawer rhy aml y dyddiau hyn, rhywun, merch gan amlaf, yn cael ei chipio oddi ar y ffordd, yn mynd ar goll am ddyddiau, weithiau wythnosau ac yna'n cael ei darganfod wedi ei llofruddio. Tase'r dioddefydd heb gerdded y ffordd ar ei phen ei hun, heb fynd i mewn i gar diarth, fydde hi ddim wedi ei lladd. Onid oes gan y sawl sy'n ysglyfaeth posib gyfrifoldeb hefyd i beidio rhoi ei hun mewn sefyllfa beryglus?'

'A sut mae hynny'n newid ein barn am y ddrama yma ac am Eva Smith yn arbennig?' holodd un.

'Dydw i ddim yn awgrymu ei fod o, ac eto falle mod i. Roedd Eva Smith yn barod iawn i ddeud ei barn yn y ffatri; roedd hi'n gegog. Oedd bai arni hi tybed ei bod wedi cael y sac o'r siop ddillad? Hi benderfynodd ddefnyddio enw gwahanol, hi siaradodd efo Gerald yn y bar. Drwy'r ddrama mae yna gyfeiriadau at yr hyn wnaeth hi, ond dydyn ni ddim yn trafod hynny byth, dim ond o safbwynt y bobol ddaru hi eu cyfarfod.'

Aeth yn drafod a dadlau chwyrn ar ôl hynny, rhai yn cyd-weld, rhai yn anghydweld, a Gwen yn eistedd yn ôl yn gwenu'n braf ac yn cadw'n dawel. Unwaith, pan edrychodd Eirwyn arni, rhoddodd winc fechan arno a llamodd ei galon. Ond doedd y winc yn golygu dim mae'n siŵr ond ei bod yn fwriadol wedi taflu spanar i mewn i'r ddadl er mwyn cael ymateb.

Wnaeth Eirwyn ddim cymryd rhan yn y drafodaeth, a doedd o ddim yr unig un. Roedd hanner dwsin o athrawon oedd yn hoffi clywed eu lleisiau eu hunain yn y grŵp ac roedd y rheini'n fwy na digon i lenwi'r amser hyd yr egwyl.

'Wyt ti am ddod i gael coffi?' holodd Gwen fel yr oedden nhw'n mynd o'r ystafell.

'O'r gore,' atebodd yntau. 'Wyt ti efo ni ar ôl yr egwyl hefyd?'

'Nac ydw, rhaid i mi fynd at rai o'r grwpiau eraill, pob un yn ei dro yn ystod y dydd, gobeithio, ac mi fydd yn rhaid imi dreulio awr ginio efo rhai o drefnwyr y cwrs yn anffodus.'

Dim gair am neithiwr, dim gair am y neges, dim holi oedd o wedi ei derbyn. Dim. Ond fe gofiodd iddi ddweud cyn Dolig y gwyddai pan oedd neges wedi ei derbyn. Roedd hi'n gwybod, felly!

Cyn iddyn nhw wahanu ar ôl yr egwyl, meddai hi:

'Mi fydde'n braf iawn tasen ni'n cael cyfle i gael sgwrs, yn bydde? Den ni ddim wedi siarad llawer ers Caer yr wythnos cyn y Dolig. Mi wnes i fwynhau fy hun y diwrnod hwnnw.'

'A minnau.'

'Wel, be wyt ti'n feddwl o'r bwyd yn y gwesty 'ma?'

'Digon derbyniol, pam?'

'Iawn, ydi, dyna'r cyfan. Dydi o ddim i fyny i safon arferol y gwesty, cofia, *mass produced* ar gyfer cynhadledd wyt ti'n gweld. Mynd i ofyn oeddwn i faset ti'n licio dod allan i gael pryd heno?'

'Heno?'

'Ie, does ond heno amdani. Oes gen ti ryw gynlluniau eraill?'

'Y . . . nac oes am wn i. Meddwl am Gethin. Mi fydd o'n disgwyl cwmni.'

'Gelli ddeud wrtho fo dy fod yn dod allan efo fi. Mi fydd o'n iawn gei di weld. Dwi'n nabod 'i deip o, cynadleddwr proffesiynol, mi fydd wedi dod o hyd i rywun cyn iti droi rownd. Be am gyfarfod yn y cyntedd am hanner awr wedi saith? Does dim rhaid gwisgo'n grand, cofia. A fi fydd yn talu. Mae hwn yn wahoddiad na elli di ei wrthod.'

A chwarddodd Gwen gan dynnu unrhyw golyn o'i geiriau.

*   *   *

Doedd Gethin yn meindio dim na fyddai Eirwyn yn aros i ginio nos yn y gwesty.

'Arglwydd, rwyt ti'n lwcus cael mynd â hon'na allan,' meddai.

'Wyt ti'n meddwl? 'I nabod hi ers iddi ddod i'r ysgol i adolygu'r adran, ac mae hi eisiau trafod,' medde hi.

'O ie. Difyr iawn. Mi fydde trafod tail gwartheg hyd yn oed yn brofiad efo hi. Esgob, smart 'di hi 'te?'

'Wel, ie, mae'n debyg. Wnes i ddim meddwl.'

'Paid deud clwydde. Faswn i ddim yn gwthio hon'na allan o'r gwely, alla i ddeud wrthot ti. Mi faswn yn debycach o'i llusgo i mewn iddo. Mwynha di dy hun a phaid poeni amdana i. Mae digon dwi'n 'u nabod o gwmpas y lle 'ma.'

A thoc wedi hanner awr wedi saith roedd Gwen ac yntau'n cerdded allan o'r gwesty.

'I ble den ni'n mynd?'

'I *La Braseria* yn Stryd y Gwynt. Wyddost ti am y lle?'

'Wn i ddim byd am Abertawe.'

Roedd yn amlwg y gwyddai Gwen, achos fe'i harweiniodd yn ddi-feth i'r tŷ bwyta. Roedd hi'n nos Sadwrn, nos Sadwrn yn y ddinas, a chriwiau swnllyd o ieuenctid eisoes yn crwydro'r strydoedd, amryw byd o'r merched yn gwisgo dillad tenau ac annigonol iawn i feddwl ei bod yn fis Ionawr. Ond esboniodd Gwen mai mynd i'r clybiau nos y bydden nhw yn hwyrach a'i bod yn boeth a chwyslyd fel sawna yn y mannau hynny.

Tawel oedd y ddau wrth gerdded ar hyd y strydoedd. Byddai siarad yn anodd gan fod sŵn y ddinas, ei thraffig a'i hieuenctid bron yn fyddarol, yn enwedig y ffordd roedden nhw'n ei cherdded gan fod amryw byd o dai bwyta a thafarnau yn y rhan honno o'r dref.

Roedd y bar yn *La Braseria* yn llawn o daclau môr, yn gewyll cimychod a rhaffau, o fareli fel byrddau ac o lwch lli ar y llawr, a photeli a rhestrau gwin a matiau bwrdd bychain yn blastar hyd y lle ym mhobman.

'Be hoffet ti,' holodd Gwen, 'cael diod i ddechrau, neu fynd yn syth at fwrdd ac archebu wedyn?'

'Be am inni wneud hynny,' atebodd yntau, ac felly y bu.

'Pa win hoffet ti? Fi sy'n talu heno.'

'Be am i mi dalu am y gwin a tithe am y bwyd 'te?'

'*Fair enough.* Os 'di'n well gen ti hynny. Wyt ti'n hoffi gwin Sbaen?'

Doedd Eirwyn yn gwybod fawr am win, a phan ddewisai botel ambell dro ar gyfer nos Wener, os nad oedd Cissie wedi cael un, byddai ar goll yng nghanol yr holl boteli. Gadawodd i Gwen ddewis er ei bod hi'n awyddus iddo ef ddweud beth roedd o ei eisiau. Cytunwyd yn y diwedd, ar ei hargymhelliad hi, ar win coch *Siglo*, a daeth y gweinydd â'r botel iddyn nhw, jygaid o ddŵr a phedwar gwydryn.

Aeth y ddau i ddewis eu bwyd ac yna i eistedd i fwynhau awyrgylch braf, ymlaciol ac anffurfiol y lle, ac Eirwyn yn falch nad oedd wedi gwisgo'i siwt ddydd Sul, siwt yr oedd Cissie wedi mynnu ei fod yn dod â hi efo fo. Lwcus i Gwen sôn, neu fe fyddai wedi gwneud. Gwisgodd drywsus llwyd a siwmper las, ac wedi hir gysidro, hepgorodd y tei a gadael ei goler yn agored.

Roedd Gwen wedi gwisgo'n anffurfiol hefyd, ac wedi lapio côt fawr drwchus amdani i gerdded o'r Marriott i'r tŷ bwyta, a theimlai Eirwyn mai annigonol iawn oedd ei anorac o. Doedd o ddim wedi meddwl y byddai'n crwydro strydoedd Abertawe yn hwyr y nos.

'Pysgod a gwin coch,' mentrodd ddweud ar ôl iddyn nhw archebu a setlo i lawr wrth y bwrdd. 'Dim gwin gwyn ddylen ni ei gael?'

'Twt, does neb yn malio am bethe felly erbyn hyn. *Anything goes* ydi hi mewn bwyd a bywyd y dyddiau yma, wyddost ti.' Roedden nhw wrth fwrdd bychan i ddau mewn congl eitha tywyll yn wynebu ei gilydd. Doedd ond troedfedd neu dwy yn eu gwahanu wrth iddi hi bwyso ymlaen a'i breichiau ar y bwrdd.

'Wyt ti'n mwynhau?'

'Ydw, a tithe?'

'Ydw i.'

Roedd o'n teimlo'n swil, yn ymwybodol iddo fethu derbyn ei gwahoddiad y noson cynt a methu hyd yn oed ymateb ar neges testun. Ond soniodd hi ddim byd am y peth, ddim ar y cychwyn beth bynnag.

'Roeddwn i'n meddwl bod dy gyfraniad i'r grŵp y

bore 'ma yn un da iawn, yn un gwreiddiol iawn faswn i'n deud,' meddai gan geisio llywio'r sgwrs i dir gwaith ac addysg.

'Oeddet ti wir? Wel, mae o'n wir wyddost ti. Rhywun arall sy bob amser ar fai y dyddie yma, sylwa di. Mae diwylliant ffeindio bai yn ddiwydiant mawr erbyn hyn a'r llysoedd yn llawn o achosion felly.'

'Rwyt ti'n iawn.'

'Ydw. Dyna ti'r achosion yn erbyn cwmnïau baco gan rai sy'n diodde efo sgyfaint ddrwg. Y cwmnïau'n cael eu cosbi ac eto ewyllys rydd y person wnaeth iddo smocio yn y lle cynta. Does dim rhaid i neb. A'r busnes *Aids* yma. Does byth fai ar y rhai sy'n cael y clefyd, ond ar gymdeithas, ar amgylchiadau, ar bawb a phopeth ond nhw eu hunain.'

'Rwyt ti'n swnio'n galed, Gwen, yn galed a di-gydymdeimlad.'

'Wedi gorfod ymladd fy mrwydrau fy hun yr ydw i, dyna pam. Mi fues i'n gweld bai ar bawb a phopeth hefyd, nes imi sylweddoli bod fy nyfodol i'n dibynnu ar yr hyn wnawn i fy hun a nid ar benderfyniadau neb arall. Mae gan bawb ryddid ewyllys, Eirwyn. Ffaith bwysig i'w chofio. Sori. Dwi ddim yn berson caled wyddost ti. *I'm an old softie at heart!*'

Rhoddodd ei llaw ar ei law o a'r tro yma wnaeth hi mo'i thynnu i ffwrdd. Teimlodd wres ei chorff yn treiddio i'w law yntau a thrwyddo fel llifeiriant o fywyd ac ynni. Ai peth fel hyn tybed oedd iacháu trwy arddodiad dwylo? Profiad pleserus! A chafodd Eirwyn ei hun yn dychmygu, os oedd cyffyrddiad ei llaw a'i bysedd yn gymaint cyffro iddo, sut deimlad fyddai cyffwrdd â gweddill ei chorff. Heb feddwl bron rhoddodd yntau ei law ar ei llaw hi ac eisteddodd y ddau yno yn dweud dim ond edrych ar ei gilydd, ac yntau am y tro cyntaf bron yn gallu dal a chynnal ei hedrychiad, a gweld yn ei llygaid ryw ddyfnderoedd anhygoel. O beth? Ni wyddai. O serch? O deimladau cariadus tuag ato? O chwant efallai?

Daeth y gweinydd â'r bwyd gan dorri ar yr ennyd ledrithiol, ac aeth y ddau ati fel pe baent yn falch o'r esgus i wneud y pethau ymarferol fel rhoi halen a finegr a saws ar y bwyd.

Roedd y gwin yn dda, ac wedi ei dywallt i wydrau mawr, gwydrau anferthol na welodd Eirwyn eu tebyg o'r blaen.

Roedd y lle'n llenwi'n raddol, cyplau, pedwar-awdau ac ambell griw mwy, oedd wedi bwcio ymlaen llaw. Roedd nos Sadwrn yn y ddinas yn noson bwyta allan i laweroedd.

Yn fuan, yn gynt nag y meddyliai Eirwyn ei bod yn bosib, roedd y botel yn wag, a'r gweinydd wedi eu perswadio i gael potel arall ac wedi dod â hi ar amrantiad cyn i'r un o'r ddau gael cyfle i newid eu meddwl.

'Dwi'n yfed gormod,' dywedodd pan ddaeth yr ail botel. 'Ti'n meddwl y dylen ni fod wedi cael potel arall?'

'Dwyt ti ddim yn dreifio nac wyt?'

'Meddwl am fy mhen oeddwn i, a'm stumog.'

'Yfed digon o ddŵr yw'r gyfrinach, ac mi fyddi di'n iawn wedyn.'

Roedd Eirwyn yn dechrau mwynhau ei hun. Effaith y gwin a'r bwyd a'r lle, a Gwen wrth gwrs; Gwen yn anad dim.

Ar ddamwain, wrth iddo sythu ei goes, digwyddodd roi ei ben-glin rhwng ei phengliniau hi, a chyn iddo ddianc roedd hi wedi cau ei choesau a gwasgu ei ben-glin rhwng ei rhai hi. Bu bron i Eirwyn dagu ar ei fwyd a chymerodd ddracht o ddŵr i sadio'i hun. Gadawodd ei ben-glin yno a dechreuodd hithau wasgu a gollwng, gwasgu a gollwng yn awgrymog rythmig nes bod Eirwyn mewn rhyw seithfed nef, a phopeth wedi mynd o'i feddwl ond y ffaith ei fod yma, ymhell o gartre, gydag un o'r merched harddaf a welodd erioed, a chanddi bersonoliaeth gwbl arbennig. Cafodd ei hun yn creu disgrifiad ohoni yn ei feddwl – ystafelloedd gorwych ei hymennydd wedi eu gosod o fewn teml ysblennydd ei chorff.

Cymerodd y ddau eu hamser i fwyta. Doedd pwdin ddim yn rhan o fwydlen y lle, felly roedd yn rhaid i'r pryd bara'n hir. Roedd hi'n gwmni ardderchog, yn gallu siarad am bopeth dan haul, ac yn cael allan o Eirwyn, mewn ffordd hynod gelfydd, lawer o'i hanes.

Cododd yn sydyn gan dynnu ei phengliniau oddi wrtho.

'Rhaid imi fynd i'r tŷ bach,' meddai, a cherddodd

226

yn osgeiddig rhwng y byrddau ac Eirwyn yn sylwi mor dynn oedd ei thrywsus, a daeth geiriau cân Steve Eaves 'Sigla dy din' i'w feddwl wrth iddo'i gwylio.

Cafodd gyfle i edrych o'i gwmpas tra oedd ar ei ben ei hun. Doedd o'n nabod neb, diolch am hynny, nid ei fod yn disgwyl gweld cydnabod yn y fath le, mor bell o gartre. Sut oedd y noson yn mynd i ddatblygu? Beth oedd yn mynd i ddigwydd pan gyrhaeddent y gwesty? Oedd hi am iddo gysgu efo hi? Oedd o eisiau gwneud hynny? Roedd cyffyrddiad ei llaw a'i phengliniau'n ei yrru'n wallgo bron. Roedd o'n ei chael hi'n anodd i feddwl yn glir – effaith y gwin mae'n siŵr. Cymerodd damaid arall o bysgodyn a'i gnoi'n araf feddylgar gan synio mai fel hyn oedd byw. Nid bod gartre bob nos yn tendio ar wraig fel Cissie, nid cyfrcs o ddyddiau codi, gwaith, noswylio, cysgu, oedd bywyd i fod. Roedd y rhai oedd allan yn y ddinas y noson honno yn gwybod sut i fyw. Pob man yn llawn, y tai bwyta a'r gwestai, ac os oedd opera neu ddrama neu sioe yn rhywle, byddai'n barod i fetio bod fan'no'n llawn hefyd. Roedd mwy i fywyd na mynd trwy'r mosiwns.

Daeth hithau yn ei hôl a gosododd ei choes yn erbyn ei goes ef a dechrau rhwbio ynddi'n araf.

'Wyt ti'n mwynhau hwn'na?'

'Ydw, mae o'n flasus iawn ac wedi ei goginio'n dda.'

Chwarddodd hithau. 'Nid y bwyd, gwirion!'

'Y . . . nage. Y . . . ydw.'

227

'Tria ymlacio, Eirwyn. Beth am ragor o win?' A thywalltodd ddogn hael i'w wydryn drachefn.

Gorffennodd y ddau fwyta a phwysodd hi ymlaen eto ac edrych yn syth i'w lygaid.

'Wnest ti ddim derbyn y gwahoddiad neithiwr.'

'Naddo.'

'Pam?'

'Pam?'

'Ie, pam. Oes raid i ti ailadrodd fy nghwestiynau bob tro?' Ac roedd ei chwerthiniad fel tincial nant yn byrlymu i lawr y mynydd.

'Wn i ddim. Ofn falle.'

'Fy ofn i? Wna i mo dy fyta di wyddost ti, ddim yn llythrennol beth bynnag.'

'Ofn be fase'n digwydd. Ie, dyna oedd o, ofn be fase'n digwydd. Taset ti wedi dweud "Tyrd draw am baned" hwyrach y baswn i wedi dod.'

'A dyna fyddet ti wedi ei gael, os mai dyna fyddet ti eisiau. *Listen*, Eirwyn,' meddai gan afael yn ei law efo'i dwy law hi. 'Wnaiff dim byd ddigwydd oni bai dy fod ti eisiau iddo ddigwydd. Mae gen ti ewyllys rydd, cofia. Ac nid Cissie ydw i.'

Cissie! Pam ei bod hi wedi ei henwi, wedi ei atgoffa ac yntau'n nofio'n braf mewn rhyw fyd o hud a lledrith.

Daeth yr enw â fo at ei goed.

'Cissie,' meddai, 'pam sôn amdani hi? A finne wedi anghofio popeth amdani. Nid yn aml y bydda i'n cael y cyfle i'w anghofio ac ymlacio heb orfod meddwl amdani. Mae hi'n bresenoldeb parhaus yn y meddwl. Pam sôn amdani hi?'

'Am fod yn rhaid i unrhyw benderfyniad wnei di gael ei neud efo llygaid a meddwl agored, ac o'th wirfodd gan gofio dy holl amgylchiadau. Dyna pam na wnes i ffonio ar ôl y Dolig. Y peth ola oeddwn i eisiau ei neud oedd bod yn ymwthiol a rhoi'r argraff mod i ar dy ôl di. A dyna pam na wnes i ychwanegu at y neges anfonais i neithiwr.'

'Ychwanegu?'

'Ie, roedd gen i frawddeg arall ac mi dileais hi cyn anfon.'

'O, be oedd y neges honno?'

'Wyt ti wir eisiau gwybod?'

'Ydw.'

'Mae hi'n frawddeg dda dwi'n meddwl. Ond mi fyddai hi wedi deud wrthyt be oedd ar fy meddwl i wrth dy wahodd, ti'n gweld. Dyna pam na wnes i ei hanfon. Wyt ti'n cofio imi ddeud mod i wedi cael hysterectomi?'

'Ydw.'

'A mod i wedi colli'r crud?'

'Roedd o'n ddywediad cofiadwy.'

'Wel, brawddeg Saesneg sgwennes i. Wyt ti wir eisiau ei chlywed?'

'Ydw, wrth gwrs. Alla i ddim aros rŵan a tithe wedi deud cymaint . . .'

'Wel, dyma hi: "*I lost the cradle but not the play pen.*"'

Teimlodd Eirwyn ei goesau'n gwegian a'i lwnc yn sychu a gostyngodd ei olygon i'w blât rhag iddo orfod edrych arni. Roedd arno ofn yr hyn y gallai ei weld yn ei llygaid – dyfnder dyhead efallai, angen yn gweiddi am gael ei ddiwallu. Doedd dim amheuaeth am ystyr y frawddeg nas anfonwyd. Nid gwahoddiad i baned ddiniwed oedd y neges, ond gwahoddiad i'w gwely, i brofi o'r gwin pan oedd o'n goch. A byddai gwin ei nwyd nid yn ddiod ferfedd ddigynnwys, ond yn llawn corff a blas a sylwedd.

Roedd paned yn iawn i feidrolion, ond roedd y gwahoddiad hwn yn wahoddiad i gopa Olympws i ddrachtio o neithdar y duwiau. Oedd o eisiau hynny? Oedd o'n barod am hynny? A fyddai fyth yn barod? Ai dyna roedd hi ei eisiau?

Disgynnodd tawelwch rhyfedd rhyngddynt ac roedd y bwrlwm o'u cwmpas rywsut yn rhan o'r tawelwch hwnnw. Dau yn brysur a melinau eu meddyliau'n troi gan falu grawn eu teimladau. Ni allai ef ddirnad beth oedd yn mynd trwy ei meddwl hi; meddwl efallai ei bod wedi camamseru mynegiant ei bwriadau, wedi gweithio at hyn a'i methu hi yn y diwedd. Ac ni allai hithau ddirnad beth oedd yn mynd trwy ei feddwl o.

Daeth i'w gof ei holl gwestiynau a'i brawddegau awgrymog, fel petaent yn gerrig milltir ar lwybr nwyd. A'r frawddeg hon yn ddadleniad terfynol o'i bwriadau.

Roedd yn rhaid i'r naill neu'r llall dorri ar y tawelwch gan ei fod yn prysur fynd yn egwyl annaturiol o faith, ond y gweinydd wnaeth hynny pan ddaeth i gynnig coffi iddyn nhw a'r ddau'n derbyn yn ddiolchgar, ac archebu brandi bob un.

'Brawddeg y gwnes i ei dileu cyn ei hanfon oedd hi,' meddai Gwen. 'Wnes i mo'i hanfon hi.'

'Naddo, wnest ti ddim.'

'Wyt ti'n siomedig?'

'Yn siomedig be?'

'Na wnes i mo'i hanfon.'

'Y . . . wn i ddim. Mae 'na ddwy ffordd o edrych ar y peth.'

'Oes yn siŵr. 'Run fath â phopeth arall yn dy fywyd di. Marc y dihyder ydi gweld dwy ochr i bopeth a methu penderfynu ar yr un o'r ddwy. Mi ddwedais wrthyt ti dro yn ôl mai diffyg hyder oedd dy wendid di.'

'Do.'

'Ac un o ganlyniadau hynny ydi methu gneud penderfyniad neu adael i rywun arall neud penderfyniadau yn dy le.'

'Rwyt ti'n siŵr o fod yn iawn.'

'Ydw. Mi rydw i'n iawn. Ond os wyt ti eisiau, anghofia'r peth, sonia i ddim rhagor amdano. Alla i ddim gwadu nad oes eraill wedi bod yn y gorlan chwarae, Eirwyn, ond tydw i ddim yn hoeden benchwiban sy'n ceisio denu pob dyn sy o fewn cyrraedd.'

'Dwi ddim 'di meddwl hynny amdanat ti am eiliad.'

Gorffennodd y ddau y brandi a'r coffi a gwrthod cynnig y gweinydd i ail a thrydydd lenwi. Roedd yn bryd gadael, a phan edrychodd Eirwyn ar ei wats gwelodd ei bod yn hanner awr wedi deg, a'r amser wedi hedfan.

Talodd i Gwen am y gwin ac aeth hi i dalu am y cyfan; aeth yntau at y drws a gadael i awel oer mis Ionawr ei ddadebru.

Pan ddaeth hi allan ato a chychwyn cerdded i lawr y stryd, rhoddodd ei braich yn ei fraich o fel petai hynny'r peth mwyaf naturiol i'w wneud, a theimlai yntau'n falch o hynny. Doedd strydoedd y ddinas ddim yn llefydd braf i ferch gerdded arnynt ar ei phen ei hun, ac roedd yna ddiogelwch yn y ffaith eu bod yn glòs at ei gilydd. Diogelwch . . . a rhywbeth arall!

'Wyt ti am fynd i'r bar?' holodd Gwen wedi iddyn nhw gyrraedd yn ôl i'r Marriott.

'Na, dwi ddim yn meddwl,' atebodd yntau. 'Be amdanat ti?'

'Dim ond i gael gair sydyn efo trefnydd y gynhadledd os bydd hi yno. Awr arall ac mi fydd y canu'n dechrau. Os wyt ti eisiau canu emynau Cymraeg mewn côr sy allan o diwn, iawn. Ond dydi o ddim yn fy nenu i.'

'Na minnau chwaith. Mi af i fyny dwi'n meddwl.'

'Mae'r gwahoddiad iti heno eto, cofia,' meddai hi. 'Gwahoddiad y bydd yn rhaid i ti ei dderbyn neu ei wrthod yn ôl dy benderfyniad dy hun. Fydda i ddim dicach a dim gwahanol fy agwedd atat ti taset ti'n gwrthod. Cofia hynny. Ond mi adawa i'r drws yn agored.'

Ar hynny cerddodd yn ei blaen i'r bar ac aeth Eirwyn i fyny i'w ystafell.

Trodd y golau ymlaen a safodd o flaen y drych i edrych arno'i hun.

Beth roedd o am ei wneud? Derbyn neu wrthod? Camu i'r anwybod neu aros ar dir diogel?

Roedd dau lais yn ei ben. Un, ei reddf, yn ei annog i fynd, y llall, ei gydwybod, yn ei annog i bwyllo. Mor aml y bu'r ddau lais wrthi yn ei fywyd, nes ei fod yn gwrando mwy ar y ddeulais hynny nag ar leisiau eraill oddi allan. A'r llais a anogai bwyll a gofal yn ennill bob tro. Y llafn rheolaidd unwaith yr eiliad yn rheoli ei fywyd, a'r llafn hyrddiol chwe eiliad byth yn cael cyfle.

Roedd o yng nghanol ei bum degau ac yn cael dyheadau a chwantau ddylai fod wedi hen ddiflannu o'i gorff. '*Seven year itch*' oedd y term, nid dyhead deng mlynedd ar hugain. Ond, wrth wrando ar y llais oedd yn annog pwyll ym mhob peth, roedd o wedi byw bywyd digyffro, diantur, saff, llwydaidd, diflas. Oedd o am fod yn gaeth i'r bywyd hwnnw weddill ei oes, a marwolaeth yn dod fel gollyngdod terfynol oddi wrth syrffed yn hytrach nag yn ymyrraeth ar fywyd llawn?

Roedd o'n ddihyder, gwir y dywedodd Gwen wrtho. Roedd hi wedi ei nabod, ei nabod yn ei holl wendidau, ac eto wedi ei hoffi, wedi cymryd ato. Roedd yna rywbeth yn ei bersonoliaeth oedd wedi ei denu. Oedd o wedi yfed gormod y noson honno?

233

Oedd y ddau wedi yfed gormod? Wedi rhannu dwy botelaid o win yn ogystal â brandi ar ddiwedd y pryd. Ai'r ddiod oedd yn siarad, ai wedi lled-feddwi yr oedd o? Oedd y ddiod yn llacio'r rhwymau, yn dymchwel yr amddiffynfeydd, yn ei annog i dorri dros y terfynau?

Yna, daeth i benderfyniad. Trodd ar ei sawdl, aeth i'r bathrwm i lanhau ei ddannedd a gwasgaru ychydig bersawr drosto, ac yna aeth allan o'i ystafell ei hun a cherdded ar hyd y coridor at ddrws ystafell 334.

14

Roedd ei drws yn gilagored, a phan gerddodd Eirwyn i mewn roedd hi'n sefyll wrth y ffenest yn edrych allan ac wedi gwisgo ei gŵn nos.

Caeodd y drws ar ei ôl a throdd hithau i'w wynebu ac amneidio at y bwrdd lle'r oedd dau lasaid o win coch wedi eu tywallt. Gafaelodd yn un a'i roi iddo, cymerodd y llall a'i daro'n ysgafn yn erbyn ei wydryn o.

'I ni,' meddai.

'I ni,' meddai yntau fel carreg ateb. Ac yfodd y ddau.

'Mi ddoist,' meddai hi.

'Do, mi ddois. Oeddet ti'n gwybod y down i?'

'Nac oeddwn. Doedd gen i ddim syniad. Nac oedd. Ond roeddwn i'n gobeithio y deuet ti.'

Roedd y gwely, gwely mawr fel yr un yn ei ystafell o, wedi ei daenu'n agored, fel pe bai'n gwahodd y ddau i orwedd arno pan fyddai'r amser yn briodol.

Roedd yr ystafell yn dawel a llawn awyrgylch fel pe bai'r muriau a'r dodrefn yn aros, yn disgwyl am rywbeth. Tebyg i'r llonyddwch annaturiol arallfydol hwnnw sy'n breliwd i bob storm, pan fydd pob deilen yn llonydd a phob aderyn wedi distewi, a'r cyfan oedd yn yr ystafell yn disgwyl am y storm o garu, o emosiwn, o nwyd a ddylai fod yn benllanw'r cyfarfyddiad hwn.

Estynnodd Gwen ei llaw allan i gymryd ei wydryn oddi arno, a'i roi ar y bwrdd, ac wrth iddi wneud hynny, disgynnodd ei gŵn nos dros ei hysgwydd a chafodd yntau gip ar ei bron chwyddedig, gynhyrfus, noeth. Gafaelodd yntau yn ei gwydryn hi a rhoi hwnnw ar y bwrdd. Ac yna gafaelodd yn ei llaw a'i harwain at y gwely ac eisteddodd y ddau ar ei erchwyn.

Teimlai Eirwyn ei fod mewn perlewyg a rhyw rym rhyfedd yn ei yrru ymlaen, ymlaen i'w chusanu'n ysgafn. Eu cusan go iawn cyntaf, ac o, mor feddal oedd ei gwefusau. Rhoddodd ei braich am ei wddw a chyda'i gilydd suddodd y ddau i lawr i'r gwely. Tynnodd ei gŵn nos oddi amdani a thynnodd hithau ei ddillad yntau, yn araf, synhwyrus fel pe bai pob symudiad yn bwysig, yn rhan o nwyd y foment, yn rhan o brofiad erotig pur. A dyna ydoedd.

Roedd y ddau lais yn dal i siarad ag o. Un yn

dweud wrtho mor wallgo roedd o yn gwneud y fath beth, y llall yn ei annog i fynd ymlaen, i'w meddiannu, i brofi nefoedd ar y ddaear.

A dyna a wnaeth. Roedd hi'n sefyllfa wallgo, roedd o'n wallgo, ond roedd y gwallgofrwydd rywsut yn rhan o'r antur, yn rhan o'r profiad.

Roedd dyhead y ddau yn ffitio'i gilydd fel maneg dynn am fys neu wisg dynn am groen. Roedd ei chnawd yn feddal ond yn gadarn, yn wyn a dilychwin. Roedd ei chyffwrdd yn llesmair pur, roedd camau ei meddiannu fel dringo grisiau paradwys.

Am ba hyd y buont yno ar y gwely ni wyddai; dau gorff yn un, yn perfformio dawns berffaith serch, popeth wedi ei anghofio ond eu dyhead am ei gilydd, eu nwyd diatal oedd yn mynnu ei fynegiant perffaith. Y cydsymud, y cydgordio, y cydymrwyfo yn berffeithrwydd nas dychmygodd erioed ei fod yn bosibl. Y ddau yn ymateb i bob cyffyrddiad, i bob symudiad. Roedd o'n Adonis, hithau'n Fenws. Un funud, y ddau'n siglo yn nawns eu serch i rythm dychmygol llafnau rheolaidd eiliad, yna gorffwyso ac ymdawelu cyn hyrddio 'mlaen fel llafnau chwe eiliad, ac yna'r llafnau cyflym cynhyrfus yn eu bwrw ymlaen drwy anterth storm eu caru. Roedd rhyferthwy eitha'r storm yn fynegiant o bob dyhead a deimlodd y ddau, mewn cyffyrddiad, mewn chwerthiniad, mewn gair ac mewn amnaid dros y misoedd diwethaf. I hyn yr arweiniodd llwybrau'r ddau; pe baent ond yn gwybod, doedd ond un pen i'r daith. Hunan-dwyll oedd meddwl unrhyw beth arall. Hunan-dwyll oedd meddwl y gallent fod yn ffrindiau, ar lefel cusan ar rudd yn unig. Roedd y ddau wedi cyd-deithio ar lwybr di-droi'n-ôl.

Ac yna, ar ôl eu caru roedd y ddau yn dawel, yn dweud dim. Roedd meddyliau Eirwyn mewn perygl o ddychwelyd i gywair hunanfarnu a theimlo cywilydd. Ond roedd breichiau Gwen amdano yn caethiwo hyd yn oed ei feddwl.

Cododd ar ei benelin ac edrych arni, a meddwl na welodd erioed greadigaeth harddach na pherffeith-iach, ac roedd y greadigaeth honno wedi rhoi ei hun iddo'n ddiatal.

'Rwyt ti'n dawel,' sibrydodd wrthi. 'Dwyt ti ddim arfer bod yn brin o eiriau.'

Rhoddodd hithau ei bys ar ei wefus ac adrodd:

> 'Deep waters noiseless are; and this we know,
> That chiding streams betray small depth below.
> So when love speechless is, she doth express
> A depth in love, and that depth bottomless.'

'Ti sgrifennodd hon'na?'

Chwarddodd Gwen.

'Nage. Robert Herrick.'

'Ai dyna pam dy fod ti'n dawel, oherwydd dyfnder dy gariad tuag ataf fi? Ydi cariad yn datblygu mor sydyn?'

'Wn i ddim. Peth od ydi cariad, cofia. Mae o'n air sy'n cael ei ddefnyddio'n llac iawn. Mae yna'r fath beth â charu'n angerddol ar y pryd, a bod mewn cariad fel taset ti'n gwisgo dilledyn, ac yna'n ei ddiosg. Gelli ddiosg y cariad yr un fath.'

'Wnes i 'rioed feddwl am gariad fel yna.'

'Wel falle bod yn rhaid i ni. Sut mae goroesi a byw heb iti neud hynny? Sut wyt ti'n teimlo rŵan? Yn euog? Yn edifar am yr hyn wyt ti newydd ei neud?'

'Yn rhyfedd iawn, nac ydw. Mae fel tase fo'n brofiad yn yr ail ddimensiwn o'm bywyd, nid y cyntaf. A braidd gyffwrdd y naill y mae'r llall rywsut.'

'Wyt ti am estyn gwin imi?'

Estynnodd Eirwyn y gwydryn hanner llawn ac estyn ei wydryn ei hun, ac eisteddodd y ddau yno yn yfed y gwin ac yn synfyfyrio, y ddau yn fodlon yng nghyffyrddiad ac agosatrwydd eu cnawd, yn profi gwynfyd y foment fel aros dros nos mewn llety moethus cyn dychwelyd i barhau'r daith arw, anodd, ar ffordd garegog.

Plygodd Eirwyn ati drachefn a sibrwd.

'Dwi'n dy garu di.'

Ond ataliodd hi ef.

'Wyt ti'n meddwl y dylet ti ddeud hynny?'

'Ond mi dwedaist ti o.'

'Do, ond nid yn fy ngeiriau fy hun, ond mewn barddoniaeth. Pam na wnei dithau ddefnyddio barddoniaeth i ddeud dy feddwl? Dyw'r cyfrifoldeb personol ddim mor dynn, ddim mor bellgyrhaeddol ddi-droi'n-ôl. Gelli fynegi dy serch mewn cerdd fel y bydd Cristnogion yn aml yn mynegi eu ffydd trwy ddyfynnu emyn neu adnod.'

Gorweddodd y ddau i lawr drachefn a rhoddodd hi ei dwylo dan ei phen ac edrych arno. Doedd ganddo mo'i dawn hi i ddyfynnu, i dynnu o lenyddiaeth eiriau addas i'r foment, ond i'w feddwl daeth llinellau o gerdd eisteddfodol a hoffodd ac a ddysgodd unwaith. Sibrydodd y geiriau yn ei chlust:

'Mae'r nos garedig yn gweu amdanom
a ninnau ar drugaredd y cledrau cul
yn gwrando'r trên yn newid ei gân –
yn gwichian yn fain gan wefr ei frys
wrth saethu rhwng coesau'r pontydd
a rhuthro i lenwi'r twneli . . .'

'Delwedd dda.' Estynnodd ei breichiau i'w dynnu ar ei phen. 'Bydd yn drên, a thyrd rhwng fy nghoesau i ac i mewn i'r twnnel a gad inni guddio yn ein gilydd.'

A chuddio wnaethon nhw a'u cariad yn eu cynnal, hwythau'n bwydo ar ei nwyd ac yn oleuni i'w gilydd yn ystod yr oriau tywyll.

Ymhell i ffwrdd yn rhywle, mewn byd arall, yn y dimensiwn arall, roedd canu ansoniarus ar emynau Cymraeg, a'r 'tyner lais' a glywid yn bopeth ond tyner yn sŵn y baritoniaid a'r tenoriaid hanner meddw. Hwythau yng nghlydwch diogel gwely eu traserch wedi cau allan y cyfan, yn byw i'w gilydd, yn gwledda ar ei gilydd; a phan ddeuai'r bore ni fyddai blas drwg yn y geg, na gofid am a ddigwyddodd, dim ond eu profiad yn serennu yn ffurfafen eu bywyd.

Rywbryd cyn toriad gwawr deffrôdd Eirwyn. Gorweddai Gwen yn dawel a'i llygaid ynghau a rhythm cyson ysgafn ei hanadlu'n arwydd ei bod yn cysgu. Safodd Eirwyn ar ei draed ac edrych arni, yn berffeithrwydd noeth o gorff siapus, o enaid tyner, o feddwl ystyrlon deallus. Gwisgodd ei ddillad a chusanodd hi'n ysgafn ar ei thalcen cyn mynd yn ei ôl i'w ystafell.

*   *   *

'Gollaist ti noson dda.'

Gethin oedd wrthi amser brecwast yn canmol y noson cynt.

'Do? Mi gawsoch chi hwyl felly?'

'Esgob do. Mi wn i nad ydi bois y de 'ma'n gallu siarad Cymraeg, ond myn diawl maen nhw'n rhai da am ganu. A sut aeth hi efo ti? Gest ti noson dda?'

'Mi gawson ni fwyd da iawn, yn *La Braseria*, blasus iawn, ac roedd yr awyrgylch yn braf yno.'

'Pam na faset ti'n dod i'r bar wedyn?'

'Roeddwn i wedi blino braidd ac eisiau cael meddwl clir ar gyfer heddiw.'

'O ie. Mi ddaeth Gwen dwi'n meddwl. Credu'n siŵr imi weld cip arni. Ond dwi ddim yn meddwl iddi aros yn hir. Falle'i bod hi wedi blino hefyd.'

Oedd Gethin yn ceisio awgrymu rhywbeth? Ond roedd o'n edrych yn hollol ddiniwed pan daflodd Eirwyn edrychiad arno.

Teimlai Eirwyn yn dawel a hapus y bore hwn. Roedd o wedi meddwl am Cissie ar ôl mynd yn ei ôl i'w ystafell, wedi ceisio dychmygu beth roedd hi wedi bod yn ei wneud. Ond rywsut roedd o'n teimlo'i hun mewn sefyllfa afreal, fel tase fo mewn byd gwahanol, ac wrth gwrs yr oedd o. Byd tŷ a gardd, bwyd a chi, siopa a thendio, ysgol a chapel, dyna oedd ei fywyd arferol. Roedd o yma mewn byd gwahanol, byd o fwyta allan, o gael trafodaethau deallus, o yfed harddwch merch gwbl arbennig, ac yr oedd y profiad yn goreuro ei holl fodolaeth.

Fe'i cafodd ei hun yn ystod trafodaeth y bore yn cyfrannu hyd yn oed, yn mentro brawddeg neu ddwy o sylw mewn ymateb i rywun. Doedd aelodau eraill y grŵp ddim yn sylweddoli beth oedd arwyddocâd y ddwy frawddeg. Cyfraniad digon arwynebol i drafodaeth oedd o iddyn nhw, ond iddo fo roedd yn llewyrch ar ffordd Damascus. Nac oedd, meddai wedyn wrtho'i hun, roedd hynny'n or-ddweud, doedd o'n ddim o'r fath beth, ond roedd o'n rhywbeth.

Welodd o mo Gwen tan amser coffi. Roedd hi'n ôl yn ei gwisg ffurfiol, ond fe wenodd yn serchog arno o ddrws yr ystafell a chafodd Eirwyn ei hun yn cofio amdani yn noeth, yn y gwely'n caru'n danbaid gydag o, a daeth drosto awydd angerddol i ailadrodd y profiad ac i ymaros yn ei chariad ddyddiau'i oes. Ond doedd dim cyfle i wneud dim ond dyheu. Un sesiwn gloi ar ôl coffi, cinio cynnar, ac roedd pawb â'i drwyn am adre, yn methu aros i gychwyn fel tasen nhw'n gadael uffern am wynfyd. Yntau'n teimlo'n hollol groes i hynny, yn ymarhous i adael, eisiau ymestyn y profiad, eisiau iddo barhau, eisiau i brofiad mynydd y gweddnewidiad fod yn brofiad parhaol.

Oedden nhw am gael cyfle i ffarwelio? Doedd dim golwg ohoni, felly cerddodd yn araf ar draws y ffordd i'r maes parcio, rhoi ei ges yn y bŵt a throi'r radio ymlaen. Ac yna, fel yr oedd yn camu i'w gar i gychwyn oddi yno yn siomedig a thrist, fe'i gwelodd yn dod tuag ato.

'Sori,' meddai. 'Mi ges fy nal yn ôl ac roedd arna i andros o ofn i ti fynd cyn imi dy weld. Wyt ti'n iawn?'

'Ydw, wrth gwrs mod i'n iawn,' atebodd yntau.

'*No regrets?*'

'*No regrets.*'

'*Good.* Dwyt ti ddim yn teimlo i mi orfodi fy hun arnat ti?'

'Dim o gwbwl. Fi afaelodd yn dy law i'th arwain at y gwely.'

'Dwi'n gwybod. Ac mae'n bwysig mai ti wnaeth. Dy benderfyniad di oedd ein bod yn caru. Creu'r amgylchiadau wnes i, a dydw innau'n difaru dim. Roedd o'n brofiad arallfydol.'

'A be rŵan?'

Ie, be yn awr? Y ddau i'w ffordd eu hunain, i fyw eu bywydau eu hunain fel tase dim wedi digwydd a dim byd wedi newid? Ond yr *oedd* rhywbeth wedi digwydd ac yr *oedd* pethau wedi newid, a fydden nhw byth yr un fath eto.

'Wyt ti eisiau gadael pethau yn y fan yna?' holodd hi. 'Derbyn inni garu efo'n gilydd a dyna fo? *One night stand*, profiad corfforol nad oedd o'n ddim mwy nag ymestyniad o gusanu, o gofleidio, o gyffwrdd? Gweithgaredd corfforol a dyna fo? Os wyt ti eisiau gadael i bethau fod ar hynny, popeth yn iawn efo fi.'

Edrychodd Eirwyn arni, a'r tro hwn hi ostyngodd ei golygon.

'Wyt ti wir yn credu hynny? Wyt ti wir yn credu na ddigwyddodd dim ond cyplysiad dau gorff mewn rhyw act gnawdol, anifeilaidd, ac nad yw hynny wedi gadael dim ar ei ôl? Nid dyna oedd o i mi, Gwen.'

'Be oedd o i ti 'te, Eirwyn?'

'Mi ddwedaist y dylwn i fynegi fy nheimladau mewn barddoniaeth, wel dyma i ti linell: *O best of all nights, return and return again*. Na, dydi'r llinell yna ddim ond yn mynegi'r dyhead. Profiad mwya dyrchafol fy mywyd i, uchafbwynt, penllanw fy modolaeth ar y ddaear yma. Dyna oedd o i mi. A be oedd o i ti, Gwen, un dyn arall yn neidio i'r gwely atat ti?'

Gwelodd boen yn saethu ar draws ei hwyneb.

'Eirwyn, dydi hyn'na ddim yn deilwng ohonot ti. Mi wyddost nad felly roedd hi neithiwr.'

'Ond mi ddwedaist dy hun bod eraill wedi bod efo ti. Dwi ddim yn cofio'r union eiriau, rhywbeth am fod yn y gorlan chwarae.'

'Ac mi rwyt ti'n teimlo'n flin am hynny, yn teimlo'n genfigennus, yn disgwyl mod i wedi bod yn aros yn ddilychwin, ddigymar ar dy gyfer di am yr holl flynyddoedd? Wyddost ti be, Eirwyn, rydw i'n falch dy fod ti'n teimlo felly.'

'Yn falch?'

'Ydw, wrth gwrs mod i'n falch. Cenfigen, arwydd o gariad wyt ti'n gweld, arwydd o gariad, neu be arall ydi o?'

'Ond mi ddwedaist ti mai gair sy'n cael ei ddefnyddio'n llac iawn ydi cariad.'

'Do, mi wn. Mae o'n air i fod yn ofalus ohono. Ond dwi am i ti wybod bod fy mhrofiad i efo pob dyn arall – ac maen nhw'n brofiadau pell yn ôl erbyn hyn, cofia, gwrthryfel yn erbyn y ffaith bod fy narpar ŵr wedi fy ngadael am wn i – yn ddim wrth ymyl y profiad o fod efo ti neithiwr. A dydw i ddim eisiau gadael pethau yn y fan yna chwaith. Dwi eisiau bod yn rhan, os rhan fach, o dy fywyd di, Eirwyn. Gad inni ddal i gysylltu. Gallwn neud hynny'n achlysurol ar y ffôn bach, gallwn gyfarfod pan fyddi di yng Nghaer, galli ddod ar gyrsiau eraill yn ystod y misoedd nesa. Wyt ti'n cytuno?'

'Wrth gwrs mod i'n cytuno. Dwi newydd ddod o hyd i ti, dwi ddim eisiau dy golli.'

'*Thank God for that.* Mi wn i fod gen ti fagej ac nad oes dim gen i. Mi fydda i'n ymwybodol o dy sefyllfa di, cofia, a wna i ddim byd i darfu ar hynny.'

Ond roedd yn rhaid mynd, roedd yn rhaid iddyn nhw ffarwelio. A hwythau ar gychwyn daeth seiniau'r gân 'Saf ar dy draed' o'r radio, a chlustfeiniodd hithau.

'Dyna'r neges i ti, Eirwyn,' meddai. 'Wyt ti'n cofio imi ddeud wrthyt ti am hyder? Wel mae gen ti gariad, un sy'n poeni amdanat, yn meddwl amdanat. Cofia di hynny yn ystod yr wythnosau nesaf 'ma.'

Ac ar hynny trodd ar ei sawdl ac aeth yn ei hôl i'r gwesty i gasglu ei phethau ac aeth yntau am adref.

Roedd ymyl aur i'w freuddwydion a'i feddyliau wrth iddo deithio y pnawn hwnnw. Roedd y tywydd wedi troi a'r gwynt yn chwipio ar draws Bae Ceredigion gan hyrddio cawodydd o law ar draws ei sgrin gan ysgwyd y car a pheri bod yn rhaid iddo ddefnyddio'r llafnau'n aml er mwyn gweld i ble roedd o'n mynd. Y llafnau cyson araf i ddechrau, yna'r llafnau chwe eiliad – y tawelwch llonydd yn cael ei ddilyn gan yr hwrdd sydyn, ac yna, yn anterth y storm, y llafnau oedd yn gwibio'n gyflym gyffrous ar draws y sgrin. Roedd fel pe bai deunydd ffrwydrol eu caru'r noson cynt wedi ei drawsnewid yn ynni gwynt a glaw, yn dymestl aruthrol a anfonwyd yn llatai i'w atgoffa o brofiad aruchel pen y mynydd.

Gwrthododd y demtasiwn i aros yn Aberaeron, i fynd i'r caffi am baned lle'r oedd o wedi cyfarfod Gethin ar y ffordd i lawr, a lle'r oedd o wedi hanner awgrymu eu bod yn cyfarfod ar eu ffordd yn ôl. Roedd o ar ei ffordd adre a doedd o ddim eisiau gwamalrwydd Gethin yn torri ar draws ei feddyliau a'i atgofion. O'i ôl yr oedd y ferch brydferthaf a welodd erioed, y bersonoliaeth lachar nad oedd yn ei haeddu, ac yr oedd y cof am eu cydfwyta, eu cyddrafod a'u cydorwedd yn brofiad byw iddo o hyd. Ni ddychmygodd erioed fod y fath brofiad yn bosib, fod y fath garu'n bod ond mewn llyfrau, a dyma fo wedi profi realaeth y cyfan.

Wrth nesáu at adref dechreuodd feddwl fwy am Cissie, ond nid euogrwydd oedd yn llenwi ei feddwl ond tosturi. Roedd ei bywyd hi yr un mor undonog â'i fywyd o, yr un mor rhwym i gonfensiwn ac arferiad. Cadw tŷ, coginio, edrych ar ei ôl o, cyfarfod ddwywaith yr wythnos yn y caffi, ambell ymweliad â Chaer, ambell ymweliad â'r capel, Sefydliad y Merched unwaith y mis, Merched y Wawr yn ysbeidiol pan fyddai'n teimlo felly. Dyna hyd a lled gorwelion ei bodolaeth. A'r unig wahaniaeth rhyngddo ef a hi oedd ei fod o yn teithio i'w waith yn yr ysgol bob dydd.

A dyma fo bellach, wedi blasu'r bywyd go iawn, bywyd fel y dylasid ei fyw, yn gynhyrfus, fentrus, yn llawn profiadau newydd. Byddai unrhyw arlwy a gynigid iddo yn ddof a chyffredin ar ôl hyn.

Cissie druan, yn fodlon ei byd heb wybod gwell, fel y byddai'r caethweision yn America cyn eu rhyddhau, yn ofni rhyddid ac yn ymladd yn ei erbyn oherwydd y diogelwch a deimlent mewn caethiwed.

Cissie druan. Byddai'n rhaid iddo fod yn garedicach wrthi, dandwn mwy arni a'i choleddu. Peidio teimlo'n flin a diamynedd yn ei feddwl gyda hi.

Ac yna, fe gyrhaeddodd adref.

'Diolch i'r nefoedd eich bod chi wedi cyrraedd yn ôl wir. Dwi 'di cael dim byd ond helynt yn y lle 'ma.'

'O, be sy wedi digwydd?'

'Digwydd, wir. Siwsi aeth yn rhydd o ngafael i neithiwr ac ymlid cath Mrs Fletcher ar draws y ffordd. Honno'n cael ei tharo i lawr gan gar a minnau'n gorfod mynd â hi at y fet. Mae hi wedi bod yn ofnadwy yma. Chysgais i fawr ddim drwy'r nos.'

'O. Ydi'r gath yn iawn?'

'Ydi, erbyn hyn. Rheitiach i chi ofyn ydi Mrs Fletcher yn iawn. Mi ges i drafferth fawr efo hi. Ar y dechrau roedd hi'n bygwth cyfraith, yn bygwth y dylsai Siwsi gael ei rhoi i lawr, nad oedd hi ddim ffit i fod o gwmpas y lle. Meddyliwch, Siwsi o bawb. Ond mi ddaeth ati ei hun yn y diwedd, ond wn i ddim sut y bydd y cyswllt rhyngon ni o hyn ymlaen. Tipyn oerach faswn i'n feddwl.'

'O, mae'n ddrwg gen i glywed.'

'Drwg gennych chi glywed wir! Tasech chi heb fynd i ffwrdd i'r hen gwrs yna fase hyn ddim wedi digwydd. Chi fase wedi mynd â Siwsi am dro neithiwr, yn lle mod i'n gorfod mynd, a hithau'n hanner tywyll beth bynnag, Dydi'r parc 'na ddim yn lle ffit i ddynes ar ei phen ei hun yn hwyr y dydd yr adeg yma o'r flwyddyn.'

'Ond mae pob dim yn iawn rŵan?'

'Ydi, ond dim diolch i chi. Dyna'ch unig gonsýrn chi yntê, Eirwyn? Pob dim yn iawn rŵan!'

Oeraidd a phell fu ymwneud y ddau â'i gilydd weddill y diwrnod, a phob tro y ceisiai sôn am y cwrs fe dorrai ar ei draws a throi'r stori.

Collodd ei amynedd efo hi yn y diwedd.

'Wel, gwell i chi ddechrau arfer efo'r syniad ohono' i'n mynd ar gyrsiau; mae cyfres ohonyn nhw o hyn tan yr haf, ac mi fydda i'n mynd ar bob un alla i.'

Agorodd Cissie ei cheg mewn syndod.

'Be! Mynd a ngadel i eto! Fel tase hyn ddim wedi bod yn ddigon. A be newch chi'n mynd i gyrsiau o hyd; dysgu ydi'ch gwaith chi, nid mynd ar gyrsiau. Aiff eich traed chi ddim allan o'r tŷ yma ar gwrs eto, os bydd o'n rhywbeth i'w wneud efo fi.'

Roedd hi wedi ypsetio, ond yn hytrach na cheisio'i chysuro, trodd Eirwyn ei gefn arni a cherdded allan o'r ystafell. Yn y man estynnodd un o lyfrau gosod yr arholiadau o'i fag a dechrau darllen *I Know Why the Caged Bird Sings* gan Maya Angelou.

15

Fel arfer fe fyddai Eirwyn wedi gwylltio, wedi colli'i limpyn yn lân a gweiddi uwch twrw'r dosbarth, ac fe fyddai hynny wedi ychwanegu at hwyl disgyblion 3C, ei weld yn cochi, yn gwylltio a hynny'n gwbl aneffeithiol gan nad oedd ar yr un ohonyn nhw ei ofn ac nad oedd ganddyn nhw unrhyw barch ato. Gwlanen oedd o, llipryn di-asgwrn-cefn, yn gyff gwawd ac yn darged derbyniol a chyfreithlon am dipyn o hwyl.

Ond nid y bore hwn. Roedd gweld negeseuon wedi eu hysgrifennu ar y bwrdd neu'r siart fflip yn rhywbeth y dylsai Eirwyn fod wedi caledu iddo erbyn hyn. Ond llwyddai'r negeseuon, amryw ohonyn nhw yn rhai digon anllad, i'w wylltio bob tro. Gwyddai yn ei galon fod ei adwaith yn un anghywir, ond dyna fo, dynol oedd yntau fel pawb arall.

Ond y bore Mercher hwn, wythnos a hanner ar ôl y gynhadledd yn Abertawe, pan gerddodd i mewn a gweld y neges wedi ei hysgrifennu, neges ddigon diniwed a dweud y gwir – 'Tipyn o sisi ydi gŵr Cissie', wnaeth o ddim gwylltio. Fe'i hanwybyddodd gan fynd ymlaen â'r wers ac fe dawelodd y dosbarth yn rhyfeddol pan welson nhw'r newid agwedd. Ond roedd dau yn piffian chwerthin tua'r cefn, Robert John a Steffan, dau gythrel bach mewn croen, ond chymerodd Eirwyn ddim sylw ohonyn nhw.

Ar ddiwedd y wers pan oedd y dosbarth yn codi o'u seddau i ruthro tua'r drws, meddai Eirwyn.

'Robert John a Steffan, dwi ishio'ch gweld chi. Mi gaiff pawb arall fynd.'

Safodd y ddau o'i flaen yn edrych yn ansicr. Doedd dim byd fel hyn wcdi digwydd o'r blaen, dim ond bloeddiadau lloerig a cholli limpyn.

'Pwy wnaeth?' holodd Eirwyn yn dawel.

'Y fo,' meddai'r ddau ar unwaith gan bwyntio at ei gilydd.

'Be dech chi, efeilliaid Siamese?' holodd yr athro. 'Dewch, trïwch eto, pwy wnaeth?'

Roedd ei lais yn dawel, ond roedd ei lygaid wedi eu hoelio ar y ddau.

A than bwysau'r edrychiad hwnnw toddodd Steffan a chyfaddef mai fo oedd wedi cael y syniad ac wedi perswadio Robert John i ysgrifennu'r frawddeg.

Camodd Eirwyn yn nes at y ddau ac meddai'n fygythiol, 'Trïwch chi hyn eto ac mi fydd gwae i chi.'

'Chewch chi ddim cyffwrdd blaen bys ynddo' i, syr,' meddai Steffan yn herfeiddiol.

'Tria fi, was, tria fi,' atebodd yr athro, 'os meiddi di.' Yna ychwanegodd, a'i lais yn dawel fygythiol, 'Unrhyw drafferth efo chi eto, ac mi fydd yna helynt, helynt mawr. Cofiwch chi'ch dau hynny ac ewch â'r neges i'ch mêts. Ewch o ngolwg i.'

A phan gododd Eirwyn ei lais yn sydyn dychrynodd y ddau a rhuthro allan trwy'r drws fel cwningod i dwll.

Eisteddodd Eirwyn yn y gadair wrth ei ddesg a rhoi ei ben yn ei ddwylo. Y nefoedd, roedd y munudau diwethaf wedi bod yn straen, wedi cymryd llawer allan ohono. Roedd ei galon yn curo'n wyllt fel pe bai wedi bod mewn ymladdfa, neu wedi rhedeg milltir. Edrychodd ar ei ddwylo ac roedden nhw'n crynu. Ond roedd o wedi llwyddo, roedd o wedi ennill brwydr. Gwyddai y byddai'r rhyfel yn un hir, ac y byddai'r gelyn yn taro'n ôl ac yn mynd yn fwy sgilgar a dan-din wrth wneud hynny, ond yn gymysg â'r ofn oedd yn ei galon roedd yna foddhad ei fod wedi cymryd cam, beth bynnag, tuag at scfyll ar ei draed ei hun.

*   *   *

Pan oedd o ar ei ffordd adref a phan ddaeth i signal, canodd ei ffôn bach. Gan ei fod yn dreifio gadawodd iddo ganu nes iddo stopio ar ôl chwe chaniad. Yna trodd i mewn i'r gilfach agosaf a deialu i gael y neges. '*You have one new message*,' meddai'r llais.

'Helô, Eirwyn, fi sy 'ma,' clywodd lais Gwen, y tro cynta iddi ei alw ers y gynhadledd. 'Dwi ddim wedi galw, aros i ti neud, ond wnest ti ddim. Dyna siom. Ond beth bynnag, wyt ti awydd dod i Gaer ddydd Sadwrn a chyfarfod am ginio? Dwi ishio dy weld di; mae hiraeth arna i, Eirwyn. Gelli anfon neges neu neges testun i ddeud. Ta ta.'

Na, doedd Eirwyn ddim wedi ei ffonio. Roedd o wedi dechrau gwneud sawl tro, roedd o wedi creu sawl neges testun iddi ac wedi eu dileu cyn eu hanfon. Pam? Ni wyddai. Roedd o eisiau'r cyswllt yn fwy na dim, ond yn rhy ansicr i wneud y cyswllt ei hun, ac yn aros amdani hi. A wnaeth hi ddim, a bob dydd roedd o'n cael ei siomi, yn dychmygu ei bod wedi ei anghofio. Ac eto sut gallai hi? Yn sicr doedd o ddim wedi anghofio. Roedd eu caru y noson honno wedi bod yn brofiad goruwchnaturiol; wyddai o ddim fod y fath beth yn bosib ac roedd o'n awchu am ragor. Allai hi, oedd wedi'i rhoi ei hun iddo mor angerddol, ddim teimlo'n wahanol chwaith. Byddai'n cychwyn i'r ysgol bob bore yn llawn gobaith y byddai'r ffôn bach yn canu pan fyddai'n ei roi ymlaen, yn cychwyn o'r ysgol bob nos yn gobeithio y byddai'n canu pan ddeuai i signal, ond nid oedd ond tawelwch mawr bob tro.

Tan heddiw, pan ddaeth y neges. Ac yna, fel pe bai wedi ymwroli, penderfynodd ei ffonio yn y fan a'r lle. Deialodd ei rhif a gwrando ar y gloch yn canu. Yna daeth ei llais:

'Helô, Eirwyn, *what a lovely surprise!*'

'Sut gwyddet ti mai fi oedd yna?'

'Wyt ti ddim wedi deall bod y rhif, dy rif di, yn fflachio ar y sgrin? Sut wyt ti? Ti wedi bod yn dawel iawn.'

'A tithe.'

'Aros i ti ffonio.'

'A finne'n aros amdanat ti.'

'Dyna den ni wedi'i neud ar hyd ein hoes falle.'

'Be?'

'Aros am ein gilydd.'

'Ie, hwyrach.'

'A rydyn ni wedi ffeindio'n gilydd, Eirwyn. A dwi ddim eisiau dy golli di eto. Dyna pam wnes i anfon neges. Fedrwn i ddim dal dim mwy.'

A rhag ei waethaf teimlodd Eirwyn don o ryw fodlonrwydd rhyfedd yn ei gerdded, ei fod o wedi gallu dal allan yn hwy na hi heb ffonio.

'Sori os gwnes i neud i ti boeni, Gwen, os gwnes i dy styrbio di trwy beidio rhoi galwad.'

'*You not only disturb me, you shatter my entire existence.*'

'Y . . . be . . .?'

Chwarddodd hithau. 'Rhan o gerdd gan fardd o'r enw Eeva Kilpi,' meddai. 'Ond mi gest ti'r neges?'

'Do.'

'Wel, be amdani?'

'Wn i ddim. Dydi Cissie ddim wedi sôn.'

'Oes raid i Cissie sôn? Alli di ddim bod eisiau mynd i Gaer am unwaith, dwed?'

'Wel, wn i ddim. Galla, hwyrach. Gawn ni weld.'

'Ti ŵyr dy bethe, cofia. Dwi ddim eisiau rhoi dim pwysau arnat ti. Ond mi fydde cyfarfod eto a chael pryd arall yn y Mediterranean yn neis yn bydde? Gad imi wybod. O drapia mae 'na rywun yn canu cloch y drws. Dyna biti. Rhaid imi fynd. Ond gad imi wybod, cofia, a chofia linell y gerdd os galli di.'

Ac yna roedd hi wedi mynd.

Eisteddodd Eirwyn yno yn llonydd yn y gilfach am beth amser. Roedd hi'n ddiwrnod sych ond fe drodd y llafnau sychu'r sgrin ymlaen, ar ei gyflymder arferol i ddechrau, un symudiad bob eiliad, yna eu troi i'r hwrdd chwe eiliad, ac yna i'r cyflymder mwyaf. Ond pa un erbyn hyn oedd y darlun cywir o'i fywyd? Ai'r un chwe eiliad oedd yn hwrdd sydyn cynhyrfus un funud ac yna'n dawelwch llonydd am gyfnod ar ei ôl, ynteu cymysgedd o'r cyflymder araf a'r cyflymder cyflym? Falle nad oedd fawr o wahaniaeth rhyngddyn nhw. Un peth oedd yn sicr, nid y symudiad cyson, unwaith yr eiliad, oedd y darlun gorau o'i fywyd bellach.

Ceisiodd gofio'r llinell o farddoniaeth a ddyfynnodd – rhywbeth am *'you shatter my entire existence'*. Oedd o wedi gwneud hynny iddi? Oedd hi wedi gwneud hynny iddo fo? Allai o fyw hebddi? Gwyddai na allai fyth fyw efo hi. Allai o ddim gadael Cissie, ond a allai o fyw heb Gwen yn ymyl aur i frodwaith ei fywyd? Ai bywyd llafn chwe eiliad fyddai ei fywyd o bellach? Y llonyddwch llipa arferol yn cael ei gyfnewid ar dro yn symudiad gwyllt, lloerig? Yn rhyfedd iawn ni theimlai unrhyw euogrwydd, ni theimlai ei fod yn bradychu neb.

Pan gyrhaeddodd adref roedd Cissie wedi cael ffit o besychu ac roedd hi'n eistedd yn y lolfa efo'r pwmp yn ei llaw.

'Mae mrest i'n gaeth,' meddai. 'A dwi wedi cael plwc cas o besychu.'

'Rydych chi angen mynd allan fwy, Cissie,' atebodd yntau. 'Rydych chi yn y tŷ yma drwy'r amser, yn hwfro rywle bob dydd.'

'Mi dwi'n mynd â Siwsi am dro bob dydd ac yn mynd i siopa a mynd i gyfarfod fy ffrindiau ddwywaith yr wythnos. Hen ddigon o fynd allan faswn i'n deud. A sut bynnag, mae'n bwysig hwfro i gael gwared o'r llwch – hwnnw sy'n effeithio ar fy mrest ac yn creu'r asthma.'

'Ia falle, ond mae hwfro'n gallu codi llwch hefyd. Falle mai dyna sy wedi rhoi'r caethder i chi. Codi allan fwy, dyna'r ateb Cissie. Be am fynd i Gaer ddydd Sadwrn?'

'I Gaer ddydd Sadwrn! Ond dwi ddim wedi meddwl am y peth. Does dim byd dwi wirioneddol ei angen dwi ddim yn credu.'

254

'Ond mi rydw i angen rhai llyfrau ar gyfer fy ngwaith.'

'Fedrech chi mo'u cael nhw drwy'r ysgol?'

'Gallwn mae'n debyg, ac aros misoedd amdanyn nhw. Mi ca' i nhw oddi ar y silff yn Waterstone's.' Ac yna ychwanegodd yn herfeiddiol, 'Dwi am fynd beth bynnag.'

'O ydych chi wir, Eirwyn? Ac ers pryd rydych chi'n gneud penderfyniadau fel hyn tybed? Mi ga i weld, mi wna i feddwl am y peth.'

'Gwnewch chi hynny.'

Fe wnaeth, ac fe benderfynodd fynd.

Fe wnaed un cyfaddawd, cyfaddawd oedd yn gweddu i'r dim i gynlluniau Eirwyn. Penderfynwyd, i arbed amser, ar frecwast hwyr a chychwyn yn syth wedyn, peidio cael brechdanau amser cinio, ond cael rhywbeth i'w fwyta cyn gadael am hanner awr wedi dau.

Roedd Eirwyn yn teimlo fel ebol dyflwydd wrth iddo gamu'n bras ar hyd y stryd i gyfeiriad yr Odeon gan geisio cofio llinell o awdl Mathonwy Hughes – 'Llewyrch yr Odeon . . .' Ond doedd o ddim yn cofio. Wel doedd yr Odeon, yn nhawch y gaeaf, ddim yn llewyrchu gan nad oedd y sinemâu'n agor tan hanner awr wedi hanner, ond yr oedd llewyrch ym mywyd Eirwyn, ac roedd y pelydryn a'i creodd yn aros amdano y tu allan.

Cusan ysgafn oedd eu cyfarchiad cyn iddi hi ei arwain yn syth ar draws y ffordd ac i fwyty y

Mediterranean. Gan nad oedd llawer o amser gan Eirwyn bodlonwyd ar un glasaid o win coch ac un cwrs a choffi i orffen. Doedd Eirwyn ddim ond prin ymwybodol o'r bwyd a fwytâi ac o'r hyn oedd yn mynd ymlaen o'i gwmpas. Roedd ei holl feddwl ar yr angyles a eisteddai o'i flaen. Teimlodd gyffro'n ei gerdded wrth iddo edrych arni a chofio ecstasi'r noson yn Abertawe. Rhaid ei bod hithau yn teimlo'n debyg gan mai tawel iawn ydoedd, a'r ddau'n rhuthro drwy eu bwyd er mwyn cael mynd oddi yno. Ond oddi yno i ble? Doedd ganddyn nhw unman i fynd iddo yn y ddinas boblog, lawn llygaid hon.

'Wyt ti am ddod efo fi at y car?' meddai Gwen pan aethon nhw allan o'r bwyty, a cherddodd y ddau heb gyffwrdd â'i gilydd ar hyd y stryd i lawr at y maes parcio. Pan gyrhaeddodd y ddau y car meddai Gwen:

'Wyt ti am ddod i mewn am funud?'

Ac i mewn â nhw, ac yng nghlydwch cymharol y car gael cyfle i gofleidio a chusanu, ac ar unwaith dechreuodd Eirwyn esgyn y grisiau aur. Ond roedd yn rhaid rheoli pethau yno gan fod cryn fynd a dod o'u cwmpas.

Eisteddodd y ddau yn wynebu ei gilydd, ef yn yfed ei harddwch; hithau, beth tybed? Yn ei chwennych o yn fwy na dim arall yn y byd, fe obeithiai Eirwyn. Y ddau yn edrych ar ei gilydd yn dweud dim, fel pe bai popeth eisoes wedi ei ddweud a bod y cynyrfiadau trydanol oedd yn eu cerdded yn ddigon o fynegiant o serch am y tro. Hi dorrodd ar y tawelwch ac roedd ei chwestiwn yn un heb ei ddisgwyl.

'Faset ti'n hoffi dod efo fi i Lundain ar benwythnos ola hanner tymor?'

'I Lundain!' meddai yntau'n anghrediniol, ac argraffydd ei feddwl eisoes yn printio rhes o rwystrau fyddai'n ei atal.

'Ie.'

'Ond mae Llundain yn bell.'

Chwarddodd Gwen.

'Pell! Mi fydda i'n mynd yno'n eitha aml, i gyngerdd neu theatr. Rhyw hanner awr go dda o Gaer i Crewe efo'r trên, a dwyawr wedyn. Os cychwynna i o'r tŷ am ddeg o'r gloch y bore mi alla i fod yn Llundain toc wedi un.'

'Ond sut y galla i? Be ddweda i wrth Cissie?'

'Dwi ddim yn pwyso. Dim ond gofyn hoffet ti ddod. Mi fydda i'n mynd beth bynnag. Cwrs, dyna fyddai dy esboniad. Cwrs wedi ei drefnu gan y London Institute of Education.'

'Oes yna'r fath sefydliad?'

'Eirwyn, dwi'n synnu atat ti. Mae cewri mawr byd addysg yn Lloegr wedi bod yn gweithio yn y fan honno.'

'Sori!'

'Tynnu dy goes di. Dim disgwyl i ti wybod. Ond meddylia am y peth. Mi allen ni fynd tua canol pnawn dydd Gwener a dod yn ôl fin nos nos Sul?'

'A be wnaen ni yn Llundain?'

'Beth bynnag wyt ti eisiau ei wneud.'

'Mi fydd yn rhaid imi feddwl am y peth.'

'Bydd wrth gwrs, a gadael imi wybod ar ôl i ti benderfynu. Ac Eirwyn?'

'Ie, Gwen?'

'Wnei di fy ffonio i?'

'Gwna i, a tithe fy ffonio i?'

'Mi wnaf.'

Rhoddodd Gwen ei braich chwith am ei wddw a'i gusanu'n dyner tra mwythai ef gyda'i llaw arall. Ac yna fe'i tynnodd i ffwrdd yn sydyn.

'Creulon,' meddai. 'Creulon. Rhaid imi beidio. Cawn ddigon o gyfle os cawn ni fynd i Lundain.'

Wrth iddo gerdded oddi yno ac yn ôl i'r dref i gyfarfod Cissie, roedd Eirwyn yn dadlau ag ef ei hun a allai fynd i Lundain ai peidio, ond gymaint oedd ei gariad at Gwen a'i awydd angerddol i'w meddiannu drachefn fel bod ei feddwl eisoes yn llunio rheswm digonol dros fynd.

*　　　*　　　*

'Mynd i ffwrdd eto? Gwylia di o, Cissie. Mae o'n dechrau clywed oglau ar ei ddŵr, gei di weld,' meddai Menna.

'Braidd yn hen i hynny bellach faswn i'n ddeud,' meddai Jen. ''Di o ddim wedi dangos unrhyw ddiddordeb mewn merched hyd y galla i weld.'

'A ble mae o'n mynd tro 'ma?' holodd Myfanwy,

a'r pedair ohonyn nhw'n eistedd yng nghynhesrwydd caffi Dolawel ar fore oer niwlog yn nechrau Chwefror.

'I Lundain,' atebodd Cissie. 'I Lundain, cofiwch.'

'Dwi'n gweld y patrwm, Cissie, dwi'n gweld y patrwm,' meddai Menna mewn ffit sydyn o resymeg. 'Crewe i ddechrau, Abertawe wedyn, rŵan Llundain. Ble nesa, dyna'r cwestiwn. Paris? Fienna? Rhufain?'

'Argol! Ydi hi'n saff mynd i Lundain, dwedwch?' meddai Myfanwy. 'Mae yna ryw fygwth bomiau yn y lle o hyd ac o hyd.'

'Does yna ddim basgedi sbwriel ar stesions byth ers pan fu'r IRA wrthi,' ategodd Menna.

'Peidiwch wir,' llefodd Cissie. 'Mi fydda i'n cael plwc o gaethdra mewn munud, mae'r peth lleia'n fy ypsetio i'r dyddiau yma, a dyma Eirwyn, pan dwi fwya'i angen o, yn mynd i ffwrdd o hyd.'

'Pryd mae o'n mynd?' holodd Jen. 'Os dwi ar gael, cofia, mi ddof i aros efo ti fel y tro dwytha. Mi weithiodd pethau'n iawn on'd do?'

'Do, Jen. Ac mi dwi'n fwy na diolchgar i ti, cofia. Hanner tymor mae o'n mynd, tua'r deunawfed o Chwefror, dwi'n meddwl, ar ryw gwrs neu'i gilydd. Mae llawer o gyrsiau y dyddiau yma am fod yr ysgol yn cael arolwg yn ystod tymor yr haf.'

'Wel, os coeli di hynny, mi goeli di unrhyw beth,' meddai Menna. 'Gwylia di o, Cissie. Mae Llundain yn lle peryglus i'r emosiwn hefyd, cofia. Nid yr IRA neu'r Al Qaeda yn unig sy'n ymosod mewn lle felly.

Os daw o adre efo tei newydd mi fydd pethau'n edrych yn o ddrwg arnat ti.'

'Paid â phoeni, Cissie fach,' meddai Jen. 'Mae Eirwyn yn rhy ara deg i ddal annwyd fel byddan nhw'n deud. Mi fyddi di'n ddigon saff dim ond i ti ddeud wrtho fo am gadw draw o Soho a lleoedd fel Wardour Street rhag ofn i ryw butain ei ffansïo fo.'

'Be wyt ti'n feddwl ydi o? Mae o'n flaenor ac yn athro ysgol uwchradd, cofia,' meddai Myfanwy.

'Ydi, a fedri di ddim meddwl am gyfuniad mwy parchus na *boring*. Paid â phoeni, Cissie fach, mi fydd o'n iawn yno ac mi fyddi di'n iawn efo fi yn dod i aros dros nos efo ti.'

'Dwi'n ddiolchgar iawn, cofia,' meddai Cissie. 'Ond mae'r mynd i ffwrdd yma'n beth newydd yn ei hanes o. Mi fydd yn rhaid iddo fo ymddeol os na fydd modd rhoi stop ar y peth.'

'Be mae o'n ei neud yn Llundain beth bynnag?' holodd Menna. 'Soniaist ti rywbeth am gwrs?'

'Ar ryw gwrs Saesneg neu'i gilydd medde fo. Ond dyna fo, siawns na ddaw hyn i gyd i ben ar ôl i'r ysgol gael ei harolwg. Hynny neu ymddeol, a dim lol.'

Ac yr oedd Cissie wedi llefaru ei gair ola ar y peth, a'r tair arall yn dirgel gydymdeimlo efo Eirwyn a oedd, mae'n amlwg, yn cael bywyd digon diflas a diramant efo Cissie, yn gi bach iddi a dim arall.

* * *

Roedd y ci bach wedi gwneud ei benderfyniad. Roedd meddwl am ddwy noson yn Llundain yn ei gyffroi gan nad oedd wedi bod yno ers blynyddoedd. Roedd meddwl am ddwy noson yn Llundain efo Gwen yn llesmair pur. Roedd mynnu mynd i Gaer ar y dydd Sadwrn wedi gwneud lles iddo, a'r ffordd y taclodd o Robert John a Steffan wedi cryfhau ei gyhyrau meddyliol. Ac felly, er i Cissie rwgnach a griddfan a bygwth cael plwc o asthma neu waeth, fe galedodd ei galon a phenderfynu mynd, er ei fod yn benderfyniad mawr. Un peth oedd noson efo Gwen yn Abertawe; gallai Eirwyn gatalogio hynny dan bennawd *one night stand* ar silff amrywiol ei lyfrgell ymenyddol. Ond gwyddai fod ei berthynas â Gwen yn fwy na hynny, a byddai penwythnos yn Llundain yn cadarnhau a dwysáu hynny, yn gam pellach ar y llwybr di-droi'n-ôl. Ond roedd o'n barod i fentro.

Fe'i galwodd ar y ffôn bach wrth fynd â'r ci am dro un noson ac roedd hi'n swnio mor gyffrous ag yntau, os nad yn fwy felly.

'Grêt,' meddai. 'Grêt. Be wyt ti eisiau i mi neud, wyt ti eisiau i mi fwcio'r trên a gwesty neu wyt ti am neud?'

'Wnei di? Does gen i fawr o glem sut i neud y pethau yma, dim cyswllt â'r we a dim wedi bod angen trefnu taith ar drên ers blynyddoedd maith.'

'Paid poeni. Mi fwcia i'r trên o Crewe i Euston er mwyn i ni fod yn siŵr o sedd. Does dim angen bwcio o Gaer i Crewe, mi fydd digon o le ar y trên hwnnw.'

Penderfynwyd anelu am drên hanner awr wedi dau o Crewe i gyrraedd Llundain hanner awr wedi pedwar. Yna daeth y cwestiwn nesa.

'Wyt ti eisiau i mi gael stafell ddwbwl neu dwy sengl?'

'Y . . . doeddwn i ddim wedi meddwl am y peth,' Daeth y celwydd o'i enau cyn iddo allu ei atal. 'Dwy sengl falle fydde orau.'

'Pam?' holodd hithau gan chwerthin. 'Wyt ti'n gneud sŵn pan fyddi di'n y tŷ bach neu be?'

'Ydw siŵr o fod. 'Run fath â phawb arall decini.'

'Os wyt ti'n hapus, mi gawn ni stafell ddwbwl, a gwely dwbwl yn hytrach na *twin*. Be ti'n ddeud? Mi fydd o'n llawer mwy hwylus, yn llawer mwy cyffrous ac yn llawer rhatach hefyd.'

'Wel, ie, o'r gorau 'te.' A theimlodd Eirwyn gynyrfiadau yn ei gerdded wrth feddwl am y peth.

'Mi ffonia i eto mewn deuddydd neu dri. Yn y cyfamser, os lici di, meddylia oes yna sioe neu gyngerdd neu ddrama hoffet ti ei gweld. Mae gynnon ni ddwy noson, cofia.'

Erbyn iddi gysylltu y tro wedyn roedd hi wedi bwcio seddau ar y trên ac wedi sicrhau gwesty yn Kensington Street ger gorsaf Waterloo, ac o fewn cyrraedd hwylus i ganol Llundain.

'Pam Waterloo?' holodd Eirwyn. 'Roeddwn i'n meddwl mai Euston oedd yr orsaf i ni. Fyddai ddim yn well inni yn ymyl honno?'

'Rwyt ti'n iawn, i Euston y byddwn ni'n mynd, ac

262

os oes unrhyw un arall o ogledd Cymru yn aros yn Llundain, maen nhw'n debyg o fod yn aros ger yr orsaf. Ac os oes rhywun yn dod o'r De, yn ardal Paddington y bydden nhw'n aros. Mi gadwn ni'n glir o'r ddwy ardal yna. Wyt ti wedi meddwl am rywle i fynd tra byddwn ni yn Llundain?'

'Min nos, do. Mi fûm i'n astudio'r papur Sul ac mi hoffwn i neud rhywbeth gwahanol i arfer, gneud yn fawr o'r cyfle i fynd i gyngerdd yn y Royal Festival Hall ar y nos Wener.'

'I'r dim. Be sy ymlaen yno?'

'Cerddorfa'r Philharmonia yn perfformio consierto i'r ffidil gan Mendelssohn a Phedwaredd Symffoni Tchaikovsky – symffoni Gari Tryfan dwi'n ei galw hi.'

'Pwy oedd y Gari Tryfan 'ma dwed? Na hidia, hoffi Tchaikovsky yn fawr fy hun. Ac mi wnes i astudio'r bedwaredd symffoni pan oeddwn i'n gwneud cerdd fel pwnc atodol yn y coleg. Rhywbeth arall?'

'Dim ar y funud. Sioe falle, neu ddrama ar y nos Sadwrn?'

'*Why not.* Gawn ni weld ar ôl cyrraedd os lici di, a mynd draw i fwcio falle. Ac mi wna i fwcio'r cyngerdd ar y we. A beth am y dydd?'

'Heb feddwl eto. Wyt ti?'

'Naddo. Fyddwn ni ddim eisiau codi'n rhy gynnar beth bynnag, fyddwn ni?!'

16

O'r diwedd! O'r diwedd roedd trwyn y Vectra yn anelu am Gaer gyda deuddydd gogoneddus efo Gwen yn Llundain yn wynebu Eirwyn.

O'i ôl roedd dyddiau o ymrafael ac edliw, o wawdio a llyncu mul, oedd wedi gadael blas drwg yn ei geg, ac a fyddai, hyd yn ddiweddar, wedi bod yn ddigon i'w berswadio i beidio mynd. Roedd hi'n wythnos hanner tymor ac roedd pethau wedi cychwyn pan gyrhaeddodd adref ar y nos Wener, wedi datblygu yn ystod y penwythnos, wedi troi'n dawelwch pwdlyd erbyn dydd Llun ac yna'n storm o ddirmygu a dychan ddydd Iau. Ceisiodd ffoi gymaint ag y gallai; oedfa'r bore ar y Sul a stelcian i siarad wedyn yn hytrach na brysio adref, troeon hwy nag arfer efo Siwsi'r ast, oedd yn prysur ddatblygu i fod yn ffrind iddo, gan nad oedd yn coethi'n ôl nac yn dannod dim iddo.

Yn ffodus roedd y tywydd yn eitha a bu'n piltran beth yn yr ardd, ond doedd dim ffoi llwyr rhagddi yn y fan honno. Doedd y bregeth ddydd Sul ddim yn help chwaith, gyda'r gweinidog wedi cyrraedd y chweched gorchymyn yn y gyfres – na ladd, ac yn sôn am y gwahanol ffyrdd o ladd gan gynnwys lladd ysbryd rhywun a lladd gyda geiriau. Wel, fe allai Eirwyn fod wedi traddodi cystal os nad gwell pregeth nag o ar y testun y bore hwnnw. Ac fe sylweddolodd yn ystod y gwasanaeth hefyd y byddai, y Sul canlynol, pan fyddai'r gweinidog yn traethu ar y seithfed gorchymyn, yn Llundain efo Gwen.

Ac eto, er gwaethaf ei geiriau celyd, er gwaetha'r tric o'i atgoffa o'i addewid ddydd eu priodas, er iddi awgrymu y gallai symud ei harian fel na allai ef gael gafael arnyn nhw, er ei bygythiad y gallai fod yn gorff marw cyn iddo gyrraedd yn ôl o Lundain, eto, er gwaetha hyn oll, wrth iddo deithio llwybr dihangfa'r A55 y bore hwnnw, roedd Eirwyn yn cydymdeimlo ac yn tosturio wrth ei wraig. Roedd cymylau pryder a gorofal wedi cyfyngu cymaint ar orwelion ei byd, roedd consýrn parhaus am ei hiechyd wedi troi person iach yn infalid meddyliol, a gwyddai yn y bôn mai ofn gwirioneddol bod ei hun, arswyd yn wir, i rywbeth ddigwydd iddo fo neu hi oedd y rheswm am ei gwylltineb, y pryder a dyfai o'i mewn wrth i'r amser nesáu, oedd wedi esgor ar eiriau hallt a gwawdlyd. A'r mul a lyncodd? Wel, doedd hwnnw byth ymhell, roedd o bron yn bedwerydd aelod o'r teulu.

Hypochondriac oedd Cissie, doedd dim dwywaith am y peth, ac i feddwl Eirwyn daeth y diwrnod pell yn ôl hwnnw pan fu'n gweld y meddyg ar ryw berwyl neu'i gilydd, a hwnnw, mae'n amlwg, wedi blino siarad salwch efo'i gleifion ac yn barod am sgwrs.

'Mi fûm i'n cael cinio efo ffrind yn ddiweddar,' meddai, 'a chael cig aderyn bendigedig. "Wyddost ti be ydi o?" holodd fy ffrind i mi. "*Woodcock*. Tybed wyddost ti be 'di'r enw Cymraeg am *woodcock*?"

'"Na wn i", meddwn i.'

Ac roedd Eirwyn wedi torri ar ei draws.

'Cyffylog, dyna be 'di *woodcock* yn Gymraeg.'

'Rydych chi'n gwybod!' meddai'r meddyg wedi ei synnu.

'Ydw, digwydd bod,' oedd ateb Eirwyn. 'Mae 'na ddihareb, "nid wrth ei big y mae prynu cyffylog".'

'Wel, wel,' meddai'r meddyg, 'pwy fase'n meddwl.' Doedd addysg ysgol breifat a choleg yn Lloegr ddim wedi dysgu'r ddihareb iddo mae'n amlwg. 'Beth bynnag, roeddwn i'n benderfynol o dalu'n ôl iddo fo, ac felly dyma ofyn, "Fetia i na wyddoch chi be 'di *valetudinarian*?"'

'O, ie,' meddai Eirwyn, '*hypochondriac*, un sy'n poeni am ei iechyd o hyd.'

'Mi wyddoch be 'di hwnnw hefyd!' meddai'r meddyg mewn syndod.

'Wel gwn, digwydd bod. Saesneg ydi mhwnc i, cofiwch. A dwi'n cofio cael cwestiwn am y gair yna pan oeddwn i'n sefyll arholiad ers talwm iawn.'

Roedd Eirwyn yn synhwyro ei fod wedi cael mwy o barch gan y meddyg yn dilyn yr ymweliad arbennig hwnnw. Ond pam ei fod wedi cofio am hynny heddiw? Am fod Cissie'n un wrth gwrs, yn *valetudinarian* neu *hypochondriac* go iawn!

Fe wnaeth ei orau i leddfu pethau iddi. Cafodd air gyda Mrs Fletcher, oedd bellach wedi hen faddau i Cissie am adael i'r ci redeg ar ôl ei chath. Roedd Mrs Fletcher yn hen ddynes iawn, yn dawel, di-stŵr a charedig. Wedi dod i fyw i'r stad fel cynifer o Saeson er mwyn cael llonydd a thawelwch i dreulio gweddill ei dyddiau mewn heddwch. Gallai Eirwyn ddygymod â'r rheini, y rhai na hoffai oedd y rhai oedd yn gweld Cymru fel y drefedigaeth Brydeinig olaf ac yn ei thrin felly. Ac roedd y teip hwnnw'n llifo i mewn i Gymru bellach. Ond doedd fiw iddo gymryd unrhyw agwedd wleidyddol amlwg, gyhoeddus ar bethau; fyddai Cissie ddim yn caniatáu hynny.

Roedd o hefyd wedi siarad efo Jen, un o ffrindiau Cissie, ac roedd honno wedi addo y deuai i gysgu'r ddwy noson efo hi. A mwy na hynny y deuai'n gynnar a threulio min nos Wener a Sadwrn yno.

'Mi wna i gysgu yn yr un gwely â Cissie os mynnwch chi,' meddai wrth Eirwyn. 'Meddyliwch, cysgu yn yr union le lle byddwch chi yn arfer bod. W! mi fydd hynny'n thrill i mi!'

Roedd o yn hoff o Jen; hi oedd yr orau a'r fwyaf triw o'r tair ffrind mynwesol oedd gan Cissie. Roedd hi'n fwy deniadol na'r lleill hefyd, a thipyn o gyfrinach oedd pam ei bod yn ddi-briod, oni bai, cyfaddefai Eirwyn wrtho'i hun, mai felly y dymunai fod. Fe gafodd yr agraff droeon yn y gorffennol ei bod hithau'n weddol hoff ohono yntau. A phe bai pethau'n wahanol . . .? Wel doedd wybod beth allai fod wedi digwydd. Roedd hi'n eitha deniadol ac roedd ganddi gorff siapus, a byddai caru efo hi yn sicr yn brofiad cynhyrfus.

Daeth ton o arswyd dros Eirwyn wrth iddo

sylweddoli am beth roedd o'n meddwl. Beth oedd yn dod drosto? Beth oedd yn bod arno? Yn meddwl meddyliau fel hyn? Roedden nhw'n feddyliau annheilwng. Roedd o'n bod yn feddyliol anffyddlon i Gwen. I Gwen? Nid i Cissie? Roedd mecanwaith amddiffynnol ei feddwl wedi dileu ohono unrhyw euogrwydd o fod yn twyllo Cissie. A sut bynnag, nid twyll oedd o, ond dihangfa, fel carcharor yn torri allan o'i gell am ysbaid ac yna'n dychwelyd cyn i neb ddarganfod ei fod ar goll.

Daeth Caer i'r golwg, a dilynodd yntau arwyddion yr orsaf gan gofio hefyd gyfarwyddiadau Gwen iddo. Roedd ei galwadau hi yn ystod yr wythnos wedi bod yn feddyginiaeth iddo, yn falm ar yr archollion a roddai Cissie iddo.

Aeth â'i gar yn syth i'r maes parcio, ac roedd hi yno eisoes, yn eistedd yn ei char yn aros amdano. Parciodd yn ei hymyl ac yna daeth y ddau allan yr un pryd. Daeth ato a gafael yn dynn amdano a'i gusanu gyda'r gwefusau meddal oedd yn mynegi'r fath angerdd.

Yna, wedi talu am barcio, estynnodd ei fag o gefn y car a gwnaeth hithau yr un modd a cherddodd y ddau i gyfeiriad yr orsaf.

Roedd trên Crewe i mewn, gwibiwr dau gerbyd – a chafodd y ddau sedd gyfyng yn wynebu'r ffordd yr oedden nhw'n mynd.

'Gas gen i deithio wysg fy nghefn i unman,' meddai hi. 'Dwi'n licio gweld i ble dwi'n mynd.'

Cwta hanner awr oedd y daith i Crewe a mwynhaodd Eirwyn agosatrwydd Gwen; teimlai ei gwres yn treiddio drwy ei dillad a thrwy ei ddillad ef, ac am fod y trên yn swnllyd a'i bod yn anodd siarad, caeodd ei lygaid a mwynhau'r profiad o fod gyda hi.

Roedd trên Llundain yn un cwbl wahanol i'r trên lleol, un o drenau Inter City Virgin, a chafodd y ddau eu seddau wedi eu cadw iddyn nhw wrth fwrdd a heb neb arall yn eistedd ar eu cyfyl er bod y trên yn rhwydd lawn. Ar ôl iddo gychwyn, estynnodd Gwen ei bag, a thynnu allan ohono botel o win coch a dau wydryn.

'Mae ein penwythnos yn dechrau rŵan,' meddai gan roi'r botel a'r agorwr i Eirwyn.

'Oes gynnon ni hawl yfed ar y trên?' holodd yn betrus.

'Hawl? Wrth gwrs fod gynnon ni hawl! Taset ti'n teithio ar drenau nos Sadwrn mi welet ti lafnau pêl-droed yn tancio'n ddi-stop. Dydi bod dy hunan ar drên felly ddim yn brofiad pleserus, coelia di fi. *Come, my dear, pour the wine.*'

Doedd neb yr oedd Eirwyn yn ei adnabod yn y cerbyd cyn belled ag y gallai weld ac eisteddodd y ddau yno ar gyfer ei gilydd yn plygu ymlaen nes bod eu hwynebau bron yn cyffwrdd. Teimlodd ei choesau'n chwilio dan y bwrdd amdano, ac angorodd un ohonynt rhwng ei goesau ef. Roedd hi'n gwisgo siwt denim gyda'r trywsus yn un tyn ac yn dangos ei siâp i'r dim. Roedd merched ei hoed hi yn aml yn magu bol, meddyliodd Eirwyn, ond doedd hi ddim; roedd hi mor osgeiddig â merch ifanc.

Estynnodd ymlaen a rhoddodd gusan ysgafn ar ei wefusau.

'Wyt ti'n mwynhau?' holodd.

'Wrth gwrs 'y mod i,' atebodd yntau.

'*No regrets?*'

'*No regrets.*'

Dyna'r ail dro iddi ofyn y cwestiwn hwn, cofiodd Eirwyn. Oedd hi'n cael amheuon, oedd hi'n ansicr ohoni ei hun, neu ohono fo?

'Sut ddaru ti lwyddo i berswadio Cissie i adael iti ddod?' holodd yn y man.

'Nid fi'n ei pherswadio i adael imi fynd o gwbwl,' atebodd yntau, 'ond fi'n ei pherswadio mod i o ddifri, ac yn mynd waeth beth ddwedai hi.'

'Gefaist ti drafferth?'

'Do, dipyn, ond na hidia. Dwi yma. Dwi ddim eisiau meddwl am y peth.'

'Sori.' Gosododd ei llaw ar ei law o a'i gadael yno. A theimlodd Eirwyn y trydan unwaith eto.

Roedd y wlad yn gwibio heibio ac Eirwyn wrth ei fodd. Dyma beth oedd byw, teithio tua pharadwys mewn trên cyflym cyfforddus efo'r ferch fwyaf deniadol a welodd erioed. Oriau euraid y penwythnos yn ymledu o'i flaen, a Llundain, y ddinas sanctaidd, Meca hedonistiaeth, yn nesáu gyda phob symudiad rhythmig, cyson wrth i'r trên wibio dros y cledrau.

Roedden nhw wedi gorffen y gwin cyn cyrraedd Milton Keynes.

'Biti na fydde gynnon ni botel arall,' meddai Eirwyn a'i dafod wedi'i llacio gan yr awyrgylch a'r ddiod. 'Wnes i ddim meddwl dod â photel efo fi.'

'Mi fydde wedi bod yn anodd i ti esbonio potel win a dau wydryn yn dy fag,' atebodd Gwen. 'Ond na, does gen i'r un botel arall. Cymedroldeb pia hi. Mi wyddost be maen nhw'n ei ddeud, mae alcohol yn gallu cynyddu'r awydd ond difetha'r perfformiad.'

Roedd gorsaf Euston yn un rhuthr diddiwedd. Allai Eirwyn ddim dychmygu byw yn y fath le â Llundain, ond ar ymweliad achlysurol fel hyn roedd y cyfan yn gyffro ac yn cynyddu llifeiriant yr adrenalin drwyddo.

Bu'n rhaid iddyn nhw giwio am dacsi, ac yna roedden nhw ar eu ffordd, yn symud weithiau'n araf, weithiau'n gyflym drwy strydoedd Llundain, a'r dreifar mae'n amlwg yn gwybod am y ddinas fel cefn ei law, ac Eirwyn fel hogyn bach yn edrych ar bopeth o'i gwmpas, ac yn ymwybodol o agosatrwydd Gwen yn y tacsi, a'i law ef yn ei dwylo hi ac yn ei gwasgu bob hyn a hyn.

Roedd un cwmwl bychan yn ffurfafen Eirwyn, sef cyrraedd y gwesty a chofrestru.

'*Leave everything to me*,' oedd ateb Gwen. 'Mi dala i efo fy ngherdyn credyd, felly fi fydd yn cofrestru droson ni, Mr a Mrs Carter, iawn?'

Fe gostiodd y tacsi wythbunt a thalodd Eirwyn amdano. Roedd y ddau wedi cytuno i rannu pob cost, a mater bach fyddai setlo unrhyw wahaniaeth ar y diwedd. Doedd Cissie, diolch am hynny, byth yn astudio taliadau eu cardiau credyd.

Roedd dwy goeden fechan yng nghyntedd y gwesty a dangosodd Eirwyn ddiddordeb anarferol yn y ddwy tra oedd Gwen yn cofrestru wrth y cownter. Roedd y cyntedd yn gymharol dawel, ond roedd porter yn hofran gerllaw ac wedi'r ddefod gofrestru fe gymerodd yr allwedd gan y derbynnydd, gafael ym magiau'r ddau a'u harwain at y lifft. Yna, agorodd y drws iddyn nhw a rhoddodd Gwen bunt iddo am ei drafferth gan ei fod yn amlwg yn disgwyl rhywbeth.

Roedd hi'n ystafell helaeth, braf, digon tebyg i ystafelloedd y Marriott yn Abertawe, a'r gwely'n un mawr. Bownsiodd Gwen arno cyn gorwedd yn ôl a'i dwylo tu ôl i'w phen. Yna daliodd ei breichiau allan a thynnodd Eirwyn i lawr ar ei phen gan sibrwd yn ei glust mewn llais isel, llawn rhywioldeb:

> '*O come, come nearer, come into touch!*
> *Come physically nearer, be flesh to my flesh.*'

A hanner tynnodd y ddau ddillad ei gilydd, yn wyllt fel pe na bai yfory'n bod, fel pe bai pob munud yn funud i'w dwyn. Eu tynnu a charu'n gynddeiriog, yn afreolus a swnllyd, yn glymau hanner noeth ar wely eu serch, gyda dyhead yr wythnosau'n cael mynegiant yn symudiad sydyn hyrddiol llafnau'r storm a'r ddrycin. A chydag un hwrdd a'u gyrrodd bron dros yr erchwyn roedd y cyfan drosodd a hwythau'n ymrannu a gorwedd ar eu cefnau ac ymdrech eu caru gwallgof yn amlwg yn eu hanadlu llafurus.

'Ocsigen! ocsigen!' gwaeddodd Gwen gan chwerthin, a chofiodd Eirwyn am Cissie a'i phwmp asthma.

'Y nefoedd, mae gynnon ni benwythnos cyfan,' ychwanegodd gan anadlu'n drwm. 'A dyma ni fel tasen ni wedi bod trwy'r drain, a newydd gyrraedd yden ni. Sbia'r olwg arnon ni.'

Roedd y ddau hanner i mewn a hanner allan o'u dillad.

'*Your fault, you were mentally undressing me*,' meddai Gwen.

'Na, dy fai di oedd o, yn dal dy freichiau allan amdana i. Ac yn sibrwd y farddoniaeth yna yn fy nghlust.'

'Oeddet ti'n ei nabod o?'

'Nac oeddwn.'

'D. H. Lawrence, ei gerdd "Desire".'

'O, a phwy oeddet ti'n meddwl oeddwn i, Mellors y cipar?'

A chwarddodd y ddau a gafael yn ei gilydd ac ail-ddechrau cusanu.

Gwthiodd Gwen ef oddi wrthi. 'Ara deg. Rhaid inni roi trefn ar bethau,' meddai, a threuliwyd y munudau nesaf yn dadbacio.

Roedd hi'n hanner awr wedi pump, a'r cyngerdd yn y Festival Hall yn dechrau am hanner awr wedi saith. Fe gafodd y ddau gawod sydyn, ond nid gyda'i gilydd, ac yna gwisgo'n barod i fynd, Gwen mewn ffrog ddu laes oedd yn dangos ei siâp i'r dim, ac yntau mewn trywsus a siaced ond gyda'i grys yn agored er ei bod yn ganol Chwefror. Byddai'n teimlo'n fwy cyfforddus mewn tei, ond Llundain oedd Llundain ac roedd yna gyffro arbennig mewn rhannu ystafell gyda Gwen a gwisgo yng ngŵydd ei gilydd, heb unrhyw gywilydd na swildod. Trefnwyd i gael brechdanau a choffi ac aeth y ddau i'r bar i'w bwyta ac archebu tacsi am chwarter i saith. Tacsi am ei bod yn noson arbennig. Nos Wener, hen noson iawn, ac roedd hi'n addo bod felly hefyd!

Teimlai Eirwyn yn anesmwyth ar brydiau yn y gwesty, wrth ddod o'r lifft gyda'i gilydd, wrth gerdded i mewn i'r lolfa, a synhwyrodd Gwen fod rhywbeth o'i le.

'Be sy'n bod?' holodd. 'Rwyt ti ar bigau'r drain. Dwyt ti ddim yn difaru dod, gobeithio?'

'Na, dim o gwbwl. Ofn gweld rhywun dwi'n nabod. Annhebygol dwi'n gwybod, ond mae'n bosib.'

'Ac mae gynnon ni esboniad on'd oes? Yma ar gwrs ac yn nabod ein gilydd. Dyna'r cyfan; gorau po leia ddwedwn i. Mi elli di adael y siarad i mi ac ymlacio. Mi gawn ni amser da, pryd bach ar ôl y cyngerdd a charu wedyn drwy'r nos os lici di.'

'Argol! ti'n meddwl y galla i eto heno a ninnau wedi bod wrthi? Dwi dros fy hanner cant, cofia.'

'*And I'm no spring chicken*. Mewn agwedd a meddwl y mae mesur oedran, nid mewn blynyddoedd.'

'Falle dy fod ti'n iawn.'

'Ydw, dwi'n gwybod mod i.'

Roedd y tacsi beth yn hwyr, ac er nad oedd y daith ymhell roedd y traffig ar heol Westminster yn arwain at y bont yn drwm; roedd hi'n rhy hwyr iddyn nhw gael diod ar ôl cyrraedd, ond fe archebwyd gin a thonic ar gyfer yr egwyl ac yna fe aethant i mewn i'r neuadd a dod o hyd i'w seddau. Wrth iddo edrych ar bobl yn graddol ddod i mewn a llenwi'r neuadd ysblennydd, sylweddolodd Eirwyn fod hwn yn brofiad newydd iddo. Dros ei hanner cant ac erioed o'r blaen wedi bod mewn cyngerdd cerddorfaol byw. Wedi gwrando a gwylio digon, wedi prynu recordiau a chasetiau a disgiau dros y blynyddoedd, ond erioed wedi bod mewn cyngerdd fel hwn. Ac aeth i feddwl am y pethau eraill nad oedd, ers blynyddoedd, os erioed, wedi eu gwneud nes iddo gyfarfod Gwen: mynd mewn trên a thacsi, bwyta allan, aros mewn gwesty, cysgu gyda dynes arall. Ac wrth feddwl am hynny lledodd gwên dros ei wyneb a chlywodd Gwen yn gwasgu ei fraich ac yn dweud: '*Penny for your thoughts.*'

Yna daeth y gerddorfa i mewn ac aed trwy ddefod arferol croesawu'r blaenwr a thiwnio cyn i bobman dawelu. Ciliodd y golau'n raddol a disgynnodd rhyw dawelwch disgwylgar fel cwmwl o niwl dros y lle i gyd.

Yna, daeth yr arweinydd Vladimir Ashkenazy i mewn, yn cerdded yn unionsyth ac yn urddasol, a'i wallt gwyn yn drwch o du ucha'i glustiau. Plygodd yn isel i gydnabod cymeradwyaeth y dorf ac yna trodd i wynebu'r gerddorfa.

Teimlai Eirwyn fod rhywbeth yn arallfydol yn y ffaith ei fod yma, yn y cnawd, yn bresennol yn y fath le. Yma lle'r oedd rhai o gerddorion mwya'r byd yn perfformio, ac roedden nhw'n perfformio iddo fo, iddo fo a Gwen, yr angyles oedd wrth ei ochr, yn pwyso'i chorff yn ei erbyn ac yn rhwbio'i goesau â blaen ei hesgid, a sawr ei phersawr yn ei feddwi.

Yna, ymdawelodd a llonyddodd hithau wrth i gerddoriaeth beraidd rhan o *Midsummer Night's Dream* gan Mendelssohn lifo o'r offerynnau ac ymgordeddu drwy'r neuadd gan eu lapio yn ei rhin. Yr oedd fel petai rhan o nefoedd wedi ei impio wrth fywyd yn y byd hwn, rhan o rywbeth na pherthynai yn wir i'r ddaear, ymweliad y tragwyddol â byd mater.

Daeth y perfformiad i ben gyda chymeradwyaeth fyddarol i'r gerddorfa a'i harweinydd.

Yna diflannodd yr arweinydd o'r llwyfan a daeth yn ei ôl yn arwain merch ifanc yn cario ei ffidil, merch nad edrychai'n fwy na deuanw oed er bod y rhaglen yn nodi ei bod yn bump ar hugain. Roedd Leila Josefowicz, y ferch o Ganada, yn dlws ac eiddil a'i gwallt melyn wedi ei dorri'n gwta fel bachgen, ac roedd yn prysur wneud enw iddi ei hun fel fiolinydd o statws rhyngwladol.

Ac yna, wedi i bawb ymdawelu drachefn nes y

gellid bron glywed anadliad gwybedyn, dychwelodd y lledrith wrth i nodau peraidd consierto Mendelssohn lifo o'r offerynnau, ac eisteddodd Eirwyn yn ôl i fwynhau, a mwynhau agosatrwydd Gwen wrth ei ochr.

Pan glywodd yr ail symudiad nefolaidd, cofiodd Eirwyn am yr adeg y bu'n trefnu, gyda chriw o ieuenctid, raglen Gŵyl yr Ysgol Sul, gan ddefnyddio'r symudiad fel cefndir i eiriau Williams Pantycelyn, un o'r caneuon serch godidocaf a grëwyd yn y Gymraeg, yn ei dyb o beth bynnag.

Pan ddaeth y perfformiad i ben roedd pawb yn syfrdan, a chafwyd, cyn y gymeradwyaeth, yr eiliadau bendigedig rheini o dawelwch cyn bod y don o guro dwylo'n torri allan.

Cododd y ddau a mynd i'r bar, casglu eu diod a dod o hyd i gornel wag lle gallen nhw fod efo'i gilydd.

'Mwynhau?' gofynnodd hi.

'Bendigedig,' oedd yr ateb. 'Wyt ti?'

'Ydw. Mi glywais i'r fiolinydd yna yn y Bridgewater ym Manceinion ryw flwyddyn neu ddwy yn ôl yn perfformio consierto gan John Adams. Wyddost ti amdano fo?'

'Na wn i. Dim ond y cyfansoddwyr arferol y gwn i amdanyn nhw. Dydi ngwybodaeth i ddim mor eang â dy un di.'

'Doeddwn innau ddim wedi clywed sôn amdano chwaith nes imi fynd i Fanceinion i'r cyngerdd.

Showing off, my dear! Ond mae hi'n fiolinydd arbennig yn tydi?'

'Ydi, faswn i'n ddeud, er nad ydw i'n fawr o feirniad. Cofia imi ddeud rhywbeth wrthyt ti am yr ail symudiad ar ddiwedd y cyngerdd.'

'O'r gore. Den ni am fynd i gael bwyd wedyn?'

'Wel, mi fydda i eisiau bwyd erbyn hynny dwi'n meddwl; chawson ni ddim llawer drwy'r dydd. Awydd rhyw basta bach falle.'

'Syniad da. Mi fydde hynny i'r dim. Mi allen ni gael tasci oddi yma a gofyn i'r gyrrwr a ŵyr o am dŷ bwyta Eidalaidd heb fod ymhell o'r gwesty.'

A chytunwyd ar hynny.

Roedd ail hanner y cyngerdd yn gwbl wahanol gyda'r arweinydd Rwsaidd yn dehongli'n berffaith waith ei arwr Tchaikovsky. Roedd yr islais slafonaidd yn y gerddoriaeth yn rhywbeth daearol, gwerinol, yn adlewyrchu bywyd caled Rwsia a chyflwr truenus ei phobl. Ond roedd y gwaith drwyddo yn rhyw fath o her i'r bywyd caled hwnnw, yn ddatganiad o ffydd a gobaith yn wyneb caledi, gyda'r dechrau cyffrous oedd fel pe bai'n herio ffawd a chyhoeddi rhyfel ar ormes, ac yna llyfnder esmwyth a rhythmau cryfion gweddill y symudiad cyntaf fel pe baent yn addo bywyd gwell, bywyd y tawelwch lledrithiol yn yr ail symudiad, ac yna yr ysgafnder chwareus ym mhitsicato'r trydydd symudiad oedd yn adlewyrchu ymdrech y bobl i fod yn llawen yn wyneb gorthrymderau, cyn i'r gerddoriaeth ddychwelyd at rai o brif themâu'r gwaith a phrif themâu bywyd yn y symudiad olaf: symudiad cryf, cyflym, soniarus yn dod i uchafbwynt cofiadwy, yn enwedig mewn perfformiad byw mewn neuadd yr oedd ei hacwsteg mor berffaith.

Roedd y ddau yn dawel wrth gerdded gyda'r dorf allan i realaeth bywyd go iawn a llwyddo'n weddol sydyn i gael tacsi yn ôl i gyfeiriad y gwesty.

Roedden nhw'n ffodus. Roedd tŷ bwyta Eidalaidd *Perdoni* yn yr un stryd â'r gwesty, ac yno y gadawodd y tacsi nhw.

Fe gawson nhw fwrdd mewn hanner gwyll yng nghornel y tŷ bwyta ac archebu potelaid o win coch y tŷ i aros am eu bwyd.

Edrychai'r ddau i fyw llygaid ei gilydd wrth yfed y gwin, gyda seiniau anhygoel y gerddoriaeth yn gwrthod ymadael o'u clustiau.

Cododd Gwen ei throed i fyny ar ei gadair ef a dechreuodd yntau ei mwytho gan redeg ei law i fyny ei choes ac at ei phen-glin. Ni allai gyrraedd ymhellach heb blygu i lawr dan y bwrdd a dangos i bawb beth roedd o'n ceisio'i wneud, ond yr oedd pob cyffyrddiad yn wefr. Daeth llinellau o waith Puskin i'w gof, a chan fod ei harferiad hi o ddyfynnu wedi gafael ynddo yntau, adroddodd wrthi yn dawel, fel pe bai'n sibrwd cyfrinach:

> *'Last night she was using her skill*
> *To give me secretly her little foot*
> *Under the tablecloth for me to caress.'*

'*Little foot, wir,*' meddai hithau, '*foot, leg and knee* wyt ti'n feddwl, a mwy na hynny hefyd taset ti'n gallu cyrraedd.'

'A wela i ddim dy fod di'n gwrthwynebu.'

'Dim o gwbwl. Dwi wrth fy modd. Biti na fyddai dy freichiau di'n hirach! Ond mi roeddet ti am ddeud rhywbeth am ail symudiad consierto'r ffidil wrtha i.'

'Oeddwn. Oeddet ti'n ei hoffi?'

'Roedd o'n fendigedig. Doeddwn i ddim wedi ei glywed erstalwm. Roedd o'n fy atgoffa o redeg yn rhydd yn yr awyr iach ac awelon y bryniau'n llifo trwy fy ngwallt; roedd o'n creu awyrgylch o ryw bellter cyfareddol, llawn rhin.'

'Yn hollol. A flynyddoedd yn ôl, pan oedd dau ohonom yn paratoi rhaglen ar gyfer rhywbeth yn y capeli, mi ddaru ni chwarae'r rhan yna'n gefndir i un o emynau Williams Pantycelyn.'

'Mi glywes sôn am Williams Pantycelyn wrth gwrs, ond mi fyddi'n deall na wn i fawr ddim amdano.'

'Wel, fo ydi un o'r emynwyr gorau welodd Cymru erioed. Ac mi roedd fy ffrind a fi yn bendant ei fod wedi defnyddio cerdd serch a sgrifennodd o i'w gariad yn emyn, yn ddau emyn a deud y gwir, a'r hyn wnaethon ni oedd creu un delyneg serch gan ddefnyddio'r ddau, telyneg serch orau'r Gymraeg yn fy meddwl bach i.'

'Wyt ti'n cofio'r geiriau?'

'Ydw.'

'Adrodd nhw wrtha i.'

'Wrthyt ti ac i ti, ar ôl inni fwyta.'

Roedd rhannu pryd gyda Gwen i Eirwyn fel rhan arall o'r cyngerdd, fel ymestyniad o brofiad oedd eisoes wedi bod yn un cofiadwy, yn ei godi i dir na ddychmygodd erioed ei fod yn bosib, fel pedwerydd symudiad y symffoni. Yma, yn nirgelion tŷ bwyta mewn rhan weddol ddiarffordd o Lundain, teimlai'n ddiogel, ac yn dangnefeddus fodlon.

Wedi iddyn nhw fwyta a chyn i'r gwin ddarfod gafaelodd Gwen yn ei ddwy law a'u gosod bob ochr i'w hwyneb a'i dynnu ati a'i gusanu.

'Yn awr,' sibrydodd, 'wnei di adrodd y geiriau?'

Plygodd yntau ymlaen a sibrwd yn ei chlust:

> 'Rwy'n edrych dros y bryniau pell
>   amdanat bob yr awr;
> tyrd, fy Anwylyd, mae'n hwyrhau
>   a'm haul bron mynd i lawr.

Ti yw f'anwylyd i, Gwen, ti a neb arall, cofia di hynny.'

'Ydi'r frawddeg ola 'na'n rhan o'r gerdd, Eirwyn?'

Chwarddodd yntau. 'Nac ydi, ond mae o'n wir.'

'Wyt ti am fynd ymlaen?' ac roedd ei llais fel nodau peraidd y ffidil.

> 'Tyn fy serchiadau'n gryno iawn
>   oddi wrth wrthrychau gau
> at yr un gwrthrych ag sydd fyth
>   yn ffyddlon yn parhau.'

'O, Eirwyn, mae hi'n wych. Ac i mi mae hi? Ac amdanaf fi? Y fi ydi'r un gwrthrych?'

'Ie Gwen, i ti, ac amdanat ti. Ond mae 'na un pennill eto.'

'Wyt ti am ei sibrwd yn fy nghlust, yn dawel, yn gyfrinach dau gariad?'

Plygodd ymlaen nes ei fod yn cyffwrdd ei chlust:

> 'O pam na chaf fi ddechrau nawr
> fy nefoedd yn y byd,
> a threulio 'mywyd mewn mwynhad
> o'th gariad gwerthfawr, drud?'

'O Eirwyn. Rwyt ti'n cael dechrau dy nefoedd yn y byd, ac mae nghariad i tuag atat ti yn werthfawr ddrud, cofia.'

'Wn i. Gobeithio nad ydw i'n cablu. Sôn am Dduw mae o ti'n gweld, neu am Iesu Grist yn hytrach.'

'Dwi'n gwybod. Rydw inne'n mynd i addoli wyddost ti, i'r eglwys gadeiriol ryw unwaith y mis. Ac os mai cariad ydi canolbwynt yr efengyl, yna mae o'n rhywbeth sy ganddon ni, yn tydi, ac nid cabledd ydi defnyddio geiriau efengyl cariad i sôn am gariad.'

'Gobeithio dy fod ti'n iawn, Gwen, gobeithio dy fod ti'n iawn!'

Cerddodd y ddau fraich ym mraich yn ôl i'r gwesty. Roedd hi'n hwyr erbyn hyn a chysgodion nos y ddinas yn lapio amdanynt. Aethant yn syth am y lifft ac i'w hystafell.

'Wyt ti'n siŵr nad wyt ti eisiau diod?' holodd Gwen. 'Mi ddof i efo ti i'r bar os wyt ti.'

'Na. Mae gwely'n galw dwi'n meddwl.'

Roedd eu caru'r noson honno fel ail berfformiad o'r symffoni, yn dechrau'n frwd cyn setlo i lyfnder esmwyth anwesu a mwytho'i gilydd bob yn ail a chyd-symud i rythmau cryfion eu caru. Gafaelodd hi yn ei glust a sibrwd – *andante sostenuto, moderato con anima* a'r iaith mor feddal a rhywiol.

'Be wyt ti'n ei ddeud?' holodd.

'Sibrwd disgrifiad o symudiad cynta'r symffoni – mi ges fy atgoffa ohono wrth ddarllen y rhaglen.'

Ac yna ychwanegodd, '*Andantino in modo canzone*' ac yr oedd eu caru'n dawel a llyfn a'u dwylo'n crwydro dros gyrff ei gilydd, yn chwilio'r cilfachau, yn chwilio am y mannau tyner, a chlywai Eirwyn fiwsig y perfformiad fel eco pell rywle yn nenfwd ei feddyliau.

Yna gorweddodd y ddau yn ôl yn dawel cyn iddi hi ddechrau ei gosi'n chwareus ac iddo yntau dalu'n ôl iddi gan ymlid ei gilydd dros y gwely i gyd. Ac wrth iddyn nhw dreulio'r amser felly llefarodd hi ddisgrifiad y trydydd symudiad, '*Scherzo, pizzicato ostinato*', gan ei ymlid a'i chwerthin fel nodau arian ar erwydd eu serch. Yna llonyddodd y ddau drachefn a chusanu'n frwd a hir a'u cyrff yn un yn eu cariad, un funud yn llamu fel ewigod dros y gwely i gyd, yr eiliad nesaf yn ymlonyddu cyn dechrau drachefn a symud yn gadarn gyson tua'u huchafbwynt, ac wrth i'r ecstasi dorri drostyn nhw yn un rhyferthwy mawr cynhyrfus, gwaeddodd hithau ar dop ei llais, '*Allegro con fuoco!*', cyn iddyn nhw ddisgyn yn llipa a gwahanu i edrych ar ei gilydd, a dechreuodd y ddau chwerthin.

'Be ddwedest ti?' holodd Eirwyn. 'Be waeddaist ti ar dop dy lais, nes deffro'r gwesty siŵr o fod? Roedd o'n swnio'n rhywbeth amheus iawn.'

'*Allegro con fuoco*,' atebodd hithau. 'Symudiad ola'r symffoni. Ac roedd o'n fendigedig on'd oedd o?'

'Oedd, wrth gwrs, yn gwbwl arallfydol. Ond dwi ddim yn meddwl mai dyna gredai unrhyw un oedd yn gwrando i ti ei ddeud!'

'Dim ots gen i. Ond mi wyddost na fyddwn i byth yn defnyddio geiriau fel yna. Maen nhw'n gneud uchel sanctaidd brofiad serch yn rhywbeth aflan.'

'Ydyn. A chlywais i 'rioed mohonot ti'n eu llefaru.'

'Naddo, geiriau i dynnu sylw at y rhai sy'n eu defnyddio ydyn nhw, boed y rheini'n blant, yn ferched neu'n awduron.'

'Awduron, ie? Rydw i'n rhannu gwely efo beirniad llenyddol felly.'

'Wyt, ac yn ei fwynhau. A minnau'n rhannu gwely efo dyn go iawn. Wyddost ti fod dy lygaid di'n troi'n las pan fyddwn ni'n caru? Tyrd imi gael gweld y llygaid glas yna eto.' A rowliodd drosto a dechrau ei fwytho a'i garu drachefn.

*   *   *

284

Roedd bod yn y ddinas fawr i Eirwyn fel bod mewn siop deganau enfawr i blentyn. Eisiau gwibio o un peth i'r llall, eisiau cyffwrdd popeth, profi popeth, perchnogi popeth, a'i feddwl wedi ei feddiannu'n gyfan gan amrywiaeth a hast a chynnwrf y lle.

A Sadwrn felly a gafodd; gwneud fel y mynnai, dewis ble i fynd, beth i'w wneud, ble i fwyta, gweld yr Imperial War Museum ac Ystafelloedd Cabinet Rhyfel Churchill, a'r ymweliadau rywsut yn talu gwrogaeth i'w dad. Yna, cinio ganol dydd araf, hudolus mewn tŷ bwyta Ffrengig yng nghanol y ddinas, dychwelyd i'r gwesty i newid ar gyfer mynd allan, cinio golau cannwyll yn Soho, cydfwynhau *Blood Brothers* yn y Phoenix cyn dychwelyd i'r gwesty i garu'n araf a thyner ac angerddol.

Ac yna, drannoeth, roedd y cyfan ar ben. Trên tanddaearol i Euston, trên i Crewe gyda phaned o de yn hytrach na gwin, ac yna i Gaer, ac erbyn diwedd pnawn Sul a'r glaw mân yn disgyn ar eu cyrff ac yn ddampar ar eu meddyliau, roedd nefoedd wedi troi'n uffern.

Tawel oedd y ddau wrth iddyn nhw ffarwelio yng Nghaer. Profi'r afal cyn i hwnnw gael ei gipio o'u cegau, profi gwynfyd oedd ar ddechrau'r pen-wythnos yn rhywbeth soled, cadarn, ac erbyn y diwedd mor effemeral â'r gwlith ar flodyn haf, tristwch y naill yn bwydo anniddigrwydd a thorcalon y llall, a'r ddau'n gwahanu â dagrau yn eu llygaid.

Ar y ffordd adref trodd Eirwyn y radio ymlaen a daeth Radio Cymru ag ef yn ôl i Gymru ac i fyd y recordiau Cymraeg. Heather Jones oedd yn canu, yn ei llais peraidd pur fel grisial ac am y tro cyntaf, er ei fod wedi clywed y gân lawer tro o'r blaen, dechreuodd sylwi ar y geiriau – geiriau oedd yn sôn am orwedd ar ei ben ei hun, yn sôn am law yn cymysgu gyda'r dagrau, ac yna'r llinell: 'Pan ddaw'r dydd, pan ddaw'r dydd, tyrd i mewn i mywyd i.' Roedd Gwen wedi dod i mewn i'w fywyd ef ac eto doedd hi ddim; ar y cyrion yr oedd, gwely blodau peraidd, lliwgar o gwmpas lawnt lawn chwyn ei fodolaeth. Ac ni fyddai fyth yn fwy na hynny. Na, ni ddeuai'r dydd pan fyddai'n camu'n llwyr i mewn i'w fywyd ef, ac eto am hynny yr oedd yn dyheu, nes bod y dyhead yn boen corfforol iddo.

Cyn cyrraedd adref trodd i mewn i gilfach a ffonio Gwen. Camgymeriad, gan nad oedd gan yr un o'r ddau fawr ddim i'w ddweud, dim hyd yn oed ddyfyniad o gerdd, dim ond diolch i'w gilydd am benwythnos bendigedig, mynegi eu cariad i'w gilydd, gresynu am y dyddiau llwm oedd i ddod cyn iddyn nhw allu trefnu cyfarfyddiad arall, trefnu i ffonio mor aml ag y gallent, ac yna roedd y cyswllt hwnnw wedi mynd, a'r *ether* rhyngddynt yn dawel.

Cyn iddo gyrraedd adref cafodd neges testun: *Keep your blue eyes for me xx*. Ond ni wyddai beth i'w wneud, chwerthin neu grio.

Roedd teimlad syrffedlyd nos Sul yn waeth nag arfer wrth iddo nesáu at adref, a phan gyrhaeddodd y stad lle'r oedd yn byw a diffodd y peiriant, arhosodd yno am ennyd, yn y car, yn gorfod perswadio'i hun i gamu allan, i ddychwelyd i wynebu bywyd bob dydd, i wrando ar drifia bywyd Cissie, ei phryder tra bu i ffwrdd, ei phroblemau yn ystod ei absenoldeb.

Cerddodd drwy'r drws i wynebu naill ai dân ei chynddaredd neu ludw llwyd ei diffyg croeso.

17

Bu Mawrth yn fis arbennig i Eirwyn, gydag arwyddocâd arbennig i'r Sadyrnau, Sadyrnau a effeithiodd yn fawr ar ei fywyd.

Ar Sadwrn cynta'r mis, dydd Gŵyl Ddewi, cafodd Gertrude Jones, prifathrawes yr ysgol uwchradd, ddamwain, ar yr ail Sadwrn bu'n rhaid rhuthro Cissie i'r ysbyty, ac ar y pedwerydd fe gymerodd perthynas Gwen ac yntau gam pwysig ymlaen, neu efallai yn ôl.

Ar y Sadwrn cyntaf ym Mawrth roedd Gertrude Jones a'i gŵr yn teithio i Fanceinion i ymweld â'i chwaer a'r teulu pan fuon nhw mewn damwain aml-gerbyd mewn niwl trwchus ar y draffordd. Doedd ei gŵr ddim gwaeth, ond torrodd Gertrude Jones ei phelfis a maluriodd ei throed dde i'r fath raddau fel y cymerai fisoedd iddi wella'n ddigon da i ddychwelyd i'r ysgol.

Bu'r ddamwain yn waredigaeth i'r staff, neu o leia fe ohiriodd iddyn nhw y dyddiau o brysur bwyso. Yn dilyn galwadau ffôn hirfaith ac aml rhwng cadeirydd y llywodraethwyr ac un o'r dirprwyon, a rhwng y dirprwy ac Estyn, cytunodd y corff hwnnw yn y diwedd i ohirio arolygiad yr ysgol hyd amser amhenodol a olygai, ar y cyntaf, rywdro yn ystod tymor y Nadolig, pan ellid sicrhau cytundeb efo'r tîm arolygu.

Er eu bod yn naturiol yn gresynu at ddamwain y brifathrawes, teimlai'r rhan fwyaf o'r staff yn falch eu bod wedi eu gwaredu dros dro rhag y cyrch oedd yn barod i ymosod arnyn nhw, ac yr oedd Eirwyn yn un o'r rheini, a hynny am fwy nag un rheswm. Yn un peth rhoddai fwy o amser iddo sefydlu cadarnach perthynas â'r disgyblion, rhywbeth oedd yn digwydd yn gynyddol wrth i Gwen fagu hyder ynddo a gwneud iddo deimlo'n rhywun. At hynny, roedd Gwen wedi sôn am gwrs preswyl neu ddau yng ngogledd Lloegr yn ystod tymor yr haf, a byddai'n anodd iawn iddo gyfiawnhau i Cissie ei bresenoldeb yn y rheini ar ôl arolwg, yn enwedig os oedd yr arolwg hwnnw'n foddhaol.

Roedd gwanwyn yn y tir, gobaith newydd yn goleuo'r awyr, tymor tawel o'i flaen yn yr ysgol, y brifathrawes yn gwella, dim arolwg, y posibilrwydd o fynych alwadau ffôn rhyngddo ef a Gwen yn 'llinell bywyd', a gobaith am sawl episod o nefoedd yn ei chwmni yn ystod yr haf.

*   *   *

288

Yr ail ddydd Sadwrn ym Mawrth oedd diwrnod plannu ffa dringo. Roedd y plannu hwn wedi bod yn gyson ddigyfnewid ar hyd y blynyddoedd. Byddai plannu rhy gynnar yn cynyddu'r posibilrwydd o rew yn lladd y planhigion ifanc a phlannu rhy hwyr yn golygu na fyddai'r cynnyrch yn barod yn ei iawn dymor. Roedd profiad chwarter canrif wedi ei ddysgu bod yr ail Sadwrn ym Mawrth – er bod y dyddiad yn amrywio – bron yn amseriad perffaith ar gyfer y plannu.

Ac yr oedd y Sadwrn yn sych a thawel, yn berffaith bron i Eirwyn fod wrthi yn yr ardd.

Ond yna, daeth y plannu i ben yn sydyn pan glywodd o Cissie'n gweiddi arno o'r tŷ. Roedd o wedi hen arfer clywed Cissie'n gweiddi arno, gweiddi gorchmynion fel rheol, ond gwyddai'n reddfol fod y waedd hon yn wahanol. Gadawodd ei raw yn y pridd, ciciodd ei welingtons oddi ar ei draed a rhuthrodd i'r tŷ.

Roedd ei wraig yn hanner gorwedd ar y soffa, a golwg mawr arni ac yn ymladd am ei hanadl.

'Y pwmp, y pwmp,' meddai'n floesg gan amneidio at y dresel. Cipiodd Eirwyn ef oddi yno a'i roi wrth ei cheg. Dan ddylanwad y cyffur daeth ati ei hun i raddau, a llwyddo, gyda chymorth ei gŵr, i fynd i eistedd ar gadair galed wrth y bwrdd. Rhoddodd Eirwyn hi i bwyso ymlaen yn y gadair fel y byddai anadlu'n rhwyddach iddi.

Ond roedd hi'n dal i gael trafferthion, yn dal i

orfod ymladd am ei gwynt, a doedd hi'n edrych ddim tamaid gwell. Aeth Eirwyn i ffonio'r feddygfa.

Yn ffodus, roedd hi cyn hanner dydd a'r meddyg yn dal yn y feddygfa. Addawodd ddod draw ar unwaith, ac yn rhyfeddol fe ddaeth. Byddai Cissie yn ymwelydd mynych â'r lle, ond dyma'r tro cyntaf i Eirwyn ffonio; gwyddai felly fod yr alwad yn un ddilys.

Cadarnhaodd, pan ddaeth, mai wedi cael pwl drwg o asthma yr oedd Cissie, cyflwr yr oedd hi wedi mynnu ers tro ei bod yn diodde oddi wrtho ond nad oedd neb wedi cymryd fawr sylw ohono. A chan fod peryg fod yr anadlu neu'r diffyg anadlu wedi rhoi straen ychwanegol ar ei chalon, penderfynodd y meddyg ei hanfon i'r ysbyty ym Mangor ar unwaith.

Dywedwyd wrth Eirwyn gan y parafeddygon nad oedd yna greisis ond y bydden nhw'n defnyddio'r seiren, ac am iddo beidio ceisio dilyn yr ambiwlans, ond dod i'r ysbyty yn ei amser ei hun. Dyna a wnaeth, a threuliodd yr oriau nesaf yn sefyllian a chicio'i sodlau yno, yn picio i'r caffi am baned, yn ymweld â'r siop a cherdded y coridorau hirion. Daeth yn gyfnod ymweld y pnawn, ond nid aeth Eirwyn o gwmpas y wardiau i chwilio am rywun allasai fod yn ei adnabod. Doedd ymweliadau felly â'r ysbyty ddim yn un o'i hobïau ef.

Yn y man dywedwyd wrtho fod Cissie wedi cyrraedd y ward ac y gallai fynd i'w gweld. Roedd wedi cael ocsigen i helpu'r anadlu, ac am gael nifer o

290

brofion i asesu maint yr anhwylder, ac i fesur unrhyw effaith allasai ei gael ar ei chalon. Roedd hi'n anarferol o dawedog, dim cwyno, dim bytheirio, dim arthio arno, fel pe bai ei chyflwr wedi ei llonyddu a'i llareiddio. Gwyddai Eirwyn ei bod wedi cael rhywbeth i'w thawelu, ac wedi iddo ddweud y deuai yno drannoeth, aeth adref gan fod yr ysbyty yn mynnu nad oedd mewn unrhyw berygl ac nad oedd diben iddo aros gan y byddai'n cysgu am rannau helaeth o weddill y diwrnod.

Arhosodd nes cyrraedd adref cyn ffonio Gwen ar y ffôn bach, ond roedd wedi ei diffodd. Ffoniodd ar ffôn y tŷ, ond doedd ond y peiriant ateb ymlaen. Gadawodd neges i ddweud y byddai'n ffonio'n hwyrach. Fe ffoniodd Jen hefyd ac un neu ddau o bobl eraill, gan gynnwys Mrs Fletcher drws nesaf. Ac yna'n sydyn, doedd ganddo ddim byd i'w wneud. Roedd hi'n rhy hwyr i fynd i orffen plannu'r ffa dringo. Aeth â Siwsi am dro i'r parc, gan ddilyn y ddefod arferol, ond chymerodd hynny fawr o dro. Estynnodd rai o'i lyfrau ysgol i wneud ychydig o waith arnyn nhw, ond chafodd o ddim hwyl arni. Trodd y teledu ymlaen, ond doedd dim oedd yn werth ei weld ar hwnnw.

Sylweddolodd yn sydyn nad oedd o wedi cael fawr ddim i'w fwyta yn ystod y dydd, ac aeth i chwilio am ddeunydd swper iddo'i hun. Doedd o fawr o gwc, heb erioed orfod gwneud pethau felly, ond penderfynodd ar ffa pob ac ŵy ar dost ac ar ôl eu bwyta rhoddodd y plât a'r gyllell a'r fforc, ynghyd â'r sosban, yn y sinc. Gwnaeth baned o de iddo'i hun, ac yna fe ffoniodd yr ysbyty.

Roedd Cissie'n dawel ac yn gyfforddus medden nhw, ac yn cysgu. Ddweden nhw ddim mwy na hynny, ond fe'i sicrhawyd nad oedd raid iddo feddwl am fynd yno'r noson honno. Ffoniodd Jen i ddweud hynny wrthi hi, ffoniodd Mrs Fletcher i ddweud yr un peth, ac yna, eisteddodd gan fflicio o un raglen deledu i'r llall, heb aros i edrych o ddifri ar yr un ohonyn nhw.

Ac yntau'n cysidro a ddylai geisio cysylltu â Gwen drachefn, canodd y ffôn. Gwyddai mai hi oedd yno. Ac yr oedd yn iawn. Wedi bod i ffwrdd am y dydd a newydd gyrraedd adref a chael ei neges. Roedd hi'n llawn consýrn pan glywodd beth oedd wedi digwydd a chael yr hanes i gyd.

'Sut wyt ti'n teimlo?' holodd.

'Wn i ddim,' atebodd yntau. 'Fel iâr ar drane am wn i. Methu setlo i neud dim byd ond ffidlan o un peth i'r llall.'

'*Understandable in the circumstances*,' atebodd hithau. 'Sioc i'r system a sefyllfa nad wyt ti'n gyfarwydd â hi, sefyllfa newydd yn dy hanes di. Heb gyfarwyddo eto. Ond mi wnei. Ac os 'di be wyt ti'n ddeud yn wir, fydd hi ddim yn yr ysbyty'n hir.'

'Na, rhyw ddeuddydd neu dri, cyn belled nad yw'n cael plwc arall wrth gwrs.'

'Wel, cymer ddogn go dda o wisgi a dos i dy wely a thrio cysgu. Wnei di ddim byd gwell, a does yna

292

ddim y galli di ei neud, cofia. Mae hi mewn dwylo diogel. A chofia beth arall hefyd. Mi dwi efo ti yn fy meddwl drwy'r amser, cofia di hynny, felly cysga'n dawel, a ffonia fory. Mi fydda i adre drwy'r dydd.'

Teimlai Eirwyn yn well ar ôl siarad â hi ar y ffôn, ond pan aeth i'w wely, heb y wisgi, gan nad oedd dim yn y tŷ, dechreuodd ei feddyliau ei gadw'n effro.

Beth ddigwyddai pe bai Cissie'n marw? Oedd Gwen, y funud honno, yn deisyf hynny, yn gobeithio yn ei chalon y byddai hynny'n digwydd? Fe fyddai'n datrys ei phroblem, yn dwyn ymaith yr unig gystadleuaeth, yr unig wrthwynebydd oedd ganddi. Fe fyddai'n ei ryddhau o i fod yn feddiant i Gwen am byth. Ai dyna oedd yn mynd trwy ei meddwl? A oedd hi'r funud honno yn hymian canu wrth fynd o gwmpas ei phethau yn ei chartref yn Duddon? Roedd hi wedi derbyn na allai eu perthynas fod yn ddim ond un ysbeidiol gorfforol, hyd yn oed os gallai fod yn berthynas fwy cadarn a holl bresennol yn feddyliol. Roedd o wedi cydnabod na allai o fyth adael ei wraig i fynd ati hi. Ond doedd bosib nad oedd yn dirgel obeithio y deuai rhyw newid yn eu hamgylchiadau fyddai o fantais iddi hi.

Ac yna, fe droes y meddyliau hyn, meddyliau yr oedd yn eu tadogi i Gwen, yn hunlle. Fe droeson nhw i fod yn feddyliau amdano ef ei hun. Ai mynegi yr oedd, drwyddi hi, ei gudd feddyliau ei hun? Ai ei obaith o fyddai caniad o'r ysbyty i ddweud bod ei wraig ar fin marw? Roedd 'tra bo anadl, mae gobaith' yn ddywediad pwysig, llawn cysur i rai oedd yn poeni a gofidio am anwyliaid, ond onid oedd 'tra bo angau, mae gobaith' yn gallu bod yn ddywediad oedd yr un mor ddilys i laweroedd o bobl mewn amgylchiadau tebyg i'w amgylchiadau o? Ai syniadau fel hyn a lanwai feddwl y rhai hynny a gyflawnai lofruddiaeth mewn sefyllfaoedd cyffelyb?

Roedd y ddau lais yn dadlau yn ei feddwl, y llais a'i cyhuddai o fod yn llochesu meddyliau annheilwng ac a ddeisyfai farwolaeth ei wraig, a'r llais arall oedd yn wfftio'r fath syniad ac yn mynegi dyhead y câi adferiad llwyr a buan, ac y byddai'n ôl gartref ymhen ychydig ddyddiau. Ai siom ynteu rhyddhad fyddai clywed ei bod yn gwella?

Ac yna, pan sylweddolodd lwybr ei ymson, pan feddyliodd am ei wraig yn gorwedd yn ei gwely yn yr ysbyty, a chofio'r olwg unig a thruenus oedd arni pan adawodd hi, fe'i llanwyd â'r edifeirwch rhyfeddaf.

Doedd ganddo ddim rheswm i beidio, a phob rheswm i fynd i'r capel fore Sul i wrando'r gweinidog yn pregethu ar y degfed a'r olaf o'r gorchmynion, er nad oedd ei glywed yn traethu am beidio chwennych gwraig ei gymydog yn llwyr at ei ddant. Ond arweiniodd y bregeth o i ystyried ei sefyllfa, a cheisio dadansoddi ei berthynas â'r ddwy yn ei fywyd, a doedd y gorchymyn ei hun yn cosi dim ar ei gydwybod. Doedd Gwen ddim yn wraig i neb, heb sôn am fod yn wraig i gymydog iddo, a doedd y gorchymyn yn dweud dim am bechodau chwennych gŵr i gymydog. Na, o'i safbwynt o, a'i sefyllfa o, yr oedd i Iddewiaeth ei rinweddau, sylw arbennig i'r gŵr bob tro, a gwrogaeth arbennig iddo o'i gymharu â'r ferch. Ac yn ei hymwneud ag o, roedd Gwen yn cadw'n gyson at ganonau Iddewiaeth, yn ei wneud yn arglwydd, yn gadael y penderfyniadau iddo fo, y dewis iddo fo, gwneud yr hyn yr oedd o eisiau ei wneud. Roedd hi'n gwbl ddarostyngedig iddo, heb erioed greu'r argraff ei bod yn llawforwyn iddo chwaith. O gryfder yr oedd yn gweithredu, o'r hyder anorchfygol oedd yn perthyn iddi, digon o hyder i adael y penderfyniadau iddo fo. A doedd dim dwywaith nad oedd hi wedi rhoi hyder iddo, wedi ei wneud yn greadur, os nad newydd, yna'n llawer cryfach nag a fu ar hyd ei oes. Weithiau roedd o'n cael yr argraff mai trwy ganiatâd Gwen yr oedd o'n cael penderfynu, bod ei llaw hi rywsut ar y llyw.

Ond yn sicr roedd Cissie'n methu cyfarfod gofynion Iddewiaeth. Fe'i gwnaeth ei hun yn ben y llwyth, yn rheolwraig yr uned deuluol, a byddai'n rhaid newid rhywogaeth ramadegol y degfed gorchymyn yn llwyr i gydymffurfio â'i hagwedd hi. Nid ei bod yn ymwybodol fod yna ddadl. Na, wyddai Cissie ddim am leoliad merched a dynion o fewn y gymdeithas; ni chafwyd trafodaeth erioed ar y peth ac ni chododd mewn sgwrs na dadl. Roedd hi'n cymryd yn ganiataol mai ganddi hi yr oedd yr hawl i benderfynu popeth ac mai dyletswydd, onid braint Eirwyn, oedd ymateb i'w holl ofynion.

Ond tra oedd Eirwyn yn cael yr argraff mai o gryfder yr oedd Gwen yn rhoi iddo'r hawl i benderfynu, roedd o yn dod i gredu fwyfwy mai o wendid yr oedd Cissie'n gweithredu. Doedd ganddi hi mo'r hyder i adael i neb arall benderfynu drosti. Fe fyddai arni hi ofn penderfyniadau eraill; yn ei phenderfyniadau ei hun yr oedd ei diogelwch. Roedd hi'n wrthrych tosturi ac roedd o wedi methu cynnig iddi dosturi, ac yn ystod yr wythnosau a'r misoedd diwethaf hyn roedd o wedi graddol ddod i sylweddoli bod yna fwy i fywyd na rheoleidd-dra diflas amserlen ddigyfnewid ei fywyd, amserlen nad oedd iddi na thaflen haf na gaeaf. Yr oedd adnabod Gwen, os nad wedi agor iddo ddrysau rhyddid, o leia wedi ei alluogi i ganu o fewn ei gaets. Ac wrth feddwl am hynny, a hunangofiant Maya Angelou, *I Know Why the Caged Bird Sings*, cofiodd am frawddeg a ddefnyddiodd yn un o'r gwersi, sef bod ei hunangofiant yn cwblhau'r cylch neu'r darlun o berson dychrynedig a di-rym yn dod yn greadigaeth newydd, aeddfed. Ie, y greadigaeth newydd oedd yn bwysig.

Roedd o wedi gwrthwynebu dewis yr hunangofiant hwn yn un o'r llyfrau gosod ac wedi dadlau gydag Ann James y byddai'r mynych gyfeiriadau at weithredoedd rhywiol a disgrifiadau gweddol amrwd o ymyrryd â hi gan gariad ei mam yn destun chwerthin ymhlith disgyblion anaeddfed yr ysgol. Roedd hithau wedi dadlau y bydden nhw'n ddigon aeddfed i ymdopi â'r llyfr, ac y byddai eu soffistigeiddrwydd yn sicrhau y bydden nhw'n ymdrin â'r llyfr am yr hyn ydoedd, sef ymdrech unigolyn i ddod yn rhydd o rwymau magwraeth a sefyllfa. Ann James enillodd y ddadl, ond fe'i profwyd o yn gywir.

Erbyn hyn doedd gan Eirwyn mo'r syniad lleia beth oedd y gweinidog yn ei ddweud. Roedd ei feddwl yn carlamu mynd o un syniad i'r llall. Ai fo ynteu Cissie oedd yr aderyn mewn cawell, ai Cissie ynteu Gwen? Onid adar mewn cawell oeddynt oll, yn hiraethu am ryddid, yn bodloni ar gaethiwed neu'n eu perswadio'u hunain mai rhyddid oedd y caethiwed yr oeddynt ynddo?

Roedd ei feddwl yn troi i bobman, yn ei ddrysu ei hun, ac yn y diwedd doedd dim i'w wneud ond ceisio canolbwyntio ar yr hyn a ddywedai'r gweinidog fel y dynesai at ddiwedd ei bregeth.

'Chwenychu, dyna'r pechod yn y gorchymyn olaf, methu bodloni ar yr hyn sy gennym, chwilio ym mhobman am hapusrwydd, am ddiddanwch, am bleser, heb sylweddoli bod pob chwant am bethau'r byd yn arwain yn y diwedd at siom ac adfyd. Ni chawn fodlonrwydd ond yng ngras Duw ac yn y Crist a fu farw drosom er mwyn ein sancteiddhad.'

Ai un o bethau'r byd oedd Gwen, ai chwant oedd yn ei yrru? A beth oedd ystyr y bodlonrwydd yng ngras Duw a'r sancteiddhad oedd yn eiddo iddo, ni wyddai, a sut bynnag roedd gan Eirwyn bethau rheitiach i feddwl amdanyn nhw, a phroblemau mwy dyrys bersonol i'w datrys na dehongliadau diwinyddol.

Y pnawn hwnnw, ar ôl brechdan i ginio, aeth am Fangor a'r ysbyty ac ymuno â'r dyrfa oedd fel yr Ismaeliaid yn croesi anialwch y meysydd parcio am werddon yr ysbyty.

Roedd Cissie wedi codi ar ei heistedd yn ei gwely, yn welw ei gwedd a di-hwyl ei hanian. Roedd hi'n dawel, yn holi fawr ddim am beth oedd yn digwydd gartref, heb ddigon o ddiddordeb i ofyn a oedd o'n iawn am fwyd, am ddillad, a oedd o'n gallu ymdopi hebddi, ac fe fynnodd fod Eirwyn yn ffonio Jen i siarsio'r merched i beidio dod i edrych amdani yn yr ysbyty.

Roedd hi fel pe bai wedi sylweddoli bod salwch go iawn yn wahanol i salwch tybiedig, i salwch actio; rhywbeth y gallai ei fwynhau oedd hwnnw, rhywbeth braf oedd actio salwch wrth deimlo'n iawn; gwahanol iawn oedd teimlo'n sâl o ddifri.

Ond fe'i hargyhoeddwyd nad oedd dim byd mawr yn bod arni, er ei bod yn cael profion o bob math, gan gynnwys profion ar y galon. Doedd hi ddim wedi cael plwc arall o'r asthma, ac fe fyddai, gyda lwc, yn cael mynd adref ymhen rhyw dridiau.

Aeth Eirwyn i'r caffi i gael bwyd cyn mynd adre gan y byddai hynny'n arbed iddo feddwl beth i'w wneud iddo'i hun. Yna galwodd i weld Mrs Fletcher a'i chath, ffoniodd Jen ac yna Gwen, gan adrodd wrthi hi holl ddigwyddiadau'r dydd, y capel, yr hyn ddywedodd y gweinidog a phob manylyn y gallai eu

298

cofio. Roedd rhyw dawelwch rhyfedd mewn dweud wrthi, roedd o'n lanhad rywsut, roedd o'n therapi gwirioneddol iddo.

Digon tebyg oedd Cissie nos Lun i'r hyn ydoedd ddydd Sul, ond erbyn nos Fawrth roedd yn llawer gwell. Roedd hi wedi cael addewid y câi fynd adref ddydd Mercher ar ôl i holl ganlyniadau'r profion ddod yn ôl. Hyd yn hyn doedden nhw ddim yn dadlennu cyflwr gwaeth na'r disgwyl ar ei chalon; gwyddai fod ganddi nam, ond doedd o ddim wedi gwaethygu.

Eisteddodd Eirwyn wrth ei gwely a cheisio meddwl am rywbeth i'w ddweud wrthi, gan na fyddai ganddi, yn arferol, fawr o ddiddordeb yn ei waith ysgol. Soniodd wrthi am yr ardd, y tŷ, y ci. Ond doedd Cissie ddim eisiau clywed am bethau felly; roedd yn amlwg fod ganddi rywbeth pwysig i'w ddweud wrtho.

Estynnodd ei llaw a gafael yn ei law ef, rhywbeth nad oedd wedi ei wneud yn reddfol naturiol ers blynyddoedd.

'Rydw i wedi bod yn meddwl, Eirwyn,' meddai, 'wedi bod yn meddwl am lawer o bethau ers pan ydw i yma yn yr ysbyty.'

'Peidiwch blino'ch hun, Cissie,' meddai yntau a rhyw hanner ofn beth oedd o'n mynd i'w glywed.

'Na, popeth yn iawn. Mae gorwedd yn y fan yma yn aros a disgwyl yn ddiddiwedd, yn aros am y prawf nesa, yn aros am baned, yn aros am bryd o fwyd, y deffro gwirion o fore, y cyfan yn rhoi digon o amser i rywun feddwl. A mi rydw i wedi bod yn meddwl, Eirwyn.'

'Ydech chi, Cissie?' gofynnodd Eirwyn. 'Am be dech chi wedi bod yn meddwl?'

Roedd hi'n amlwg am ddweud beth bynnag, felly man a man iddo ofyn iddi.

'Dwi wedi bod yn annheg efo chi ar hyd y blynyddoedd, Eirwyn.'

'Yn annheg? Be dech chi'n feddwl?'

'Do, Eirwyn, yn annheg. Dwi wedi byw fy mywyd yn hollol hunanol ers blynyddoedd. Dwi'n gweld hynny rŵan, yn hollol hunanol, yn meddwl am neb ond fi fy hun.'

'Bobol bach, be sy wedi gneud i chi feddwl hynny? Dwi erioed wedi cwyno.'

'Naddo, dech chi 'rioed wedi cwyno; falle y base hi'n well tasech chi wedi gneud. Dwi wedi synhwyro ambell dro, yn enwedig yn ddiweddar, 'ych bod chi'n ceisio torri'n rhydd o'r afael sy gen i arnoch chi.'

'Gafael, Cissie? Pa afael dech chi'n feddwl?'

'Peidiwch cymryd arnoch nad ydych chi'n gwybod, Eirwyn. Mi aethoch i'r cyngerdd hebdda i yn ddiweddar, ac i Gaer er nad oeddwn i eisiau mynd, digwyddiadau anghyffredin iawn yn eich hanes chi. Dwi wedi mynnu fy ffordd fy hun ar hyd y blynyddoedd. Oes angen imi restru? Byth yn mynd allan i fwyta, byth yn mynd i gyngerdd a sioe efo'n gilydd, byth yn mynd dramor ar wyliau, byth yn trafod eich bywyd chi yn yr ysgol, dim ond be oeddwn i eisiau sôn amdano. Fi fy hun, y tŷ, gneud bwyd, cadw'r lle'n daclus, dyna gylchdro fy mywyd i, Eirwyn, a'ch trin chi fel gwas bach.'

'Bobol annwyl, rydych chi wedi'ch drygio yn yr ysbyty 'ma, dech chi dan eu dylanwad, Cissie. Mi fyddwch chi'n teimlo'n wahanol pan ddowch chi atoch eich hun.'

'Peidiwch cellwair efo fi, da chi, dwi'n gwybod mod i'n deud y gwir. Dech chi byth yn deud be sy'n digwydd yn yr ysgol erbyn hyn, neu anaml iawn, am mod i'n troi'r stori bob gafael. Dwi wedi gneud pyped ohonoch chi, yn disgwyl i chi ddawnsio i bob symudiad yr ydw i'n ei neud. Dwi'n penderfynu popeth, be i'w fwyta, ble i fynd, ac yn amlach na pheidio be i beidio'i neud.'

'Does dim eisiau meddwl am bethau fel hyn rŵan, 'ych cael chi'n iawn sy'n bwysig, 'ych cael chi'n well.'

'Ie, Eirwyn, 'y nghael i'n well. Ac mi fydda i'n well o hyn ymlaen, dwi'n addo. Mae gorwedd yn y ward yma, gweld y mynd a'r dod, gweld pobol glaf, gweld consýrn pobol am ei gilydd, mae o wedi gneud imi feddwl. Mae angen mwy na gwella'r corff arna i, Eirwyn, angen imi wella fy hun ym mhob ffordd, a dwi'n addo i chi y bydda i'n berson gwahanol pan fydda i'n rhydd o'r lle yma.'

Yna, fel pe bai wedi ymlâdd gyda'r ymdrech i fynegi ei hun a'i meddyliau, gorweddodd yn ôl yn ei gwely a chaeodd ei llygaid, a gwelodd Eirwyn am eiliad yn ei hwyneb yr harddwch a'i denodd ati pan oedd yn ifanc. Ymhen dau funud roedd hi'n cysgu a chododd yntau'n ddistaw oddi wrth y gwely a cherdded ar flaenau'i draed allan o'r ward.

Cafodd Cissie ddod adref ar y dydd Iau ac fe gafodd Eirwyn ddiwrnod yn rhydd o'r ysgol i'w nôl. Doedd o ddim wedi dychmygu y byddai'n ei chael mor hawdd i ofyn i Ann James, a hithau ers damwain y brifathrawes yn taflu ei chylchau'n fwy brwd ac eang nag erioed. Synhwyrai Eirwyn ei bod yn gweld ei hun yn camu i esgidiau'r brifathrawes ryw ddiwrnod pe bai honno'n penderfynu ymddeol, gan fod y dirprwy'n llawer rhy hen i gael y swydd.

Ond chwarae teg i Ann James, roedd hi wedi cytuno'n llawen iddo gael yr amser i ffwrdd i nôl ei wraig o'r ysbyty.

Ac felly, ar bnawn Iau, bum niwrnod ar ôl ei thaith yn yr ambiwlans i Fangor, roedd Cissie'n dychwelyd adref wedi gwella'n dda, wedi cael cyffur gwahanol i drin yr asthma, ac wedi cael gorchymyn i beidio gor-wneud pethau, ond ar yr un pryd i fyw bywyd mor normal naturiol ag oedd modd.

*   *   *

Yr oedd yna fras gytundeb rhwng Gwen ac Eirwyn y bydden nhw'n ceisio trefnu i gyfarfod yng Nghaer pan oedd diwrnod agored yn Ysgol Kings ar y Sadwrn olaf ym Mawrth.

Roedd gan Gwen gysylltiadau agos gyda'r ysgol ac

roedd wedi awgrymu i Eirwyn y gallen nhw gyfarfod yno, ac y byddai gweld yr adran Saesneg a hwyrach gael gair gyda'r pennaeth am waith y plant yn help iddo gan fod yr arholiadau'n agosáu. Fe allen nhw wedyn fynd i rywle i gael cinio gyda'i gilydd.

Roedd salwch Cissie, fodd bynnag, wedi taflu ei gysgod dros y trefniadau, a hyd ganol yr wythnos ddilynol roedd popeth yn y fantol ac amheuaeth mawr a allen nhw gyfarfod wedi'r cyfan.

Ond roedd Cissie'n llawer gwell, ac yn llawer mwy addfwyn a gostyngedig nag a fu. A hi gofiodd am y diwrnod agored yng Nghaer cyn iddo fo orfod meddwl sut i grybwyll y peth.

'Does dim yn eich rhwystro chi rhag mynd,' meddai. 'Mi fydda i'n iawn. Dwi wedi gwella'n dda. Fûm i erioed yn teimlo'n well a deud y gwir.'

'Hawdd iawn fase i mi beidio mynd,' meddai Eirwyn, 'neu fynd am gyfnod byr a chithe ddod efo fi i Gaer.'

'Dwi ddigon o eisiau mynd i Gaer, ond gwell imi beidio am wythnos neu ddwy. Ei chymryd hi'n dawel fase orau. Ond ewch chi ar bob cyfri, mi fydda i'n iawn, ac mi alla i ffonio ar y ffôn bach os bydd rhywbeth yn bod. Mi ddaw Mrs Fletcher i mewn i edrych amdana i os bydd angen.'

Ac felly, fe aeth Eirwyn dan ganu am Gaer yn gynnar fore Sadwrn, yn gynharach nag arfer beth bynnag, a chyrraedd maes parcio Ysgol Kings am hanner awr wedi deg yn ôl y trefniant.

Roedd o'n teimlo'n hapus. Roedd bywyd gryn dipyn yn haws efo Cissie ers iddi fod yn yr ysbyty; roedd hi'n llawer llai awdurdodol nag y byddai, ond pan anghofiai, ac yna byddai'n ymddiheuro. Roedd hi fel tase hi'n benderfynol o wneud iawn am ei hymddygiad ar hyd y blynyddoedd. Ac wrth gwrs, roedd diwrnod cyfan efo Gwen o'i flaen. Beth fydden nhw'n cytuno i'w wneud ar ôl mynd o amgylch yr ysgol, tybed? Cinio gwaraidd mewn tŷ bwyta nad oedden nhw wedi bod ynddo o'r blaen, efallai? Roedd digon o ddewis yng Nghaer a Gwen yn gwybod am y lle fel cefn ei llaw. A byddai'n gyfle i drafod yr hyn y byddent wedi ei weld yn Kings.

Roedd Eirwyn yn hiraethu am Gwen, am gael ei meddiannu drachefn ac ailadrodd profiadau tymhestlog eu caru. Roedd o'n hiraethu am ei hymennydd hefyd, os oedd y fath beth yn bosib. Prin bod sgyrsiau ar y ffôn yn gwneud iawn am gyfarfod wyneb yn wyneb. Tybed beth fyddai meysydd eu trafod heddiw? Roedd yr arholiadau'n agosáu a digon o destunau ganddyn nhw i sôn amdanynt ar wahân i'r hyn a welent yn yr ysgol.

Roedd hi yno o'i flaen, a daeth allan o'r car pan welodd ef a thaflu ei breichiau am ei wddw a'i gusanu'n frwd.

'O, mi rydw i'n falch o dy weld di,' meddai. 'Mae o'n teimlo fel oes ers pan oedden ni yn Llundain. Tyrd, mae gen i gynlluniau ar ein cyfer ni heddiw.' A daliodd ddrws ei char ar agor iddo.

'Ond beth am y diwrnod agored yn yr ysgol?' holodd. 'I fan'no den ni i fod i fynd.'

'Dim byd gwerth ei weld yno,' atebodd. 'Mae gen i well syniad o lawer. Neidia i mewn. Wyt ti wedi cloi dy gar?'

'Do,' meddai, gan ufuddhau iddi a mynd i eistedd yn sedd y teithiwr yn ei char hi.

'*I've got other plans for you today,*' meddai gan yrru allan o'r maes parcio, troi i'r chwith, ac yna wedi cyrraedd y cylchdro mawr trodd i'r chwith drachefn ac ar hyd yr A55 i gyfeiriad Manceinion.

'I ble den ni'n mynd?' holodd.

'Mi gei di weld yn y munud,' atebodd hithau.

Cyn i Eirwyn gael ei wynt ato roedd hi'n gyrru'n gyflym ar hyd y ffordd ddeuol heibio i Gaer.

'I ble den ni'n mynd?' holodd wedyn.

'Adre, i Duddon,' atebodd hithau.

Roedd Gwen yn gwisgo sgert ac roedd honno'n mynnu codi uwch ei phengliniau siapus, nes ei yrru'n wallgo bron. Rhoddodd ei law ar ei choes a theimlo'i chnawd drwy'r sanau esmwyth, llyfn a wisgai.

'Ara deg,' meddai hithau, 'neu fe fydda i wedi dreifio'n syth ar draws y ffordd,' ond ni wnaeth unrhyw ymdrech i symud ei law oddi yno, nes iddo ef benderfynu mai gwell oedd gadael iddi ganolbwyntio ar y dreifio.

'Ymlacia,' meddai hithau. 'Eistedd yn ôl a mwynha'r daith. Rhyw ugain munud fyddwn ni – dibynnu ar y traffig, wrth gwrs.'

Eisteddodd Eirwyn yn ôl i fwynhau'r daith, ac yn fuan roedden nhw wedi cyrraedd cyffordd y ffordd i Nantwich, yr A51, ac ar honno yr aeth Gwen nes dod at arwydd Duddon a'r *Please drive slowly* arno. Ar y chwith roedd tafarn yr Headless Woman, ac yna daethant at drofa ger tŷ to gwellt o'r enw Laurel Farm. Troi i'r chwith yn y fan honno, heibio stad o dai a neuadd a chae chwarae cyn troi i'r chwith drachefn i ffordd nad oedd yn mynd i unman, heibio nifer o ffermydd ar y dde, tai ysblennydd ar y chwith, a dod o'r diwedd at ffordd fechan oedd yn arwain at hen dŷ fferm hir, gwyngalchog o'r enw Highfields. Ac yr oedden nhw wedi cyrraedd. Nid ffordd yn arwain i unman oedd hi, felly, ond ffordd yn arwain i'r nefoedd.

Parciodd Gwen y car y tu allan i'r drws ac yna i mewn â hwy i gyntedd bychan, ac yna i ystafell fawr eang gyda distiau dan y nenfwd a waliau cerrig garw wedi eu gwyngalchu, ond y dodrefn yn chwaethus a thân agored yn y grât fawr oedd yn ymledu bron ar hyd y wal.

Gafaelodd Gwen ynddo a'i gusanu nes bron ei fygu, yna tynnodd ei chôt, a chymryd côt Eirwyn.

Roedd o'n lle clyd i'w ryfeddu, gyda'r cyfuniad o'r hen a'r newydd, yr hynafol a'r modern wedi ei weithio'n berffaith, harmoni'r lliwiau cynnes, gwyrdd tywyll a brown, yn cyferbynnu gyda gwynder y waliau, a düwch y distiau.

Roedd pentwr mawr o goed wrth ochr y lle tân a thynnodd Gwen y sgrin o flaen y tân, rhoi proc neu ddau go ffyrnig iddo a thaflu dau neu dri choedyn arno nes bod y fflamau'n tasgu.

Estynnodd sieri iddo a chymryd gwydraid ei hun, yna, meddai:

'Stedda ar y soffa. Dwi wedi gneud cinio i ni'n dau heddiw. Fydd o ddim yn hir, ond rhaid imi fynd i'r gegin am funud i orffen paratoi. Mae digon o gylchgronau a phapurau yn y fan yna i ti gael rhywbeth i'w ddarllen.'

Ac amneidiodd at y rac oedd wrth ochr y gadair yn y gongl.

Ond eistedd yn ôl i fwynhau gwres y tân wnaeth Eirwyn, ac i edrych o'i gwmpas. Roedd dwy gadair o boptu'r tân a'r soffa lle'r oedd o'n eistedd ar ei gyfer. Gwyrdd tywyll oedd y set dridarn ac roedd carped trwchus brown a gwyrdd ar y llawr.

Roedd yr ystafell yn agor allan i fwy o led, heibio cwpwrdd ar un ochr, ac yn y rhan agored roedd bwrdd wedi'i osod ar gyfer dau. Un ffenest fechan oedd yn yr ystafell, ac yr oedd hi braidd yn dywyll yno, ond roedd digon o lampau, lampau mawr gyda choesau hir iddyn nhw wedi'u gosod yn y corneli, a golau sbot uwchben y bwrdd.

Roedd dresel Gymreig yn llawn llestri ar hyd un wal, y wal oedd yn wynebu'r lle tân, rhwng y drws i'r cyntedd a'r drws i weddill y tŷ, a sylwodd Eirwyn fod hen fachau dal cig moch yn dal i hongian o'r nenfwd. Ar y silff ben tân uchel roedd canwyllbrennau efydd a dau gi, a chloc bychan yn y canol. Roedd pethau wedi'u gosod yn gymesur ar y silff, ac roedd popeth fel pìn mewn papur yno.

Ar hyd y wal gyferbyn â'r ffenest, roedd uned ar gyfer set deledu a fideo, set fechan o feddwl maint yr ystafell, ac mewn rhan o'r uned roedd chwarewr cryno-ddisgiau, radio a dau uchelseinydd, daliwr cryno-ddisgiau a rhai llyfrau, ond nid ei llyfrgell o bell ffordd. Rhaid bod honno mewn ystafell arall.

Roedd hi'n ystafell berffaith, yn berffaith fel Gwen ei hun, ac eto, mewn rhyw ffordd ryfedd, anesboniadwy, teimlai Eirwyn braidd yn anghysurus yno. Fel pe bai arno ofn eistedd ar glustog rhag ofn ei sigo, ofn eistedd ar y soffa rhag ofn iddo golli ei ddiod arni, a byddai'n rhaid iddo fod yn ofalus wrth fwyta'i ginio rhag colli bwyd ar y lliain gwyn, glân. Dyna un o fanteision bwyta allan – doedd dim rhaid poeni am golli bwyd, dim rhaid poeni am ddinistrio siâp clustog na gadael olion mwd neu faw ar y llawr. Yma roedd pethau'n wahanol, fel yr oedden nhw gartref.

Roedd Eirwyn wedi arogli'r cinio cyn iddo gyrraedd, ond pan ddaeth roedd o'n ginio wrth ei fodd, cyw wedi'i rostio gyda'r trimins i gyd a'r stwffin mwyaf blasus a fwytaodd erioed. Roedd y llysiau a'r tatws wedi'u berwi i berffeithrwydd, dim mymryn gormod, dim mymryn rhy ychydig, ac roedd blas da ar bopeth. Agorodd Gwen botel o win gwyn a thywallt gwydraid mawr bob un iddyn nhw.

'Mi fydd wedi hen fynd o'n gwaed ni cyn y bydd yn rhaid i ni ddreifio,' meddai.

Eisteddodd y ddau wrth y bwrdd i fwynhau'r wledd, ac yr *oedd* hi'n wledd, fel petai Gwen wedi tynnu'r stops i gyd allan i'w blesio.

'Pan ddeallais i dy fod yn dod dy hun mi benderfynais ei bod yn hen bryd i ti ddod yma,' meddai. 'A dwi wedi bod wrthi fel lladd nadroedd cofia, yn gneud y lle'n drefnus ac yn paratoi'r bwyd. Tyrd, bwyta.'

'Goelia i,' atebodd yntau. 'Pryd cest ti amser i neud y cyfan, dwed?'

'Roeddwn i adre drwy'r dydd ddoe, a chael cyfle i siopa a glanhau a pharatoi llysiau. Mi wnes i'r stwffin fy hun neithiwr. Dwi wrth fy modd efo stwffin, ac wrth fy modd yn ei wneud. Dim o'r hen stwff Paxo 'na i mi!'

'Peth anodd ydi coginio ar dy gyfer dy hun dwi'n siŵr, hyd yn oed a thithau'n gallu, yn wahanol iawn i mi. Chwilio am dun i'w agor y bydda i bob amser. Oes yna ddim temtasiwn i ti fynd am y tun, dwed?'

'O oes, a'r demtasiwn arall ydi gneud llond trol o fwyd ar un tro, nes bod gen ti beth ohono ddydd ar ôl dydd nes syrffcdu. Ond dwi wrth fy modd efo gwaith tŷ a choginio; mae o'n antidot gwerth chweil, ti'n gweld, i'r gwaith, a dwi wedi bod yn brysur iawn yn ddiweddar mewn cyrsiau ac ysgolion, ac wrth fod gen i gyfnod prysur o mlaen i hefyd, rhaid gneud yn fawr o bob cyfle.'

'Dim amser i ni weld llawer ar ein gilydd, felly.'

'Mi wna i amser i hynny, paid â phoeni. Dwi'n falch gyda llaw fod Cissie'n well.'

'Ydi mae hi.'

'Ac roedd hi'n fodlon i ti ddod heddiw?'

'Yn fwy na bodlon.'

'Diolch am hynny, a chwarae teg iddi. Allwn i ddim bod wedi dal fawr hwy heb dy weld. Pwysig inni gael ein *fix*, ti'n gweld, i'n cadw ni i fynd.'

'Mi dwi wedi gneud pwdin hefyd,' meddai ar ôl i'r ddau ddod i ben â bwyta nes y teimlai Eirwyn, beth bynnag, ei fod bron methu chwythu.

'Argol, dwi ddim yn siŵr dwi eisiau pwdin ai peidio,' meddai gan daro'i fol. 'Dwi wedi bwyta gormod yn barod. Roedd o'n ardderchog, Gwen. Diolch.'

A phlygodd ymlaen i'w chusanu'n ysgafn.

'Mi fydd yn rhaid iti fwyta pwdin,' meddai, 'mae o wedi'i wneud yn sbesial i ti – treiffl sieri. Rhywbeth digon ysgafn. Mi oedd Mam yn un ardderchog am wneud treiffl ac mi ddysgais i ganddi hi. Treiffl go iawn. Does yna ddim jeli i fod mewn treiffl, cofia – cwstard oes, ond dim jeli. Ac eto mae'n syndod gymaint o bobol sy'n rhoi jeli yn y treiffl.'

'Ie, debyg.'

'Mae eisiau gneud pob dim yn iawn, wyt ti ddim yn meddwl?'

'Siŵr o fod, Gwen.'

'Wel, dyna be dwi'n feddwl beth bynnag. Felly, treiffl amdani, ac mi gawn ni goffi yn nes ymlaen.'

Ar ôl y treiffl cynigiodd Eirwyn ei helpu i glirio'r bwrdd, ond fynnai hi ddim o hynny.

'Mi fydd gen i ddigon o amser fin nos,' meddai. 'Gad y cyfan, a thyrd i eistedd ar y soffa.'

Rhoddodd broc i'r tân nes bod y gwreichion yn chwyrlïo i fyny'r simdde.

Roedd hi'n glyd ac yn gynnes yno ac Eirwyn yn teimlo fel pe bai mewn cocŵn, a chryfhaodd y teimlad hwnnw wrth i Gwen afael ynddo, rhoi ei breichiau am ei wddw a dechrau ei gusanu.

Yn fuan roedden nhw'n cusanu'n wyllt a'u dwylo'n archwilio cyrff ei gilydd. Rowliodd y ddau oddi ar y soffa a charu'n wyllt ar y carped o flaen y tân.

'Mae tân agored yn gneud rhywbeth i mi,' meddai Gwen. 'Ydi o i ti?'

'Mae rhyw dân yn gneud rhywbeth imi,' mwmiodd yntau, 'ond dwi ddim yn siŵr ai'r tân yn y grât ydi o.'

Gafaelodd yn ei wyneb a thynnu ei glust at ei cheg.

'*You can stoke my fire anytime you like,*' sibrydodd gan wthio'i thafod i mewn i'w glust nes ei feddwi'n llwyr.

Yna, wedi i'r storm o garu dawelu a chilio, cawsant goffi a'i rannu gyda'i gilydd yno ar y soffa, ymhell o sŵn y byd, mewn hafan ddiogel, ymhell oddi wrth lygaid busneslyd a chlustiau main, ymhell oddi wrth bopeth ond yr hyn a ddygent gyda hwy yn eu meddyliau.

Gwibiodd y pnawn fel y gwynt. Cafodd Eirwyn daith sydyn rownd y tŷ, y gegin gefn helaeth gyda phopeth diweddara ynddi, y stydi lle'r oedd ei llyfrgell, y llofftydd, tair ohonyn nhw, dwy gymharol fach, ac un fawr lle y cysgai hi mewn gwely dwbwl.

'Mae'r tŷ'n berffaith,' meddai Eirwyn ar ôl iddyn nhw ddychwelyd i'r gegin.

'Na, dydi o ddim,' atebodd hithau. 'Does yr un dyn yma. Oes rŵan, ond dim o hyd. Na hidia, gawn ni garu yn y gwely y tro nesa doi di yma,' meddai, 'a chael cyfle i edrych ar fy llyfrgell yn fanylach.'

Tynnodd ei dyddiadur o'i bag a'i astudio. 'Cofia gadw penwythnos gŵyl y banc ddechrau Mai yn rhydd. Mi fydd gen ti gwrs ar y dyddiadau rheini, gan gynnwys dydd Llun yr ŵyl.'

Erbyn hanner awr wedi pedwar roedd y ddau'n ffarwelio ym maes parcio Kings, ac ar ôl dweud wrtho am gofio ei ffonio cyn cyrraedd adref, a chysylltu'n aml dros y gwyliau, fe yrrodd hi i ffwrdd a phrysurodd yntau at ei gar a dreifio allan o'r maes parcio, mewn pryd i osgoi ciw hir o draffig wrth fynedfa'r A55, ac roedd o adref erbyn chwech.

Ac wrth deithio, meddyliai'n ôl am y diwrnod: y daith i Highfields, y tŷ ei hun, y bwyd a baratôdd Gwen ar ei gyfer, eu caru nwydus o flaen y tân. Allai o ddim bod wedi dymuno gwell ffordd o dreulio'r pnawn tase fo wedi cael dewis, er na chafwyd trafodaeth ddofn ar un dim chwaith y pnawn hwnnw. Ac yna, sylweddolodd nad oedd o wedi cael dewis. Ei dewis hi oedd y diwrnod wedi bod, y lleoliad, y bwyd, man eu caru, y cyfan. Ac roedd ei berfau i gyd wedi bod yn y modd gorchmynnol!

18

'Rwyt ti'n edrych yn dda.'

'Rwyt ti wedi altro dy olwg.'

'Mae'n dda dy gael di'n ôl.'

Roedd y tair yn debycach i ieir yn croesawu ceiliog newydd i'r buarth nag i dair gwraig yn eu hoed a'u hamser yn croesawu Cissie'n ôl atyn nhw. Roedd hi'n fore Gwener y Groglith a'r tair yn methu cuddio'u balchder o weld Cissie wedi gwella digon i ddod am baned i'r caffi.

Roedd y stryd yn lle diddorol i'w wylio y bore hwn, llawer o'r bobl leol allan a llawer o ymwelwyr wedi dod i fwynhau gwyliau go iawn cynta'r flwyddyn, ond roedd gan Menna, Myfanwy a Jen lawer mwy o ddiddordeb yn Cissie nag yn y stryd y bore hwn.

Fe'i holwyd yn dwll am ei phrofiadau yn yr ysbyty, ac i un oedd mor hoff o ddisgrifio'i salwch dychmygol roedd hi'n rhyfeddol o dawedog am ei phrofiadau wedi salwch go iawn. Ond allai hi ddim celu'r meddyliau a gafodd yn ystod ei harhosiad yn yr ysbyty na'i phenderfyniad i droi dalen newydd yn ei pherthynas ag Eirwyn. Ei ffrindiau oedd yr unig rai y gallai rannu ei chyfrinachau â hwy.

Roedden nhw'n llawn cynghorion, ac awgrymiadau.

'Rhaid i ti fynd â fo allan am bryd o fwyd,' oedd cyngor Menna.

'Gadael iddo fo fynd ar dy gefn di'n amlach,'

meddai Myfanwy, 'ac mi roith y gŵr acw wersi iddo fo os ydi o angen.'

'Gneud nos Wener, yr hen noson iawn, yn noson iawn go iawn, os wyt ti'n deall be sy gen i,' oedd awgrym Jen.

'Heno 'di dy gyfle di,' meddai Menna. 'Pryd gwaraidd yn y Pengwern, potel o win a gwely cynnar. A dyna ti, y cyfan wedi'i wneud mewn noson, y dröedigaeth wedi digwydd, ac Eirwyn yn ddyn bodlon.'

'Mae 'na fwy iddi na hynny,' meddai Cissie. 'Mae o'n swnio'n hawdd i chi, dydi o ddim i mi, achos mater o newid agwedd ydi o'n fwy na dim, nid cwestiwn o beth i'w neud na lle i fynd.'

'Rwyt ti'n iawn, Cissie,' meddai Myfanwy. 'Ond be ti'n neud a lle ti'n mynd fydd yn dangos y newid agwedd, ti'n gweld.'

'Wyt ti wedi dechrau newid yn barod, neu mynd i neud wyt ti?' holodd Jen.

'Na, dwi 'di trio ers pan ddois adref o'r ysbyty, ond dwi 'di bod mor wan a di-hwb, dim awydd gneud dim, ond rŵan mod i'n teimlo'n well, mae'n bryd imi fynd ati o ddifri i sefydlu gwell perthynas efo Eirwyn. Dwi wedi rheoli'i fywyd o'n rhy hir.'

Roedd y tair yn dawel am beth amser, yn gwybod bod Cissie'n dweud y gwir, yn gweld ei bod o ddifri, ac nad amser i gellwair ydoedd.

'Mi allet ti neud yn waeth na dangos diddordeb yn yr hyn mae o'n ei neud,' meddai Jen, oedd yn fwy

314

ymwybodol o'u perthynas am ei bod yn mynd yno'n amlach. 'Dwi 'di'i glywed o'n cwyno nad oes gen ti ddiddordeb o gwbwl yn ei waith yn yr ysgol.'

'Mae hynny'n berffaith wir. Ond alla i ddim trafod gwaith ysgol a llyfrau a phethe felly efo fo, dydyn nhw ddim yn 'y myd i, y math o lyfrau maen nhw'n astudio yn yr ysgol.'

'Ond mi allet ti wrando arno fo, mi allet fod yn glust iddo fo, gadael iddo fo siarad,' meddai Menna. 'Mae dynion wrth eu boddau'n deud be maen nhw wedi bod yn ei neud. Taswn i wedi gwrando mwy ar Edgar acw falle base fo'n dal efo fi, nid fod tamaid o ots gen i erbyn hyn, cofiwch.'

Ond roedd y deigryn yng nghongl ei llygad yn dweud yn wahanol.

'Ac mi allet ti adael iddo fo neud rhai penderfyniadau, neu adael iddo fo *feddwl* mai fo sy'n eu gneud nhw beth bynnag. Rwyt ti wedi'i neud o'n gi bach i ti, Cissie, dyna'r gwir.' Doedd Myfanwy yn gweld dim diben mewn bod yn or-ofalus o'r hyn yr oedd hi'n ei ddweud, ac roedd Cissie'n cytuno.

'Dyna'r disgrifiad ohono, i'r dim. Ci bach 'di o wedi bod, ci bach a gwaeth. Mor aml mae o hefyd wedi bod yn fat yr ydw i wedi sychu nhraed arno. Ond mae bai arno fo hefyd, mae o mor wan, mor llywaeth, mor wahanol ei natur i'w gorff.'

'Mae ganddo fo gorff nobl,' meddai Jen. 'Mae o'n ddyn golygus iawn, a hwyrach ei bod yn bryd i ti sylweddoli hynny cyn i rywun arall ei fachu.'

'Bobol annwyl! Fase Eirwyn ddim yn ystyried neb arall, dwi'n siŵr o hynny.'

'Paid â bod mor siŵr,' meddai Menna. 'Mae meddwl fel yna'n beth peryglus, a falle mai dyna wyt ti wedi ei neud erioed. Wyt ti'n cofio'r hen slogan yn y pictiwrs erstalwm, neges i ddynion oedd o, ond yr un mor wir i ferched: *"Don't take your wife for granted, take her to the pictures."*'

'Dyna'r ateb i ti, Cissie,' meddai Jen.

'Be? Mynd â fo i'r pictiwrs? Fase'r un o'i draed o'n dod efo fi i'r fath le.'

'Dwi ddim yn golygu jyst i'r pictiwrs. Mynd â fo allan dwi'n feddwl, gwyliau lle mae o eisiau mynd, aros dros nos mewn gwesty ambell dro, mwynhau pethau efo'ch gilydd, a pheidio meddwl, am dy fod ti'n ddigon hapus dy fyd yn peidio mynd allan, ei fod o'n teimlo'r un fath â ti. Dyna mae'r slogan yn ei olygu. Pryd fuost ti a fo efo'ch gilydd yn rhywle ddwetha?'

'Mi fyddwn ni'n mynd i Gaer yn weddol aml.'

'Ac yn gwahanu'n syth ar ôl cyrraedd, a bwyta brechdanau yn y car. Nid dyna dwi'n feddwl.'

'Na, wn i be wyt ti'n ei feddwl. Ond haws deud na gneud.'

'Dechrau'n araf, dyna'r ateb,' meddai Menna. 'Un peth ar y tro, nid ceisio newid y byd mewn diwrnod. Ble mae Eirwyn heddiw?'

'Adre, yn yr ardd, yn gorffen plannu a thacluso gan ei bod yn sych.'

'Wel dechreua efo heddiw. Galwa yn y Pengwern i fwcio bwrdd at heno.'

'Na,' meddai Jen, 'camgymeriad fyddai hynny.'

'O, pam, a tithe newydd ddeud y dylen ni fynd allan efo'n gilydd fwy?'

'Dylech. Ond os galwi di yn y Pengwern a gneud trefniadau, y ti fydd wedi penderfynu yntê? Falle nad ydi o ishio mynd allan heno. Falle'i fod o wedi blino, falle bydd 'i gefn o'n brifo ar ôl bod yn yr ardd. Penderfynu efo'i gilydd y mae gŵr a gwraig go iawn, Cissie, nid un yn penderfynu dros y llall.'

'Argol, Jen,' meddai Myfanwy, 'mi fase rhywun yn meddwl wrth wrando arnat ti dy fod wedi bod yn briod o leia hanner dwsin o weithiau. Rwyt ti'n swnio'n awdurdod.'

'"*The spectator sees most of the game*" fel maen nhw'n deud.'

A'r frawddeg honno oedd yn mynnu ei lle ym meddwl Cissie wrth iddi gerdded adref o'r caffi, gan aros bob hyn a hyn i ymateb i gonsýrn cydnabod am ei hiechyd. Sut tybed yr oedd pobl yn ei gweld hi, hi a'i pherthynas â'i gŵr? Roedd hi'n falch o gyrraedd y stad a diogelwch ei chartref.

*   *   *

'Ydych chi'n siŵr eich bod eisiau mynd, Cissie? Ydych chi'n siŵr nad gneud hyn er fy mwyn i yr ydych chi?'

'Na, dim o gwbl. Ie, a deud y gwir. Ie a nage.'

Roedd ei gwestiwn wedi ei thaflu oddi ar ei hechel yn syth ar ôl iddi awgrymu eu bod yn mynd allan i gael bwyd y noson honno.

'Be dech chi'n feddwl Cissie, ie a nage? Ydych chi'n siŵr eich bod yn ddigon da i fynd a chithe wedi bod yn wael?'

'Ydw, dwi'n teimlo'n llawer gwell, yn teimlo'n well nag yr ydw i wedi'i neud ers blynyddoedd.'

'Amser peryglus meddai doctoriaid bob amser. Yr amser i fod yn ofalus ar ôl salwch ydi pan fyddwch chi'n teimlo'n llawer gwell gan fod peryg gneud gormod bryd hynny.'

'Falle'ch bod chi'n iawn, Eirwyn. Ond mae bod yn yr ysbyty wedi gneud imi sylweddoli llawer o bethau, ac un peth ydi bod yn rhaid imi neud yn fawr o mywyd, gneud mwy, byw mwy na dwi wedi ei neud. A dyna un rheswm pam dwi'n awgrymu ein bod yn mynd allan heno.'

'A'r rheswm arall?'

'Y chi ydi'r rheswm arall, Eirwyn, gneud yr hyn yr ydych chi am ei neud. Dech chi wedi awgrymu sawl tro ein bod yn mynd allan a minnau wedi taflu dŵr oer ar ben y cyfan bob tro.'

Ac felly fe aethon nhw, i'r Pengwern, gwesty oedd o fewn cyrraedd cerdded hwylus. Cissie am ei bod yn tybio mai hyn oedd y peth i'w wneud ac mai dyma ran o fyw bywyd llawnach, Eirwyn er mwyn plesio'i wraig.

Ac yr oedd yr allanolion i gyd yn eu lle. Bwrdd wedi ei hulio'n chwaethus, cannwyll olau ar ganol y bwrdd, bwydlen llawn amrywiaeth, prysurdeb gwyliau yn rhoi bywyd i'r lle, a dau neu dri gweinydd a sawl gweinyddes yn hwylio'n ysgafndroed o gylch y byrddau.

Roedd pedwar lleol yn eistedd wrth un bwrdd a chododd Eirwyn ei law arnyn nhw. Ymatebodd y pedwar cyn plygu ymlaen i sgwrsio'n frwd, i fynegi syndod, meddyliai Eirwyn, o'u gweld yno gan ei fod yn ddigwyddiad mor anarferol.

'Mi gawn ni botelaid o win yn hytrach na gwydried heno,' meddai Cissie pan ddaeth y gweinydd gwin atynt. 'Be hoffech chi ei gael?'

Roedd Eirwyn yn cael trafferth cynefino â'r holl benderfyniadau oedd yn cael eu gadael iddo. Ond cytunwyd ar win coch am fod Cissie'n credu ei fod yn llesol i'w chalon, ac yna archebwyd y cawl cennin a'r cig oen.

Bu'r rhan fwyaf o'r pryd yn brofiad annaturiol a digon anghyfforddus i'r ddau. Gan fod Cissie wedi penderfynu troi dalen newydd, doedd bytheirio ar Eirwyn, cwyno amdano a rhestru gorchmynion iddo, a'i ddiflasu gyda manion cadw tŷ, ddim yn rhan o'r sgript y noson honno, a doedd yna ddim geiriau newydd i'w llefaru gan mai'r hyn wnaeth y dröedigaeth oedd dileu'r hen sgript heb gynnig dim iddi yn ei lle.

Teimlai Eirwyn yn hynod o debyg. Wedi arfer troi clust fyddar i eiriau ei wraig a dilyn ei feddyliau ei hun, gan roi ambell ebychiad i greu'r argraff ei fod o'n gwrando, roedd o'n gorfod meddwl am rywbeth i'w ddweud, ond roedd ei sgript yntau'n wag. Roedden nhw fel dau ddieithryn yn cyfarfod a heb wybod beth oedd cefndir y naill a'r llall, heb wybod beth fyddai'n weddus ei ddweud a beth fyddai'n beryglus ei yngan.

Yna, cafodd Eirwyn weledigaeth. Doedden nhw ddim wedi trafod gwyliau'r haf. Tybed allai o awgrymu'r testun yn gynnil? Tybed a fyddai hi'n gafael yn yr abwyd? Roedd hi'n werth rhoi cynnig arni.

'Fydde'n well inni beidio meddwl am wyliau eleni, Cissie, a chithe wedi bod yn sâl.'

Syniad da, meddyliodd, agor gyda datganiad negyddol, ac fe gododd at yr abwyd yn syth.

'Na, dwi'n iawn, Eirwyn, yn teimlo'n well nag erioed fel dwi wedi deud. Ac mi fase gwyliau bach yn gneud byd o les inni'n dau.'

'Iawn, os ydych chi'n teimlo'n ddigon ffit. Ond i ble'r awn ni? Ble hoffech chi fynd?'

'Na, nid ble hoffwn *i* fynd, ble hoffech *chi* fynd? Dyna'r cwestiwn. Wyddoch chi na chawsoch chi ddim cyfle, ers inni briodi, i ddewis i ble'r oedden ni'n mynd, a dderbyniais i 'rioed eich awgrymiadau chi.'

'Ond dwi wedi mwynhau bob tro, Cissie.'

'Ydych chi, Eirwyn? Ydych chi? Sioe o fwynhau, dyna i gyd.'

'Mi wnes i fwynhau Jersey llynedd.'

'A beth am yr holl flynyddoedd cynt? Na, mi awn

ni i ble bynnag ddewiswch chi eleni. Dros y môr hyd yn oed os mai dyna dech chi eisiau.'

'Ara deg, Cissie. Rydych chi newydd fod yn sâl, newydd gael plwc drwg o asthma. Dech chi'n meddwl y byddai o'n syniad da mynd dros y môr? Dwi ddim. Flwyddyn nesa falle, ond dim leni.'

'Falle'ch bod chi'n iawn. Rhaid inni beidio mynd dros ben llestri.'

'Yn hollol. Mi faswn i'n ddigon bodlon mynd i rywle yn ynysoedd Prydain. Ond mi faswn i'n hoffi newid un peth.'

'Be?'

'Aros mewn gwesty yn hytrach na llety, gwesty go grand, moethus, lle mae'r bwyd yn dda a'r cyfleusterau'n hwylus.'

Bu Cissie'n cysidro am funud cyn ateb, a gallai Eirwyn ddychmygu'r ansicrwydd yn ei meddwl. Colli diogelwch y llety bychan, disylw gyda chriw bychan tebyg iddyn nhw yno, lle tawel di-gynnwrf, a'i gyfnewid am ehangder bygythiol, cynhyrfus gwesty mawr.

'Iawn,' meddai yn y diwedd. 'Mi wnawn ni hynny. Ond i ble hoffech chi fynd?'

Llanwodd ystyriaethau ble i fynd weddill yr amser a chafwyd cyfaddawd trwy benderfynu y câi Cissie ddweud ble ac Eirwyn ddewis gwesty.

Ar ôl iddyn nhw gyrraedd adref y noson honno, dywedodd Cissie ei bod am fynd i'r gwely gan ei bod wedi blino, ac ychwanegodd, er mawr ryddhad i

Eirwyn, nad oedd disgwyl iddo ef ddilyn arferiad nos Wener.

'Rhaid i'n bywyd ni fod yn fwy naturiol,' meddai, 'nid caru er mwyn caru, ond caru pan fyddwn ni eisiau. Dech chi'n cytuno? Dwi'n siŵr eich bod chithau wedi blino ar ôl slafio yn yr ardd trwy'r dydd heddiw.'

'Do, mi rydw i a deud y gwir, a mae nghefn i'n brifo braidd, ar ôl plygu gymaint. Mi edrycha i ar *Newsnight* a dod i'r gwely wedyn.'

Pan gafodd o'r lle iddo'i hun, eisteddodd yn ôl gyda'r teledu ymlaen, ond prin ei fod yn clywed yr hyn oedd arno. Roedd o'n brysur gyda'i feddyliau ac roedd ei gydwybod yn ei boeni, ac yntau'n meddwl ei fod wedi setlo honno unwaith ac am byth.

Ond roedd Cissie wedi newid ac roedd o ei hun wedi newid. Roedd yr hen Cissie wedi gwneud gwas – neu gaethwas – ohono, wedi cyfyngu ar ei fywyd, wedi ei gadw o fewn terfynau ei byd hi ei hun, ac roedd yntau wedi bodloni i hynny, wedi cael diogelwch digyffro, bywyd heb orfod meddwl gormod am ddim, bywyd cyfyngedig heb wrthdaro na chynnen. Ac roedd Ann James yn yr ysgol yr hyn roedd Cissie iddo gartref; merched a'u dwylo ar lyw cwch ei fywyd, yn rheoli'r daith, yntau'n eistedd yn deithiwr llipa yn y starn.

Hawdd oedd bod yn anffyddlon i'r hen Cissie, i'r ddynes afresymol fu'n ei gadw dan ei thraed, fu'n rheoli ei fywyd; roedd ei hafresymoldeb hi'n faneg

322

amddiffynnol am golyn ei gydwybod. Ond roedd y Cissie newydd yn wahanol, a'i hagwedd yn dwyn ymaith oddi arno ei reswm dros fod yn anffyddlon.

Ond oedd o'n anffyddlon? Geiriau oedd ffyddlondeb ac anffyddlondeb, ac fel pob gair arall, yn agored i amrywiaeth o ystyron a dehongliadau yn dibynnu i raddau helaeth ar y cyd-destun, ar sefyllfa ac amgylchiadau eu defnyddio; fel yr oedd i'r gair 'gwres' ystyron gwahanol ym mhegwn y Gogledd a chrastir cyfandir Affrica. Roedd o wedi cysgu – i ddefnyddio gair arall llac ei ystyr – efo Gwen ar dri achlysur, tair gwaith mewn deng mlynedd ar hugain o fywyd priodasol. Oedd hynny'n ddarlun o anffyddlondeb neu o ffyddlondeb, ffyddlondeb anhygoel i feddwl y math o fywyd yr oedd o wedi gorfod ei fyw?

Roedd yn rhaid iddo gyfaddef, serch hynny, mai bywyd yr oedd ef wedi bodloni arno ydoedd. Roedd sefyll ar ei dracd ac ymladd ei gornel wedi peidio â bod yn rhan o'i natur yn gynnar iawn, oherwydd tad a mam obsesiynol eu gofal o bosib, a thyfodd yn berson, nid i reoli, ond i gael ei reoli. Ond roedd cyfarfod Gwen wedi newid ei agwedd, a mwy na'i agwedd, ac os oedd Cissie wedi newid, roedd yntau hefyd.

A oedd Cissie wedi newid mewn gwirionedd? A oedd modd iddi newid ei phersonoliaeth, ei chymeriad ar ôl ychydig ddyddiau o orwedd mewn gwely ysbyty, yn meddwl am ei bywyd a'i fywyd yntau? Ai rhith oedd y cyfan, masg a wisgodd ac a fyddai'n llithro oddi ar ei hwyneb pan fyddai tennyn ei phenderfyniad wedi llacio?

Yr oedd o wedi newid. Gwelodd sawl un yr arwyddion o hynny: y plant yn yr ysgol, Ann James, Cissie, Gwen. Roedd y gŵr dihyder, ofnus, un yr oedd gwargrymu rhag ergydion pawb, ei wraig yn arbennig, yn ystum naturiol iddo, wedi sythu; roedd y golygon a ostyngai rhag edrychiad unrhyw un y deuai i'w gyfarfod wedi eu codi i syllu'n ddi-gryn ar bob gwrthrych a pherson. A Gwen oedd yr un a wnaeth y wyrth.

Ond os oedd o wedi gallu newid a dod yn berson newydd, sut y gallai warafun i'w wraig yr un posibilrwydd? Ac yr oedd yr ateb i hynny'n hawdd. Nid wedi newid yr oedd o, cryfder personoliaeth oedd y norm iddo fo, ac adfer y norm a wnaeth Gwen. Ar y llaw arall, hunanoldeb hunanganolog oedd y norm i Cissie, ac act fawr oedd ei hymgais i newid.

Byddai'n dangos ei gwir liwiau'n fuan eto. Allai hi ddim parhau yn yr act o roi iddo yr hyn a ddymunai; byddai'r ffrwyn yn tynhau pan welai hi mai carlamu i'w ffordd ei hun y byddai bob gafael pan deimlai anadl rhyddid yn llenwi ei ffroenau.

Ac wedi'r ymdrech ymenyddol yna i dawelu ei gydwybod, ymlaciodd Eirwyn a dechrau gwrando ar y rhaglen ar y teledu.

Yna, cofiodd fod angen iddo edrych ei ffôn bach. Roedd wedi gwneud hynny droeon yn ystod y dydd, ond doedd dim neges arno. Roedd Gwen wedi mynd i aros at ffrindiau i'r Cotswolds ers deuddydd, a doedd o ddim yn disgwyl negeseuon aml. Roedd wedi cael dwy neu dair, ac roedd yntau wedi eu hateb, er ei fod yn ei chael yn anodd iawn i feddwl beth i'w ddweud mewn neges.

Trodd y ffôn ymlaen, ac roedd yna neges iddo.

'Helô, fi sydd yma. Sori na chlywaist ti gen i yn gynt heddiw, ond dwi wedi bod yn cerdded ac allan o signal drwy'r dydd. Mwynhau yn fawr, ac yn meddwl amdanat o hyd. Biti na faset ti yma efo fi. Mi fasen ni'n cael amser da. Meddylia amdana i ac ymlacia dros y gwyliau. Rho neges cyn mynd i dy wely, a rho alwad fory – mi allwn siarad, fydda i yma trwy'r dydd, ac mewn signal.'

Roedd yna neges testun iddo hefyd: *Think of me, I have spread my dreams under your feet. All my love, Gwen xxx.*

Cafodd Eirwyn drafferth i roi neges yn ôl iddi, i beidio gwneud iddo swnio fel datganiad. Dywedodd yn fras beth fu'n ei wneud, a dweud, fel y dywedodd hi, ei fod yn meddwl amdani. Daeth y neges testun yn haws, aralleiriad o linell nesa'r gerdd gan Yeats yr oedd hi wedi ei dyfynnu: *I will tread softly because I tread on your dreams. Dream on, my love. Eirwyn xxx*

Teimlai'n dipyn o Charli yn mynegi geiriau cariad a serch mewn gwaed oer. Un peth oedd ecstasi'r foment yn ffurfio ei fynegiant ei hun, peth arall oedd rhoi gwres mewn geiriau a anwyd mewn oerni.

Yna, aeth i'w wely.

19

Bu Ebrill ar ei hyd yn fis anarferol i Eirwyn, ac i Cissie, er nid o ran tywydd, gan fod hwnnw mor gyfnewidiol ag erioed, yn gymysgedd o ddyddiau gwaddod y gaeaf ac addewid yr haf, o wlybaniaeth oer a sychder cynnes, o wyntoedd cryfion stormus ac o awelon balmaidd.

Blagurodd bywyd Eirwyn gartref ac yn yr ysgol fel y blagurodd y dail ar y coed. Ddychmygodd o erioed y gallasai Cissie fod wedi newid mor llwyr, a chadw at ei dewis lwybr heb lithro. Bu'n un â'i haddewid, yn ystyrlon, yn gariadus, yn gymedrol, yn trafod gydag ef, yn gwrando arno, yn barod i wneud beth bynnag a ddymunai. A chafodd yntau beth trafferth i ddygymod â'r holl newid; teimlai'n benysgafn, yn chwil fel y byddai defaid ei dad ar y tyddyn pan aent gyntaf i'r adlodd ar ôl pori mor hir ar gramen greigiog.

Ond pan ddaeth i gynefino, gwelodd sut y gallasai bywyd fod wedi bod iddo ar hyd y blynyddoedd. Yn raddol ciliodd y syrffed a deimlai wrth ddynesu adref o'r ysgol, lleihaodd yr awydd i oedi ar y ffordd, ac yr oedd yn gallu adrodd wrthi hanes ei ddiwrnod, a dangosai hithau, yn ymddangosiadol o leia, ddiddordeb os nad dealltwriaeth yn yr hyn a wnâi. Roedd eu gwyliau haf wedi ei setlo, Caergrawnt gydag ef wedi trefnu'r gwesty. Roedd hi wedi awgrymu y gallen nhw fynd i'r Eisteddfod Genedlaethol am ddiwrnod neu ddau, ac wedi awgrymu hyd yn oed y byddai'n barod i fynd efo fo i jamborî Bryn Terfel yn y Faenol os oedd o'n dymuno. Ac yr oedd hi wedi derbyn yn ddigwestiwn y byddai i ffwrdd ar gwrs ddechrau Mai, heb fynegi na syndod na siom.

Roedd y cyfan yn rhy anhygoel i fod yn wir.

Ac yn goron ar y cyfan yr oedd ei berthynas â Gwen, gan ei fod wedi llwyddo, wedi peth ymdrech, rhaid cyfaddef, i dawelu drachefn y gydwybod roedd yn mynnu ei magu yn ei fynwes oherwydd tröedigaeth Cissie.

Y gweinidog roddodd iddo'r allwedd ac yn y capel y digwyddodd. Wedi oriau dros y misoedd a blynyddoedd o wrando arno'n edliw'r pechod gwreiddiol, yn sôn am aberth a maddeuant, fe ddyfynnodd ar ei bregeth un Sul ran o un o emynau Ann Griffiths. Fe wnaeth hynny er mwyn pwysleisio trefn yr iechydwriaeth, ond y ddwy linell a ddaliodd sylw Eirwyn oedd: 'Dwy natur mewn un person, Yn anwahanol mwy.'

Dyna fo, meddai wrtho'i hun gan fygu'r awydd i weiddi'n uchel. Dyna mewn dwy linell ddisgrifiad ohono fo, ac o bawb arall. Dwy natur mewn un person. Doedd neb yn un, roedd pawb yn ddau, o leia'n ddau. Roedd Cissie'n ddau berson yn sicr, ac roedd yntau'n ŵr priod syber, cartrefol, yn athro uwchradd parchus, ac ar yr un pryd yn odinebwr, yn caru un arall, yn byw bywyd ar lefel wahanol gyda hi'n gorfforol bresennol ar rai dyddiau, gyda hi'n feddyliol bron drwy'r amser.

Ac yr oedd y ddau berson ynddo yn anwahanol mwyach a'r naill berthynas yn ymgordeddu trwy'r llall. Felly yr oedd hi wedi bod yn wir gan y byddai, wrth fynd i ffwrdd i gyfarfod Gwen, yn teimlo cyffro'r antur o'i flaen yn llifo drwy'i wythiennau, a phan ddychwelai adref a gweld y mannau cyfarwydd, fe deimlai ryw fodlonrwydd hyd yn oed pan wyddai na châi fawr o groeso ar yr aelwyd.

Roedd ei berthynas â Gwen yn goleuo gweddill ei fywyd, ei heulwen hi'n dileu'r cysgodion, yn goleuo'r cilfachau tywyll. Roedd o angen y ddwy berthynas, y ddau fywyd, a chredai'n sicr bod hyn yn wir am bawb, gan nad oedd neb yn un. Difyrrodd ei hun weddill y bregeth yn ceisio dwyn i gof ddywediadau ac idiomau oedd yn mynegi deuoliaeth: 'angel pen ffordd a diawl pen pentan', 'dau wynebog', 'mae 'na ddrwg a da ym mhawb', 'y du a'r gwyn yn creu y llwyd, dyna fywyd'. A thrwy'r cyfan roedd y gydwybod, beth bynnag oedd honno a ble bynnag yr oedd, y llais cyhuddgar, yn cael ei dawelu, a'r llafn o heulwen Ebrill a ddaeth i mewn drwy ffenest y capel yn negesydd a ddywedai wrtho ei fod yn iawn.

Ond am fod ganddo ddwy i feddwl amdanynt, roedd yna faich ychwanegol ar ei feddyliau, ac yr oedd tosturi tuag at Cissie yn cymysgu â'i hiraeth am Gwen.

Oedd yr oedd o'n tosturio wrth Cissie. Roedd cryfder ei bersonoliaeth yn cael ei adfer gan Gwen a hynny'n cynyddu ei dosturi yn hytrach na'i chwerwedd. Ni allai ond dychmygu bod y frwydr fewnol rhwng y ddwy natur a luniai ei phersonoliaeth yn boen iddi, ac nad oedd y ddwy natur yn anwahanol ynddi hi, bod y natur a ddangosodd gydol y blynyddoedd yn gryfach na'r llall, ac felly mai brwydr barhaus fyddai iddi hi i gadw'r natur honno dan glo.

Ni allai yntau chwaith beidio teimlo chwithdod rhyfeddol yn absenoldeb Gwen. Roedd y dyddiau'n llusgo heibio, a'r penwythnos ym Mai yn graddol ddynesu, ond roedd gorfod bwydo ar negeseuon, ambell alwad, a negeseuon testun fel gorfod bodloni ar friwsion yn hytrach nag eistedd wrth fwrdd y wledd. Trysorai bob galwad, bob neges, a thrysorai'n arbennig y negeseuon testun a dderbyniai, a chadwodd bob un ar ei gof: *Take me in your arms/ You are the only tree in the orchard of my existence/* Cadw fi ym mreichiau dy feddyliau/ Meddwl amdanaf fore a hwyr/ Tyrd i lenwi fy ngwacter.

*   *   *

'Den ni'n mynd i gael *progress report* eto heddiw?'

Menna oedd yn gofyn, nid yn wamal, ond am ei bod eisiau gwybod.

'O diar. Felly y bydd hi rŵan beryg,' meddai Cissie, 'yn trafod dim byd ond y fi.'

'Mae dy fywyd di'r dyddiau yma'n fwy diddorol na dim arall sy'n digwydd,' meddai Myfanwy. 'Ac mi den ni'n falch o dy weld di'n gwella mor dda, yn falch dy fod wedi dod yn ôl yn rheolaidd aton ni.'

'Yden wir,' ategodd Menna. 'Ac rwyt ti'n gneud yn dda, wnes i erioed feddwl y gwnaet ti cystal. Ond dwi'n siomedig nad ydech chi'ch dau am fynd dros y môr ar eich gwyliau. Diaist i, mi aethoch i Jersey llynedd, roedd hynny'n gychwyn, a lle dech chi'n mynd leni? Cambridge! Be sy'n fan'no sy'n werth ei weld?'

'Mi ddaru ni gytuno mod i'n cael dewis y lle ac Eirwyn yn dewis y gwesty; gwesty, cofiwch, nid llety, a hynny am y tro cynta erioed. Mae hynny'n ddigon o newid am eleni. A beth bynnag, dwi ishio mynd i Gaergrawnt, mae o'n lle diddorol iawn ac mae Eirwyn wedi cael gwesty da i ni am wythnos – yr University Arms, un o westai De Vere. Gwesty drud iawn.'

'Goelia i di, ond gobeithio y byddwch chi'n mynd dros y môr hefyd yn nes ymlaen, cyn i chi fynd yn rhy hen yntê.'

Roedd Myfanwy a Jen yn dawedog braidd, Myfanwy am ei bod bron marw eisiau gofyn i Cissie am ei bywyd rhywiol, ond yn ofni na châi ei chwestiynau lawer o groeso, Jen am resymau eraill. Roedd hi'n gwylio Cissie'n ofalus er nad oedd honno'n ymwybodol o hynny.

'Mae Eirwyn a fi'n deall ein gilydd,' meddai. 'Caergrawnt eleni, a phwy a ŵyr ble y flwyddyn nesa os byw ac iach. A hwyrach yr awn ni i'r Eisteddfod eleni hefyd.'

'A sut mae'r bwyta allan yn mynd? Fuost ti yn

rhywle ers inni gwrdd ddwetha?' Roedd hwnnw'n gwestiwn digon diniwed i Myfanwy ei ofyn.

'Naddo. Den ni ddim wedi bod ond unwaith neu ddwy. Dim gormod. Y syniad y gallwn fynd pan fyddwn ni'n teimlo felly sy'n bwysig yntê, nid mynd o hyd. A dydi Eirwyn ddim eisiau mynd yn aml, er ei fod yn mwynhau; mae o'n dal wrth ei fodd efo fy nghoginio i, cofiwch.'

'Alla i goelio hynny,' meddai Myfanwy. 'Chware teg i ti, rwyt ti'n un o fil, yn gneud yr holl fwyd blasus 'na iddo fo tra mae'r rhan fwya ohonon ni'n byw ar brydau parod. Gobeithio'i fod o'n gwerthfawrogi.'

'Ydi, mae o.'

Doedd dim rhyw hwyliau mawr ar neb y bore arbennig yma ac roedd Jen yn anarferol o dawel. Ddwedodd hi fawr ddim gydol yr amser, a chan nad oedd Cissie am drafod gormod ar ei thröedigaeth, roedd y sgwrsio'n fflat. Ac yn anarferol iawn, fe aethon nhw o'r caffi ac i'w ffordd eu hunain yn gynt nag arfer.

Pan oedd Cissie bron cyrraedd adre, wedi troi i mewn i'r stad, clywodd sŵn traed y tu ôl iddi a throdd i weld pwy oedd yno.

'Jen,' meddai, 'ble'r wyt ti'n mynd?'

'Acw,' atebodd Jen, 'os oes gen ti amser. Awydd paned arall.'

'Ar bob cyfri,' atebodd Cissie, gan synhwyro ei bod eisiau trafod rhywbeth heb i'r lleill fod yn bresennol nac yn gwybod.

Pan oedd y ddwy wedi cael paned o goffi ac yn eistedd yn gysurus yn y lolfa, meddai Cissie:

'Roeddwn i'n dy weld di'n ddihwyl braidd y bore 'ma, Jen. Be sy'n bod?'

Bu Jen yn dawel am funud, fel pe bai'n ceisio meddwl beth i'w ddweud a sut i'w ddweud o. Yn y man dywedodd:

'Does dim yn bod arna i, Cissie, eisiau gofyn cwestiwn i ti oeddwn i.'

'I mi?'

'Ie, i ti. Dwi wedi bod yn sylwi arnat ti pan fyddi di'n adrodd am y newid yn dy agwedd, yn dy fywyd. A dydi o ddim yn gneud sens, y dröedigaeth sydyn yma ar ôl bod yn yr ysbyty am ddeuddydd neu dri. Dwi'n dy nabod di'n well na hyn'na. Un anodd dy droi fuost ti erioed, mynnu dy ffordd dy hun bob amser, mynnu mai ti oedd yn iawn. A rŵan, rwyt ti wedi newid yn hollol. Pwy wyt ti'n ei dwyllo, Cissie – Eirwyn, y ni, neu ti dy hun?'

Roedd Cissie â'i phen i lawr ac yn ymddangos fel pe bai'n canolbwyntio ar droi ei choffi'n ofalus tra bu Jen wrthi. Yna, heb godi ei phen, meddai:

'Rwyt ti'n un graff iawn, Jen.'

'Ydw. Wyddost ti be oedden nhw'n 'y ngalw i'n yr ysgol erstalwm?'

'Na wn i. Chlywais i neb erioed yn dy alw di'n ddim byd ond "Jen".'

'"Ffured", dyna fy llysenw, am mod i'n gwthio fy nhrwyn i helyntion a phroblemau pawb, yn busnesa, mewn geiriau eraill. Ie, ffured. Paid â deud wrth neb, cofia, yn enwedig wrth Menna a Myfanwy. Mi fasen nhw'n cael modd i fyw, yn basen. Oes gen i drwyn fel ffured dwed?'

A chwarddodd yn uchel, ac wrth geisio dychmygu wyneb ffured gan Jen, chwarddodd Cissie hefyd, a thorrwyd peth ar awyrgylch dynn yr ystafell.

'Tyrd, Cissie,' meddai Jen.

Ac am mai Jen oedd hi, am ei bod yn pwyso, am fod Cissie'n ei nabod yn dda ac yn gwybod y byddai ei chyfrinach yn ddiogel efo hi, am ei bod eisiau dweud wrth rywun beth bynnag, fe ddywedodd y cyfan wrthi.

Roedd ei hadroddiad yn gatalog o'i theimladau o euogrwydd am na chafodd blant, am iddi ddefnyddio ei gwendid a'r diffyg ar ei chalon i berswadio Eirwyn na ddylen nhw fentro. Adroddodd wrthi am siomedigaeth ddofn Eirwyn, y ffaith ei fod wedi ei frifo, wedi ei gleisio'n fewnol am yr holl flynyddoedd tra bu'n rhaid iddo oddef gweld llawenydd megis gorfoledd dydd Nadolig yn gwawrio ar gynifer o aelwydydd cydnabod iddo yn y dref, y capel a'r gymdeithas, ymhlith staff yr ysgol; yn llanw'r aelwydydd hynny â llawenydd a gobaith bywyd newydd, yn rhoi cyfeiriad gwahanol i fywyd y rhieni, rheswm gwahanol am eu bodolaeth, tra oedd ei aelwyd o yn wag, yn oer, yn dawel, yn ddi-serch.

Yna, ychwanegodd, a blynyddoedd o chwerwedd yn ei llais:

'A thra oedd teuluoedd eraill yn cael plant mi gawson ni gi. Ci! Ac mae Eirwyn yn ei gasáu. Eironig yntê!'

'Ond chwarae teg, Cissie, roedd yn rhaid i ti feddwl am dy iechyd, ac mi ddaru Eirwyn dderbyn on'd do? Mi alle fod wedi dy adael di.'

'Roedd o'n llawer rhy wan i neud hynny. Mi wyddwn nad oedd yna beryg i hynny ddigwydd. Cofia, dwi ddim mor siŵr tase'r un peth yn digwydd heddiw. Mae o wedi newid yn ddiweddar. Ond dwi ddim wedi bod yn hollol onest efo ti, Jen, dwi ddim wedi deud y cwbwl.'

Yna aeth ymlaen i adrodd bod y meddyg wedi dweud bod yn iawn iddi gael un plentyn o leia, ac y byddai modd ystyried cyflwr ei hiechyd wedyn i weld a fyddai'n ddiogel iddyn nhw gael ail blentyn. Ond roedd hi wedi celu hynny oddi wrth Eirwyn, yn wir wedi dweud mai eu cynghori i beidio cael plant wnaeth y meddyg.

'Pam wnest ti hynny? Am nad oeddet ti eisiau plant beth bynnag?'

'Yn hollol. Esgus oedd cyflwr fy iechyd i. Mi wyddost un mor gysetlyd ydw i. Mi fase'r syniad o gario babi y tu mewn imi, o orfod ei eni gyda'r holl lanast ac ymdrech mae hynny'n ei olygu, o'i gael yn sugno fy mronnau, o orfod newid ei glytiau, glanhau ar ei ôl, diodde ogle babis drwy'r tŷ, mi fase hynny i gyd yn ddigon amdana i, Jen.'

'Ond mae 'na gannoedd o ferched yn penderfynu

peidio cael plant a llaweroedd o deuluoedd yn cytuno i hynny hefyd.'

'Oes, wrth gwrs. Yn cytuno. Ond doedd yna ddim cytundeb rhwng Eirwyn a fi, ei dwyllo fo wnes i, chwarae cerdyn fy iechyd i ennill y tric. Ac mi lwyddais, ac rydw i wedi casáu fy hun byth oddi ar hynny, Jen, ac wedi chwerwi wrthyf fy hun a phawb arall, ac wedi rhoi uffern i Eirwyn a deud y gwir. Y fo'n cael ei amddifadu a minnau'n gneud pethau'n waeth trwy roi uffern iddo. Elli di ddim dychmygu Jen, gymaint yr ydw i'n casáu fy hun.'

Aeth canol bore yn amser cinio, a chytunodd Jen i aros i gael brechdanau a phaned.

'Dyna sy wedi bod yn fy mhoeni, yn fy mwyta i'n fyw ar hyd y blynyddoedd, Jen. A dyna ti'n gwybod rŵan, ac mi fydd y cyfan yn ddiogel gen ti yn bydd?'

'Wrth gwrs y bydd o, rwyt ti'n fy nabod i'n ddigon da i wybod na sibryda i air am y peth wrth undyn byw.'

Bwytaodd y ddwy eu brechdanau mewn tawelwch, heb ddim ond clecian y tân trydan i dorri ar y tawelwch.

Oddi allan roedd haul gwannaidd yn gwenu ar y dail newydd oedd ar y coed a'r llwyni, bywyd newydd yn blaguro, gobaith newydd cylchdro rhyfeddol natur. Ac oddi mewn doedd dim bywyd newydd, dim gwanwyn, ac roedd cylchdro natur a bywyd yn hanes Eirwyn a Cissie yn dod i ben gyda hwy eu dau. Y ddau yn unig blant ac yn ddi-blant, diwedd y llinach, tra bod parhad y llinach yn reddf mor gryf. Wedi gwadu'r reddf honno yr oedd Cissie ac wedi twyllo ei gŵr i wneud yr un peth.

Doedd gan Jen ddim plant chwaith, na gobaith cael yr un. Ond yr oedd y gwahaniaeth yn sefyllfa'r ddwy yn fawr. Dewis peidio priodi wnaeth hi, dewis annibyniaeth, dewis peidio cael plant, ac yn y dewis ei hun yr oedd pwysigrwydd y gwahaniaeth, nid yng nghanlyniadau'r dewis hwnnw.

Roedd Cissie'n dawel, ac roedd Jen dan yr argraff nad oedd dadlennu hyn oll iddi hi wedi ysgafnhau dim ar ei baich, nac wedi bod yn llesol o gwbl. Oni bai fod ganddi rywbeth arall i'w ddweud. A mwya'n y byd y meddyliai am y peth, mwyaf pendant y tyfodd y sicrwydd ei bod yn celu rhywbeth. Roedd rhagor i'w ddweud. Beth, tybed? Beth oedd yn anoddach ei ddadlennu na'r hyn a ddywedodd eisoes? Roedd yn rhaid iddi geisio'i pherswadio i ddweud y cyfan.

'Rwyt ti wedi bod yn onest iawn efo fi, chwarae teg i ti,' meddai. 'Gobeithio dy fod yn teimlo'n well ar ôl deud.'

'O ydw, yn llawer gwell. A do, rydw i wedi bod yn onest efo ti.'

'Ond ddim yn gwbwl onest chwaith. Dwyt ti ddim wedi deud y cyfan wrtha i, Cissie.'

Cododd honno i estyn y tebot. 'Wyt ti eisiau rhagor o de?'

'Dim diolch. Roedd o'n dderbyniol iawn, a'r brechdanau'n flasus. Diolch, Cissie.'

'Raid i ti ddim. I ti mae'r diolch, mae o'n faich oddi ar fy meddwl, cael deud wrthyt ti, Jen. Coelia fi.'

'Pam felly na ddwedi di'r cyfan wrtha i, 'te?'

'Am nad oes yna, wir, ddim byd arall i'w ddeud, dim ond teimlad, dychymyg hwyrach.'

'Teimlad? Dychymyg? Am be ti'n sôn dwed?'

'Falle y byddi di'n chwerthin am fy mhen i. Croeso i ti neud, ond mi ddweda i wrthyt ti, gwnaf.'

A chyda'r penderfyniad hwnnw'n amlwg yn ei hwyneb, eisteddodd drachefn a throi i wynebu ei ffrind.

'Does gen i ddim cymaint â hynny o amser ar ôl i fyw,' meddai'n dawel.

Edrychodd Jen arni mewn braw.

'Be! Dim llawer o amser i fyw? Sut gwyddost ti? Pwy sy wedi deud wrthyt ti? Yr ysbyty? Y meddyg?'

'Na, neb. Does neb wedi deud wrtha i. Roedd canlyniadau'r profion yn eitha gobeithiol a deud y gwir. Na, does 'na neb wedi deud wrtha i. Teimlad ydi o, Jen, teimlad ym mêr fy esgyrn, ac mae o'n cryfhau ddydd ar ôl dydd.'

'Dychymyg meddet ti funud yn ôl, a dyna be 'di o, Cissie. Rhaid i ti beidio bod mor wirion â meddwl rhyw hen feddyliau fel hyn, dwyt ti'n gneud dim lles i ti dy hun.'

'Nac ydw mi wn, ond pwy sy'n nabod ei gorff yn well na fo'i hun, yntê Jen? Mae o'n deimlad cryfach na dychymyg, mwy pendant na meddwl. Mi fedri ddeall rŵan pam mod i'n mynd allan o'm ffordd i blesio Eirwyn, i adael iddo gael ei ffordd ei hun. Mae o'n groes graen i mi fynd allan i fwyta fel y gwyddost ti, mae o'n groes graen i mi aros mewn gwesty, i fynd i eisteddfod, trafod yr ysgol. Dwi'n ceisio gneud y cyfan, Jen, gan mod i'n ofni nad oes gen i lawer o amser ar ôl.'

Trawyd Jen yn fud. Allai hi ddweud dim am beth amser, dim ond troi'r hyn a glywodd yn ei meddwl. Roedd y cyfan mor rhesymegol, y cyfan yn esbonio pam fod Cissie wedi newid mor llwyr. Wedi mynd allan o'i ffordd i fod yn berson newydd.

Cododd i fynd oddi yno gan geisio meddwl beth i'w ddweud wrth ymadael. Ond fu dim raid iddi hi feddwl am ddim gan fod gan Cissie ragor i'w ddweud.

'Dwi'n gwerthfawrogi fwy nag a feddyliet ti dy fod wedi dod yma heddiw, a rhoi cyfle i mi ddeud hyn i gyd wrthot ti. Un peth arall dwi am ofyn i ti.'

'Unrhyw beth, Cissie, os ydi o o fewn fy ngallu i.'

'Ydi mae o, gofyn i ti beidio deud gair wrth Eirwyn chwaith. Mi wn dy fod yn hoff ohono, ond cofia, dydi o'n gwybod dim am hyn, falle'i fod o'n synhwyro rhai pethau, ond yn sicr ŵyr o ddim am y teimlad yma sy'n fy meddiannu a'r sicrwydd na fydda i yma'n hir.'

'Mi allet fyw yn hwy na'r rhan fwya ohonon ni eto, Cissie; synnwn i ddim nad oes yna naw byw cath ynot ti,' meddai Jen, mewn ymgais ofer i fod yn gadarnhaol ac optimistaidd wrth ymadael.

*   *   *

Roedd hi'n ddiwrnod hyfforddiant yn yr ysgol a'r gwahanol adrannau'n cyfarfod i adolygu'r gwaith a wnaed ac i gynllunio ar gyfer y flwyddyn oedd yn cychwyn ym Medi.

Cyfarfod rhwng Ann James ac Eirwyn oedd cyfarfod yr adran Saesneg ac yr oedd hi wedi cyflwyno bras amserlen ar gyfer Medi ac wedi gofyn i Eirwyn am ei ymateb a'i sylwadau.

Fe sylwodd yn syth fod ei sesiynau gyda Blwyddyn 11 a'r chweched dosbarth yn cael eu crebachu fwy fyth. Dim ond dwy wers gwerthfawrogi barddoniaeth gyda'r chweched ac un llyfr gosod ac ychydig o wersi iaith gyda Blwyddyn 11. Ar wahân i hynny, gyda'r dosbarthiadau eraill y byddai gydol yr wythnos, yn gwneud y pethau diflas, pedestraidd, a hithau'n cael dysgu lle'r oedd dysgu yn bleser, a chael y clod i gyd am ganlyniadau da.

'Wrth gwrs,' meddai hi, 'dim ond braslun yw'r rhaglen yma mac'r dirprwy ei eisiau yn gynnar gan fod y brifathrawes i ffwrdd a'r arolygiad yn debyg o ddigwydd yn ystod tymor y Nadolig. Fe allwn ni newid, ond dwi eisiau dy farn di cyn ei gyflwyno.'

Yn arferol byddai Eirwyn wedi berwi'n fewnol ac ymateb yn ddof, wedi cuddio'i gynddaredd gyda brawddegau llywaeth, cydymddwyn. Ond nid y tro hwn. Roedd o wedi newid, ac er ei fod yn crynu'n fewnol, meiddiodd anghytuno a dweud beth oedd ar ei feddwl.

'Mae'r gwersi dwi'n eu cael efo Blwyddyn 11 a'r

chweched yn mynd yn llai bob blwyddyn,' meddai. 'Yn fuan iawn fydd gen i'r un. Ac mae hyn yn wahanol i bob adran arall lle mae'r dysgu ar draws yr oedrannau a'r galluoedd yn cael ei rannu'n deg ac yn weddol gyfartal.'

'Mi wyddost pam bod hyn yn digwydd,' atebodd hithau. 'Mi wyddost dy sefyllfa yn yr ysgol yma, dy sefyllfa yn yr adran. Mi wyddost dy fod yn cael trafferthion disgyblaeth.'

'Efo Blwyddyn 11 a'r chweched? A phryd y clywsoch chi gwyno ar fy nisgyblaeth i ddwetha? Ddim yn ddiweddar iawn dwi'n siŵr; mae pethau wedi gwella a dwi ddim yn cael trafferthion fel byddwn i.'

Bu Ann James yn dawel am foment. Roedd yr hyn ddywedodd o yn berffaith wir. Yr oedd yna newid ynddo; roedd fel pe bai wedi penderfynu sefyll ar ei draed a pheidio gadael i bopeth fynd yn fistar arno. Ac roedd ei wrthwynebiad i'r amserlen yn adlewyrchu hynny.

Ond doedd Eirwyn ddim wedi gorffen.

'Mi rydych chi wedi fy anfon ar ddau gwrs yn ddiweddar, cwrs diwrnod a chwrs preswyl, cyrsiau'n ymwneud yn bennaf â gwaith efo llyfrau gosod. I be, os nad ydw i'n cael eu dysgu i'r plant? Mae'n wastraff ar amser ac arian ac adnoddau prin.'

'Ie, wel, falle dy fod ti'n iawn.' Roedd Ann James wedi cael cymaint o sioc ei fod yn gwrthwynebu nes ei bod yn ei chael yn anodd ymateb iddo.

'Wrth gwrs mod i'n iawn. Ddwedodd Gwen Carter

340

rywbeth am fy nysgu? Wnaeth hi ei feirniadu, wnaeth hi feirniadu'r ffordd roeddwn i'n mynd ati, yr hyn roeddwn i'n ei gyflwyno?'

'Naddo. Ond mi ddwedodd dy fod yn ddihyder a bod hynny'n effeithio ar dy waith di.'

'Dim byd arall?'

'Na, dim byd arall.'

'Rhaid ei bod hi neu chi yn deud celwydd 'te. Mi ddwedodd wrtha i ei bod wedi crybwyll wrthoch chi fod gen i'r potensial i fod yn athro da, dim ond i mi fagu hyder. Dech chi'n deud wrtha i na ddwedodd hi mo hynny?'

'Wel ... y ... falle ei bod hi wedi awgrymu rhywbeth am y peth.'

'Wrth gwrs ei bod hi. Ond dydych chi ddim eisiau gwybod ydych chi? Eisiau rhan helaetha'r gacen eich hun, eisiau cael eich gweld. Tybed oes gan y ffaith fod y brifathrawes wedi bod mewn damwain, a bod y dirprwy'n ymddeol yn fuan, rywbeth i'w neud â'r peth?'

Roedd Ann James yn gacwn pan glywodd hi hyn, ac aeth ei hwyneb yn goch fel tân.

'Sut wyt ti'n meiddio deud y fath beth? Cwilydd arnat ti.'

'Dwi wedi dweud dim, dim ond gofyn y cwestiwn, cwestiwn y bydd eraill yn yr ysgol ma'n ei ofyn yn fuan.'

Casglodd Ann James ei phapurau at ei gilydd a chadwodd ei beiro yn ei bag llaw.

'Waeth inni roi'r gorau i'r drafodaeth yn y fan yma rŵan. Awn i ddim i unman fel hyn.'

A chyda hynny fe gododd a martsio allan o'r ystafell. Ond roedd Eirwyn yn ei hadnabod yn ddigon da i wybod y byddai wedi llareiddio erbyn y cwrdden nhw y tro nesa ac y byddai wedi ailystyried y rhaglen waith hefyd.

Cerddodd yntau allan o'r ystafell, yn teimlo bod brwydr arall wedi ei hennill. Roedd llawer o ffordd i fynd, roedd yna ddosbarthiadau anystywallt o hyd, roedd o'n dal i gael trafferthion gyda rhai ohonyn nhw, ond roedd pethau'n gwella, ac roedd o'n teimlo'n llawer hapusach yn ei waith yn ddiweddar. Diolch i Gwen am hynny. Hi oedd ei ysbrydoliaeth, hi oedd yn graddol roi dur yn ei gyfansoddiad. A phan fyddai'n ei ffonio ar y ffordd adref o'r ysgol y pnawn hwnnw, fe fyddai'n dweud hynny wrthi.

20

Roedd y daith yn hir a'r trên yn hwyr oherwydd rhyw nam ar y system signal rhwng Preston a Lancaster. Ond doedd Eirwyn ddim yn cwyno; pella'n y byd yr oedd eu man cyfarfod o gartref, diogela'n y byd y teimlai, ac yn Ardal y Llynnoedd fyddai dim rhaid iddo edrych wysg ei gefn o hyd rhag ofn fod rhywun oedd yn ei adnabod o gwmpas.

Y Royal Hotel yn Bowness-on-Windermere fyddai lleoliad eu nefoedd y tro hwn. Bu Eirwyn yn y dref rywdro yn y gorffennol, ond ychydig a wyddai am Ardal y Llynnoedd gan nad oedd cerdded yn un o hoffterau Cissie. Roedd cerdded yn y cynlluniau y tro hwn, fodd bynnag, gan ei fod wedi ei orchymyn i ddod ag esgidiau addas i gerdded a chôt dal dŵr efo fo. Yntau wedi gorfod bodloni ar lanhau ei esgidiau garddio gan nad oedd ganddo rai eraill oedd yn addas. Taith bnawn Sadwrn wedi ei threfnu fel rhan o'r cwrs oedd esboniad Eirwyn i Cissie, ac roedd yr esboniad yn ddigon iddi.

Chafodd o ddim trafferth i berswadio'i wraig ei fod yn mynd am benwythnos estynedig o gwrs ar ŵyl y banc. Roedd o wedi crybwyll y peth wrthi ers tro a phan ddaeth yr amser fe'i derbyniodd yn dawel, ac roedd Jen wedi addo dod yno i aros efo hi. Ond roedd ei ffarwelio wedi ei gynhyrfu, gan iddo gael cryn sioc pan lapiodd ei breichiau am ei wddw a'i gusanu, fel pe bai'n ei gadael am byth, yn hytrach na'i harfer o daro cusan ysgafn ddi-serch ar ei foch.

Doedd dim dwywaith nad oedd y Cissie newydd yn anoddach i'w gadael na'r hen un. Roedd hi'n fwy annwyl, yn fwy cariadus, yn llai beirniadol ac yn llwyddo i greu'r argraff o leia y byddai arni hiraeth gwirioneddol amdano pan âi. Roedd y peth yn od, ei bod yn teimlo mwy o chwithdod ei fod yn mynd, ac eto'n fwy parod o lawer nag yr arferai fod i adael iddo.

Ond fel y cynyddai tramwy'r trên y milltiroedd rhyngddo a'i gartref, a lleihau'r pellter rhyngddo a'i gartref ysbrydol, roedd Cissie yn graddol gilio i'r cefndir a Gwen yn dod yn fwyfwy clir ar sgrin ei feddyliau.

Rhoddodd ei law yn ei boced a thynnu allan blwch bychan oedd yn cynnwys y broetsh yr oedd wedi ei brynu'n anrheg iddi ddeuddydd ynghynt. Ei anrheg cyntaf iddi, un o greadigaethau Rhiannon ac iddo batrwm yn cynnwys y cwlwm Celtaidd, symbol gweladwy o'r ymglymiad oedd rhyngddynt nhw, ac yn rhyw fath o dalu gwrogaeth hefyd i Gwen ei hun am ei hymdrech lew i feithrin ei Chymreictod.

Pryd i'w gyflwyno? Dyna'r cwestiwn, ac wrth iddo nesáu at ben y daith fe benderfynodd y byddai'n ei roi iddi ar eu noson olaf yn y gwesty. Byddai hynny'n melysu peth ar chwerwedd yr ymwahanu. Estynnodd ei fag a'i gadw'n ddiogel yno yn hytrach nag yn ei boced, rhag ofn iddo'i golli.

Yn ffodus, roedd Eirwyn wedi llwyddo i anfon neges at Gwen gan fod y trên bron i awr yn hwyr yn cyrraedd Oxenholme, y gyffordd i Ardal y Llynnoedd. Camodd i'r platfform ymhlith eraill a gwelodd hi'n dod i'w gyfarfod gan chwifio'i llaw i dynnu ei sylw. Pan lapiodd ei breichiau am ei wddw i'w gusanu a'i wasgu ati, clywodd ei galon yn curo'n gyflym a theimlai yntau awydd aros felly am byth.

'Tyrd,' meddai, 'mae'r car yn y maes parcio. Rhaid inni fynd.'

Teithiodd y ddau ar hyd yr A591 i gyfeiriad Windermere ac roedd hi mor brysur yn dangos popeth iddo fel na sylwodd Eirwyn am beth amser eu bod wedi mynd heibio'r tro i Bowness a thrwy Windermere, ac yn anelu am Ambleside.

'I ble den ni'n mynd?' holodd yn y man. 'Roeddwn i'n meddwl ein bod yn mynd i aros mewn gwesty yn Bowness?'

'*Be patient*, Eirwyn, *be patient*,' atebodd hithau. 'Mae gen i syrpreis i ti. Un y byddi di wrth dy fodd efo fo.'

Syrpreis! Pa syrpreis allai hi ei roi iddo? Doedd ganddo ddim syniad, a rhoddodd y gorau i feddwl am y peth ar ôl penderfynu mai mynd i westy arall y bydden nhw, un crandiach mae'n siŵr. Ond pa fath o syrpreis oedd hynny?

Yn fuan fe ddaethon nhw i Ambleside a throi ym mhen llyn Windermere i ffordd gulach yr A593 i gyfeiriad Coniston. Edrychodd Eirwyn ar Gwen. Roedd hi'n siarad bymtheg yn y dwsin ac ar yr un pryd yn canolbwyntio ar y dreifio, yn plygu ymlaen dros yr olwyn. Ond roedd gwên ar ei hwyneb. Ffordd eitha cul a throellog oedd hon, ond yn fuan daethant at arwydd Coniston a throdd hithau i fyny ffordd gulach i'r dde i fyny ochr bryn oedd uwchben y llyn. Ymhen chwarter milltir daethant at fwthyn bychan yn swatio mewn coedlan. Roedd y giât yn agored ac aeth Gwen drwyddi a stopio'r car o flaen y drws ffrynt.

'Ble den ni?' holodd Eirwyn. 'Den ni ddim yn

mynd i aros at neb gobeithio.' Ac roedd panig yn ei lais.

'Paid â phoeni,' atebodd hithau. 'Na, dydyn ni ddim yn aros efo neb. Tŷ i ni ydi hwn am benwythnos cyfan, o heddiw tan ddydd Llun. Meddylia. Nyth cariad go iawn ymhell o sŵn y byd, ymhell oddi wrth bawb a phopeth. Ti a fi a neb arall. Mi fyddi wrth dy fodd yma. Tyrd.'

Gafaelodd yn un o fagiau Eirwyn, y lleiaf o'r ddau, camodd allan o'r car ac estyn allwedd o'i bag llaw i agor y drws, a dilynodd ef hi i mewn ar ôl estyn ei fag mawr o'r sedd gefn.

Bwthyn bychan ydoedd, ystafell fyw gysurus, fechan, cegin gefn lai, bathrwm eitha helaeth efo bàth a chawod, a dwy lofft. Roedd dau wely sengl yn y llofft leiaf a gwely dwbwl yn y llall.

'Hon fydd ein llofft ni,' meddai Gwen gan roi'r bag i lawr a'i gofleidio a'i gusanu. 'Croeso i Lake View.'

Teimlodd yntau'r awydd i'w gwthio i lawr ar y gwely er mwyn cael caru'n wyllt efo hi. Felly y digwyddodd hi yn Llundain. Ond nid yma. Nid y tro hwn.

'Aros,' meddai. 'Mi gei dy gyfle'n hwyrach. Dadbacio i ddechrau, paned wedyn a thro i lawr i'r pentre. Dwi'n cymryd nad wyt ti wedi blino gormod.'

Nid arhosodd am ateb a thynnodd Eirwyn ei grysau o'r bag a'u rhoi mewn drôr, aeth â'i bethau molchi i'r bathrwm ac yna aeth i'r ystafell fyw. Roedd ias eitha oer yno a thaniodd Gwen y tân trydan oedd wedi ei osod o flaen lle byddai'r grât yn arfer bod cyn iddi gael ei chau i fyny.

Dodrefn syml iawn oedd yn y bwthyn, cymysgedd di-batrwm, dodrefn a brynwyd fesul darn mewn seli ac ocsiynau dodrefn ail-law, fe dybiai Eirwyn. Ond roedd carped eitha trwchus ar y llawr a mat o flaen y tân a thrwy'r ffenest gellid gweld rhan o'r llyn rhwng y coed. Y rhan hon roddodd ei enw i'r bwthyn mae'n siŵr, meddyliodd. Roedd hi'n olygfa wych: y llethrau coediog gwyrdd a'r awyr las, a'r llyn llonydd yn pefrio ym mhelydrau'r haul. Ac roedd pobman yn dawel, yn dawel fel y bedd.

'Gawn ni baned,' meddai Gwen gan fynd ati i ferwi'r tecell. 'Mi gest ti daith hir, flinedig. Rhaid i ti orffwys am ychydig neu fyddi di'n da i ddim i mi. Gobeithio bod gen ti dipyn o stamina ar gyfer y penwythnos. Den ni ddim yn mynd i wastraffu'r un eiliad. Den ni'n mynd i fod wrthi drwy'r amser.'

'Wrthi drwy'r amser! Argol, be sy'n bod arnat ti dwed? Dod i le braf fel hyn a threulio'r holl amser yn y gwely!'

'Pwy soniodd am wely?' atebodd hithau gan chwerthin. 'Cerdded oeddwn i'n feddwl. Cerdded. Mi den ni'n mynd i gerdded a cherdded.'

'O.'

'Yden. Mi wyddet fod cerdded ar yr agenda. Fory, brecwast cynnar, pecyn o fwyd ar gyfer y daith, yna'n ôl mewn pryd i mi neud cinio nos inni'n dau. Dyna'r cynlluniau.'

'O.'

'Ie, gobeithio dy fod yn hoffi'r lle. Tŷ haf Sandra a Pete ydi o, ffrindiau imi ers dyddiau dysgu yn yr ardal, a dwi wedi bod yma efo nhw ers dydd Mercher. Mi aethon nhw ddoe a gadael y lle i mi.'

'Ydyn nhw'n gwybod amdana i?'

'Maen nhw'n gwybod bod gen i ffrind yn dod i aros ata i, ac y byddwn ni angen y gwely dwbwl. Dyna'r cyfan. Maen nhw'n ffrindiau da, byth yn holi am fwy o wybodaeth nag ydw i'n barod i'w roi iddyn nhw.'

'Tyrd, mi awn ni am dro i'r pentre,' meddai ar ôl iddyn nhw orffen eu paned. 'Er mwyn i ti gael gweld y lle cyn iddi dywyllu.' Edrychodd ar ei wats. Roedd hi newydd droi pump. 'Mae gen i gaserol cig eidion yn y popty, ac mae'r llysiau wedi eu paratoi. Dim ond berwi rheini fydd eisiau ar ôl inni ddod yn ôl.'

Cerddodd y ddau fraich ym mraich i lawr i'r pentre. Roedd hi'n fin nos braf, a doedd dim pwysau ar yr un o'r ddau. Dim ond cyfle i ymlacio a mwynhau. Teimlai Eirwyn braidd yn ddig ar y dechrau fod Gwen wedi ei dwyllo, wedi creu'r argraff eu bod yn aros mewn gwesty yn Bowness, tra oedd hi wedi cynllunio iddyn nhw aros yn y bwthyn, a hynny heb drafod. Roedd trafod popeth efo fo a gofyn ei farn cyn penderfynu wedi bod yn elfen bwysig yn eu perthynas o'r cychwyn.

Ond roedd hi'n braf, yn fin nos i gariadon, ac wrth gerdded i gyfeiriad y pentref ac aros ar dro i gusanu fel tasen nhw yn eu harddegau, roedd Eirwyn yn barod i faddau'r cyfan iddi.

Fe aethon nhw i lawr at y dŵr ac edrych allan ar yr ehangder o lyn lle y cyfarfu Donald Campbell â'i ddiwedd, yna cerdded i'r pentre ac i westy'r Black Lion am ddiod.

'Be gymri di?' holodd Eirwyn pan gyrhaeddodd y ddau at y bar.

'Na, fi sy'n cael hwn,' atebodd hithau. 'Fi sy'n cael y cyfan y penwythnos yma. Fy anrheg i i ti ydi o. Dewis be wyt ti eisiau.'

'Dim syniad gen i,' meddai. 'Be wyt ti am ei gael?'

'Hwn wrth gwrs,' atebodd hithau, gan bwyntio at yr Old Peculiar. 'Dyma'r cwrw gorau ar y farchnad yn fy meddwl i.'

'Wyddwn i ddim dy fod ti'n awdurdod ar wahanol fathau o gwrw,' atebodd yntau, 'ond gan nad ydw i'n gwybod fawr amdanyn nhw, mi gymera i dy air di. Old Peculiar amdani, mae'r enw'n fy siwtio i'n iawn mae'n siŵr.'

Aeth y ddau efo'u diod i eistedd wrth fwrdd gwag ger wal oedd yn blastar o luniau dynnwyd pan wnaed ffilm o ymgais Donald Campbell i dorri record cyflymder y byd ar y llyn, lluniau wnaeth i Eirwyn feddwl mai cofnod oeddynt o un arall o ymdrechion dyn i ymestyn terfynau bodolaeth, a'r cyfan wedi diweddu mewn trasiedi. Ai dyna oedd diwedd anorfod pob ymdrech o'r fath?

Trodd ei olygon ar Gwen. Synnai ei gweld yn yfed

peint. Mesur i ddyn oedd peint; hanner falle, neu jinsan fach sidêt fyddai'n addas i ferch o'i hoed hi, ond peint! Ac eto roedd o'n cael rhyw gynyrfiadau rhyfedd wrth weld yr ewyn ar ben y cwrw a hithau'n tynnu ei bysedd yn araf, freuddwydiol ar hyd y gwydryn.

'Rwyt ti'n nabod dy gwrw,' meddai wrthi.

'Dwi'n gwybod be dwi'n ei hoffi,' atebodd hithau. 'Hwn a Worthington Cream Flow, dyna'r goreuon yn fy meddwl i. Dwi wrth fy modd efo Cream Flow, ond mi ga i beth o hwnnw'n hwyrach!'

Roedd yn rhaid iddo gyfaddef fod y cwrw'n dda, ac i un nad oedd wedi arfer llawer â'i flas, roedd y ddiod yn llithro i lawr yn eitha diymdrech. Fuon nhw fawr o dro yn ei orffen.

'Tyrd,' meddai Gwen, 'rhaid inni fynd. Dim amser i gael un arall, a beth bynnag, mae o'n andros o stwff cry. Ddylet ti byth yfed gormod ohono, cofia.'

Roedd hi'n saith o'r gloch a cherddodd y ddau yn ôl i'r bwthyn, ac aeth Gwen ati i ferwi'r llysiau ac edrych ar y caserol. Daeth â photel o win coch a'r agorwr i Eirwyn.

'Agor y botel yma a rho hi i sefyll iddi gael anadlu. Wedyn mi gei osod cyllell a fforc bob un i ni ar y bwrdd. Mae 'na fwstard os wyt ti eisiau, efo'r pupur a'r halen yn y cwpwrdd acw.'

Roedd hi'n dechrau tywyllu erbyn i'r ddau eistedd wrth y bwrdd i fwyta, ond gadawyd y llenni ar agor ac ni oleuwyd ond un lamp fechan yng nghornel yr ystafell.

Fe fuon nhw'n eistedd wrth y bwrdd am hydoedd, wedi hen orffen eu bwyd gan fod ganddyn nhw gymaint i'w rannu. Hi'n sôn am y cyrsiau y bu'n eu cynnal, yr ysgolion y bu ynddyn nhw, ac yntau am y newid ddaeth dros Cissie a'i ddadl gydag Ann James.

Roedd ganddi ddiddordeb mawr mewn clywed am yr ysgol.

'Dwi'n falch iawn dy fod ti wedi dadlau dy achos efo hi,' meddai Gwen. 'Ac mae hi'n deud celwydd. Mi ddwedais i wrthi mai hyder oedd yr unig beth oeddet ti ei angen i'th wneud yn athro da. Dwi'n cofio deud yn iawn, a hithau i'w gweld yn cymryd diddordeb yn yr hyn ocddwn i'n ei ddeud. Ac wrth gwrs, dyna pam yr anfonodd hi di i'r gynhadledd yn Abertawe.'

'Ie, cynhadledd Abertawe,' atebodd yntau'n dawel. 'Mi fu honno'n addysg i mi yn ddigon siŵr!'

'Ac i minnau hefyd,' meddai gan estyn ci llaw a gafael yn dynn yn ci law o.

Eisteddodd y ddau yno am beth amser, yn yr hanner gwyll yn mwynhau'r tawelwch a'r awyrgylch a chwmni ei gilydd.

Yna'n sydyn, safodd ar ei thraed.

'Tyrd,' meddai, 'rhaid inni olchi'r llestri. Does dim peiriant yma. Mi gei di olchi, mi sycha inne. Wyt ti wedi ffonio Cissie eto? Rhaid i ti neud o'r stafell fyw yn y tŷ yma efo'r ffôn bach. Ryden ni mewn ardal wael iawn am signal.'

Doedd o'n cofio dim! Ond roedd Cissie'n iawn,

Jen wedi cyrraedd yn gwmni iddi a'r ddwy mewn hwyliau da.

Aeth ati wedyn efo Gwen i glirio'r bwrdd a chario'r llestri i'r gegin gefn, eu golchi, eu sychu a'u cadw, cyn dychwelyd i eistedd o flaen y tân trydan efo paned o goffi bob un. Doedd dim radio na theledu yn y bwthyn. Pobl cerdded oedd Sandra a Pete, pobl cerdded ym mhob tywydd, a cherdded y bydden nhw pan ddeuen nhw i aros i'r bwthyn.

Yna, safodd Gwen ar ei thraed.

'Amser gwely,' meddai. 'Rhaid codi'n fore fory. Tyrd efo fi i'r gawod, mae hi'n ddigon mawr i ddau.'

Ac yr oedd, a chafodd Eirwyn brofiadau'r noson honno nad oedd wedi cael eu tebyg erioed; y ddau'n rhwbio sebon dros ei gilydd, er nad oedd a wnelo hynny fawr â glanweithdra, yn dod yn un dan lif cynnes y dŵr o'r gawod, yn sychu ei gilydd, cyn iddi ei orchymyn i'w chodi a'i chario i'r gwely. Rhoddodd hi i lawr yn dyner a'i charu'n angerddol, yno yn nhawelwch y wlad, mewn cymundeb â natur, y ffenest yn agored a sŵn adar a chreaduriaid y nos wrth lithro drwy'r coed y tu allan yn cymysgu gyda sŵn cyntefig eu caru.

Ac wedi'r cydgordio fe gysgodd y ddau ym mreichiau ei gilydd, ac ni ddeffrôdd Eirwyn nes i lafn o haul daro ar draws ei wyneb. Cododd ar ei eistedd. Roedd y gwely'n wag.

Yna daeth Gwen drwodd o'r gegin, eisoes wedi gwisgo.

'*Wake up, lazybones*,' meddai. 'Mae hi wedi dyddio ers oriau.'

'Faint ydi o'r gloch?' holodd yntau, yn mwmblan fel pe bai rhwng deufyd.

'Hanner awr wedi naw. Mae hi'n hwyr. Tyrd, rhaid iti godi. Roeddwn i wedi meddwl cychwyn o'r tŷ am naw, ond roeddet ti'n cysgu mor dawel, ac mor drwm, doedd gen i ddim calon i dy ddeffro di.'

'Ond dim rhagor,' a thaflodd y dillad yn ôl oddi arno a dechrau ei gosi. Gafaelodd yntau ynddi a'i dal i lawr a dechrau ei chusanu. Ond doedd dim ildio'n perthyn iddi'r bore hwn. Rowliodd i ffwrdd oddi wrtho. 'Tyrd, yr hen ddyn, dwi'n mynd â ti i gyfarfod hen ddyn arall heddiw.'

Cawsant frecwast syml, creision ŷd a thost a choffi, ac yna, wedi ei wisgo yn ei ddillad bob dydd a'r esgidiau garddio, a chyda'i gôt wedi ei chlymu am ei ganol, hithau mewn esgidiau cerdded, sanau mawr, trywsus a siwmper ac anorac ysgafn, a bag canfas ar ei chefn, cychwynnwyd ar y daith.

Roedd hi'n amlwg yn gwybod i ble'r oedd hi'n mynd ac roedd hi'n cerdded yn gyflym, wedi hen arfer. Droeon yn ystod rhan gynta'r daith bu'n rhaid iddo alw arni i arafu. Doedd o ddim yn arfer cerdded, dim ond am dro hamddenol bob dydd o gwmpas y parc efo Siwsi'r ast. Ond doedd cerdded felly yn fawr o baratoad ar gyfer mynd am heic efo Gwen.

Cerddodd y ddau drwy bentre Coniston ac i fyny Walna Scar Road y tu ôl i'r hen orsaf. Roedd hi'n ddiwrnod braf arall, ychydig yn gymylog, ond gyda digon o awyr las ac roedd hi'n addo y byddai felly drwy'r dydd.

Roedd amryw o gerddwyr allan, rhai ohonyn nhw eisoes wedi cyrraedd pen eu taith ac ar eu ffordd yn ôl, a phawb yn cyfarch ei gilydd. A phen y daith oedd copa The Old Man of Coniston, copa tipyn is na'r Wyddfa, rhyw ddwy fil o droedfeddi uwchben y môr ond yn serth i'w ddringo.

Roedd y llwybr yn rhy gul i'r ddau gerdded ochr yn ochr, felly hi oedd yn arwain, ac yn penderfynu pryd i aros i gael gorffwys. Ar ôl cerdded am beth amser, arafodd ei chamau ac estynnodd botel ddŵr a'i rhoi i Eirwyn, oedd yn falch o gael diod.

'Wyt ti eisiau i mi gario'r bag yna am dipyn?' holodd wrth iddyn nhw eistedd am ysbaid ar wal gerrig. 'Dwi'n teimlo mod i'n cael teithio'n ysgafn a thithau'n gorfod cario llwyth.'

'Does dim ond ein cinio ni ynddo fo,' atebodd. 'A mae o'n ddigon i ti gario dy hun – rwyt ti'n chwythu fel hen darw.'

'Llai o'r hen yna, Gwen.'

'Rheini 'di'r rhai gorau bob amser. Mwy o brofiad ti'n gweld. Ymlaen â ni, neu chyrhaeddwn ni ddim heddiw.'

Ac ymlaen yr aethon nhw, heibio tyrrau mawr o lechi, ar hyd llwybr oedd yn arwain i fyny ac i fyny, yn dolennu'n ddiddiwedd, weithiau'n gadarn dan draed, weithiau'n gerrig rhydd neu'n dir meddal.

Ymlaen ac ymlaen nes cyrraedd yr hen chwarel, ac oedi yno drachefn i yfed yr olygfa ac i dorri syched.

Yna cyrhaeddwyd y copa a gorffwysodd y ddau'n ddiolchgar ar y top i edrych mewn rhyfeddod ar yr olygfa, a mwynhau'r gwynt yn chwythu i'w hwynebau.

Roedd hi'n rhy gynnar i fwyta cinio, ac fe gafwyd hwnnw wrth ochr llyn bychan o'r enw Low Water ar y ffordd i lawr. Brechdanau ham a thomato a banana oedd y bwyd a sudd oren i'w olchi i lawr.

'Wyt ti'n mwynhau?' holodd Gwen.

'Ydw,' atebodd Eirwyn. Roedd o wedi chwysu. Roedd o wedi blino. Roedd o'n teimlo'n anghyfforddus gyda'r esgidiau'n gwasgu bodiau ei draed, a phrin fod y bwyd a gafodd yn cyfateb i'w angen, ond doedd fiw iddo ddweud. Roedd Gwen yn meddwl ei bod yn creu arlwy oedd wrth ei fodd ar ei gyfer.

'Gefaist ti ddigon?' holodd wrth stwffio'r croen banana a'r bagiau plastig yn ôl i'w bag.

'O fwyd, do,' atebodd yntau.

'Does gen ti ddim lle i gwyno am ddim arall chwaith,' atebodd gan roi cusan ysgafn ar ei foch. 'Ymlaen â ni am adre rŵan i mi gael gwneud swper da i ti.'

'A be fydd o heno?'

'Cig oen. Oen cynta'r tymor; wel, i mi beth bynnag. Mi gei fy helpu i baratoi'r llysiau.'

Roedd Eirwyn wedi ymlâdd erbyn iddo gyrraedd yn ôl, a phleser pur oedd cael tynnu ei esgidiau a'i ddillad a mynd i'r bàth er mwyn ymlacio. Estynnodd wahoddiad i Gwen, ond ni ddaeth hi ato; roedd yn rhaid iddi hi baratoi'r cig a'i roi yn y popty. Ond teimlai Eirwyn yn well ar ôl cael molchi a newid dillad.

Doedd o ddim yn gerddwr mawr. Doedd crwydro'r bryniau a'r mynyddoedd erioed wedi bod yn rhan o'i fywyd, a chafodd o erioed awch at hynny. Gwyddai am rai yr oedd cerdded yn bopeth iddynt, a hynny ym mhob tywydd, ac yr oedd o'n arferiad oedd yn cynyddu'n flynyddol, heb fod Eirwyn ei hun yn cyfrannu dim at y cynnydd hwnnw.

Aeth i'r ystafell fyw i roi yr alwad fin nos i Cissie ac yna i'r gegin gefn i helpu Gwen, ac roedd hi'n amlwg wrth ei bodd yno ac mor drefnus a chymen, yn feistres yn y gegin fel yr oedd ym mhobman arall. Teimlai yntau fel gwas bach iddi, ac roedd o'n brofiad newydd ymwneud â bwyd gan nad oedd o wedi gorfod gwneud dim dros y blynyddoedd ond ei fwyta. Ac roedd llawer i'w ddweud dros hynny. Ond roedd y bwyd yn dda, yn hynod o flasus a'i dewis o win gwyn Chardonnay yn cyfuno'n berffaith efo'r cig.

'Does dim cig rhost tebyg i gig oen,' meddai hi wrth i'r ddau fwyta'n awchus. 'P'run ydi dy hoff gig di?'

'Cig eidion, am wn i, o ddewis,' atebodd yntau. 'Ond mae'n dibynnu ar yr adeg o'r flwyddyn, ac ar y gogyddes, wrth gwrs,' a chododd ei law at ei geg a'i chusanu.

'Mi dwi wrth fy modd yn coginio, ac mae'n beth braf iawn cael rhywun i goginio iddo fo, rhywun sy'n gwerthfawrogi.'

'O mi rydw i'n gwerthfawrogi, paid â phoeni.'

Erbyn iddyn nhw orffen bwyta, roedd cysgodion yr hwyr wedi taenu eu mantell dros y wlad, dros y bwthyn. Roedd hi'n naw o'r gloch ac roedd gwyliwr y nos wedi cerdded palmant ymennydd Eirwyn gyda'i gloch i gyhoeddi *nine o clock and all's well*.

'Be wnawn ni rŵan?' holodd. 'Mynd i'r gwely?'

'I'r gwely, wir! Does dim digon i ti i'w gael. Rhy gynnar o lawer. Mi steddwn ni o flaen y tân, dim cystal â thân agored, wrth gwrs, ond mae blas arno heno a rhaid i ti gael gorffwyso'n iawn ar gyfer fory.'

'Fory?'

'Ie, fory. Grasmere fydd hi fory. Taith o bum milltir. Dim yn ddrwg, hynny, yn nac ydi?'

'Pum milltir! Ar ôl yr holl gerdded heddiw? Faint ddaru ni gerdded heddiw, gyda llaw?'

'Rhyw bedair a hanner.'

'Argoledig! Mae taith fory ymhellach! Mi fyddi wedi fy lladd i!'

'Mae taith fory'n llawer ysgafnach na heddiw. Dim cymaint o ddringo. Ac mae fory'n bererindod. Does gen ti ddim dewis ond dod.'

'Hwyrach y bydd hi'n tywallt y glaw.'

'Go brin; mae hi'n edrych fel tase hi wedi setlo am ddyddiau. A wnaiff dropyn o law ddim drwg i neb beth bynnag.'

'Mi ddwedest bod fory'n bererindod?'

'Do. I ardal Wordsworth wrth gwrs; Grasmere – a Dove Cottage. Dau reswm sydd yna pam bod pobol yn dod i Ardal y Llynnoedd – y wlad ei hun a'i golygfeydd, a Wordsworth. Wyt ti'n hoffi ei farddoniaeth o?'

'Ydw, yn hoff iawn o rai o'i gerddi, y goreuon.'

Cododd Gwen a gafael yn ei law. 'Tyrd allan am dro i dawelwch y nos efo fi, cyn mynd i'r gwely.'

Camodd y ddau drwy'r drws a sefyll yn yr ardd fechan o flaen y tŷ.

Roedd y wlad yn dawel, yn dangnefeddus dawel a rhoddodd Gwen ei braich yn ei fraich a sefyll yno i edrych ar yr awyr, ar y wlad, ar ryfeddod natur o'u cwmpas ac i wrando ar y tawelwch.

Yna sibrydodd yn ei glust:

> *It is a beauteous evening, calm and free,*
> *The holy time is quiet as a nun,*
> *Breathless with adoration.*

Yna trodd ato: '*Come to bed,*' meddai a'i arwain yn ôl i'r tŷ.

Pan oedd y ddau yn gorwedd ym mreichiau'i gilydd yn y gwely trodd ato ac meddai: '*Take me tenderly tonight.*'

'Mi wna, mi wna i,' atebodd yntau.

Ond rhoddodd hi ei bys ar ei geg.

'*Speak to me in English. Speak the language of my youth, the language of my first love, speak to obliterate from my mind the false words of passion uttered to me by another.'*

Rhwng ysbryd ei gorffennol a'i ymgais annaturiol i yngan geiriau serch yn Saesneg wrthi, ddaeth caru ddim yn hawdd i Eirwyn y noson honno, ond yr oedd hi mor angerddol ag erioed.

Yr un oedd patrwm y diwrnod canlynol â'r diwrnod cynt. Brecwast toc ar ôl naw, gwisgo yn eu dillad cerdded gyda'r pecyn bwyd yn ei bag canfas ac yna yn y car i Grasmere, gan gychwyn y daith oddi yno.

Roedd Eirwyn yn dal yn stiff ar ôl cerdded y diwrnod cynt, ond roedd Gwen yn mynd fel ewig, fel petai cerdded pum milltir y peth mwya naturiol yn y byd.

Penderfynodd hi y bydden nhw'n cerdded uwchben Llyn Grasmere i ddechrau at Red Bank ac yna dilyn y llwybr uwchben Rydal Water, croesi'r briffordd ac ymweld â'r Mount lle bu Wordsworth yn byw, ac yna dilyn y llwybr nes dod yn y man i Dove Cottage ar ymylon y pentre.

Roedd hi'n amlwg i Eirwyn bod Gwen wedi gwneud y daith hon o'r blaen. Gwyddai am bob bryn a phant a thro yn y llwybr. Cawsant eu cinio ar lethr agored ond yng nghysgod cerrig mawr oedd yn torri peth ar groen y gwynt oedd, i Eirwyn beth bynnag, ychydig bach yn oer.

'Sawl gwaith wyt ti wedi bod ar y llwybr yma?' holodd iddi.

'Lawer gwaith,' atebodd hithau. 'Roedd hi'n hoff daith i mi a Ben pan oedden ni efo'n gilydd.'

'O.'

'Oedd. Roedd gynnon ni ddwy hoff daith. I ben Old Man of Coniston oedd y llall.'

'A dyna'r ddwy daith yr wyt ti wedi dod â mi ar hyd-ddyn nhw?'

'Ie.'

'Ac roedd gen ti reswm?'

'Oedd. Gwaredu fy meddwl o atgofion y gorffennol, dileu creithiau ddoe. Dwi ddim wedi bod ar y ddwy daith yma ers y blynyddoedd hynny.'

'Wir?'

'Wir.'

'Roeddech chi'n athrawon yn Ardal y Llynnoedd?'

'Oedden, heb fod ymhell, yn Penrith.'

'Ac mi fyddech chi'n cerdded llawer?'

'Bydden, ar benwythnosau.'

'Ac yn aros?'

'Roedden ni'n byw yma.'

'Yn lle?'

'Yn lle?'

'Ie, yn lle, rwyt ti'n ailadrodd fy nghwestiynau i rŵan.'

'Ydw, dwi'n gwybod.'

'Pam na ddwedi di wrtha i 'te?'

'Yn y bwthyn.'

'Y bwthyn lle den ni'n aros?'

'Ie.'

'Ti oedd ei berchen?'

'Fi a Ben.'

'Ond be am Sandra a Pete? Roeddwn i'n meddwl mai eu heiddo nhw oedd o?'

'Mi werthwyd y tŷ iddyn nhw pan chwalodd ein perthynas.'

'Ac yn y gwely ryden ni'n cysgu ynddo fo yr oeddech chi'n cysgu?'

'Ie, a dwi ddim wedi bod ynddo fo ers yr amser hwnnw, nac wedi meiddio dychwelyd tan yr wythnos yma. Allwn i ddim meddwl am y peth. Allwn i ddim troedio'r hen gynefin heb agor clwyfau, ond efo ti mi wyddwn y gallwn i.'

Disgynnodd tawelwch dros y ddau, nes i ddau gerddwr arall gyrraedd atynt a chwalu'r tensiwn drwy holi am gyfarwyddiadau gan nad oedden nhw'n siŵr ble'r oedden nhw.

Wrth fynd rhagddynt ar eu taith ceisiodd Gwen sôn am farddoniaeth Wordsworth, ond tawedog iawn oedd Eirwyn ac roedd hi'n methu dirnad beth oedd yn mynd trwy'i feddwl.

Cyrhaeddodd y ddau yn ôl i'r pentre, a mynd am baned i'r caffi. Ac yna yn eu holau yn y car i Coniston.

Doedd fawr o hwyl ar y ddau erbyn hyn, a diwrnod braf wedi troi'n ddiflas braidd iddyn nhw.

'Rydw i eisiau mynd â ti i un lle arall,' meddai Gwen pan oedd y ddau yn ôl yn y bwthyn. 'Mi dwi wedi bwcio cinio nos i ni'n dau yn y Sun i lawr yn y pentre heno. Gobeithio nad wyt ti'n meindio.'

Dweud oedd hi, nid gofyn, a doedd gan Eirwyn ddim dewis ond bodloni i'r drefn.

Cychwynnodd y ddau am y pentre tua saith. Roedd y Sun beth ymhellach na'r Black Lion lle buon nhw'n cael diod, ond roedden nhw yno ymhell cyn hanner awr wedi.

Cawsant eu harwain yn syth at eu bwrdd ac fe archebodd y ddau gawl llysiau a'r eog i ddilyn, a photelaid o win coch.

Wedi rhoi eu harcheb, plygodd Gwen ymlaen nes bod ei hwyneb bron yn wyneb Eirwyn.

'*I've offended you, haven't I?*'

''Y nigio i? Bobol bach, naddo.'

'Do, waeth iti heb â gwadu. Mi rwyt ti wedi bod yn dawel iawn ers imi ddeud fy hanes yn yr ardal yma wrthot ti.'

'Does gan fy nhawelwch i ddim byd i'w neud â hynny, Gwen.'

'Wyt ti'n siŵr?'

'Ydw, yn berffaith siŵr. Paid cymryd sylw ohona i, mi ddof ataf fy hun mewn munud; gen innau glwyfau fy ngorffennol hefyd, Gwen. Tyrd, dwi wedi deud fy marn am Wordsworth, gad imi glywed dy farn di.'

'Wyt ti wir eisiau gwybod?'

'Ydw, debyg iawn.'

Ac fe siaradodd amdano fel pe bai'n ei adnabod ac yn gwybod ei gerddi ar ei chof. Roedd ei gwybodaeth mor eang, mor drylwyr, roedd y peth yn anhygoel. Ac yr oedd ei barn am y bardd yn adleisio barn llawer un arall, ei fod wedi ysgrifennu llawer o sothach ond bod ei gerddi gorau ymhlith y pethau ceinaf yn y Saesneg.

'Ac mi elli ddyfalu pa un yw fy hoff gerdd,' meddai ar ôl traethu am ddeng munud.

'Na allaf,' atebodd yntau, 'ond falle y medrwn ni enwi rhestr fer o ryw chwech.'

'*There was a time when meadow, grove, and stream,*' meddai.

'Wrth gwrs, y gerdd enwog, yr *Ode*,' meddai yntau. 'Mae hi'n ffefryn gen i hefyd, neu mi roedd hi.'

Ar hynny daeth y cawl a thorrwyd ar eu sgwrs.

Yn ystod y pryd bu'r ddau'n siarad am bopeth dan haul ac rocdd Eirwyn mewn hwyliau gwell erbyn hyn. Penderfynodd y ddau nad oedden nhw eisiau pwdin na choffi ac felly fe aethon nhw yn eu holau i'r bwthyn.

Pan oedden nhw wedi setlo ar y soffa o flaen y tân trodd Gwen at Eirwyn a gofyn,

'Yr *Ode*, roedd honno'n arfer bod yn ffefryn gen ti, meddet ti. Be ddigwyddodd? Glywaist ti rywun yn ei dehongli, yn ei difetha i ti?'

'Naddo,' atebodd yntau. 'Ond mi roeddwn i'n ei hoffi'n fawr ar un adeg, ac mi fyddwn i'n adrodd rhannau ohoni'n uchel, yn enwedig y rhan sy'n disgrifio ein dyfodiad i'r byd.'

'Wn i,' meddai hithau, '*trailing clouds of glory do we come from God who is our home.*'

'Ie, mae'n ddisgrifiad ardderchog yn dydi? Ac yna, *heaven lies about us in our infancy.* Roeddwn innau am weld y peth yn digwydd yn fy mywyd i, am weld un yr oedd cymylau gogoniant yn ei ddilyn wrth iddo gerdded llwybrau bywyd. Ond ches i mo'r profiad mwy na tithe.'

'Ond roeddwn i'n meddwl mai penderfyniad ar y cyd gan y ddau ohonoch chi, ti a Cissie, oedd peidio cael plant.'

'Ie, dyna oedd o. Mae hi wedi bod yn wanllyd erioed ac roedd y doctor wedi ei rhybuddio y byddai'n gneud drwg mawr i'w hiechyd i gael plant. Roedd yn rhaid i mi fodloni i hynny on'd oedd?'

'Mi wnaethoch chi drafod efo'r doctor, felly?'

'Mi ddaru Cissie drafod, a doedd gen i ddim dewis ond cytuno.'

'Ie, neu adael. Dyna wnaeth Ben.'

'Wn i ddim byd am Ben, ond nid Ben ydw i.'

'Nage, mae hynny'n siŵr, ac rwyt ti wedi byw efo'r gwacter ar hyd dy oes, Eirwyn.'

'Do, ac wedi gweld plant pobol eraill yn tyfu i fyny ac yn datblygu, a llawer ohonyn nhw'n colli'r arbenigrwydd yna oedd yn perthyn iddyn nhw pan oedden nhw'n blant.'

'Ac mi alle'r un peth fod wedi digwydd i dy blant di hefyd, Eirwyn. *Shades of the prison house begin to close upon the growing boy* ydi eu hanes nhw i gyd yn y diwedd, gwaetha'r modd.'

'Tybed? Roeddwn i wedi penderfynu, pe bai gen i blant, y byddwn i'n eu magu i gadw'r rhyfeddod, i fod yn wahanol . . . *he beholds the light and whence it flows, he sees it in his joy* . . . dyna ddisgrifiad o'r hyn fyddai fy mhlant i wedi bod, Gwen. Ond ches i mo'r cyfle, tra mae rhai nad ydyn nhw ddim yn ffit i fod yn rhieni yn cael plant heb unrhyw anhawster.'

Doedd Gwen erioed wedi ei weld mor chwerw, a doedd hi ddim yn siŵr iawn beth i'w ddweud na'i wneud.

Safodd Eirwyn ar ei draed yn sydyn.

'Rhaid imi ffonio Cissie cyn iddi fynd yn rhy hwyr,' meddai. 'Mi anghofies yn gynharach.'

Aeth i'r lloft i nôl ei ffôn, ac estynnodd y broetsh yr un pryd. Ffonio i ddechrau ac yna cyflwyno'r anrheg i Gwen, dyna ei benderfyniad. Rhoddodd ei ffôn bach ymlaen ac ar unwaith fe ganodd. Rhoddodd ef wrth ei glust a chlywed y geiriau: '*You have two new messages.*'

'Helô, Eirwyn. Jen sydd yma. Dydi dy ffôn di ddim ymlaen. Dydi Cissie ddim yn dda. Dwi am alw'r doctor ati. Mae hi'n cael plyciau myglyd a mae ganddi boen yn ei brest. Ond mae hi 'chydig yn well erbyn hyn. Mi ffonia i eto'n fuan. Cysyllta pan alli di.'

Roedd y neges wedi ei gadael ers teirawr. Ac roedd yna neges arall.

'Helô, Eirwyn, mae dy ffôn di'n dal i ffwrdd. Jen sydd yma. Mae Cissie wedi gorfod mynd i'r ysbyty. Mi ddaeth y doctor a gyrru am yr ambiwlans yn syth. Mi ddois i adre ar ôl iddyn nhw fynd. Ffonia gynta galli di.'

'Be sy, Eirwyn?'

Roedd yn amlwg oddi wrth ei wyneb bod rhywbeth mawr yn bod.

'Cissie,' meddai, 'yn yr ysbyty. Rhaid imi ffonio Jen.' Pwysodd y rhifau a chafodd afael arni ar unwaith. Roedd Cissie wedi cael trawiad ar y galon ac roedd yn yr uned gofal dwys yn Ysbyty Gwynedd. Awgrymodd ei fod yn ffonio'r ysbyty i gael gwybod y diweddara, ac fe wnaeth a doedd y newyddion ddim yn dda. Dywedwyd wrtho y dylai fynd draw yno ar unwaith os oedd hynny'n bosib.

Eisteddodd Eirwyn wrth y bwrdd a rhoi ei ben yn ei ddwylo.

'Rhaid imi fynd ar unwaith,' meddai. 'Pryd ga i drên, dwed?'

'Mynd i le, Eirwyn?'

'Mae Cissie'n wael iawn yn Ysbyty Gwynedd ym Mangor. Rhaid imi fynd yno. Ei di â fi at y trên?'

'Dwyt ti ddim yn mynd ar yr un trên heno,' meddai Gwen. 'Mi af i â ti i Fangor.'

'I Fangor? Ond mae gen i gar yng Nghaer!'

'Ac mi gaiff aros yno. Dwi'n mynd â ti bob cam a dyna'i diwedd hi. Faint 'di o'r gloch? Chwarter i ddeg, mi fyddwn yno mewn rhyw dair awr a hanner. Ffonia'r ysbyty i ddeud dy fod ar dy ffordd, a rho rif dy ffôn iddyn nhw. Mi wnawn ni bacio ar unwaith a mynd. Paid â phoeni, Eirwyn, paid cynhyrfu, mi alle pethe fod yn well nag wyt ti'n feddwl. Ac mi dwi efo ti. *All the way*, cariad.'

21

Cymysgedd o hunlle a breuddwyd oedd rhan gynta'r daith i Eirwyn wrth i'r Ford Focus fwyta'r milltiroedd o Coniston. Roedd Gwen yn gyrru mor gyflym ag y gallai, ond roedd hi'n dri chwarter awr cyn iddyn nhw gyrraedd y draffordd ac yntau'n gweld y daith yn araf.

Ond unwaith y cyrhaeddwyd y draffordd rhoddodd Gwen ei throed i lawr a llamodd y car yn ei flaen.

Ddywedodd Gwen fawr ddim. Roedd hi'n ddigon call i adael Eirwyn gyda'i feddyliau; gwyddai mai ofer oedd geiriau cysur megis medrau arbennig meddygaeth erbyn hyn a dawn meddygon a nyrsys i adfer bywyd. Ofer oedd dyfynnu ystadegau oedd yn nodi'r ganran uchel oedd yn goroesi trawiad ar y galon os cyrhaeddai'r claf yr ysbyty mewn pryd. A chan mai ofer fyddai'r cyfan, fe gaeodd ei cheg, ac roedd Eirwyn yn ddiolchgar am hynny.

Dryswch o atgofion a meddyliau a syniadau oedd yn ymgordeddu yn ei ymennydd, y rhai pleserus yn freuddwyd a'r lleill yn hunlle. A châi drafferth i atal ei hun rhag ffonio'r ysbyty bob munud, ond roedd rhif ei ffôn bach ganddyn nhw, a gwyddai pe bai angen y bydden nhw'n cysylltu ag o.

Ambell dro disgynnai i gwsg anesmwyth, ond yr oedd hynny'n waeth os rhywbeth na bod yn effro. Deuai fflachiadau o'r gorffennol ar draws ei feddwl, rhai ohonyn nhw o gyfnodau cynnar cyfnod cyfarfod

Cissie am y tro cyntaf, cyfnod eu carwriaeth, eu priodas, adegau heulog eu bywyd, er mai ychydig oedd y rheini. Roedd o fel pe bai'n boddi ac, yn ôl y gred honno, yn gweld ei fywyd yn mynd heibio o flaen ei lygaid.

Yna daeth atgofion mwy diweddar i lenwi ei feddwl. Y newid oedd wedi dod dros Cissie, yr adeg y bu yn yr ysbyty ddiwethaf, y ffordd yr oedd hi wedi newid, y penderfyniad i fwynhau bywyd a'i ffarwél ag ef ddeuddydd yn ôl. Oedd hi'n gwybod rhywbeth? Oedd hi'n synhwyro rhywbeth? Oedd ei ffarwél fel pe bai'n ei adael am gyfnod hir yn rhagargoel o'r hyn oedd i ddigwydd?

A dyma fo, meddyliodd, eisoes yn ei chladdu, a doedd hi ddim wedi marw. Roedd hi'n dal yn fyw a thra oedd anadl roedd gobaith.

Yna daeth ton o dosturi drosto. Tosturi dros Cissie. Oedd ei bywyd wedi bod yn siomedigaeth iddi? Oedd hi wedi cyflawni'r hyn a fwriadai? Oedd ganddi fwriadau, ynteu ai byw bywyd yn otomatig o ddydd i ddydd wnaeth hi? Oedd dechrau mwynhau bywyd yn fater o benderfyniad neu o gyflwr?

A daliai'r cwestiynau i ddod.

Oedd o wedi bod yn gefn digonol iddi, oedd o wedi dangos caredigrwydd tuag ati? Oedd o wedi'i thrin yn deg?

Ac yna i ymlid tosturi o'i feddwl daeth euogrwydd, dod megis ton enfawr gyda digon o nerth i'w sgubo ymaith i ganol ei throchion. Dyma fo, wedi treulio penwythnos gyda merch arall, yn wrthgefn i'w wraig, a thra oedd o yn mwynhau ei chwmni, yn gywely iddi, roedd ei wraig yn ymladd am ei heinioes mewn ysbyty.

Droeon yn ystod y misoedd a aeth heibio yr oedd wedi ymladd brwydr gyda'i gydwybod, ac wedi ennill bob tro. Wedi llwyddo i'w berswadio'i hun nad oedd yn gwneud dim o'i le, ei fod yn ei ffordd ei hun yn ffyddlon i'w wraig. Roedd o wedi ei berswadio'i hun mai ymddygiad afresymol ei wraig a'i hagwedd hi tuag at fywyd a thuag ato ef oedd achos y cyfan.

Yna daeth meddwl arall i drochioni dros ei adfyfyrion. Pe bai Cissie'n marw byddai'n rhydd i gael perthynas agored gyda Gwen, priodas hyd yn oed yn y man, ar ôl i gyfnod gweddus fynd heibio. Ac roedd syniadau pobl o beth oedd yn gyfnod gweddus yn amrywio'n fawr. Dwy flynedd o leia, os nad tair, meddai'r ceidwadwyr, blwyddyn neu lai yn ddigon meddai'r rhai mwy rhyddfrydol gan ychwanegu mai mewn dyfnder yr oedd mesur galar nid mewn amser.

A fyddai Gwen ac yntau'n priodi, neu'n byw gyda'i gilydd yn ddibriod yn ôl arfer cynyddol yr oes?

Ac yna teimlodd ei hun yn gwrido'n llythrennol, a theimlodd gywilydd mawr ato'i hun yn meddwl y fath feddyliau ar awr argyfyngus yn hanes ei wraig. Arni hi y dylai ei feddyliau fod, meddwl, ewyllysio, gweddïo y câi hi adferiad. Edrychodd trwy gil ei lygad ar Gwen a gweld ei silwét yn pwyso ymlaen, ei llygaid yn ddiysgog ar y ffordd, yn benderfynol o wneud yr hyn a allai drosto, a'r unig beth allai hi ei wneud oedd mynd â fo mor fuan ag oedd modd i Fangor.

Roedd hi'n dechrau bwrw a throdd Gwen y llafnau ymlaen, llafnau chwe eiliad i ddechrau, yna'r llafnau cyson fel y cynyddai'r glaw, a phan ddaeth yn law trwm wrth iddyn nhw droi i mewn i wasanaethau Charnock Richard, y llafnau cyflym. Darlun o'i fywyd mewn ychydig eiliadau, meddyliodd Eirwyn.

'Rhaid imi fynd i'r tŷ bach,' esboniodd Gwen gan yngan ei geiriau cyntaf ers gadael, ar wahân i ofyn yn achlysurol a oedd o'n iawn.

Roedd hi fel ganol dydd yn y gwasanaethau, ceir yn mynd a dod a phobl yn rhuthro o gwmpas. Roedd hanner dydd fel hanner nos yno.

'Wyt ti eisiau mynd i'r tŷ bach, neu eisiau paned?' holodd.

'Na,' atebodd yntau. 'Mi arhosa i yn y car a ffonio'r ysbyty.'

Estynnodd ei bag a'i hambarél o'r sedd gefn ac i ffwrdd â hi yn gyflym i gyfeiriad lloches yr adeilad.

Doedd yna ddim newid yng nghyflwr Cissie; roedd hi'n dal ei thir, ac roedd hynny'n gystal newyddion ag y gallai obeithio amdano.

Penderfynodd bicio i'r tŷ bach a phrynu potelaid o ddŵr yn y siop. Agorodd y bŵt, tynnodd yr allwedd o'i lle a chloi'r car, yna estynnodd ei gôt o'r bŵt. Roedd hi'n dal i dywallt y glaw a chlywodd y diferion yn mynd i lawr ei war. Caeodd y bŵt yn gyflym a rhuthrodd i'r adeilad.

Cyfarfu Gwen yn y drws.

'Dwi am fynd i'r tŷ bach hefyd,' meddai, 'a phrynu potelaid o ddŵr. Dim newid, dyna'r newyddion o'r ysbyty. Dal ei thir.'

'Mi bryna i'r dŵr a dy gyfarfod di yn y fan yma,' meddai Gwen.

Roedd hi'n dal i fwrw'n drwm wrth i'r ddau ruthro'n ôl at y car.

'Wnest ti gloi'r car? Gen ti mae'r allwedd,' meddai Gwen.

Rhodd Eirwyn ei law yn ei boced, a theimlo'r blwch yr oedd y broetsh ynddo. Y cwlwm Celtaidd! Ond doedd yr allwedd ddim yno. Edrychodd o gwmpas y car, dim sôn amdani. Yna cofiodd iddo estyn ei gôt o'r bŵt. Oedd o wedi gadael yr allwedd ynddo a'u cloi nhw allan o'u car?

'Dim problem,' meddai Gwen. 'Mae gen i bob amser allwedd sbâr yn fy mag,' ac estynnodd hi ac agor y bŵt. A dyna lle'r oedd yr allwedd!

Rhaid i mi gael gwell gafael arnaf fy hun, meddyliodd Eirwyn wrth iddyn nhw barhau ar eu taith a'r llafnau cyflym mewn cytgord â churiad ei galon a'r panig oedd yn ei fynwes. Fe allen nhw fod wedi bod yn y gwasanaethau am hydoedd, yn aros i rywun o'r AA neu'r heddlu ddod i agor drws y car.

Wrth deithio i lawr yr M6, a dod yn nes ac yn nes at arwydd Gogledd Cymru, trodd meddyliau Eirwyn at Gwen, y ferch anhygoel hon oedd wedi dod i'w fywyd a gwneud cymaint o newid iddo. Hi oedd wedi adfer ei hyder, hi oedd wedi ei wneud yn ddyn newydd, hi oedd wedi anadlu anadl einioes yn esgyrn sychion ei fodolaeth. Diolch amdani. Ac roedd hi wedi dod i'w fywyd yn gwbl ddamweiniol; oni bai am gwmwl arolwg dros yr ysgol fyddai o ddim wedi dod ar ei thraws. Ond, wrth gwrs, damwain oedd cyfarfyddiad cyntaf pobl yn aml, a'r ddamwain yn troi'n sylwedd ac yn barhad.

Cofiodd amdani'n dod i roi ei hadroddiad am yr adran, yn cael coffi gydag o yn y gwesty ac yn ddigon plaen ei thafod ac uniongyrchol ei meddwl i ddweud wrtho yn blwmp ac yn blaen sut athro oedd o a beth oedd ei ddiffygion. Diolch ei fod wedi ei chyfarfod. Oni bai am yr arolwg fyddai o ddim. Oni bai iddi gloi ei hallwedd yn y car, fyddai o ddim wedi cael cyfarfyddiad efo hi ar ôl y cyfarfod swyddogol yn yr ysgol; byddai wedi diflannu am byth dros orwelion ei fywyd.

Yna sylweddolodd yn sydyn beth oedd wedi digwydd ychydig funudau'n ôl. Roedd o wedi cloi ei hallwedd yn y car ac roedd hithau wedi dweud ei bod bob amser yn cario un sbâr efo hi yn ei bag!

Rhag ei waetha, fe'i cafodd ei hun yn ei hamau. Oedd ei bresenoldeb yn y car gyda hi yn benllanw cynllunio manwl a thrylwyr ar ei rhan? Ai pryfyn wedi ei ddal yn ei gwe oedd o wedi'r cwbl?

Roedd o'n mwynhau'r we yn sicr; roedd o wedi cael rhai o brofiadau mwyaf dyrchafol ei fywyd gyda hi. Edrychodd arni drachefn yng ngolau'r ceir a âi heibio, ar yr wyneb hawddgar, yr ên gadarn a'r tro penderfynol yn eu gwefusau. Penderfyniad i gyrraedd Bangor mor fuan ag oedd modd oedd yn ei hwyneb, ond doedd wybod beth oedd yn mynd trwy'i meddwl.

Oedd hi tybed yn synhwyro mai hwn oedd y cam olaf cyn cael goruchafiaeth lwyr arno? Byddai cael gwared â Cissie yn rhyddid iddi hi yn ogystal ag i Eirwyn.

Fflachiodd camau eu perthynas o flaen ei feddwl. Y datblygiad araf, cwrs diwrnod yn Crewe, paned yn y fan honno, ambell neges ffôn, ambell neges testun. Brawddegau awgrymog o dro i dro i greu'r argraff arno ei bod yn ei ffansïo. Cyfarfod yng Nghaer ac yna'r gynhadledd yn Abertawe. Yntau'n mynd ati o'i wirfodd, a hithau drwy'r amser, drwy gydol eu perthynas yn gadael iddo fo benderfynu, yn graddol fagu hyder ynddo, yn ei alluogi o dipyn i beth i sefyll ar ei draed ei hun.

Roedd yna bethau eraill hefyd, ei gallu digamsyniol, ei meddwl miniog a'r ffordd roedd hi'n gallu trafod unrhyw beth. Ei gwybodaeth eang o lenyddiaeth Saesneg a'i ffordd gelfydd o'i defnyddio ar adegau pwysig yn eu perthynas.

Yna'r ymweliad â'i chartref yn Duddon, ymweliad a ddigwyddodd heb iddo ef fod yn gwybod amdano, y ffaith iddi ddatgan nad oedd y tŷ yn gyflawn gan nad oedd dyn ynddo, a'r newid graddol yn ei hagwedd, a'i hawgrymiadau'n mynd yn fwy o orchmynion.

Yna Ardal y Llynnoedd, a'i dadleniad ei fod wedi ei gwaredu rhag ysbryd y gorffennol a'i galluogi i ddychwelyd i'r fan lle'r oedd y gorffennol hwnnw'n brifo. Oedd o'n golygu mwy iddi nag offeiriad gwared ysbrydion o gartref ei meddwl?

Yr oedd hi wedi llwyddo, ac yr oedd ei llwyddiant yn ei anesmwytho. Roedd wedi gwneud dyn newydd ohono, ac ym meddwl y dyn newydd hwnnw roedd bellach egin gwrthryfel, amheuaeth o leia, yn dechrau tyfu a blaguro. Daeth i'w feddwl un o ddywediadau Shakespeare – '*hoist with your own petard*'. Ai dyna fyddai ei hanes hithau?

A pham tybed ei fod o'n meddwl fel hyn ar adeg mor dyngedfennol yn ei fywyd? Am fod y ddau ynghlwm fel y cwlwm Celtaidd na chafodd y cyfle i'w gyflwyno iddi. Er gwell neu er gwaeth roedd ei bywyd hi yn rhan o'i fywyd o, a beth bynnag ddigwyddai ni allai, yn ei gyflwr presennol, ddod yn rhydd o'r we a nyddwyd mor gelfydd ar ei gyfer.

Roedden nhw erbyn hyn ar yr M56 yn teithio'n gyflym tua Chaer, ac awgrymodd Eirwyn y byddai'n iawn i nôl ei gar o'r orsaf a dreifio o'r fan honno.

'Wnei di ddim o'r fath beth,' meddai hithau'n bendant. 'Dwi'n mynd â ti i Fangor. Mi fydda i efo ti bob cam o'r ffordd.'

Yna, fe ganodd y ffôn. Yr ysbyty oedd yno yn dweud bod Cissie wedi gwaelu ac yn gofyn pryd y gallai ef fod yno. Dywedodd fod cydweithiwr yn ei ddreifio ac y byddai yno mewn awr.

Cissie wedi gwaelu. Ai hwn oedd y diwedd? Diwedd disymwth heb ei ddisgwyl. A phe bai hi'n marw, yr hyn fyddai pobl yn ei ddweud fyddai ei bod yn ffordd neis iddi hi gael mynd ond yn sioc iddo fo. Gyda dull y mynd y byddai eu consýrn, nid gyda'i ganlyniadau.

Cafodd Eirwyn ei hun yn ceisio dychmygu'r olygfa yn yr ysbyty. Pwy oedd yno o'i theulu? Teulu? Doedd ganddi ddim ond teulu pell a wyddai'r rheini, hyd yn hyn, ddim am yr argyfwng. Dim plant i alaru ar ei hôl chwaith. Falle bod rhinwedd yn hynny hefyd. Fyddai Jen na neb arall o'i ffrindiau yno; gartref yr oedd Jen ac fe'i hatgoffwyd i'w ffonio. Roedd hi'n llawn consýrn am Cissie, ac amdano yntau, ac esboniodd iddi hithau fod cydweithiwr yn mynd ag o bob cam i Fangor, a'i fod wedi gadael ei gar yng Nghaer.

Na, fyddai neb wrth erchwyn ei gwely, yn gofidio amdani. Busnes unig oedd marwolaeth i'r sawl oedd yn marw. Neb yno ond staff yr ysbyty'n gwneud eu gorau. Ond fyddai neb yno i alaru, i golli deigryn. Yno y dylsai o fod, yno wrth ei hochr, a ble'r oedd o? Yn dychwelyd wedi penwythnos gyda rhywun arall ym mhellafoedd Lloegr. Roedd o'n methu yn ei ddyletswyddau fel gŵr; yno yr oedd ei le. Ac eto, y tebyg oedd na fyddai hi ddim callach. Byddai wedi ei thawelu rhag bod gormod o straen ar ei chalon; byddai'n anymwybodol, yn hofran rhwng deufyd, heb wybod a oedd o yno ai peidio.

Ac yna, roedden nhw ym Mangor, yn troi am

Benrhos o'r A55 ac aeth Gwen ag ef yn syth at ddrws yr ysbyty gan ddweud y byddai'n mynd i'r maes parcio y tu draw i'r ysbyty, ac yr arhosai amdano cyn hired ag oedd angen.

'Mi ffonia i di ar dy ffôn bach i ddeud sut bydd pethau,' addawodd.

'O'r gore,' atebodd hithau. 'Ond cofia na chei di ei ddefnyddio yn yr adeilad. Bydd raid i ti ffonio ar y llall.'

Gwasgodd ei fraich wrth iddo fynd allan o'r car a dweud '*with you all the way*'.

Yr oedd Cissie mewn côma, yno yn yr uned gofal dwys a'r meddygon a'r staff wedi gwneud yr hyn a allent. Ond doedden nhw ddim yn rhoi fawr o obaith iddi. Cafodd Eirwyn wybod ei bod wedi cael ail drawiad ar ôl cyrraedd yr ysbyty a honno oedd wedi creu'r difrod. Roedd hi'n gwanhau a monitor curiad ei chalon yn adlewyrchu hynny.

Yr oedd Cissie yn ei adael, doedd dim dwywaith am hynny, yn hwylio'n dangnefeddus dawel dros y dŵr, a'i adael yntau ar y lan. Ar y lan yn gwneud beth? Yn gwneud dim ond gafael yn ei llaw ac edrych ar ei hwyneb. Oedd hi'n ymwybodol ei fod yno? Oedd o eisiau iddi fod? Oedd o eisiau iddi ddod ati ei hun pe bai ond am eiliad er mwyn iddi sylweddoli ei fod o yno efo hi? A hynny am ei fod wedi ei gadael, ac nad oedd yno pan drawyd hi'n wael.

Ai cysur iddi hi fyddai gwybod ei fod yno, ynteu cysur iddo ef i wybod ei bod yn gwybod? Profiad unig oedd marwolaeth i'r sawl oedd yn marw, waeth faint o bobl oedd o gwmpas y gwely.

Roedd Eirwyn wedi darllen digon o lenyddiaeth Gymraeg a Saesneg, Saesneg yn enwedig, oedd yn disgrifio marwolaeth a disgrifio bod ym mhresenoldeb marwolaeth. Ac fe ddylsai hynny fod yn gymorth iddo. Roedd o wedi datgan yn bendant iawn wrth ddisgyblion yr ysgol fod darllen am brofiadau yn eu paratoi ar gyfer cael y profiadau hyn eu hunain. Ond welai o, ar yr adeg arbennig yma, fawr o rinwedd mewn na nofel na cherdd.

Ac eto, pan dynnodd Cissie ei hanadl olaf, awr neu fwy ar ôl iddo gyrraedd, a hynny heb ddod ati ei hun nac agor ei llygaid, pennill o waith Charlotte Brontë, y ferch drasig honno, a ddaeth i'w feddwl wrth iddo afael yn dynn yn ei llaw:

> *There's no use in weeping,*
> *Though we are condemned to part;*
> *There's such a thing as keeping*
> *A remembrance in one's heart*

*   *   *

Roedd hi'n dyddio dros ddinas Bangor pan gerddodd Eirwyn allan drwy ddrws yr ysbyty. Roedd pob drws mewn bywyd naill ai'n ddrws i gaethiwed neu ryddid. Pa un oedd drws yr ysbyty? Allan i gaethiwed byw ei hun, gofalu amdano'i hun, trefnu'r angladd, cysylltu â chynifer o bobl, ac yna rhoi trefn ar ei fywyd, bywyd fyddai mor wahanol hebddi? Colli cymar, colled na ellid ei mesur nes iddi ddigwydd. Colli'r pethau bychain mewn bywyd, y pethau bychain oedd yn rhoi gwerth ar fyw. Na, drws caethiwed oedd y drws allan o'r ysbyty y bore cynnar hwn o Fai.

Yna, cofiodd am Gwen, a hithau allan yn ei char yn y maes parcio, yn aros amdano. Efo fo bob cam o'r daith. 'Chei di ddim mynd dy hun, mi fydda i efo ti.' Ac fe fyddai. Onid oedd hi wedi cynllunio'r cyfan, y cyfan ond marwolaeth Cissie wrth gwrs. Ac oni bai fod Cissie wedi marw pan wnaeth hi, a fyddai yna bwysau wedi bod arno, yn hwyr neu'n hwyrach, i'w gadael, i droi cefn a mentro ar fordaith bywyd newydd gyda hi?

Ni wyddai. Ni wyddai ddim. Roedd ei feddwl yn ddryslyd, a hynny pan ddylai popeth fod yn glir. Drws caethiwed yn cau ar ei orffennol oedd drws yr ysbyty, drws rhyddid yn agor o'i flaen oedd drws y car y daliai Gwen ef yn agored wrth iddo gerdded ar draws y maes parcio. Roedd hi'n bwrw glaw mân ysgafn, a gwelodd y llafnau chwe eiliad yn glanhau'r sgrin wynt wrth iddo ddynesu, y symud sydyn cyn y gorffwys ysbeidiol. Bywyd felly fyddai ei fywyd o efo Gwen, nid bywyd y llafnau cyson. Roedden nhw'n arwydd, yn arwydd o newid yn ei fywyd, yn symbol o'r hyn y gallai ei ddisgwyl yn y dyfodol.

Roedd y daith ar draws y maes parcio yn daith symbolaidd. Yn daith o gaethiwed i waredigaeth, o hen fywyd crebachlyd caethiwus i ryddid a gorfoledd; roedd bywyd newydd yn ymagor o'i flaen.

Ac eto, wrth iddo gerdded yr ychydig lathenni olaf at y car, a breichiau agored Gwen yn aros i'w groesawu, ni theimlai'r haleliwia yn ei enaid ac ni chanai clychau buddugoliaeth yn ei glustiau.